ULLSTEIN

Das Buch

In der Seeschlacht bei Trafalgar errang die britische Flotte am 21. Oktober 1805 unter dem berühmten Admiral Horatio Nelson gegen die französisch-spanische Flotte einen Sieg, der Großbritannien die Seeherrschaft für das folgende Jahrhundert sicherte. Nelson hatte Nicholas Ramage, den Kommandanten der Fregatte *Calypso*, schon seit den Anfängen seiner brillanten Karriere sorgfältig beobachtet. Nun integriert er den eigenwilligen Seehelden in seine Flotte und schickt ihn in die härteste aller Seeschlachten. Er rechnet damit, auf diese Weise einen Kapitän zu haben, der sich nicht sklavisch an die übliche Befehlsordnung halten, sondern mit Intelligenz und Zivilcourage alle Chancen nutzen würde, die einem Sieg förderlich sein könnten. Diese Hoffnung wird nicht enttäuscht, obwohl der Tod Nelsons für Ramage ein Kriegsgerichtsverfahren zur Folge haben könnte...

Der sechzehnte Roman aus der Bestsellerserie um den kühnen Nicholas Ramage.

Der Autor

Dudley Pope entstammt einer alten Waliser Familie und hat sich in England als Marinehistoriker einen Namen gemacht. Sein Hauptinteresse gilt der Seekriegsgeschichte der Nelson-Zeit, und seine Fachkenntnisse – er ist selbst Hochseesegler und diente bei der Royal Navy – bilden die Grundlagen seiner farbigen, faszinierenden Ramage-Serie, die bei Ullstein vollständig erschienen ist.

In unserem Hause sind von Dudley Pope bereits erschienen:

Leutnant Ramage
Die Trommel schlug zum Streite
Ramage und die Freibeuter
Kommandant Ramage
Ramage in geheimer Mission
Ramage – Lord Nelsons Spion
Ramage und die Meuterei
Ramages großer Coup
Ramage unter Anklage
Ramage und das Diamantenriff
Ramage und die Rebellen
Ramage gegen Napoleon
Ramage und der feindliche Konvoi
Ramage und die Abtrünnigen
Ramage und der Teufel
Leutnant Ramage/
Die Trommel schlug zum Streite

Dudley Pope

Ramage bei Trafalgar

Roman

Aus dem Englischen von
Uwe D. Minge

Ullstein

Ullstein Taschenbuchverlag 2000
Der Ullstein Taschenbuchverlag ist ein Unternehmen der
Econ Ullstein List Verlag GmbH & Co. KG, München
Deutsche Erstausgabe

Titel der englischen Originalausgabe:
Ramage at Trafalgar (The Alison Press/Martin Secker & Warburg Ltd., London)
Übersetzung: Uwe D. Minge
Karten: Erika Baßler
Umschlaggestaltung: Hansbernd Lindemann
Titelabbildung: »Battle of Trafalgar, 21st Oct. 1805«
by Thomas Whitcombe (1760–1824)
© Christie's Images / Bridgeman Art Library
Gesetzt aus der Sabon, Linotype
Satz: Josefine Urban – KompetenzCenter, Düsseldorf
Druck und Bindearbeiten: Ebner Ulm
Printed in Germany
ISBN 3-548-24776-8

Für die Familie Glass,
in Erinnerung an Italien

Vorbemerkung des Autors

In diesem Roman, der die Seeschlacht bei Trafalgar zum Thema hat, habe ich mich, soweit es Lord Nelson und die Details der Ereignisse vor Trafalgar betrifft, an die historischen Fakten gehalten. Die Lebensgeschichte des Seehelden Ramage dagegen entspricht den Gesetzen der Literatur. Von allen Schiffen dieser Schlacht blieb nur die *Victory*.

Dudley Pope
auf der Yacht *Ramage*
Französische Antillen

1

Der Rechtsanwalt nahm das Blatt Pergament aus seiner abgenutzten Ledertasche. Sorgfältig breitete er es flach auf dem Tisch aus und strich es glatt, dann setzte er sich umständlich eine Brille auf seine Knollennase.

»Das Testament Ihres Onkels ist ziemlich eindeutig und klar, Mylord«, versicherte er Ramage. »Um ehrlich zu sein, habe ich es für ihn aufgesetzt, nachdem seine Gattin – Ihre Tante – so unerwartet im letzten Winter verstorben ist.«

Ramage nickte und blickte über den Tisch Sarah an. Der Rechtsanwalt war ein molliger, kleiner Mann mit einem roten Gesicht. Die rosige Gesichtsfarbe stammte von Sonne und Wind und nicht von überreichlichem Portweingenuß, dennoch stand dieses Aussehen, das auf einen wohlhabenden Gutsherrn schließen ließ, in einem seltsamen Widerspruch zu seinem irritierend pedantischen Gehabe. Er hatte das Testament millimetergenau vor sich auf dem Tisch ausgerichtet, der ihm als Schreibtisch diente, und verwendete viel Mühe darauf, daß das untere Ende der Seite genau parallel zur Tischkante verlief. Man konnte diesen Mann durch nichts aus der Ruhe bringen, und Ramage versuchte Sarah durch einen Blick darauf aufmerksam zu machen.

Irgendwie hatte die ganze Angelegenheit einen surrealen Anstrich. Als Ramage das letzte Mal mit seinem Onkel an diesem Tisch zusammengesessen hatte, war Rufus Treffry sehr lebendig und gesund, äußerst aufmerksam und lebhaft gewesen. Jeder hätte ihm, ohne zu zögern, noch weitere zwanzig Jahre zugetraut. Ramages Tante, die Schwester seines Vaters, erschien – wenn möglich – noch jünger.

Jetzt ruhten beide Seite an Seite in der Familiengruft der Treffrys in der Kirche von Saltwood, die ein paar Meilen entfernt lag, und der neue Eigentümer von Treffry Hall und der paar hundert Hektar Land hieß Kapitän Lord Ramage von der Royal Navy …

»Darf ich fragen, Mylord, ob Sie schon wissen, was Sie mit dem Anwesen vorhaben?«

Anwesen? Das war der Ausdruck eines Rechtsanwalts für etwas, das Ramages ganzes Leben lang nur »Onkel Rufus' Haus« gewesen war. Ein imposantes viereckiges Backsteingebäude auf dem Hochland von Aldington, das die große flache Ebene der Romney-Marsch überblickte. Der Englische Kanal war eine blaue Linie in der Ferne, die sich um Dungeness herumzog, dem Vorland, das die südöstlichste Ecke von Kent bildete – und damit auch die von ganz England.

»Ich habe darüber noch nicht nachgedacht«, sagte Ramage. »Ich kenne die Einzelheiten des Vermächtnisses nicht.« Er streckte die Hand aus und nickte mit dem Kopf in Richtung des Pergaments. »Es ist mir unbekannt, ob mein Onkel irgendwelche Vorsorge für seine Bediensteten getroffen hat oder nicht, aber sie befinden sich ab jetzt gewiß unter meiner Obhut.«

Da gab es beispielsweise den Butler von Onkel Rufus. Raven war ein bedrohlich aussehender Mann, was auf eine lange, breite Narbe zurückzuführen war, die über seiner linken Wange verlief. Sie war das Ergebnis – wie der Mann Ramage vor vielen Jahren erklärt hatte – eines Mißverständnisses mit einem Zollbeamten, was vermutlich eine höfliche Umschreibung der Tatsache war, daß man Raven beim Schmuggeln ertappt hatte. Der Butler, der jetzt tadellos im Speisezimmer bediente, sorgte ebenfalls dafür, daß das Pferd, wenn es zum Ausritt vor die Eingangstür geführt wurde, perfekt gestriegelt war, daß sein Fell glänzte und das

Zaumzeug im Licht blitzte und funkelte. Darüber hinaus hatte Raven in Ramages Kindheit eine große Rolle gespielt, die der Junge zu einem gewissen Teil in Italien verbracht hatte. Die Aufenthalte bei Onkel Rufus waren angefüllt gewesen mit aufregenden Stunden an den Rändern unwegsamer Sträßchen, wo er zusammen mit Raven Frettchen in Kanichenbaue gesetzt hatte und dabei von den kleinen Raubtieren auch gebissen wurde. Anschließend warfen sie schnell Netze über die Röhren des Baus. Oder aber sie schlichen lautlos am Rand eines Gehölzes entlang, und Ramage lernte, wie man Fasane jagt. Dabei hatte er Onkel Rufus' zweitbeste Vogelflinte in den Händen – was sagte eigentlich das Testament über die ausgezeichneten Gewehre? Auch reiten hatte Ramage hier gelernt, wobei Raven die hohen Maßstäbe und auch die scharfe Zunge eines Reitausbilders der Armee hatte. Die Tatsache, daß Ramage jetzt ein guter Reiter war – allerdings kein begeisterter –, verdankte er nur dem Butler.

Mit Frettchen zu jagen, auffliegende Fasanen zu schießen und mit einem Pferd über die Downs zu galoppieren und über die Deiche und Gräben zu springen, die die Marsch durchzogen, oder aber Pferde zu striegeln, das Zaumzeug zu putzen und dabei die Geschichten von den Schmugglern des Marschlandes zu hören oder die Schauergeschichten über lange Reihen von Packpferden, die sich in einer Mondnacht ihren Weg von den sandigen Stränden vor Romney oder Camber suchten – beladen waren die Tiere mit Fäßchen mit französischem Brandy für den Onkel und Brüsseler Spitzen für die Tante –, alles das verband Ramage und Raven. Aber was verband Raven mit den Schmugglern? Ramages Interesse ging über eine durchschnittliche Neugierde nicht hinaus, denn wie die meisten Menschen, die an den Küsten von Kent und Sussex lebten, sah er den Schmuggel und die Schmuggler als Teil des normalen Lebens an. Empfindsamere Naturen blickten im Falle eines Falles einfach in eine andere Richtung, und nur Narren bezahlten Zoll und die hohen Abgaben auf alkoholische Getränke.

»O ja«, antwortete der Anwalt, »die Bediensteten sind im Testament bedacht worden.«

»Wir sind an den Einzelheiten interessiert«, mischte Sarah sich unerwartet ein.

Der Anwalt, der es nicht gewohnt war, daß Frauen – auch nicht die Tochter des Marquis of Rockley – eine aktive Rolle übernahmen, blickte überrascht auf.

»Selbstverständlich, Mylady. Soll ich mit dem Verlesen beginnen?«

»Es sei denn, daß Sie vorher noch etwas Tee möchten?« Sie machte eine Handbewegung in Richtung der großen silbernen Kanne, die Raven am Ende des Tisches abgestellt hatte. »Oder vielleicht möchten Sie lieber etwas Stärkeres?«

»Oh, Mylady! Nein, vielen Dank, niemals vor dem Mittag und auch danach eher selten. Wissen Sie, meine Frau ist sehr energisch, und wenn sie zu einer ihrer Meinung nach zu frühen Tageszeit Alkohol in meinem Atem riecht, glaubt sie, daß ich der ewigen Verdammnis anheimfallen werde.«

»Da hat sie nicht unrecht«, bemerkte Sarah und blickte verzweifelt zu ihrem Mann, als sie feststellte, daß der Anwalt ihre Bemerkung für bare Münze genommen hatte.

Aber schließlich nahm der Mann das Testament in die eine Hand, während er mit der anderen seine Brille zurechtrückte. Er räusperte sich zweimal, so als wäre das Teil eines feststehenden Rituals vor dem Verlesen eines Testaments, aber dann senkte er das Blatt wieder und schaute Ramage an.

»Eine Kopie der wichtigsten Bestimmungen dieses Testaments wurde an Ihren Herrn Vater geschickt, um dort bei Ihrer Ankunft in England parat zu liegen, Mylord.«

Ramage hätte beinahe laut geseufzt. Wie sollte er einem Rechtsanwalt klar machen, daß Kopien von Dokumenten weniger zählten als Realitäten? Daß für Leute, die große Ländereien besaßen, die schon seit Generationen vom Vater auf den Sohn übertragen worden waren, vieles selbstverständlich war ... Da konnte eine kurze Bemerkung genausoviel erklären wie ein zweiseitiges anwaltliches Schreiben! Ramage hatte die Kopie des Testaments, die an seinen Vater geschickt worden war, nie gesehen. Als er von seinem letzten Einsatz aus dem Mittelmeer zurückgekehrt war, hatte ihm sein Vater einfach gesagt, daß Rufus gestorben wäre, »und der Besitz ist natürlich an dich gefallen«.

Das »natürlich« beinhaltete, daß Rufus keine Nachkommen hatte und daß Ramage sein einziger Neffe war, es implizierte auch die Tatsache, die alle seit Jahrzehnten gekannt hatten, daß Ramage Treffry Hall erben würde – wer denn sonst? Aber das alles war vermischt mit solchen Traditionen wie *noblesse oblige*[1] und Familiengewohnheiten, die Anwälte nie verstehen würden, weil man sie nicht in dieser seltsam gedrechselten juristischen Sprache niederschreiben konnte. Perfekt formuliert und juristisch einwandfrei mußten solche Testamente wohl sein, überlegte Ramage, da sie jede Prüfung durch das Nachlaßgericht und eventuelle Anfechtungen bestehen mußten. Und obwohl es keinen Zweifel an ihrer Richtigkeit gab, hörten sie sich trotzdem in den Ohren von jemand, der die eleganten Fomulierungen eines Shakespeare liebte, immer gestelzt an.

»Ja, mein Vater hat mich informiert«, erwiderte Ramage, »aber die Umstände verhinderten, daß ich die Kopie lesen konnte. Also bitte ...«

Wieder folgte ein tiefes Einatmen, wieder das Zurechtrücken der Brille, wieder ein zweimaliges Räuspern, dann begann der Anwalt mit der Verlesung des letzten Willens. »Ich, Rufus Charles Aldington Treffry, im Vollbesitz meiner geistigen Kräfte ...«

Aldington? Während der Anwalt weiter die einleitenden Phrasen herunterleierte, wunderte sich Ramage, daß er nicht gewußt hatte, daß das einer der Namen seines Onkels gewesen war. Ra-

---

1 dt.: Adel verpflichtet. (Anm. d. Ü.)

mage wußte zwar, daß es sich um eine der ältesten Familien von Kent handelte und daß Treffry Hall einen Stammbaum hatte, der fast so alt wie die Grafschaft selbst war, aber er war sich nicht bewußt gewesen, daß die Wurzeln der Treffrys so weit zurückreichten. Wenn man zu einer Familie wie den Ramages gehörte, war es Teil der liebgewordenen Angewohnheiten, jeden anderen für einen *parvenu*[1] zu halten! Aber die Familie war tolerant genug gewesen, sich nicht darüber aufzuregen, als sich die jüngere Schwester des Admirals Earl of Blazey mit einem Landbesitzer in Kent verlobt und ihn auch geheiratet hatte.

Ramage wurde durch ein zweifaches Hüsteln aufgeschreckt. Er blickte auf und sah, daß der Anwalt seine Brille jetzt in der Hand hielt und ihn ansah.

»Wir kommen jetzt zu den Absätzen, die Sie direkt betreffen, Mylord«, betonte er entschuldigend, ganz offensichtlich hatte er bemerkt, daß Ramage in Gedanken versunken gewesen war.

»O ja, natürlich. Bitte fahren Sie doch fort«, bat ihn Ramage und spürte, daß ihn Sarah mit einer Mischung aus Liebe und komischer Verzweiflung anblickte.

Zuerst kamen die Legate für die Dienerschaft. Eine ordentliche Summe für Raven, eine weitere für die Haushälterin und drei weitere für die Köchin, den Wildhüter und den Ersten Gärtner.

»Alle waren«, sagte der Anwalt, als ob eine Erklärung notwendig gewesen wäre, »lange Jahre im Dienst von Mr. Treffry.«

»Und alle sind seit dem Tod meines Onkels regelmäßig von meinem Vater bezahlt worden, bis ich wieder nach England zurückkehren und die Verwaltung des Gutes übernehmen konnte«, meinte Ramage, den die nahezu herablassende Art des Rechtsanwalts irritierte.

»Oh, natürlich, Mylord, und für den Fall der Fälle hätte ich ein Darlehen aufnehmen können, um diese Legate zu sichern. Die

---

1 dt.: Emporkömmling. (Anm. d. Ü.)

Bestimmungen des Testaments hätten als Sicherheit ausgereicht.«

Wie kommt es nur, fragte sich Ramage, daß der Kerl so eine freche Bemerkung machen mußte, als ich gerade zu der Auffassung kam, daß er vielleicht gar kein so übler Bursche ist?

Der Anwalt fuhr mit dem Verlesen fort. Treffry Hall mit seinen gesamten Möbeln und Realrechten, Außengebäuden, dem Vieh und allem Inventar sowie den Ländereien sollten an Ramage fallen. Aber da Onkel Rufus ein Realist gewesen war und gewußt hatte, daß sein Neffe als aktiver Offizier diente und schon mehrfach fast gefallen wäre, hatte er für den Fall, daß der Junge vor ihm sterben sollte, einen Nacherben festgelegt.

Sarah wurde blaß, einen Augenblick lang dachte Ramage, daß sie ohnmächtig werden würde. »Aber ... aber ... er hat mich doch nur einmal bei unserer Hochzeit gesehen«, stieß sie hervor. »Mir das alles zu hinterlassen, falls ich verwitwet sein sollte!«

Ramage lachte, um der düsteren Vorstellung die Schärfe zu nehmen. »Ich werde mir die größte Mühe geben, am Leben zu bleiben, um dich um deine Erbschaft zu bringen!«

Der Jurist, dem der schmerzhafte Unterton in Ramages Stimme völlig entgangen war und der Sarahs Erschrecken nicht bemerkt hatte (Ramage wurde klar, daß der Mann das Testament verfaßt hatte, daher stellten die einzelnen Punkte für ihn keine Überraschung dar), fuhr fort: »Nun, Mylady, ich erwarte, daß Ihnen ohnehin alles zufällt, falls Seiner Lordschaft etwas zustoßen sollte.«

Sarah, die nur zu gut wußte, wie oft sie schon seit ihrer Heirat nur um Haaresbreite dem Witwenstand entgangen war und wie oft Nicholas in der Gefahr geschwebt hatte, sein Leben zu verlieren, seit sie ihn kennengelernt hatte, nickte höflich. »Ich bin sicher, daß es so sein wird«, bestätigte sie und versuchte die Kälte in ihrer Stimme zu unterdrücken, »fahren Sie doch bitte fort.«

Der Anwalt war so ziemlich am Ende des Testaments angelangt. Rufus Treffry war zweifelsfrei sehr stolz auf seine Waffensammlung gewesen, darüber hinaus natürlich auch auf seine Jagdwaffen, und er hatte die Hoffnung zum Ausdruck gebracht, »obwohl ich kein großes Vertrauen in dieser Hinsicht hege«, daß sein Erbe alle Stücke in einem einwandfreien Zustand erhalten möge.

»Es verhält sich tatsächlich so, daß sich der Butler Raven in den vergangenen Jahren darum gekümmert hat«, erläuterte der Anwalt, außer acht lassend, daß Nicholas Ramage als Junge Raven nur zu gerne dabei geholfen hatte.

Schließlich nahm der Rechtsanwalt ein weiteres Stück Papier aus seinem Aktenkoffer. »Die Dokumente für den Besitz, Mylord.« Er suchte nach einem weiteren Blatt, das er ihm dann überreichte. »Das ist eine Anlage, in der die Grenzen Ihres Grundbesitzes beschrieben sind, Mylord. Sie könnten den Wunsch haben, die Grenzen abzureiten. Ich bin sicher, daß Raven sie genau kennt.«

Nicht besser als ich, dachte Ramage bei sich. Als man ihm als Jungen erlaubt hatte, sich eine Vogelflinte aus den Beständen seines Onkels auszuleihen, hatte es ihn schon immer erstaunt, daß die beste Jagdbeute stets auf den Feldern der Nachbarn herumzustreifen schien. Ein Rechtsanwalt und auch Onkel Rufus hätten von Wilderei gesprochen (wenn man Ramage je dabei erwischt hätte), aber für den halbwüchsigen Jungen war alles nur ein großes Abenteuer. Und jetzt waren Treffry Hall und die Ländereien sein Eigentum. Seines und das von Sarah. Und im Dock von Chatham wurde seine Fregatte nach einem langen Einsatz im Mittelmeer überholt.

Ramage hatte es sich am folgenden Nachmittag in einem Sessel bequem gemacht und sah Sarah beim Besticken eines Kissenbezugs zu, als Raven an die Tür klopfte und mit einem silbernen Tablett eintrat, das er Ramage entgegenstreckte.

Ramage blickte auf das Päckchen, das in der Mitte des Tabletts lag. Es war zu dick, um der übliche Brief seines Vaters zu sein. Er erkannte das Siegel, das ein Fabelungeheuer zeigte, und die Handschrift, aber es war offensichtlich, daß darin mehrere Briefe enthalten sein mußten.

»Es ist gerade angekommen, Sir«, meldete Raven. Nachdem Ramage das Päckchen an sich genommen hatte, wandte er sich an Sarah. »Benötigen Mylady noch irgend etwas?«

Sarah lächelte und hielt die Stickerei in die Höhe. »Die Seide geht zur Neige«, stellte sie fest.

Raven nickte verstehend. »Ich werde mit den Lieferanten sprechen, Madam. Wünschen Sie eine Farbauswahl?«

Sarah runzelte die Stirn, blickte auf ihre Arbeit hinunter, dann nickte sie.

»Es wird ein oder zwei Tage dauern, Mylady«, sagte Raven.

Inzwischen hatte Ramage das Siegel des Päckchens aufgebrochen und hielt einen kurzen Brief seines Vaters in Händen, und einen zweiten, dessen Umschlag mit einem großen Siegel versehen war, das eine schlanke Frau zeigte, die eine Krone trug und vor deren Füßen ein Anker lag.

»Von wem in aller Welt ist denn der?« fragte Sarah, nachdem Raven das Zimmer so geräuschlos verlassen hatte, wie er es betreten hatte.

»Von den Gentlemen von Lloyd's, so wie es aussieht«, gab ihr Ramage Bescheid und brach das Siegel. »Ich will nicht hoffen, daß sich irgendein verdammter Reeder über den Konvoi beschwert hat, den ich von Barbados nach Hause gebracht habe ... Aber nein, der Vorstand von Lloyd's hätte an Ihre Lordschaften geschrieben, dann hätte die Admiralität sich an mich gewendet ...«

»Mach auf!« drängte Sarah. »Warum sollen wir spekulieren, wenn du die Antwort in den Händen hältst?«

Wie sollte er es erklären? »Kannst du dir vorstellen, wie ich es genieße, hier vor dem flackernden Feuer zu sitzen, dir beim Nähen zuzuschauen und genau zu wissen, daß kein Erster Leutnant oder Segelmeister mit einem Problem zu mir kommen wird?

Und zu wissen, daß keine Befehle Ihrer Lordschaften in der obersten Schublade meines Schreibtischs liegen, die ich auszuführen, oder aber »die Folgen alleine zu tragen« habe? Du möchtest geschmuggelte Seide, Raven will die braune Stute zum Schmied bringen, die Kühe haben ungefähr vier Meter des Weidezauns am Südrand der Beachwoodwiese umgebrochen, die Haushälterin möchte wissen, ob sie Raven sagen soll, daß er eine neue Kiste Sherry aus dem Keller hochholen soll. Das ist alles. Kein verdächtiges Segel am Horizont, keine Mannschaft, die kurz vor der Dämmerung auf die Gefechtsstationen geschickt werden muß, keine Befehle in der Schublade ...«

»Und eine liebende Frau, die mit dir das Bett teilt«, sagte Sarah etwas unerwartet.

»Das ganz besonders«, stimmte Ramage ihr zu, dann legte er den Brief absichtlich zur Seite und griff nach dem Brief seines Vaters.

»Vater und Mutter lassen dich herzlich grüßen ... Hanson hat Suppe über Lady Cardingtons Kleid gekleckert ... o ja, und die gute Dame war so in Rage, daß Vater Hanson auf der Stelle gekündigt hat und ihn später, nachdem die Gnädigste gegangen war, sofort wieder eingestellt hat!«

»Das klingt, als ob es zwischen deinem Vater und Hanson eine Verabredung gibt.«

»Natürlich, die gibt es«, bestätigte Ramage. »Hanson ist seit ungefähr vierzig Jahren bei uns. Wie du dich erinnerst, rutscht ihm seine Brille immer an der Nase herunter. Nun, ohne die Brille kann er nichts mehr sehen. Wahrscheinlich ist ihm die Brille während des Servierens der Suppe verrutscht, also hat er mit einer Hand versucht, sie wieder in Position zu rücken, und mit der anderen hat er die Suppenterrine in Schieflage gebracht! Das bedeutet, daß Lady Cardington nie wieder zu einem Dinner eingeladen werden wird!«

Sarah sah verdutzt drein, bis ihr Ramage erklärte: »Wenn sie ins Haus kommen und Hanson wieder vorfinden würde, wäre sie sehr aufgebracht. Was meinen Vater angeht, so wiegt ihm ein Hanson ein Dutzend Gäste wie Lady Cardington auf!«

»Ist das nicht die Frau mit der tiefen Stimme, die mit diesem außergewöhnlich fetten Waliser verheiratet ist?«

»Ja – er wurde vor fünf Jahren geadelt, und sie ist niemals damit fertiggeworden, daß sie so plötzlich eine Lady war. Die Stimme eines Baß und das Gehirn einer Pikkoloflöte, das ist jedenfalls die Meinung meiner Mutter!«

»Und was ist mit Lloyd's?« bohrte Sarah hartnäckig nach, als Ramage den Brief seines Vaters sinken ließ. »Ich glaube, daß du dich vor ihm fürchtest.«

»Nein, ich koste ihn nur aus. Schließlich ißt man das köstlichste Stück nicht zuerst.«

»Ich mache das immer«, behauptete Sarah fest, »ich kann die Spannung nicht ertragen.«

Ramage legte den Brief zur Seite, stand auf und wählte sorgfältig ein großes Stück Holz aus, bevor er es ins Feuer legte.

»Du hast mich noch nie in Wut gesehen«, drohte ihm Sarah, »aber wenn ich außer mir bin ...«

Ramage blickte sie abschätzend an, dann starrte er auf den Knöchel, der unter dem Saum ihres Kleids zu sehen war. »Ich wette zehn Guineen gegen eine leere Flasche, daß du dann mit dem Fuß aufstampfst!«

»Oh, du bist ein Monster! Lies den Brief!«

»Ich weiß, was drinsteht, deshalb muß ich mich nicht beeilen.«

»Also, was steht drin?«

»Der Vorsitzende und der Vorstand von Lloyd's würden sich freuen, wenn wir Ihnen die Ehre erweisen würden, bei einem Dinner anwesend zu sein, das sie anläßlich des Besuchs irgendeines Großkopfs veranstalten. Aber wir werden dafür nicht den langen Weg nach London auf uns nehmen.«

Er setzte sich hin und nahm gemächlich den Brief auf. Ein paar Minuten später, nachdem er ihn ganz offensichtlich zum dritten Mal zu lesen begann, fragte Sarah lauernd: »Nun?«

»Nun, es ist keineswegs ein Dinner zu Ehren für irgendeinen Großkopf«, antwortete Ramage ziemlich lahm. »Aber es handelt sich tatsächlich um ein Dinner.«

»Für wen?«

»Für mich, um ehrlich zu sein«, sagte Ramage, seine Stimme war eine Mischung aus Erstaunen und Bescheidenheit.

»Nicholas!« Sarah war jetzt absolut fasziniert und zudem ungeduldig, außerdem war sie kurz davor, daß das Temperament mit ihr durchging. »Nicholas, worum handelt es sich dabei?«

»Ich lese es vor, Liebling. Absender ist das *Merchant Seaman's Office*, das Datum stammt von Anfang letzter Woche – vom selben Tag, an dem wir London verlassen haben. Es war ein Montag, nicht wahr?«

»Liebling, was spielt das für eine Rolle?« wollte Sarah wissen.

»Es war Dienstag, um genau zu sein, aber wie du schon sagtest, spielt es keine Rolle. Nun, die Überschrift lautet: ›Auf einem Treffen des Komitees für die Unterstützung der Aufbringung französischer Kaperer, bewaffneter Schiffe und ähnlichem, *Rawson Aislabie Esquire in the Chair*‹ ... Dann folgten ein Absatz und eine Art Überschrift, bevor es mit dem eigentlichen Thema weitergeht.«

»Du neckst mich«, meinte Sarah böse, »warte nur bis heute nacht, da werde ich es dir heimzahlen!«

»Nein«, protestierte Ramage, »es ist verdammt schwierig, das hier zu lesen, es ist nicht klar gegliedert. Jedenfalls steht hier ›beschlossen‹ – das ist das Komitee, ›beschlossen‹, du verstehst ...«

»Ach, ich dachte schon, es handele sich vielleicht um die französischen Freibeuterkapitäne. Mach weiter, Nicholas!«

»Ja, nun, sie haben beschlossen, ›daß Kapitän Lord Ramage von Seiner Majestät Schiff *Calypso* von dem Komitee gebeten werden soll, einen Ehrendegen im Wert von einhundert Guineen anzunehmen, und zwar für sein tapferes Verhalten bei der Zerstörung von zwei französischen Fregatten und der Eroberung von zwei weiteren zusammen mit sieben Handelsschiffen anläßlich des Gefechts vor dem Diamond Rock und als Beweis für die hohe Anerkennung, die dieses Komitee für den Schutz hegt, den er dadurch dem Handel Großbritanniens gewährt hat‹. Dann folgt noch ein Anschreiben, das die Entschließung erläutert und es mir überläßt, ein Datum vorzuschlagen«, fügte er hinzu, »außerdem stellt man mir frei, jeden meiner Offiziere als Gast mitzubringen, der bei dem Gefecht dabei war.«

Sarah war verwundert. Sie akzeptierte die Anerkennung durch den Ehrendegen, obwohl ihrer Meinung nach ihr Mann ein Dutzend davon verdient hätte. Aber wann hatte das stattgefunden?

»Das war, bevor du, nun ja, bevor du auf die Insel Trinidade gekommen bist und wir uns zum ersten Mal getroffen haben.«

»Zwei französische Fregatten erobert? Und außerdem hast du zwei weitere zerstört? Hast du damals die *Calypso* erobert?«

Ein verwirrter Ramage nickte. »Southwick und die anderen bezeichnen es gewöhnlich als die Geschichte vom Diamond Rock. Es hat Lloyd's reichlich viel Zeit gekostet, zu einer Entscheidung zu kommen!«

»Du bist kaum in England gewesen«, erinnerte sich Sarah. »Kaum daß du zu Hause warst, segeltest du auch schon wieder fort. Dann hast den kurzen Frieden dazu genutzt, um mich zu heiraten und die Flitterwochen zu verbringen. Dann wurden wir gefangen, und du bist geflohen und auf die Teufelsinsel gegangen, als der Krieg ausbrach ... Dann bist du ins Mittelmeer geeilt, und wir sind gerade erst von dort zurückgekehrt, zusammen mit den eigenartigen Menschen, die du gerettet hast, einschließlich meiner Person. Folglich hatte das Komitee wenig Zeit ...«

Sie starrte auf das Holzscheit auf dem Feuer, das jetzt zu knistern und zu lodern begann. »Du wirst Uniform tragen müssen. Ich habe das weiße Kleid. Aber ich frage mich, ob mir deine Mutter ein paar ihrer Perlen leihen könnte.«

Ramage lachte. »Und die Tiara natürlich auch! Sie haßt es, sie zu tragen!«

Sarah sah plötzlich verlegen aus. »Das habe ich vergessen! Natürlich, sie wird die Perlen tragen wollen. Ich werde meine Smaragde nehmen.«

»Und was ist mit mir?« brummte Ramage. »Ich habe ein riesiges Problem, und alles, woran du denken kannst, sind Perlen und Smaragde.«

Sarah war erschrocken und fragte schnell: »Was hast du denn für ein Problem, Liebling?«

»Soll ich einen Degen beim Dinner tragen? Der gehört zur korrekten Uniform, aber was mache mit dem alten Degen, wenn man mir den neuen überreicht, den ›im Wert von einhundert Guineen‹? Ich kann doch nicht dastehen mit einem Degen an der Hüfte und einem zweiten in der Hand! Das würde aussehen, als wäre ich ein Waffenhändler bei einem Verkaufsgespräch!«

»Dein Vater weiß da ganz sicherlich Bescheid«, beruhigte ihn Sarah, »sonst kann ich ja deinen alten Degen halten, während du nach vorne gehst, um den neuen in Empfang zu nehmen.«

»Das ist alles so ein Quatsch«, grummelte Ramage. »Es ist wirklich bedauerlich, daß ich ihnen nicht einfach schreiben kann, daß sie mir die einhundert Guineen schicken sollen. Ich könnte dir ein paar neue Schmuckstücke kaufen!«

»Vielleicht ein paar neue Kleider«, berichtigte ihn Sarah, »aber keinen Schmuck. Ich erbe ein Menge von meiner Mutter, und ich erwarte, daß deine Mutter ...«

»Also wirst du in ein paar Jahren unter der Last der vereinigten Rockley- und Ramage-Juwelen herumtorkeln. Und ich? Ich werde nur einen Hundertguineendegen haben, den ich an die Wand hängen kann ...«

»Zumindest brauchst du dein Prisengeld nicht zu verschwenden, um mir glitzernde Juwelen zu kaufen. Du wirst also in der Lage sein, einen Messerschmied zu bezahlen, der dir den teuren Degen scharf hält! Jedenfalls mußt du dem Komitee schreiben und ihm mitteilen, wann du nach London kommen kannst. Und deinen Offizieren natürlich auch«, erinnerte sie ihn. »Southwick wird das ganz sicher genauso wie du genießen. Er sieht in dir fast so etwas wie einen Sohn.«

»Enkel«, verbesserte er sie, »aber wenn man ehrlich ist, dann ist es doch so: Wenn irgend jemand einen Ehrendegen von Lloyd's verdient, dann ist es Southwick.«

»Ich glaube mich daran zu erinnern, daß er einen eigenen Degen mit den Abmessungen eines Ruderriemens hat. Das Ding ist groß genug, um am Tag des Jüngsten Gerichts als Sense benutzt zu werden!«

»Und genauso benutzt er es auch. Er wirbelt den Degen um seinen Kopf, brüllt wie ein Stier und stürmt über das Deck französischer Schiffe. Das Gebrüll paralysiert die Feinde vor Angst, und die Klinge spaltet sie in der Mitte.«

Sarah erschauderte, dann meinte sie: »Trotzdem erinnert er mich immer an einen alten Bischof. Das liegt wohl an seinem freundlichen runden Gesicht und seinem langen wehenden weißen Haar.«

»Wie ein Mop, der im Wind trocknet!«

»Ja, aber es sieht sehr würdig aus. Stell dir seinen Degen als Krummstab vor. Und er hat eine so volltönende Stimme. Ich kann ihn mir sehr gut auf der Kanzel vorstellen, von wo aus er seiner Herde feurig die Leviten liest.«

»Sag das mal Paolo Orsini! Der arme Junge macht noch immer schlimme Fehler, wenn er astronomische Aufgaben ausrechnet, und Southwick brüllt ihn deshalb zusammen. Ich bin sicher, daß Paolo der Auffassung ist, daß das Röhren eines Stiers im Vergleich dazu ein sanfter Engelsgesang ist!«

»Wer von deinen jetzigen Offizieren außer Southwick war bei Diamond Rock noch dabei?«

Ramages Stirn legte sich in Falten. Diamond Rock ... so viel war seitdem geschehen. Sarah, zum Beispiel. Die Ereignisse von Diamond Rock hatten sich lange vor der Zeit abgespielt, als Sarah und Ramage zum ersten Mal aufeinandergetroffen waren und schließlich geheiratet hatten. Außerdem fand Ramage es jetzt schwierig, sich an die Zeit zu erinnern, als er nicht mit dieser Frau mit dem rotbraunen Haar verheiratet gewesen war, deren Körperformen griechische Götterstatuen ungelenk ausschauen ließen, deren Sinn für Humor Ramage immer wieder zum Lachen brachte, und die seine Stimmungen besser verstand als er.

»Also sind da Southwick und der junge Paolo«, erinnerte sie ihn.

»Ja, und Aitken. Auch Wagstaffe war dabei, aber der ist auf ein anderes Schiff versetzt worden. Rennick, natürlich, man darf selbstverständlich die Seesoldaten nicht vergessen! Und Bowen, den Schiffsarzt. Die zwei Leutnants Baker und Lacy. Das waren gute junge Männer, aber sie sind nicht mehr bei mir an Bord.«

Sarah zählte mit, während Ramage in seinen Erinnerungen kramte. »Also mußt du an Aitken, Southwick, Rennick, Bowen und Orsini schreiben. Nun, die kenne ich alle sehr gut. Noch irgend jemand?«

Ramage schüttelte den Kopf. »Nein, meine jetzigen drei Leutnants sind erst lange nach der Diamond-Geschichte auf die *Calypso* gekommen.«

»Nun gut, dann mußt du an die fünf Männern schreiben, außerdem an das Komitee von Lloyd's und natürlich an deine Eltern. Sie werden begeistert sein. Glaubst du, daß ich meine Eltern mitbringen kann? Sie würden sehr stolz sein.«

»Stolz? Ich bin sicher, daß das Komitee von Lloyd's stolz darauf wäre, den Marquis of Rockley und seine Gattin auf seinem Galadinner begrüßen zu dürfen. Dein Vater dürfte einer der einflußreichsten Männer im Parlament sein, und ich bin sicher, daß Lloyd's immer sehr daran interessiert ist, dort Freunde zu haben!«

»Na, dann bekommen sie mit deinem Vater auch einen guten Gegenwert für ihr Geld«, führte Sarah aus. »Er hat zwar die Admiralität nicht in der Tasche, aber der Erste Lord lauscht ihm sehr aufmerksam, wenn er redet, und das dürfte für Lloyd's eine Hilfe sein.«

»Das Komitee von Lloyd's ist nur daran interessiert, noch mehr Fregatten für den Schutz von noch mehr Geleitzügen zu bekommen«, bemerkte Ramage. »Aber da kann ein Hinweis bei einem Glas Sherry oft mehr bewirken als ein offizieller Brief.«

»Deine Offiziere und deine Eltern, meine Eltern – soweit die Gästeliste. Fahren wir mit der Postkutsche nach London? Und wo verläuft die Poststraße?« erkundigte sich Sarah.

»Meiner Erinnerung nach beginnt sie in Folkstone, man bekommt frische Pferde in Hythe, Ashford – dort würden wir zusteigen – und dann in Lenham, Maidstone, West Malling, Wrotham Heath, da bekommt man frische Pferde und ein zweites Extrapaar für den verdammten langen Anstieg zum Hügel, es folgen Farningham, Swanley ... Nach Ravens Auffassung ist das wichtigste, daß es auf dieser Straße keine Mautstellen gibt. Auf der Route von Dover über Canterbury, Faversham, Sittingbourne, Rochester und Gravesend gibt es davon jede Menge.«

»Ich will doch nicht hoffen, daß die Ashfordstraße in einem schlechten Zustand ist. In der letzten Zeit hat es nicht viel geregnet. Heißt das, daß wir während der Reise viel Staub schlucken müssen?«

»Meine Liebe, glaube bloß nicht, daß Straßengebühren eine Garantie für gute Straßen sind! Die Leute, denen das Land gehört und die die Mautstellen errichten, setzen allerdings dieses Gerücht in die Welt.« Er dachte ein oder zwei Minuten lang nach und starrte in die Flammen, die im Kamin tanzten. »Wie du weißt, ist Raven lange Zeit nicht mehr in London gewesen – Onkel Rufus haßte Städte –, und ich hasse den Gedanken, mir Vaters Kutsche jedes Mal ausleihen zu müssen, wenn wir ausgehen wollen. Und wir beide hassen Postkutschen ...«

»Also warum nehmen wir nicht Raven und unsere eigene Kutsche?« beendete Sarah den Satz für ihn. »Ja, und laß uns die Sache ruhig angehen. Ich kenne Kent nicht, warum nehmen wir uns also nicht ein oder zwei Wochen Zeit und bleiben in jeder Herberge, die uns gefällt?«

»Wir hatten schon unsere Flitterwochen, wie du weißt«, neckte Ramage sie.

»Ja, ich kann mich vage daran erinnern, aber das war in Frankreich und, falls du dich erinnern kannst, begann damals wieder der Krieg ...«

2

Die lange und holprige Reise mit der Kutsche nach London auf der Leeseite der Downs wurde nur durch das sonnige Wetter etwas angenehmer, und weil jede Nacht heftige Schauerregen kurz vor der Morgendämmerung den Staub verminderten, obwohl die Pferde davon immer noch genug aufwühlten, so daß sie alle husten mußten und der fluchende Raven die Tiere immer wieder vom Trab in den Schritt verfallen ließ.

Tag um Tag fuhren sie entlang der North Downs, jene langgestreckte Hügelkette, die zu ihrer rechten Hand verlief und die durch weiße Kalkschluchten unterbrochen wurde, die durch die grünen Matten brachen, auf denen dicht gedrängte Schafherden weideten. Nachdem sie West Malling passiert hatten, verliefen die Downs mehr nach Südwesten, und kurz bevor die Straße den steilen Hügel erreichte, zügelte Raven die Pferde in Wrotham Heath.

»Wir sollten hier besser einige Extrapferde mieten und damit nicht warten, bis wir das Dorf Wrotham erreichen«, erklärte er. »Häufig genug haben sie dort keine Tiere zur Verfügung, oder sie verlangen ein paar Guineen zusätzlich für ›das letzte Paar im Stall‹.«

Die Reise bergauf war spektakulär. Während sie die Flanke der North Downs erklommen, mußte Raven immer wieder eine Pause einlegen, um die Pferde ausruhen zu lassen. Ramage und Sarah stiegen dann aus und blickten auf Kent zurück, das sich in östlicher und südlicher Richtung erstreckte. Es glich einem grünen Teppich. Die Kirchtürme ragten wie gedrungene Pflöcke aus einer Wiese, und jeder wurde von einer kleinen Ansammlung von Häusern und Scheunen umsäumt.

Aber Sarah schien mit den Gedanken woanders zu sein, als Ramage sie befragte, gestand sie, daß sie das Schild bedrückte, das sie am Fuß des Hügels in Wrotham gesehen hatten.

»In der Nähe dieses Ortes«, hatte darauf gestanden, »fiel Oberstleutnant Shadwell, der von einem Deserteur am Morgen des ersten Tags des Jahres 1799 ins Herz geschossen wurde.« Darunter waren noch vier Zeilen eingemeißelt, die geheimnisvoll hinzufügten: »Der Mörder wurde mit seinem Gefährten, einem weiteren Deserteur, sofort festgenommen und der Gerechtigkeit zugeführt.«

»Drei tote Männer«, sagte Sarah. »Alle drei hatten vor, gegen die Franzosen zu kämpfen – nun, der Deserteur und sein Begleiter hatten offensichtlich ihre Meinung geändert –, aber alle drei endeten hier in einem Grab am Fuße der Downs. War dieser Shadwell ein junger Mann, der scharf darauf war, gegen die Franzosen zu kämpfen? Oder hat er sich das Offizierspatent nur gekauft, um von einer nörgelnden Ehefrau wegzukommen?«

»Diente er in einem regulären Infanterieregiment? Oder war er einfach nur ein reicher Gutsherr aus der Umgebung, der am Sonntagmorgen mit der örtlichen Landwehr Soldat spielte?« murmelte Ramage.

»O Liebling, du machst alles kaputt. Ich stelle mir einen jungen Oberst mit einer glänzenden Zukunft vor …«

»… und Mitglied eines der vornehmen Regimenter!«

»… und du beschwörst das Bild eines fetten Junkers herauf …«

»Deine Phantasie geht mit dir durch. Warum ist der Soldat desertiert? Woher hatte er die Pistole für den tödlichen Schuß – oder handelte es sich um eine Muskete? Wer war sein geheimnisvoller Begleiter – ein anderer Soldat, oder eine käufliche Frau, die er aufgelesen hatte? War es Nacht? Hat der Oberst ihn angerufen und zum Stehenbleiben aufgefordert? Oder führte der Oberst eine Marschtruppe an?«

»Wenn das hier nicht so ein steiler Hügel wäre, würde ich darauf bestehen, daß wir nach Wrotham zurückkehren und die Leute dort befragen«, sagte Sarah. »Es hat sich erst vor wenigen Jahren zugetragen, also werden sie sich noch an alle Einzelheiten erinnern.«

»Wir werden uns auf dem Rückweg danach erkundigen«, versprach Ramage. »Komm weiter. Raven sitzt auf dem Bock, also haben sich die Pferde erholt.«

Je näher sie der Stadt kamen, desto belebter wurde die Straße. Nachdem sie Farningham erreicht hatten, fuhren sie weiter nach Swanley und hielten nach einem Nachtquartier Ausschau. Karren, Lastkutschen und Karossen verkehrten in beiden Richtungen, sie wollten also entweder zur Küste oder nach London. Alle schienen in Eile zu sein, stellte Ramage fest. Bis der Krieg beendet war, würde er vermutlich auf dieser Straße nie wieder in Ravens gemächlichem Tempo reisen. Jedesmal, wenn er bisher London in Richtung Dover verlassen hatte oder auf der parallel verlaufenden Straße zu den Städten am Medway gereist war, um ein Schiff in Chatham zu erreichen, waren die Pferde stets mit Schaum bedeckt gewesen.

Raven fand die Adresse sofort, da er seinen früheren Herrn einige Male dorthin gebracht hatte. Als er mit geräuschvollem Geklapper vorfuhr und einem lauten »Hallo, da drinnen!« den Butler des Earls warnte, seufzte Sarah.

»Wie schön, wieder in der Palace Street zu sein. Ich glaube, ich ziehe es vor, mit dem Schiff zu reisen: Man muß nicht ständig in Poststationen aus- und einpacken!«

»Wir müssen Vater dazu bringen, in ein Haus am Ufer der Themse bei Greenwich zu ziehen. Anschließend verscherbeln wir Treffry Hall und kaufen uns etwas Hübsches in der Nähe von

Dover. Dann können wir den ganzen Weg segeln, wenn wir ihn sehen wollen.«

»Wir sind hier, um die Gentlemen von Lloyd's kennenzulernen«, erinnerte Sarah ihren Mann, als ein breit grinsender Hanson die Stufen laut heruntergepoltert kam und die Tür der Kutsche öffnete.

Nachdem er seine Brille zurechtgerückt hatte, blinzelte er sie an und begrüßte sie: »Ihr Herr Vater kommt gleich, Sir. Überlassen Sie mir und Raven das Gepäck.«

Der Earl of Blazey erschien mit seiner markanten Hakennase und seinen weißen Haaren gerade in der Eingangstür, als Sarah sie erreichte. In seiner gewohnt höflichen Art küßte er erst ihre Hand, bevor er sie väterlich umarmte.

»Wir haben vermutet, daß du heute ankommen würdest. Dein Vater und deine Mutter kommen heute abend zu uns.« Er schüttelte seinem Sohn die Hand. »Deine Mutter ist noch mit ihrer Schneiderin beschäftigt, aber sie wird fertig sein, bis ihr euch den Schmutz Londons abgewaschen habt. Wir könnten einen Regenschauer vertragen, der den Staub wegwäscht«, grummelte er und blickte nach oben in den klaren blauen Himmel.

Ramage folgte Sarah nach oben in ihre Zimmer, die im zweiten Stock lagen. Die beiden Zimmer waren seit seiner Kindheit die seinen gewesen, eines sein Schlafzimmer und das zweite das Zimmer des Kindermädchens, später wurde es sein Spielzimmer und schließlich seine Studierstube, so lange, bis Sarah angekommen war, denn jetzt war es nach einem dritten Wechsel der Möblierung ihr Ankleidezimmer geworden.

Auskleidezimmer, reflektierte er. In drei oder vier Minuten würde Sarah dort nackt stehen und sich anmutig und mit eleganten Bewegungen waschen, was ihm jedesmal den Atem stokken ließ. Stundenlang hatte er in seiner Jugendzeit und während seiner Tage als Junggeselle auf seinem Bett gelegen, während in seinem Kopf wilde Fantasien und heftiges Verlangen tobten.

Sarah ging quer durch das Zimmer und löste das Band ihrer

Haube, mit einer Hand fuhr sie sich durch das lange rotbraune Haar. Sie prüfte, ob der Krug auf dem Waschtisch voller Wasser war und ob sich Seife in dem schwarzen Alabasterbehälter befand, den Ramages Mutter vor vielen Jahren, als sie in Italien gelebt hatten, in Volterra gekauft hatte.

Es klopfte an der Tür, und Hansons Frau rief: »Hier sind zwei Krüge mit heißem Wasser. Ich lasse sie draußen vor der Tür stehen, Ma'am.«

Während Ramage sie hereinholte und den Inhalt des einen in das Becken füllte, öffnete Sarah den silbernen Verschluß ihres perlgrauen Reisecapes, legte es ab und ließ es in einem der beiden großen Schränke verschwinden.

»Oh, ich fühle mich schmutzig«, sagte sie, »hilf mir beim Aufknöpfen, oder das Wasser wird kalt sein, bevor ich damit fertig bin.«

Sie auszuziehen bescherte ihm noch immer eines der erotischsten Gefühle, die er sich vorstellen konnte.

Als sie seine Gedanken erriet, lächelte Sarah. »Was werde ich nur tun, wenn es dir keinen Spaß mehr macht, mir beim Ausziehen zu helfen?«

»Du wirst dich weigern, meinen Rollstuhl zu schieben«, erwiderte Ramage fröhlich, zog ihr das Kleid aus und begann dann, ihr Korsett aufzuschnüren. »Gönnst du mir einen Blick auf diesen Busen?« Er nahm eine Brust in seine Handwölbung und küßte die Warze.

Sie stieß ihn weg. »Untersteh dich, das läßt mich an andere Dinge denken.« Sie deutete mit dem Kopf in Richtung der dunkelblauen Vorhänge des Himmelbetts, das man durch die Tür sehen konnte. »Und inzwischen würde das Wasser kalt werden.«

Als sie sich zu waschen begann, zog auch er seine Sachen aus. Wie angenehm war es doch, keine Uniform tragen zu müssen. Die Halsbinde war nicht so fest gebunden, wie es die Uniform verlangte, seine Weste war im Vergleich zur Mode vor zehn Jahren viel kleiner geworden und verschob sich unter dem Überrock nicht nach oben. Trotz des Protests seines Schneiders waren die Kniebundhosen bequem weit geschnitten, so daß Ramage sich setzen konnte, ohne das Gefühl zu haben, sich die Beine an den Knien abzuklemmen, und, was noch wichtiger war: Er konnte sie ohne Hilfe ausziehen.

Schneider waren ein noch konservativerer Berufsstand als die Bauern in Nordengland, und außerdem waren sie noch hochmütiger als die Frau eines erst kürzlich geadelten Geldsacks. Eine kürzere Weste, bequemere Hosen, weniger Polster im Überrock ... Der verdammte Schneider hätte noch weiter protestiert, wenn er nicht Angst gehabt hätte, den Sohn und Erben des Earl of Blazey als Kunden zu verlieren, der außerdem ein durch seine Taten weithin bekannter Fregattenkapitän war.

»Meinen Rücken«, befahl Sarah, drehte sich zu ihm um und reichte ihm Seife und Lappen. »Mein Gott, du blickst so finster!«

»Reine Wollust«, behauptete Ramage. »Nein, ich habe gerade einen imaginären Streit mit meinem Schneider gehabt.«

Als sich Sarah etwas umdrehte, während er ihr Seife und Lappen abnahm, schnaubte sie leicht, und Ramage kicherte, denn er vermutete, was sie sagen wollte.

»Liebling, man *streitet* nicht mit seinem Schneider.«

»Streit war nicht das richtige Wort, aber ich habe zugehört, wie du und deine Schneiderin darüber gezankt habt, wohin man eine Paillette setzt oder eine Falte legt oder eine Knopfreihe. Und was die Hüte angeht ...«

»Das reicht«, sagte Sarah und hielt seine Hand fest, »das ist nicht mehr mein Rücken. Jetzt wasche die Seife herunter und trockne mich ab.«

Während Sarah und Hansons Frau die Koffer auspackten, die Falten aus den Kleidern schüttelten und die Roben in die Schränke hingen, ging Ramage nach unten in das Wohnzimmer, wo er seinen Vater bei der Lektüre der *Morning Post* vorfand. Die *Times* hatte der Earl schon gelesen.

»Es kommt mir seltsam vor, dich wieder hier zu haben und noch dazu als verheirateten Mann«, meinte er. »Diese Sache mit Lloyd's ist längst überfällig. Du solltest in der Zwischenzeit schon ein halbes Dutzend Ehrendegen bekommen haben!«

»Einer ist völlig ausreichend«, entgegnete Ramage. »Diese ganzen Repräsentationspflichten ... Es war so schön ruhig in Aldington!«

»Ach ja, wie bist du mit dem Anwalt klar gekommen? Hat Rufus alles in guter Ordnung zurückgelassen?«

Ramage nickte. »Ja, und seine Dienerschaft hat ein schönes Legat bekommen. Natürlich habe ich alle Angestellten übernommen.«

»Dieser Raven«, sagte der Earl, »ist ein guter Bursche, aber er hat enge Verbindungen zu den Schmugglern in der Gegend, mußt du wissen. Rufus hat es mir erzählt.«

»Er hat mir damals dabei geholfen, nach Frankreich zu kommen ... erinnerst du dich daran? Ich glaube nicht, daß es jemanden gibt, der die Gegend besser als er kennt.«

Der Earl lachte trocken und bemerkte: »Wer kann die Fasane besser bewachen als ein Wilderer?« Er dachte einen Augenblick lang nach, dann fügte er barsch hinzu: »Das ist wahrscheinlich nicht der richtige Augenblick, um es zu erwähnen, aber da du jetzt verheiratet bist, muß ich mein Testament ändern, um für Sarah zu sorgen – die Familienjuwelen und solche Sachen betreffend, ganz abgesehen davon, wenn sich deine Familie vergrößert – also ich muß dich folgendes fragen: Welche Pläne hast du mit Treffry Hall?«

Ramage sah ihn erstaunt an. »Wie meinst du das, Vater?«

»Nun, wie du weißt, wirst du die Liegenschaften von St. Kew erben. Das ist ein verdammt großes Haus mit fünfzehntausend Acres[1] Land in Cornwall. Es ist nicht mit dem saftigen Land zu vergleichen, das du in Kent besitzt, es besteht eher mehr aus Stei-

---

1 Knapp 6 100 Hektar. (Anm. d. Ü.)

nen als aus Gras. Aber wenn ich sterbe, wirst du dann beide Güter behalten – und dieses Haus hier dazu?«

Ramage zuckte mit den Schultern, nicht aus Gleichgültigkeit, sondern weil er sich nicht vorstellen wollte, daß sein Vater diese Welt verließ. »Das wird erst in vielen Jahren zu bedenken sein! Du siehst aus, als würdest du noch viele Jahre gesund abwettern.«

»Sei nicht so zart besaitet«, bohrte der Admiral ungeduldig nach. »Schließlich muß ich ja irgendwann einmal abtreten – wenn ich allerdings sehe, wie du dich in Stücke hauen läßt, dann könnte es gut sein, daß ich dich überlebe. Aber gerade deshalb muß ich ein neues Testament verfassen, das es mir erlaubt, dich zu überleben und umgekehrt – und das obendrein Sarah absichert.«

»Das Pferd unterstützen, egal, ob es gewinnt oder verliert!« sagte Ramage heiter.

»Exakt so. Sonst werden nur die Anwälte reich, und es gibt für Anwälte keine bessere Goldmine als das Nachlaßgericht. Gib ihnen ein anfechtbares Testament in die Hände, und sie schöpfen ab, bis von dem Besitz nichts mehr übrig ist.«

»Ich verstehe, was du meinst«, stimmte Ramage zu. »Was genau willst du wissen?«

»Nun, es ist völlig eindeutig, daß der Titel des Earls im Moment meines Todes auf dich übergeht. St. Kew Hall – also das Haus selbst – fällt an den ältesten Sohn, folglich an dich, dann geht es an deinen Erstgeborenen und deinen ältesten Enkel und so fort. Aber das Land, das dazu gehört, wird nicht automatisch vererbt. Ich habe ein paar Bauernhöfe aufgekauft, um den Besitzern zu helfen, und habe so die Fläche verdoppelt, seit ich sie von deinem Großvater geerbt habe. Fünfzehntausend Acres sind eine Menge Land. Jetzt hast du Rufus beerbt, also stellt sich die Frage: Willst du das ganze Land in Cornwall? Wenn du dich mit der Landwirtschaft weiter beschäftigen willst, dann sage ich dir klipp und klar, daß du mit Treffry Hall bedeutend mehr Profit machen wirst als mit St. Kew, denn Rufus hatte eines der ertragreichsten Besitztümer im ganzen Land, von der Grafschaft ganz zu schweigen. Willst du ein Gut in der einen Ecke des Landes und ein zweites am anderen Ende? Mit der Palace Street in der Mitte zwischen den beiden?«

Das war eine schwierige Frage, aber wie zum Teufel sollte man sie beantworten? Ramage wußte, daß er St. Kew und Treffry Hall nicht vergleichen konnte. Man könnte Treffry Hall im Haupthaus von St. Kew verstecken, ohne es je wiederzufinden, und wenn man die Acres aus Kent zwischen die in Cornwall legen würde, dann müßte man einen ganzen Tag scharf reiten, um sie aufzuspüren.

Aber an beiden Orten hingen auch Erinnerungen, kleine Dinge und Geschichten, die das Leben ausmachen. Ein Teil seines Lebens hatte sich für den jungen Ramage in Italien bei seiner Mutter abgespielt, ein anderer in St. Kew, und da waren noch die vielen glücklichen Ferien in »Onkel Rufus' Haus«, in denen Nicholas viele Tage zusammen mit Raven verbracht hatte.

Das Haus in der Palace Street gehörte in eine ganz andere Kategorie. Es war nur einen Spaziergang vom Parlament und dem Sitz der Admiralität entfernt, ebenso von Downing Street und den anderen Ministerien. Wenn Ramage also die Grafenwürde erbt und fortan regelmäßig an den Parlamentssitzungen teilnehmen mußte – nachdem er sich von der Marine zurückgezogen hatte –, war es das perfekte Stadthaus: nicht zu groß, aber an einer idealen Stelle gelegen, in der Nähe des Parlaments, aber weit genug entfernt von den Salons des Grosvenor und Berkeley Squares …

Aber mußte er wirklich zwischen St. Kew und Treffry Hall wählen? War es das, was sein Vater meinte? Hölle und Verdammnis, was würde Sarah wollen? Ramage spürte, daß sich Sarah sofort in Treffry Hall verliebt hatte. Die anmutigen tiefgrünen Hügel Kents, auf der einen Seite der Höhenzug der North Downs und im Süden die flache Ebene der Romney-Niederungen, die an die See grenzten, faszinierten sie. Dabei spielte das Wetter keine Rolle, denn die Wolken schufen immer wieder neue Szenarien, in welche Richtung man auch blickte.

Sarah. Söhne und Töchter. Sie würden Kinder bekommen, natürlich, obwohl Ramage im Augenblick dieser Gedanke nicht sehr willkommen war. Wo sollte Sarah sie aufziehen? Instinktiv wußte er, daß sie Aldington wählen würde. Es war ein wunderbares Land zum Reiten. Er stellte sich Kinder vor, die zuerst Ponys, später dann Jagdpferde ritten, und es gab viele Eichen und Buchen zum Klettern, und die Obstgärten von Treffry Hall bedeuteten zerschundene Knie und viel Spaß, geklaute Äpfel und Kirschen. Seine Söhne würden mit Pferdehaselnüssen spielen, indem sie sie auf eine Schnur aufzogen und dann versuchten, die Nuß des andern mit der eigenen zu zerschlagen, und sich vielleicht sogar kleine Betrügereien leisteten, indem sie sie leicht anrösteten oder in Essig einlegten ... »Meine ist ein Zwilling.« – »Halt die Luft an, meine ist ein Zwölfer.«

Ja, Ramage wollte zumindest zwei Söhne haben.

Treffry Hall, das war sicher, solange die Kinder klein waren, und das galt auch für Sarah, falls sie Witwe werden sollte. Aber St. Kew wurde mit dem Grafentitel vererbt, und die Familie der Ramages hatte tiefe Wurzeln im Land um St. Kew, die dort seit vielen Generationen eingewachsen waren. Diese jahrhundertealten Traditionen schob man nicht leichten Herzens zur Seite. Fünfzig Meilen im Umkreis von St. Kew repräsentierte der Earl of Blazey alles für die Bevölkerung. Er war der Mann, zu dem man ging, wenn man Geldprobleme hatte, der Mann, an den man sich um Gerechtigkeit wandte, der Mann, der – wenn es denn möglich war – die Dinge im fernen London erledigte. Das war es, was aus *noblesse oblige* so eine schwere Bürde machte. Auf dem Besitz in dem Dorf lebten viele Leute, die den Grafen als ihren Beschützer ansahen (gleichgültig, welches Jahrhundert man schrieb), ihn als eine Art Übervater betrachteten, der sie gegen alles schützte, angefangen von den Straßenräubern bis hin zu ungerechten Zwangsräumungen, und der dafür sorgte, daß der Pachteintreiber mit einer Extraflasche Wein und Essen kam, wenn in einem Haus Krankheit herrschte, und unter solchen Umständen ein besonderes Zeichen in der Spalte »Bezahlt« machte und keinen Penny mitnahm und sich darüber hinaus im Auftrag des Earls vergewisserte, daß genug Geld im Haus war.

Treffry Hall oder St. Kew – was für eine Wahl mußte Ramage da treffen!

»Muß ich mich sofort entscheiden?«

»Du mußt dich überhaupt nicht zwischen irgend etwas entscheiden«, antwortete der Admiral, »allerdings möchte ich Gewißheit über die Ländereien von St. Kew. Aber vergiß nicht den Marquis of Rockley ... Alles ist völlig in Ordnung, solange du am Leben bist und in England lebst, aber stell dir vor, ich wäre nicht mehr und dir stieße etwas zu und der Marquis lebte noch ... Sarah würde dann dich und ihn beerben. Sie ist sein einziges Kind, und nur Gott alleine weiß, wie viele Quadratmeilen ihm gehören! Drei Besitzungen: Rockley, St. Kew und Treffry Hall. Sie zu verwalten dürfte etwas schwierig werden, selbst wenn du dann noch leben solltest, deinen Abschied bei der Marine genommen hättest und dich im Oberhaus herumstreiten würdest, um neue Gesetze gegen Wilderer zu verlangen! Besonders, wenn sich dieser Bursche Pitt noch weitere komische Steuern einfallen läßt.«

»Ich hatte den Marquis of Rockley völlig vergessen«, gestand Ramage, »aber es ist schwierig, mit Sarah darüber zu sprechen, was geschehen wird, wenn ihr Vater sterben sollte ...«

»Und genau deshalb werden die Rechtsanwälte reich, und deshalb sitzen so viele Richter in den Nachlaßgerichten. Blicke dem Tod ins Gesicht, wenn du jung bist, mein Junge, er hat dann keine so erschreckenden Züge wie in meinem Alter«, philosophierte der Admiral. »Besprich das jedenfalls mit Sarah und plane eine große Familie, aber laß mich deine Entscheidung wissen, bevor du abfährst. Ich muß mein Testament wirklich neu abfassen. Deine Mutter ist besonders nervös in Hinblick auf die Ramage-Juwelen – sie möchte, daß Sarah sie bekommt, ohne daß es juristischen Streit darum gibt.«

»Nun gut«, stimmte Ramage zu, »aber Sarah wird die Aussicht überhaupt nicht gefallen, daß Schwiegervater, Schwiegermutter, Gatte, Vater und Mutter alle vor ihr sterben!«

»Ich bin sicher, daß sich keiner von uns bemüßigt fühlt, sich in dieser Hinsicht zu beeilen«, meinte der Earl, »aber während du bei Lloyd's bist, solltest du dich erkundigen, ob einer der Verantwortlichen dein Leben versichert, solange du ein Kommando auf einem der Schiffe Seiner Majestät innehast. Du bist alles andere als ein ›gutes Risiko‹!«

»Laß uns das Thema wechseln. Wer von der Patriotischen Vereinigung wird an dieser verdammten Veranstaltung von Lloyd's teilnehmen?«

»Du wirst überrascht sein. Zuerst natürlich die üblichen Leute von Lloyd's, also der Vorsitzende und das Komitee, dann verschiedene Leute aus der City. Wie ich hörte, wird der Oberbürgermeister anwesend sein – und das ist eine enorme Ehre. Du bist ein berühmter junger Fregattenkapitän. Was Nelson für die großen Flotten ist, bist du bei den kleinen Schiffen!«

»Sarahs Vater und Mutter werden kommen«, ergänzte Ramage und fügte lachend hinzu: »Unter uns gesagt, die beiden Väter werden ein Viertel der Mitglieder des Oberhauses mitbringen.«

»Jedenfalls alle, deren Meinung wichtig ist«, grummelte der Earl zufrieden. »Jahrelang waren deine Briefe in der *Gazette*[1] die

---

1 Halbamtliches »offiziöses« Nachrichtenblatt der Admiralität, in dem ausgewählte Berichte der Kommandanten über Gefechte und Seeschlachten veröffentlicht wurden. Das stellte eine Auszeichnung dar, und es war für die Karriere wichtig, häufig in der *Gazette* erwähnt zu werden – auch für alle anderen Offiziere des betreffenden Schiffes. Der Kommandant konnte durch die Art und Weise, wie er ihre Leistungen darstellte, das Schicksal seiner Offiziere erheblich beeinflussen. (Anm. d. Ü.)

einzig erfreulichen Neuigkeiten, die wir zu lesen bekamen. Außerdem wird auch die Admiralität vertreten sein, wie ich hörte.«

Das war eine echte Überraschung, denn die Haltung der Admiralität gegenüber der Patriotischen Vereinigung und den von ihnen verliehenen Ehrendegen war nur schwer zu verstehen. Es schien, daß hier schlichte Eifersucht herrschte, weil die Admiralität den Offizieren, die es verdient hätten, nichts Vergleichbares bieten konnte, gleichzeitig war man aber auch der Ansicht, daß die Offiziere nur ihre Pflicht getan hätten und daher keiner Ehrendegen bedurften. Auf jeden Fall konnte es sich die Admiralität aber nicht leisten, sich mit dem Komitee von Lloyd's zu überwerfen, das, neben anderen Dingen, die Termine aller Geleitzüge organisierte.

»Wen können wir von der Admiralität erwarten? Nimmt sich Mr. Secretary Marsden einen Tag frei von seinen Geschäften im Dienste der Spitze der Admiralität?«

»Das könnte sein, ich weiß es nicht. Aber ich habe gestern im Oberhaus den Ersten Seelord Barham gesprochen. Er sagte, daß er dich bis jetzt noch nie kennengelernt hätte, daß er aber kommen werde – seltsam, denke ich. Daß dir Lord St. Vincent applaudiert, sollte dich auch befriedigen, denn er sagte mir, daß er hoffe, teilnehmen zu können. Wahrscheinlich das einzige Zeichen von Lob, daß du je von ihm erhalten wirst«, fügte der Earl hinzu. »Und Nelson ist gerade wieder in der Stadt angekommen und erzählte mir, daß er dabei sein wird – mit Lady Hamilton, wie ich befürchte.«

»Also ist er nach der langen Jagd wieder in England... Sei nicht so kritisch gegen die Lady eingestellt«, sagte Ramage. »Wenn sie ihn bei Aboukir und vor Kopenhagen inspiriert hat, dann ist es mir egal, ob sie zwei Köpfe und drei Beine hat... Außerdem hätte Sir Jervis ohne Nelson bei Kap St. Vincent eine schlimme Niederlage erlitten und keinen Sieg errungen, also hätte er keine Grafschaft bekommen und keinen Namen, mit dem er angeben kann...«

»Ich weiß, ich weiß«, stimmte der Earl zu, »und St. Vincent weiß das auch. Er versucht diese Schuld abzutragen, indem er Nelson fördert. Er hat ihm das Kommando im Mittelmeer verschafft, das zur Schlacht von Aboukir führte, und dann Kopenhagen ...«

»Kopenhagen?« fiel ihm Ramage sarkastisch ins Wort, eine Augenbraue hochgezogen. »Ganz sicher hat sich Lord St. Vincent geschickt abgesichert, indem er den aufgeblasenen Popanz Parker zum Oberkommandierenden ernannte – und Parkers Nervosität und seine Führungsschwäche hätten beinahe zum Verlust der Schlacht geführt!«

»Du solltest fair bleiben«, tadelte ihn der Earl, »ich weiß, daß du aufgrund der Schlacht, die ihm den Grafentitel eingetragen hat, keine sehr hohe Meinung von St. Vincent hast, aber bei Kopenhagen wußte er genau, daß Nelson als zweiter in der Kommandostruktur nötigenfalls Hyde Parker um den Finger wickeln würde – was er dann ja auch gemacht und so einen großen Sieg errungen hat.«

»Warum hat er dann nicht den Mut gehabt, Nelson von Anfang an das Oberkommando zu übertragen? Hyde Parker hat viele Tage vertändelt, als er vor Helsingør herumtrödelte, anstatt gleich an Kopenhagen vorbei nach Süden durchzubrechen. Aber nach den langen bequemen Jahren in Westindien voller Sonnenschein und blauer klarer See erschreckten ihn die dunklen Nächte und die kalten grünen Fluten des Kattegats.«

Der alte Admiral lachte und begann seine Pfeife zu stopfen. »Du wirst es nicht schaffen, dich wieder mit mir darüber zu streiten. Jedenfalls ist St. Vincent jetzt aus dem Spiel, und Middleton ist Erster Seelord. Er wurde zu diesem Zweck zum Lord Barham geadelt, vielleicht ändern sich jetzt die Dinge. Ich kenne ihn die längste Zeit meines Lebens als Charles Middleton, und es fällt mir immer schwer, mich daran zu erinnern, daß er kürzlich geadelt wurde.«

»Was für eine Art Mensch ist er?«

Der Earl zuckte die Schultern. »Ungefähr der vierzehnte auf der Liste der Admirale der Weißen Flagge, gleich unter Duncan und direkt über St. Vincent. Er ist jetzt über Achtzig, aber er ist ein sehr guter Organisator und klarer Denker. Ganz offensichtlich hat er alle im Büro der Admiralität wachgerüttelt – das war auch dringend nötig. Die Aufgaben jedes einzelnen wurden präzise festgelegt, die Angestellten müssen um zehn Uhr an ihren Schreibtischen sitzen, sogar die obersten Ränge fangen früher an. Barham beginnt gewöhnlich seine Arbeit bei Tagesanbruch.«

»Klingt nach einer willkommenen Veränderung«, kommentierte Ramage. »Diese Angestellten sind zum größten Teil eine Horde unfähiger Opportunisten – es handelt sich um Söhne von Gläubigern, den Neffen von Schneidern, Freunden von Cousins und so weiter.«

»Ach ja, Lord Nelson«, rief der Earl aus, »ich hätte es beinahe vergessen. Er ist nur für drei oder vier Tage in der Stadt und wohnt in Lady Hamiltons Haus in der Clarges Street, und er bittet dich, ihn zu besuchen. Wenn du ihn dort aufsuchst, sparst du dir den langen Weg zu seinem Haus nach Merton.«

»Hast du eine Ahnung, warum er mich sprechen will?« erkundigte sich Ramage vorsichtig. »Nach dem, was man in den Zeitungen liest, sollte man denken, daß jetzt, da er wieder in London ist, sich alle Welt danach drängt, ihm die Hand zu schütteln und ein Festessen zu geben.«

»Genau darum geht es. Wenn ich du wäre, dann würde ich Raven sofort in die Clarges Street schicken, um Tag und Uhrzeit festzulegen.«

In diesem Augenblick trat Sarah in das Zimmer. »Wer wohnt in der Clarges Street?« fragte sie. »Ach ja, dieser unglückselige Mensch James Fox,[1] wenn ich mich richtig erinnere. Ich war mit

1 Charles James Fox wurde 1770 Erster Lord der Admiralität und bekleidete danach verschiedene hohe Staatsämter für die Whigs. Durch seine Feindschaft zu König Georg III. und die lange Regierungszeit des jüngeren Pitt wurde er 1784 von der politischen Macht verdrängt. Erst nach Pitts Tod konnte Fox 1806 wieder Außenminister werden, verstarb aber bald darauf. (Anm. d. Ü.)

Vater und Mutter einmal in seinem Haus eingeladen. Und hat nicht Lord Nelsons Freundin am Ende der Straße ihr Haus?«

»Es ist schon in Ordnung, du kannst Lady Hamiltons Namen ruhig laut aussprechen – Vater ist ein scharfer Denker«, spaßte Ramage.

»Also wen werden wir besuchen, Fox oder die berühmte Lady?«

»Ich wüßte nicht, daß ›wir‹ irgend jemanden besuchen«, stellte Ramage richtig. »Es verhält sich so, daß mich Lord Nelson aufgefordert hat, ihn zu besuchen. Mich durch Vater gebeten hat«, korrigierte Ramage sich selbst.

»Dann heißt es ›wir‹«, stellte Sarah munter fest. »Ich wollte den Lord schon immer kennenlernen, und wer kann der Versuchung widerstehen, mit der berühmten Dame zusammenzukommen? Ich frage mich, ob sie ihr Kind Horatia bei sich haben.«

»Für gewöhnlich spricht man von dem Mädchen als der Patentochter Seiner Lordschaft«, stellte Ramage steif fest.

Sarah machte eine ungeduldige Handbewegung. »Außer wenn du ein Diener bist, interessiert die Legitimität nur, wenn du Besitz oder einen Titel erbst. Wenn Lady Hamilton Nelson inspiriert – und das macht sie ganz offensichtlich –, dann Hurra für England, wenn sie ein Dutzend solcher Kinder hat, besonders dann, wenn daraus ein Dutzend großer Siege erwachsen. Wir könnten im Augenblick noch ein paar gebrauchen!«

Der Earl seufzte und wollte Sarah schon tadeln, als sie sich auf das Sofa setzte und ihm mit einem Finger drohte. »Bevor du anfängst, dein Mißfallen über Lady Hamilton auszudrücken – die übrigens jetzt Witwe ist, allerdings war sie es noch nicht, als Horatia geboren wurde –, laß mich dir folgendes sagen: Falls Nicholas unglücklich verheiratet gewesen wäre, als wir uns getroffen haben, dann könnte es sein, daß du jetzt eine Nichola in deiner Familie haben würdest, und die Leute würden sich das Maul über die ›berüchtigte Lady Sarah‹ zerreißen!«

Der Earl seufzte wieder, dann lächelte er. »Ja, das glaube ich dir sogar, und Nichola wäre mir in der Familie genauso willkommen wie die ›berüchtigte Lady Sarah‹«, gab er zu.

»Das kann man jetzt leicht sagen«, meinte Sarah nachdenklich, »aber wenn man es sich vorstellt ...«

Der Earl blickte sie direkt an. »Du hast Gianna vergessen, meine Liebe. Nicholas hätte sie nicht heiraten können, weil sie katholisch ist – oder anders ausgedrückt, genau genommen hätte sie ihn nie geheiratet, weil er Protestant ist, denn sie hätte nie mit einem protestantischen Ehemann nach Volterra zurückkehren können, um dort wieder die Herrschaft zu übernehmen. Aber glaube mir, die Gräfin und ich waren auf die Eventualität, die du erwähnt hast, recht gut vorbereitet!«

Ein verblüffter Ramage stieß hervor: »Wirklich, Vater?«

»Natürlich! Jedenfalls während der ersten zwei oder drei Jahre, dann stellten wir fest, daß sich deine Gefühle veränderten.«

»Das will ich hoffen«, schnurrte Sarah milde, dann erkundigte sie sich neugierig: »Aber wart ihr wirklich auf ein Enkelkind vorbereitet, das auf der falschen Seite der Straße geboren würde?«

»Vorbereitet? Nun, um ganz ehrlich zu sein, die Gräfin nahm es leichter als ich, denn in ihren Augen kann Nicholas nichts Falsches machen. Aber wenn Gianna ein Kind bekommen hätte, ja, ich hätte es akzeptiert. Wir mochten sie sehr, mußt du wissen. Mögen sie sehr«, korrigierte er sich.

Alle dachten an die junge Marchesa di Volterra, die lebenslustige und schöne Gianna, deren Schicksal noch immer ein Geheimnis war. War sie von Napoleons Agenten ermordet oder ins Gefängnis gesteckt worden?

»Nun, bis jetzt hast du keine Enkel«, stellte Ramage schnell fest, »und ich muß jetzt eine Nachricht an Lord Nelson schreiben. Seit wann ist er in London?«

»Erst seit ein paar Tagen. Wir waren alle sehr beunruhigt, als er verschwunden zu sein schien.«

Ramage nickte. »Ja, er ist ein Risiko eingegangen, als er nach Westindien segelte, nachdem er das Mittelmeer verlassen hatte –

aber er hatte recht! Villeneuve *war* über den Atlantik geflohen und nicht auf dem Weg nach Brest oder La Coruña.«

Der Earl zündete seine Pfeife an. Sobald sie zufriedenstellend zu ziehen schien, fragte ihn Ramage: »Hättest du das riskiert?«

»Möglicherweise. Nachdem er durch die Straße von Gibraltar gesegelt war, hatte Villeneuve schließlich mehrere Möglichkeiten. Er konnte sich entweder nach Norden wenden, um sich mit den Spaniern in Cádiz oder La Coruña zu vereinigen, oder nach Brest segeln, wo er Gefahr lief, blockiert zu werden. Schließlich blieb noch Westindien übrig. Was für ein Gewinn wäre die Besetzung von Jamaika gewesen, dazu die ganzen gekaperten Geleite ... Bonaparte hätte ihn auf beide Wangen geküßt!

Nun, ich habe kürzlich mit Earl of Radnor im Oberhaus gesprochen, sein Sohn ist Midshipman auf Nelsons Flaggschiff. Das macht aus dem Jungen zwar keinen Experten über die Einzelheiten der Jagd über den Atlantik und zurück, aber er weiß einiges über Nelsons Gefühle an Bord der *Victory*, und er hat sie seinem Vater geschildert.«

»Und der Earl of Radnor hat die Entscheidung gebilligt?« erkundigte sich Sarah.

»Mittlerweile ja, aber damals war er ziemlich verstört. Aber das waren wir alle.«

»Nelson ist jung, er ist nur der Sohn eines Landpastors, und er will, daß die feine Gesellschaft seine Mätresse akzeptiert. Es ist eine Tatsache, daß ihr euch alle in seiner Gesellschaft nicht wohl fühlt, daß ihr ihm nicht wirklich vertraut«, stellte Ramage bitter fest. »Hätte der alte Narr Hyde Parker die Flotte kommandiert, hättet ihr alle gesagt: ›Nun, Hyde Parker weiß, was er tut, er hat vier Jahre auf Jamaika verbracht.‹ Aber alles, was er in den vier Jahren gelernt hat, ist, wie man sich an Prisengeldern bereichert. Kopenhagen hat deutlich gemacht, daß man für den Kampf einen jungen Mann mit einem beweglichen Geist braucht.«

»Du scheinst besonders voreingenommen gegen den verdienstvollen Sir Hyde zu sein«, protestierte der Earl.

»Das ist nicht wahr!« rief Ramage aus. »Er hat das Unternehmen gegen Kopenhagen schon schlecht begonnen. Nachdem er das Kommando übernommen hatte, blieb er in Yarmouth mit seiner neuen jungen Frau im Bett, anstatt sofort mit der Flotte nach Dänemark zu segeln. Als er schließlich dort ankam, trieb er sich vor Helsingør herum, womit er den Dänen reichlich Zeit verschaffte, die Verteidigungsstellungen von Kopenhagen vorzubereiten ... Wie viele britische und dänische Seeleute mögen diese beiden Verzögerungen das Leben gekostet haben?«

»Du ziehst also offensichtlich junge Admirale mit jungen Mätressen vor«, stellte der Earl scherzhaft fest.

»Junge Admirale – ja. Wenn ein solcher Mann nur mit der Frau, die er liebt, zusammenleben kann, indem er die Konventionen verletzt und sie zu seiner Mätresse macht, nun gut. Dann gibt es die Hoffnung, wenn es zum Kampf kommt, daß er auch dann auf die Konventionen pfeift und die verdammten Gefechtsanweisungen[1] über Bord wirft. So wie es Nelson am Nil getan hat! Parker hätte nie gewagt zu befehlen, was Nelson in der Bucht von Aboukir befohlen hat. Auch hätte Parker vor Kopenhagen nie gewagt, was Nelson dort gemacht hat, auch wenn es den Intentionen und dem Zweck nach eine Wiederholung der Taktik von Aboukir war. Also gib mir einen Mann, der Konventionen mißachtet, wenn es nötig ist: Er hat die besseren Chancen, die Schlacht zu gewinnen.«

---

1 Die *Fighting Instructions* der Admiralität waren außerordentlich inflexibel und gaben dem Befehlshaber kaum Möglichkeiten zur Eigeninitiative. Ein Verstoß in bester Absicht gegen die *Instructions* konnte zu einem Verfahren vor einem Kriegsgericht und zur Hinrichtung führen – besonders dann, wenn kein Sieg errungen worden war. Die Seeschlachten, die nach den Regeln geführt wurden, endeten zumeist unentschieden – was auf Dauer nicht sehr befriedigend war. 1782 wich Admiral Rodney in Westindien erstmals von den *Instructions* ab, allerdings eher durch Zufall, weil ihm eine Winddrehung zur Hilfe kam. Er errang einen bedeutenden Sieg über Admiral De Grasse in der Schlacht bei den Saints. (Anm. d. Ü.)

»Mißachtest du denn Konventionen?« wollte der Earl schadenfroh wissen, aber dann wedelte er sofort wieder mit seiner Pfeife, um seine Bemerkung zurückzunehmen. »Nein, das ist unfair, denn bis jetzt bist du nie mit irgendwelchen Konventionen kollidiert.« Er grinste. »Du ziehst die bizarren den unkonventionellen Dingen vor!«

»Was, bitte, soll ich unter bizarr oder auch unkonventionell verstehen?« wollte Sarah honigsüß wissen.

»Ach, ganz einfach bizarr, schlicht bizarr. Hat dich Nicholas nicht unter geheimnisvollen Umständen auf einer kleinen Insel unweit von Brasilien gefunden?«

»Wie es scheint, ist mein Schwiegervater deutlich unkonventioneller als Nicholas. Ich fürchte nur, mein Vater ist die personifizierte Gradlinigkeit.«

»Wir benötigen schließlich einen rechtschaffenen Marquis in der Familie«, meinte der Earl und zwinkerte. »Und es gibt dem einen Hauch von Respektabilität, was ansonsten ein Haufen Pöbel wäre.«

3

Als Raven die Kutsche den Piccadilly entlang steuerte, wandte sich Sarah an Ramage und sagte: »Ich bin so nervös wie schon seit langem nicht mehr!«

Ramage schaute auf ihr hellblaues Kleid, die Kappe, deren Blau etwas dunkler gehalten war, und in ihr Gesicht, das noch immer die Bräune von der Sonne des Mittelmeeres zeigte. Dann beugte er sich vor und schob eine Locke ihres rotbraunen Haares an die richtige Stelle. »Ich weiß nicht, worüber du dir Sorgen machst. Ich werde sehr eifersüchtig sein, falls Lord Nelson dich länger als fünf Sekunden hintereinander anblicken sollte!«

»Ich mache mir keine Sorgen wegen Seiner Lordschaft«, entgegnete Sarah, »es ist wegen Lady Hamilton. Ich habe nicht die leiseste Idee, worüber ich mich mit ihr unterhalten soll.«

Ramage dachte einen Moment lang nach und betrachtete die Kutschen, die in der entgegengesetzten Richtung vorbeirasselten. »Betrachte sie einfach als Witwe von Sir William Hamilton. Sie war erheblich jünger als Sir William, als sie geheiratet haben, aber er wurde ein guter Freund von Lord Nelson, und ihre, äh, Beziehung hat sich daraus entwickelt.«

»Tatsache ist doch«, gab Sarah mit einem Lächeln zu, »daß ich nicht viel Erfahrung darin habe, wie man mit den Mätressen hochgestellter Herren umgeht.«

»Du wärst auch eine, wenn ich verheiratet gewesen wäre – jedenfalls hast du das gestern Vater gesagt«, erinnerte Ramage sie lächelnd. »Ich stelle dich mir gerne als meine Mätresse vor, das ist viel aufregender als an dich als meine Ehefrau zu denken.«

Sarah schmollte über dieses zweideutige Kompliment. »Das will ich nicht gehört haben. Außerdem bist du noch nicht so berühmt wie Nelson.«

»Gib mir etwas Zeit – schließlich hat er mir fünfzehn Jahre voraus! Ah, hier ist ja die Clarges Street.«

In diesem Moment hielt Raven die Kutsche an, fragte einen Passanten nach dem Haus. Dann rief er Ramage zu: »Wir sind fast da, Sir.«

Das Haus war klein, aber gut proportioniert. Während Ramage nach seinem Hut und den Handschuhen griff und seinen Degen zurechtrückte, versuchte er sich an die Zeit zu erinnern, da er den Admiral zum letzten Mal gesehen hatte. Der war damals nur Kommodore[1] gewesen. Ja, es war in Bastia gewesen, auf Korsika, als ihm der Kommodore sein erstes Kommando verschafft hatte, den Kutter *Kathleen*. Danach hatte er ihn nur noch aus der Ferne gesehen, wenn er auf seinem Achterdeck herumlief. Eine kleine Gestalt, die nur aufgrund der herausgehobenen Stellung durch das Fernglas zu erkennen gewesen war, kurz vor der Schlacht bei Kap St. Vincent, in der der Kutter *Kathleen* von einem spanischen Dreidecker versenkt worden war.

Die Schlacht hatte Nelson eine Baronie eingebracht. Sie hatte außerdem Sir John Jervis zu einem Grafentitel verholfen, den er nicht verdient hatte, aber, wie Ramages Vater richtig gesagt hatte, hatte St. Vincent immerhin sein Bestes getan, um sich bei Nelson dafür zu revanchieren.

Die Kutsche hielt an. Ramage hörte, wie Raven die Bremse anzog, dann klapperten die Faltstufen herunter, die Tür wurde auf-

---

1 In der damaligen Royal Navy war ein Kommodore ein Admiral im Probestadium, d. h., es handelte sich um einen Kapitän zur See, der (zeitweise) selbständig einen kleinen Verband befehligte. Machte er seine Sache gut, wurde er über kurz oder lang zum Konteradmiral befördert, falls nicht, blieb er Kapitän – bis in alle Ewigkeit. (Anm. d. Ü.)

gerissen, und ein grinsender Raven stand draußen und wartete darauf, Sarah heraushelfen zu können. Wie Ramage wußte, grinste Raven so breit, weil er, obwohl er an das ländliche Leben gewöhnt und vertrauter damit war, Fallen zu stellen, als Kutschtüren zu öffnen, den plötzlichen Wechsel sehr genoß – mal ganz abgesehen davon, daß er auf seine neue dunkelblaue Livree mit goldenen Biesen stolz war – und sich über das goldene Wappen freute, das jetzt auf dem Schlag der Kutsche glänzte, die Ramage von seinem Onkel geerbt hatte.

Ramage folgte Sarah, dann nahm er sie am Arm und führte sie zur Eingangstür, die plötzlich von einem kleinen Mann in einer schlichten Uniform geöffnet wurde. Ein leerer Ärmel war über der Brust festgesteckt, eine grüne Augenklappe bedeckte das linke Auge.

»Willkommen, Familie Ramage! Ich habe die Kutsche gehört und vermutet, daß Sie es sind«, erklärte er Sarah, dann nahm er ihren Schirm und stellte ihn in einen Ständer, der sich direkt neben der Tür befand. »Folgen Sie mir, ich spiele heute Butler und Haushofmeister in einem. Lady Hamilton wartet oben mit Horatia.«

Es war dieselbe ziemlich hohe nasale Stimme mit dem leichten Norfolkakzent, aber das krause Haar wies mehr graue Stellen auf. Das Gesicht war gebräunt und auch schmaler, daran gab es keinen Zweifel, aber das unterstrich nur die starke Knochenstruktur. Das gesunde Auge blickte scharf, der kleine Körper (der Mann war kleiner als Sarah) war straff und aufrecht, die eine Hand gestikulierte lebhaft. In einem einzigen Augenblick und mit einem Satz hatte er sie sowohl begrüßt als auch den Ton für die Begegnung mit Lady Hamilton und seiner kleinen Tochter vorgegeben, es würde jetzt keine peinlichen Pausen geben und das Suchen nach dem richtigen Wort oder Satz. Es war derselbe Nelson, den Ramage vor Jahren kennengelernt hatte: eine gespannte Feder. Man wußte, daß sie unter Kontrolle war, aber gleichzeitig zweifelte man nie an der ihr innewohnenden Kraft.

Der Salon im Obergeschoß war groß, hatte eine hohe Decke und war mit bemerkenswertem Geschmack möbliert. Sarah, die zuerst Lady Hamilton nicht entdecken konnte, blieb in der Tür stehen, ihre Aufmerksamkeit wurde von zwei Urnen angezogen. Urnen? Nein, Amphoren, und ganz offensichtlich waren sie mit Korallen bewachsen. Hatte man sie aus der See geborgen?

Nelson blieb stehen, als er ihr Interesse bemerkte. »Die gehören zu Lord Hamiltons Schätzen, die er mir hinterlassen hat. Unsere schönsten stehen in Merton, vielleicht können wir Sie und Ihren Gatten eines Tages dorthin locken und sie Ihnen zeigen. Ah, da ist ja Lady Hamilton.«

Sarah sah, daß sich eine kleine, schöne und anmutige Frau von einem Stuhl in einem Alkoven erhob. Sie hatte braunes lockiges Haar, ihr Körper war vielleicht etwas zu füllig, aber es handelte sich um die Fülle des Glücks und der Zufriedenheit.

Nelson stellte sie vor, und sie sagte mit ungekünstelter Freude: »Endlich, Kapitän Ramage! Horatio hat mir erzählt, daß Sie so ein gutaussehender Mann wären und daß Sie eine so schöne Frau hätten.«

Bevor Ramage antworten konnte, blickte Lady Hamilton nach unten. Ein lebhaftes kleines Mädchen zog an ihrem Rock. »Ja, ja, das ist Kapitän Ramage, der all diese aufregenden Briefe an die *Gazette* geschrieben hat, und diese Dame ist seine schöne Frau. Darf ich Ihnen Horatia vorstellen?«

Das alles wirkte so natürlich, daß Sarah diese Frau sofort mochte. Sie war warmherzig, liebte Nelson und ihr Kind abgöttisch, außerdem war sie gut informiert, interessierte sich für alles, was um sie herum vorging, und sie hatte, wenn dieses Zimmer als Beispiel dienen konnte – schließlich war es *ihr* Haus –, einen erlesenen Geschmack.

O ja, man erzählte sich Geschichten über Emma Hart,[1] die zuerst Sir William von seinem Neffen übernommen hatte und die

---

1 Lady Hamiltons Mädchenname. (Anm. d. Ü.)

dann Nelsons Geliebte geworden war, aber Sarah konnte die junge Frau verstehen und Nelsons Betörtheit verzeihen.

Sarah hatte Nelsons Ehefrau zweimal getroffen. Lady Nelson, die verwitwete Mrs. Nesbit, deren Mann, ein Major der Infanterie, in Westindien an einem der dort verbreiteten hinterhältigen tropischen Fieber gestorben, war vergleichsweise eine verwelkte Person. Sarah konnte verstehen, daß der warmherzige und spontane Nelson sie als kalt empfunden hatte, nicht gerade teilnahmslos, aber ... nun, sie war eben einfach langweilig und oberflächlich. Er hätte sie niemals heiraten dürfen, dachte Sarah. Aber wie Nicholas ihr erzählt hatte, hatte sich der junge Nelson in Antigua in eine verheiratete Frau verliebt – in die Frau des Bevollmächtigen in English Harbour –, und als das Ehepaar nach England zurückgeschickt worden war, hatte Nelson mit seinem gebrochenen Herzen eine junge Witwe kennengelernt. Hatte diese nicht bei ihrem Onkel gewohnt, der eine große Plantage auf Nevis besaß? Sarah sah es bildlich vor sich, wie sich die Nichten einmischten und den Plan schmiedeten, Fanny loszuwerden, indem sie sie mit dem jungen Fregattenkommandanten verheirateten ... und das war daraus geworden.

Nelson schob Sarah einen Stuhl dicht neben Lady Hamilton zurecht, und Sarah war im Nu in einem Gespräch mit der kleinen Horatia verwickelt, die darauf brannte, ihr neues rosa Kleid und die Schuhe vorzuführen. Nelson wartete ab, bis Horatia einen Augenblick still wurde (sie hatte gerade erklärt, daß sie jetzt Klavierstunden bekäme und fast fünf Jahre alt war), dann sagte er entschuldigend zu Sarah: »Ich entführe Ihren Mann für ein paar Minuten in das Nebenzimmer für ein kleines Gespräch. Sobald wir das hinter uns gebracht haben, können wir uns zusammen vergnügen.«

Worum ging es? Allerdings schien der Admiral freundlich gestimmt zu sein. Nicholas hatte mehrere Jahre unter Nelson gedient. Sarah hob die Achseln und war beschämt, daß Lady Hamilton es bemerkt hatte. Würde sie es falsch auslegen?

Als sich Ramage umdrehte, um Nelson aus dem Zimmer zu folgen, sagte Lady Hamilton: »Was führe ich nur für ein Leben! Schon mein verstorbener Gatte Sir William hat damals, als wir noch in der Botschaft in Neapel waren, immer die Gespräche unterbrochen und Ehemänner entführt, um mit ihnen geheimnisvolle Unterredungen abzuhalten. Übrigens hat Seine Lordschaft eine sehr hohe Meinung von Ihrem Gatten.«

»Das freut mich zu hören«, erwiderte Sarah, »aber er hat seit mehreren Jahren nicht mehr unter ihm gedient.«

»Ach, das macht nichts, denn Seine Lordschaft hat alle Artikel in der *Gazette* gelesen. Er sammelt sie in seinen Akten. Besonders hat ihn der Bericht beeindruckt, wie Ihr Mann die Geiseln in Italien befreit hat – und *Sie* dazu. In Italien! Er hat mir und Horatia die Geschichte sogar vorgelesen. Es war einfach fesselnd! Sich vorzustellen, daß er Sie lebend wiederfand, obwohl er doch denken mußte, daß Sie tot seien! Tot«, wiederholte sie, das Wort erinnerte sie offensichtlich an irgendein Ereignis. »Ich machte mir Sorgen um Seine Lordschaft. Wußten Sie, daß er mehr als zwanzigmal verwundet worden ist? Er hat einen Arm bei Teneriffa verloren, das Auge in Korsika. Bei Aboukir hat ihm ein Splitter fast den Kopf abgerissen und die Stirn aufgeschlitzt. Ich glaube, daß die letzte Schlacht vor Kopenhagen ein Wunder war. Es hat so viele Tote gegeben, und diesmal hat Horatio nicht einen einzigen Kratzer davongetragen!«

Nelson hatte Ramage in den benachbarten Raum geführt, den er offensichtlich als Arbeitszimmer benutzte. Er bedeutete Ramage mit einer Handbewegung, in einem Ledersessel neben dem Kamin, in dem kein Feuer brannte, Platz zu nehmen, dann setzte er sich ihm gegenüber. Er rückte seine Augenklappe zurecht. Ramage stellte fest, daß er sich den Sessel ausgesucht hatte, der mit dem Rücken zum Fenster stand, so daß er nicht gegen das Licht blicken mußte.

Nelson begann zu sprechen: »Nun, wie es scheint, hatten Sie

ein paar ziemlich aufregende Jahre, seit ich Sie das letzte Mal gesehen habe!«

»Und Sie erst, Sir«, entgegnete Ramage grinsend. »Ich bin eifersüchtig darauf, daß ich nicht mit Ihnen bei Aboukir und vor Kopenhagen sein konnte.«

»O ja, das waren interessante Schlachten. Gegen die Dänen war es richtig schwere blutige Arbeit. Da hieß es alles oder nichts. Bei den Dänen und Holländern müssen wir zahlenmäßig gleichstark sein, wenn es zum Kampf kommt, es sei denn, wir haben die bessere Taktik.«

»Sagen Sie mir, Sir«, wollte Ramage wissen, »hat der Erfolg Ihrer Taktik vom Nil Sie bei Kopenhagen beeinflußt?«

Nelson lachte und schlug sich auf das Knie. »Wissen Sie, Ramage, es ist schon seltsam, daß das bisher nur wenige Leute bemerkt haben. Die Dänen hatten ihre Schiffe vor ihrer Hauptstadt zusammengezogen, so wie die Franzosen ihre Flotte in der Bucht von Aboukir verankert hatten – so dicht unter Land, daß sie sicher waren, daß sich niemand dazwischendrängen kann. Aber die Franzosen hatten sich geirrt, deshalb konnte ich gewinnen.

Aber ich war überzeugt, daß die Dänen meine Schlachttaktik studieren würden, daher war ich mißtrauisch, als ich sah, daß sie ihre Schiffe in einer langen Gefechtslinie vor Kopenhagen verankert hatten. Haben sie, fragte ich mich, wirklich so dicht unter Land geankert, damit ein Durchbruch zwischen den Schiffen und der Küste nicht möglich ist – oder, und das war meine größte Sorge, haben sie für den Fall, daß ich dieselbe Taktik anwenden sollte, darauf eine Antwort gefunden und eine Falle für mich aufgestellt?«[1]

---

1 Die Dänen hatten auf den Schiffen nur 370 Geschütze und 6 000 Mann, dazu kamen aber die Kanonen der Festungswerke an Land und in der Wasserfestung *Tre Kronar*. Die Briten unter Nelson hatten 600 Geschütze, 60 Karronaden und 9 000 Mann zur Verfügung. Die Dänen verloren 1 000 Tote und Verwundete, Nelson hatte aber 1 200 Tote und Verwundete zu beklagen. (Anm. d. Ü.)

»Aber«, stellte Ramage fest, »die Dänen scheinen nichts aus der Schlacht am Nil gelernt zu haben.«

»Nein. Ich habe später mit dem dänischen Kronprinzen und mit ihrem Admiral, Olfert Fischer, gesprochen. Ich hatte den Eindruck, daß sie den Nil als einen sehr weit entfernten Ort ansahen ... Sie scheinen nicht verstanden zu haben, daß sich die Taktik überall anwenden läßt, vom Äquator bis zur Arktis. Aber ich bin mehr an Ihren Erlebnissen interessiert. Das muß eine wunderbare Überraschung für Sie gewesen sein, als Sie feststellten, daß Sie Ihre Frau befreit hatten! Sagen Sie mir, haben Sie gedacht, daß sie tot wäre?«

Ramage schwieg einen kurzen Augenblick lang, er durchlebte nochmals die langen Monate, in denen er nicht gewußt hatte, ob das Schiff, das Sarah nach England hatte bringen sollen, im Sturm gesunken oder von französischen Freibeutern gekapert worden war oder sogar von einem französischen Kriegsschiff. »Jawohl, Sir, ich muß zugeben, daß ich im geheimen dachte, daß sie tot wäre. Ich glaube nicht an Wunder, und es erschien mir, daß nur ein Wunder sie am Leben hätte erhalten können ...«

Nelson nickte voller Verständnis. »Ja, es ist immer diese Ungewißheit ... aber jedenfalls ist sie jetzt in Sicherheit. Und sie ist eine sehr schöne Frau, Sie sind wirklich glücklich zu schätzen. Und wie ich von Ihrem Vater hören konnte, haben Sie gerade ein schönes Gut in Kent geerbt. Was wollen Sie noch mehr?«

»Oh, nichts, Sir. Ich habe alles.«

Nelson lächelte wissend. »Außer natürlich, daß ständig die Fregatte *Calypso* in Ihrem Hinterkopf herumspukt und daß Sie sich fragen, welche Schlacht auf See Sie gerade jetzt verpassen könnten.«

Dieser Mann konnte durch dicke Planken schauen, dachte Ramage. »Nun ja, Sir, in gewisser Weise. Ich bin im Augenblick wirklich glücklich, aber ich weiß, daß sich solche Gedanken wieder einstellen werden.«

»Wie der Nebel, der vom Fuß der Kreidefelsen von Kent aufsteigt, nicht wahr? Nun, was für Schäden hat die *Calypso*?«

»Ach, eigentlich nichts Ernsthaftes, Sir, nur zu viele Monate Dienst in Westindien und im Mittelmeer, ohne daß ein Werftarbeiter die Möglichkeit hatte, Hand anzulegen und sie richtig in Ordnung zu bringen. Jedenfalls liegt sie jetzt in Chatham, und es wird intensiv auf ihr gearbeitet.«

»Was genau wird gemacht?«

»Der gesprungene Bugspriet und Klüverbaum werden ersetzt, zwei Marssegelrahen und alle drei Bramsegelrahen werden erneuert. In die Heckverschanzung werden neue Planken eingefügt, es hat sich herausgestellt, daß sie verrottet waren. Im Bereich der Geschütze werden auch einige Planken ausgewechselt, sie wiesen im Bereich der Rückläufe der Kanonen tiefe Rillen durch die Lafettenräder auf. Das hängende Magazin wird neu mit Kupfer ausgeschlagen, im Brotraum werden Planken erneuert. Der Kupferbeschlag vom Fockmast nach vorne wird völlig ersetzt – wie Sie wissen, wird er im Bereich des Vorstevens mit der Zeit dünn wie Papier. Das ist alles, Sir. Ein paar neue Segel und einige neue Kanonen ...«

Nelson blickte prüfend auf die Nägel seiner linken Hand. »Wann wird die *Calypso* bereit zum Auslaufen sein?«

»Die letzten Nachrichten besagen – und das war vorgestern –, daß wir in zwei Wochen soweit sein werden, Sir.«

»Haben Sie immer noch denselben Segelmeister? Wie war doch noch sein Name, Southwell, South ... Ach ja, Southwick?«

»Jawohl, Sir. Er wird geschmeichelt sein, daß Sie sich an seinen Namen erinnert haben.«

»Ja, er ist ein guter Mann. Er war Segelmeister auf dem Kutter *Kathleen*, als ich Sie dort als Kommandant eingesetzt hatte, meine ich mich zu erinnern. Ich habe bemerkt, daß Sie immer darauf geachtet haben, seinen Namen in Ihren Berichten für die *Gazette* zu erwähnen. Er muß einer der berühmtesten Segelmeister auf einer Fregatte in der gesamten Flotte sein. Sicher auch einer der reichsten«, fügte Nelson hinzu. »Sie haben mit dem Prisengeld eine Menge Glück gehabt. Ist der größte Teil der Crew immer bei Ihnen geblieben?«

Als Ramage nickte, bemerkte der Admiral: »Dann werden das wohlhabende Männer sein. Ein paar von Ihren Matrosen könnten mich sicherlich auszahlen«, stellte der Admiral ohne Groll fest. »Ich habe mit Prisengeldern nie viel Glück gehabt.«

Jetzt sitzen wir hier und unterhalten uns über Prisengeld, und ich platze fast vor Neugierde, warum du mich sprechen wolltest, dachte Ramage bei sich. Es ging dir doch sicher nicht darum, mit mir altes Garn zu spinnen oder die Taktik bei Kopenhagen zu diskutieren, und auch nicht, um mir dein phänomenales Personengedächtnis zu beweisen ...

Hatte Nelson Ramages Gedankengang erraten? Er sah Ramage an und grinste. Es war ein jungenhaftes Lächeln, das die Falten von fünfzehn Jahren aus seinem Gesicht verschwinden ließ. »Sie fragen sich, warum ich Ihren Herrn Vater gebeten habe, Ihnen auszurichten, daß ich Sie sprechen möchte, nicht wahr? Reicht es nicht, daß Sie Lady Hamilton und Horatia kennengelernt haben?«

»Jawohl, Sir«, bestätigte Ramage, dann fügte er scharfsinnig hinzu: »Aber die Damen sind im Salon, und wir sind hier!«

»Und Sie, mein lieber Ramage, haben zu lange ein unabhängiges Kommando gehabt. Wenn Sie mal länger in einem Flottenverband eingegliedert gewesen wären, dann würden Sie wissen, daß es wichtiger ist, den Admiral zufriedenzustellen, als sein Schiff vernünftig zu handhaben.«

»Nicht in Ihrer Flotte«, stellte Ramage schlicht fest. Die Worte waren heraus, bevor er sie zurückhalten konnte.

Wieder mußte Nelson grinsen. »Ich fasse das als Kompliment auf. Wie wäre es, wenn Sie unter mir dienen würden?«

Ramage sah so verdutzt aus, daß Nelson lachte. »Die Idee scheint Ihnen nicht zu gefallen.«

»Das ist es nicht, Sir,« stammelte Ramage.

»Wenn Sie mir unterstellt gewesen wären, dann würden Sie wahrscheinlich in diesem Augenblick vor einem französischen oder spanischen Hafen auf und ab kreuzen und ein Auge auf die Vereinigten Flotten Frankreichs und Spaniens haben. Sie finden diese Idee erschreckend?«

Hölle und Verdammnis, dachte Ramage. Wenn ihn in einem Traum – denn nur dort pflegte sich so etwas abzuspielen – Lord Barham gefragt hätte, was für einen Einsatz er sich wünschen würde, dann hätte er gesagt, man solle ihn zu Lord Nelson schicken. Jetzt saß er vor Lord Nelson selbst – und Ramage wußte, daß er nicht träumte –, und dieser bot ihm den Job an. Nicholas' Mund war plötzlich mit Sand gefüllt, und die passenden Worte flogen durch den Schornstein davon.

Er suchte Zuflucht bei einer von Nelsons früheren Bemerkungen. »Ich bin es nicht gewöhnt, mit Admirälen zu verkehren, Sir. Es mangelt mir an Takt.«

»Sie sind der Sohn eines der bedeutendsten Admirale, die diese Navy je hervorgebracht hat, und falls die Gerüchteküche die Geschichten einigermaßen richtig wiedergegeben hat, dann haben Sie die Befehle der meisten Admirale mißachtet, unter denen Sie gedient haben. Aber das habe ich auch«, gab er mit einem spontanen Grinsen zu. »Nun, die Zeit wird knapp – ich erwarte, daß ich in wenigen Tagen zurück zu meiner Flotte muß, und ich bin ein überzeugter Anhänger der Theorie, daß ein Freiwilliger mehr leistet als drei gepreßte Männer.«

»Was mich angeht ... ich bin ein Freiwilliger, Sir«, sagte Ramage schnell, ängstlich, daß er Nelson durch sein zögerliches Verhalten verletzt haben könnte. »Sie haben mich völlig überrascht, weil mein Name ganz unten auf der Liste der Vollkapitäne steht und ...«

»Und es kommt nicht oft vor, daß ein Admiral, der eine Flotte kommandiert, einem jungen Kapitän zur See das Angebot macht, unter ihm zu dienen, nicht wahr?«

»Genau das, Sir.« Ramage holte tief Luft. »Wenn wir zu Ihnen stoßen dürfen, das heißt, falls Sie und die Admiralität zustimmen, dann habe ich das Schiff innerhalb einer Woche klar zum Auslaufen, und sobald wir an den schwarzen Dalben Pulver übernommen haben, kann die *Calypso* sich Ihnen anschließen.«

»Gut gesprochen«, meinte Nelson ruhig. »Sie werden Ihre Befehle in wenigen Tagen von der Admiralität bekommen. Wenn Sie in der Zwischenzeit Ihrem Mann Southwick und natürlich dem Ersten Leutnant eine Nachricht zukommen lassen könnten, daß sie die Dinge etwas beschleunigen sollen, dann wäre das hilfreich. Southwick kennt doch so gut wie alle Werfttricks. Das wichtigste ist, daß der Kupferbeschlag erneuert wird. Das wäre ein typischer Zeitpunkt, an dem den Werftgrandies immer die Nägel knapp werden.«

Ramage sah Nelson vorsichtig an, dann entschloß er sich, es zu riskieren. Der Admiral hatte die französische Flotte über den Atlantik und zurück gejagt, er hatte auch erlebt, daß sie ihm ausgewichen war und sich schließlich mit den Spaniern zusammengetan hatte. Die Vereinigte Flotte mußte nun fünfunddreißig oder mehr Linienschiffe umfassen, und einige der spanischen trugen mehr als einhundert Kanonen. Nelson schien weniger als zwanzig Schiffe zu haben, obwohl Lord Barham jeden verfügbaren 74er eilig zusammenkratzte.

»Besteht eine Chance, daß sie herkommen und sich dem Kampf stellen werden?«

Nelson hob die Schultern, es war eine seltsam ungeschickte Bewegung, weil dadurch an dem leeren Ärmel gezogen wurde. »Die Franzosen ... nun ja, dieser Bursche Villeneuve ist kein Feigling, aber man kann nicht abschätzen, welche Befehle er von Bonaparte bekommen wird, der zweifellos ein großartiger Stratege ist, wenn es sich um Landschlachten handelt, doch nichts von der Seefahrt versteht. Und die Spanier? Ich glaube nicht, daß sie mit dem Herzen dabei sind. Die Franzosen können sich mit diesem ganzen revolutionären Unsinn anfeuern – was keineswegs für Villeneuve gilt, der genau weiß, daß er im Falle einer Niederlage bestraft werden wird,[1] aber was ist mit den Spaniern, sie scheinen sich an den Rockschößen von Bonaparte festhalten zu wollen, das wird die Kommandanten nicht gerade in blindwütige Kampfmaschinen verwandeln.« Nelson rückte wieder seine Augenklappe zurecht, diese Bewegung schien das Zeichen für einen Themenwechsel zu sein. »Ich sehe Sie morgen in der Royal Exchange, wenn man Ihnen den Ehrendegen überreicht. Wie ich dem Vorstand von Lloyd's letzte Woche gesagt habe, hätten Sie inzwischen schon ein Dutzend Degen haben sollen. Lassen Sie uns zu den Damen zurückgehen.«

Als die Kutsche auf dem Heimweg wieder durch die Clarges Street klapperte und dann zur Palace Street in den Piccadilly einbog, bemerkte Sarah: »Ich bin stolz auf dich, Liebling. Lord Nelson ist der Meinung, daß du einer der besten Fregattenkommandanten in der Marine bist, und Lady Hamilton sagte, daß du mit Sicherheit der bestaussehende bist!«

Ramage grinste und nahm Sarahs Hand. »Das macht dich zur glücklichsten Frau Londons – oder jedenfalls in der Clarges Street. Was hältst du von Seiner Lordschaft?«

»Er ist der größte Widerspruch in sich, den ich je kennengelernt habe.«

Ramage runzelte die Stirn. »Wie das?«

»Nun, er hat eine irritierend näselnde Stimme, er ist gesundheitlich belastet, er ist besessen von Lady Hamilton und möchte, daß sie von allen akzeptiert wird. Er ist so von sich selbst überzeugt, daß er wie ein Angeber wirkt, er hat eine flinke Zunge und

---

1 Bei Trafalgar geriet Villeneuve in englische Kriegsgefangenschaft, wurde aber ausgetauscht. In Frankreich sollte er vor ein Kriegsgericht gestellt werden, starb aber in Rennes unter mysteriösen Umständen. Offiziell hat er sich mit sechs Stichen ins Herz selbst umgebracht, inoffiziell wurde immer vermutet, daß er auf Anweisung Napoleons ermordet wurde. (Anm. d. Ü.)

scheut sich nicht davor, sie auch zu benutzen, er ist physisch unscheinbar ...«

»Dennoch ...?«

»Genau, *dennoch* ... Er ist eben auch einer der faszinierendsten Männer, die ich je getroffen habe. Er kann nichts für seine Stimme – und man vergißt sie, weil man fasziniert zuhört, was er zu sagen hat. Ja, er ist mit körperlichen Gebrechen geschlagen, er ist so oft verwundet worden, hat seinen rechten Arm verloren und ist auf einem Auge fast blind, das muß ihn schwer treffen – einen weniger starken Mann hätte das zerstören können.

Was Lady Hamilton angeht, so ist sie ihm auch verfallen, aber sie ist nachdenklich und versteht ihn, und was mich angeht, so stört es mich nicht, daß sie früher einmal Emma Hart war, die Geliebte von Sir Williams Neffen. Ich wäre erfreut, sie zu meinen Freundinnen zählen zu können. Sie ist ganz eindeutig die Inspiration Seiner Lordschaft.

Er hat ein enormes Selbstbewußtsein, weil er weiß, was er will und wie er es erreicht – das macht ihn unter unseren heutigen Admiralen ziemlich einmalig. Dein Vater ist der einzige, der mir dabei noch einfällt. Bedenke nur, was für ein Durcheinander Lord Howe am *Glorious First of June*[1] angerichtet hat, und erst dieser unschlüssige Idiot Mann, und was Lord St. Vincent bei *seiner* – ich meine natürlich bei Nelsons und deiner – Schlacht angeht ...

---

1 Die Seeschlacht am 1. Juni 1794 fand ca. 400 Seemeilen westlich von Ouessant statt. Die Franzosen verloren sieben Linienschiffe, sieben weitere wurden schwer beschädigt, ihre Verluste betrugen alles in allem 7000 Mann. Die Briten verloren 1150 Männer, acht Schiffe wurden schwer beschädigt. Trotz der schweren taktischen Niederlage hatten die Franzosen ihr strategisches Ziel erreicht, denn ein Geleitzug mit Getreide aus den USA für das von einer Hungersnot heimgesuchte Frankreich erreichte sicher Brest. Aber da die englische Flotte seit dem Kriegseintritt im Februar 1793 keine große Seeschlacht gewonnen hatte, wurde Howe von der Regierung (und dann auch vom Volk) überschwenglich als der Sieger des »glorreichen 1. Juni« 1794 gefeiert. (Anm. d. Ü.)

Was war da noch? Ach ja, die flinke Zunge. Die muß viele der geistig beschränkten und sprachgestörten Admirale aufregen, aber ich habe festgestellt, daß gewöhnlich eine schnelle Zunge mit einer flotten Auffassungsgabe gekoppelt ist, und die wiederum mit einem regen Gehirn. Zusammengenommen heißt das doch nichts anderes, als daß wir endlich mal den richtigen Mann an der Spitze der Flotte haben, mit der die Vereinigte Flotte der Franzosen und Spanier bekämpft werden soll. Stell dir nur vor, es wäre wieder St. Vincent oder Lord Howe, oder ... es erschreckt mich, darüber nachzudenken.«

»Du mußt eine der wenigen Ehefrauen sein, die an einer Sitzung der Admiralität teilnehmen und die sich der ungeteilten Aufmerksamkeit der Anwesenden sicher sein könnte!«

»Lady Hamilton hat mehr oder weniger dasselbe zu mir gesagt.«

»Ja, aber sie sagte es aus einem blinden Vertrauen zu Lord Nelson heraus«, machte Ramage deutlich, »du hast dir das alles selbst überlegt.«

»Der Teufel soll in Zeiten wie diesen die Logik holen«, sagte Sarah völlig unerwartet, »wenn Bonaparte – oder doch jedenfalls seine Flotte – dieses Land an einem Nachmittag besiegen kann. Ich vertraue dem, was ich in meinem Herzen fühle. Die Admiralität würde darüber lachen, und mit ihrer kristallklaren Logik suchten sie sich fast immer den falschen Mann aus. Sir Hyde Parker für Kopenhagen beispielsweise.«

Ramage beugte sich vor und küßte sie. »Ich stimme dir Wort für Wort zu. Trotzdem hat nicht die Admiralität, sondern St. Vincent Sir Parker ausgewählt. Und denke dran, ich bin kein Mitglied der Admiralität!«

»Das wirst du eines schönen Tages sein, also erinnere dich dann daran, was ich gerade gesagt habe.«

4

Der Degen des Patriotischen Vereins wurde Ramage im Namen von Lloyd's von Sir Josiah Hobart, dem Oberbürgermeister, überreicht, dem in seinem prächtigen und entsprechend schweren Ornat heiß war und der daher heftig schwitzte. Der Degen war ein ausnehmend schönes Stück bester Waffenschmiedarbeit. Nach der Veranstaltung, als sie wieder in der Palace Street waren und sein Vater und Sarah das gute Stück begutachteten, stellten sie fest, daß es von Mr. Prater in Charing Cross gefertigt worden war, der bisher alle ihre Degen hergestellt hatte.

»Die erste Seitenwaffe, die ich dir gekauft habe – es war dein Fähnrichdolch«, erinnerte sich der Earl, »hat fünfundzwanzig Guineen gekostet und der erste richtige Degen vierzig Guineen. Bald habe ich es dann aber aufgegeben, dir neue Degen zu schenken, da du es dir zur Angewohnheit gemacht hast, sie auf den Decks französischer Schiffe zu verlieren!«

»Ja, daher benutze ich jetzt immer ein ganz ordinäres Entermesser, wenn wir entern müssen«, meinte Ramage, »aber ich muß zugeben, daß mein jetziger Degen zur Großen Uniform ziemlich schäbig wirkt, die Messingarbeiten auf der Scheide korrodieren schon. Der hier wird schneidiger wirken, wenn ich mich bei einem Admiral melden muß – es geht doch nichts über goldene Beschläge.«

Sarah hob die schwere gebogene Klinge, die blau und golden verziert war, am weißen Elfenbeingriff hoch. Sie deutete auf den kurzen Stab, der im rechten Winkel auf der anderen Seite des Bügels herausragte und fragte: »Was ist das?«

»Das wird Parierstange genannt. Wie du siehst, ist sie dem römischen Vorbild nachempfunden.«

»Und das hier?« fragte sie weiter und zeigte auf den Griff, der von der Parierstange nach oben verlief.

»Das ist der Knauf, er ist wie das Fell und der Kopf eines Löwen geformt, wie du sehen kannst.«

»Und das?«

»Der Bügel verhindert, daß der Säbel des anderen Burschen deine Klinge nach unten drückt und dir die Hand abschlägt. Er stellt eine Herkuleskeule dar, um die sich eine Schlange windet.«

Sie gab Ramage den Degen zurück. »Er ist herrlich«, kommentierte sie, dann seufzte sie. »Wie du weißt, habe ich das ganze lange Dinner durchgehalten und war zur einen Seite höflich zu Lord Barham und zu Lord St. Vincent auf der anderen, aber ich weiß noch immer nicht richtig, was hinter diesem Patriotischen Verein oder Lloyd's eigentlich wirklich steckt. Und auch der jetzige oder der ehemalige Erste Seelord schienen nicht viel darüber zu wissen.«

»Na, ich weiß jedenfalls Bescheid«, erklärte der Earl, »also werde ich es dir erzählen. Während der Regierungszeit von James II. eröffnete ein wohlhabender Mann namens Edward Lloyd ein Kaffeehaus in der Lombard Street. Dort pflegten Geschäftsleute zusammenzukommen, die mit Schiffen und der Seefahrt zu tun hatten. Sie trafen sich in Lloyd's Café, um den neuesten Klatsch zu hören und Informationen auszutauschen. Edward Lloyd wußte immer, welche Schiffe eingelaufen waren und welche zum Verkauf standen und so weiter und so fort. Wenn man also ein Schiff hatte oder eine bestimmte Ladung irgendwohin verschiffen wollte, dann benötigte man eine Versicherung. Also dauerte es nicht lange, bis die Reeder, die Ablader und Versicherungsmakler sich dort versammelten, um Reisen abzusprechen.

Der alte Edward Lloyd verstarb, aber das Kaffeehaus blieb der Anlaufpunkt für die Schiffahrtsinteressierten, und natürlich war einer ihrer vordringlichsten Wünsche, gleichgültig, ob es sich um Reeder, Ladungsbeteiligte oder Versicherer handelte, Informationen zu bekommen. Nachrichten über ihre Schiffe und Ladungen, ob sie sicher in Westindien angekommen, von Gravesend ausgelaufen waren oder vor Dungeness Schiffbruch erlitten hatten. Einen Reeder interessierte natürlich auch, zu welchem Preis ein Konkurrent ein Schiff verkauft hatte, während die Ablader wissen mußten, wieviel es kostete, hundert Tonnen Melasse von Jamaika zu verschiffen oder hundert Portweinfässer von der iberischen Halbinsel. Und die Versicherer waren natürlich überall darin verstrickt, weil sie die Risiken versicherten.

Also begann 1743 das Kaffeehaus eine Zeitung herauszugeben, damals nicht viel umfangreicher als ein Flugblatt, die *Lloyd's List* genannt wurde. Sie enthielt alle Neuigkeiten, die ihre Kunden interessierten. Schließlich wurde, in der Absicht, das Schiffahrtgeschäft vor Schwindlern zu schützen, und aus der Notwendigkeit heraus, verläßliche Informationen zu erlangen, ein Komitee gegründet, welches die Geschäftsführung des Cafés übernahm. Ein paar Jahre später zog der ganze Laden in die Royal Exchange um, wo er sich noch immer befindet. Das Komitee wählte die Versicherer aus, die jetzt aus Gründen, die nur sie selbst wirklich kennen, Mitglieder genannt wurden. Als der Krieg ausbrach, begann man mit der Admiralität und den Reedern zu kooperieren, um Geleitzüge und ähnliche Dinge zu organisieren. Wenn sich ein Kapitän innerhalb eines Konvois schlecht beträgt«, der Earl sah seinen Sohn an und lächelte, »was kein ganz ungewöhnliches Vorkommnis ist, wie du ja selbst am besten weißt, dann, meine liebe Sarah, beschwert sich die Admiralität beim Komitee, das dann wiederum den Kapitän disziplinieren soll. Allerdings vermutet die Admiralität, daß das Komitee ihre Briefe einfach zerreißt.«

»Die Degen«, erinnerte ihn Sarah, »wer bezahlt die Degen?«

»Ach ja. Vor einigen Jahren legte Lloyd's einen Patriotischen Fonds auf, dessen Zielsetzung es war, den Verwundeten der Navy zu helfen und Tapferkeit zu belohnen. Es war ein sofortiger Erfolg. Wie ich mich erinnere, gaben die Bank von England und die Ostindische Handelsgesellschaft jeweils 5 000 Pfund, die City von London war mit 2 500 Pfund dabei. Einige Theater veranstalteten Galavorstellungen, deren Erlöse dem Fonds zuflossen.«

»Ich frage mich, woher die hundert Guineen kommen, die Nicholas' Degen gekostet hat«, sinnierte Sarah.

»Aus den Profiten des Gewürzhandels mit Indien oder einem scharf gewürzten Theaterstück – ist das die Frage«, spottete Ramage übermütig. »Leutnants und Segelmeister bekommen Degen für fünfzig Guineen und Steuermannsmaaten und Midshipmen welche für dreißig.«

Der Earl sagte: »Ich habe gesehen, wie du dich mit Southwick und deinem Ersten Leutnant Aitken unterhalten hast. Was du ihnen gesagt hast, schien ihnen den Tag zu verderben, das war jedenfalls mein Eindruck.«

»Ja, die beiden mußten direkt mit der Postkutsche nach Chatham zurückfahren, um den jungen Martin anzuspitzen, damit er seinen Vater beschwatzt!«

Der Earl sah verwirrt aus, und Ramage erinnerte ihn: »Du hast vergessen, daß Martins Vater der Erste Schiffbauer der Werft ist. Ein privates Wort mit ihm kann zehn Dringlichkeitsbriefe des Marineamtes ersetzen!«

»Ach, so ist das, du solltest versuchen herauszufinden, ob die Vorarbeiter der Schiffbauer in Portsmouth und Plymouth auch Söhne haben, die als Midshipmen zur See fahren wollen, dann bist du an der Südküste immer auf der sicheren Seite.«

»Du wirst es mir nicht glauben, aber als der junge Mann auf die *Calypso* kam, hatte ich keine Ahnung, was sein Vater von Beruf war.«

»Um so dümmer von dir. Es wird ihm zu verdanken sein, wenn

du rechtzeitig nach Cádiz kommst. Übrigens«, setzte er bedeutungsschwer hinzu, »solltest du nicht vergessen, daß Fregatten nur die Aufklärer des Admirals sind und Hilfsglieder in der Übermittlungskette von Befehlen. Sie segeln nicht in der Schlachtlinie mit. Deshalb nennt man«, fügte er sarkastisch hinzu, »die Schiffe mit 64 und mehr Kanonen Linienschiffe. Aber heute will schon kein Admiral mehr einen 64er in seiner Schlachtlinie haben, er will 74er und größere.«

»Ja, Vater«, bestätigte Ramage pflichtgemäß. Er erinnerte sich, daß er den Kutter *Kathleen* bei dem Versuch verloren hatte, ein spanisches Linienschiff bei Kap St. Vincente an der Flucht zu hindern, daher fügte er grinsend hinzu: »Ich erinnere mich: Fregatten spielen Zuschauer und dienen als Claquere!«

»Du hattest mit der *Kathleen* Glück«, sagte der Earl und fügte im leichten Tonfall hinzu, aber so, daß Ramage es zur Kenntnis nehmen mußte, »außerdem ist Sarah noch zu jung, um schon Witwe zu werden.« Dann seufzte und grummelte er: »Ich könnte genausogut Selbstgespräche führen.« Er wandte sich Sarah zu. »Erzähle mir etwas über Lady Hamiltons Tochter. Ist Lord Nelson der Vater?«

»Oh, daran gibt es keinen Zweifel, wenn man sie nebeneinander sieht. Trotz dieses ganzen höflichen Geredes von dem ›Paten‹ ist er ganz einfach ein liebender Vater. Und warum auch nicht?« fragte sie etwas unerwartet. »Dieser Krieg dauert Jahr um Jahr, und Nelson ist schon so oft fast getötet worden. Warum sollte er nicht versuchen, so viel Glück einzuheimsen, wie er kann? Wenn er so weiter macht wie in der Vergangenheit, dann kann er von Glück sagen, wenn er Horatias fünften Geburtstag erlebt.«

»Na, na«, tadelte der Earl, »du verteidigst den Lord sofort, wenn man seinen Namen auch nur erwähnt!«

»Das will ich wohl meinen!« sagte Sarah ärgerlich. »Du mußtest dir heute nicht das Gewäsch dieser Weiber in der Royal Exchange anhören! Sie machten sogar Bemerkungen zu mir, weil sie dachten, daß ich ihnen zustimmen würde!«

»Was hast du ihnen geantwortet?« fragte der Earl neugierig.

»Ich sagte, daß Lady Hamilton eine sehr liebe Freundin von mir ist«, antwortete Sarah trotzig, »und weil ich die Tochter meines Vaters und die Frau meines Mannes bin, hatten diese scheinheiligen Schnepfen den Anstand, rot zu werden.«

»Gott mit uns!« murmelte der Earl, »ich werde deinem Beispiel bei ihren Ehemännern folgen.«

Am nächsten Morgen kam Hanson, der verwirrt war, weil er beim Polieren des Silbers gestört worden war, in den Salon gehastet, wo Ramage die *Morning Post* las, und meldete, daß ein Bote der Admiralität mit einem Brief für Kapitän Lord Ramage an der Tür wäre, den er, wie Hanson gewichtig hinzufügte, niemand anderem aushändigen würde.

»Er hat ein Quittungsbuch bei sich, das auch noch unterschrieben werden muß«, erklärte Hanson düster, als ob das der Beweis wäre, daß der Mann kein Bote, sondern ein lauernder Dieb war, der auf das Silber spekulierte.

Ramage ging zur Eingangstür, quittierte den Brief und trug ihn in den Salon zurück. Auf dem Weg nahm er einen Brieföffner mit.

Während er das Päckchen prüfend in seiner Hand wog und auf das Siegel der Admiralität mit dem unklaren Anker blickte, kostete er den Augenblick aus. Ja, das war so wie in seiner Jugend, als er im Apfelbaum gesessen und es schließlich geschafft hatte, an die größte und reifste Frucht zu gelangen ... Er dachte an die Abenteuer mit Raven, wenn das Kaninchen aus dem Bau in das Netz schoß, das Frettchen mit seinen kleinen Augen hinterherkam und sich links und rechts umschaute, so als ob das helle Tageslicht es nach dem langen Aufenthalt im dunklen Bau blenden würde ... oder auch wenn der Ausguck aussang, daß er ein Segel gesichtet hatte, das nur einem Franzosen gehören konnte. Dem Öffnen neuer Befehle der Admiralität ging immer dieses Gefühl der Erregung und Erwartung voraus – gemischt mit einem

Tropfen dunkler Vorahnung, gerade genug, um die Angelegenheit zu würzen.

Ramage schob das Papiermesser unter das Siegel und faltete das einzelne Blatt aus dickem Papier auseinander. Da waren die übliche Anrede und Eingangsfloskeln, dann hatte William Marsden, der kürzlich die Nachfolge von Evan Nepean als Sekretär der Admiralität angetreten hatte, geschrieben:

Da man den Ehrenwerten Mitgliedern der Admiralität zur Kenntnis gegeben hat, daß Seiner Majestät Fregatte Calypso, *die sich jetzt in Chatham befindet, in Kürze zum Auslaufen bereit sein wird, werden Sie hiermit angewiesen, die Fregatte Seiner Majestät unter Ihrem Kommando so schnell wie möglich in See zu bringen und alles in Ihren Kräften Stehende zu tun, um die Flotte unter dem Kommando von Vizeadmiral Lord Nelson an einem der angegebenen Treffpunkte zu erreichen und sich daselbst dem Kommando Seiner Lordschaft zur weiteren Verwendung zu unterstellen.*

Ein paar sauber geschriebene Zeilen, abgefaßt vom Bürovorsteher oder einem der »höheren Sekretäre«, dann von Marsden unterschrieben, bevor man es zu Ramage durch den einzigen Boten der Admiralität in die Palace Street geschickt hatte. Wenn Ramage die Erinnerung nicht trog, dann handelte es sich dabei zur Zeit um John Fetter, der für vierzig Pfund im Jahr alle Briefe Ihrer Lordschaften in einem Umkreis von fünf Meilen um Whitehall auslieferte.

»So schnell wie möglich« bedeutete nach Aussage von Aitken und Southwick in diesem Fall ungefähr fünf Tage. Die meisten Kupferplatten waren wie Fischschuppen aufgenagelt, auf den verbleibenden Flächen, die man noch für die restlichen benötigte, hatte man Teerpapier befestigt, damit Regenfälle keine Verzögerung bewirken konnten. Die neuen Geschütze waren schon an Ort und Stelle gehievt, und alles notwendige Tauwerk für sie war angeschlagen und, wo nötig, durch Blöcke geschoren worden.

Dann würde das Trockendock, in dem die Fregatte aufgepallt stand, bei Hochwasser geflutet und die *Calypso* ausgeschwommen werden. Nach dem Abzeichnen der üblichen Werftrechnungen und Belege würde Ramage wieder offiziell die Verantwortung über das Schiff vom Verwalter der Werft übernehmen. Anschließend würde er die *Calypso* den Medway mit seinen schlammigen Ufern flußabwärts führen – es sei denn, der Wind entschloß sich, kapriziös zu sein und aus Osten zu wehen –, dann in die Themse, wo man mit ziemlicher Sicherheit auf ungünstige Winde und Gezeitenströme treffen würde, um schließlich zu den Schwarzen Dalben zu laufen, wo man längsseits an die Pulverhulk gehen würde, um das Magazin und die Pulverkammer der *Calypso* wieder zu beladen. Es war ein gefährliches Ärgernis, daß man, bevor man in die Werft ging, jedesmal das Pulver in die Pulverhulken löschen mußte, um es danach wieder zu laden. Das Risiko von verstreuten Pulverkörnchen hielt die Pumpen die ganze Zeit über in Bewegung, aber nichts ließ sich mit der Gefahr vergleichen, die ein Schiff darstellte, wenn in der Werft ein Brand ausbrach und seine Magazine gefüllt waren. Wenn es explodierte, würde halb Chatham mit in die Luft fliegen.

Ramage hatte sich oft Gedanken über die Männer gemacht, die ihr Leben auf genügend Pulver verbrachten, um jederzeit in die Ewigkeit geblasen zu werden, und als einzige Aussicht immer die grauen Schlammbänke der Themse hatten. Niedrigwasser, Hochwasser und der Gestank des Schlamms beherrschten ihr Leben. Riskierten sie es, heimlich zu rauchen, obwohl sie genau wußten, daß sie in unmittelbarer Nachbarschaft von einigen hundert Tonnen Schießpulver lebten? Wer kommandierte sie? Wahrscheinlich ein obskurer Leutnant, dem in einem Gefecht irgendwo in der weiten Welt ein Bein abgeschossen worden war oder der durch irgend etwas in Ungnade gefallen war, das aber kein ordentliches Kriegsgerichtsverfahren wert gewesen war?

Sarah betrat das Zimmer und sah den Brief in der Hand ihres Gatten.

»Deine Befehle?«

Er nickte. »Ich muß in ein oder zwei Tagen nach Chatham.«

»Ich habe gehofft, daß wir noch ein paar Wochen zusammen in Aldington verbringen könnten«, sagte sie leise und versuchte krampfhaft, ihre Stimme ruhig zu halten.

»Wirst du wieder hinfahren, wenn ich fort bin?«

»Ja. Sobald ich wußte, daß du«, sie machte eine Pause und schaffte es zu schlucken, damit ihr die Stimme nicht versagte, »sobald ich wußte, daß du bald absegeln wirst, habe ich Vater und Mutter gebeten, mit mir ein paar Wochen dorthin zu fahren. Sie freuen sich darauf, das Haus kennenzulernen, und Vater wird das Reiten sehr schätzen. O Nicholas!«

Er stand auf und umarmte sie fest, als sie in Tränen schwamm. Es war das erste Mal, daß er sie zusammenbrechen sah, und er fühlte sich völlig hilflos. Irgendwie schien sie sich von ihm in ihrem Schmerz zu entfernen. Aber er wußte, daß die Ursache in seinen Schuldgefühlen lag, weil er sie verlassen mußte.

»Ich werde nicht lange fort sein«, murmelte er, »ich muß nur nach Cádiz, das ist nicht dasselbe, als wenn ich in die Karibik oder nach Ostindien fahren würde. Oder auch zur Insel Trinidade«, fügte er hinzu und hoffte, sie damit wieder zum Lächeln zu bringen.

Sie hörte auf zu weinen und versuchte zu lachen. »Denk dran, was passiert ist, als du dorthin gefahren bist.«

»Nur eine angenehme Kreuzfahrt oder so, dachte ich. Ich ahnte ja nichts von einer finstere Pläne schmiedenden Frau, die mich dort auf einem Ostindienfahrer erwartete ...«

»Aber jetzt, da du sie geheiratet hast, läßt du sie einfach im Stich!«

Sarah gewann ihre Selbstbeherrschung wieder, aber sie hatte recht, er ließ sie tatsächlich irgendwie im Stich. Doch das schlimmste daran war, daß ihn die Aussicht, wieder mit der

Calypso in See zu gehen, erregte. Dieses freudige Gefühl kollidierte mit seinem Schuldgefühl, seine Frau verlassen zu müssen. Jetzt konnte er nachempfinden, was viele verheiratete Offiziere bei der Marine durchmachten. Jetzt wußte er, daß der harte Ausspruch von Lord St. Vincent, daß »ein Offizier, der heiratet, für den Dienst verloren ist«, zwar übertrieben, aber gleichzeitig durchaus vernünftig war.

Es gab natürlich keinen Grund, warum der Dienst in der Navy einen Mann zu einem Mönchsleben verdammen sollte. Wie sollte die Marine sonst auch genügend Nachwuchs für ihre Führungskräfte herbekommen? Durch großzügig gewährten Urlaub vielleicht – aber jedes Schiff, das schwimmen konnte, wurde auf See gebraucht, was zur Folge hatte, daß es so wenig Zeit wie möglich im Hafen verbrachte, meistens gerade nur lange genug, um frisch verproviantiert und ausgerüstet zu werden und um die notwendigsten Reparaturen durchführen zu lassen. Die Dienstanweisung sah vor, wenn sie streng ausgelegt wurde, daß jeder Kapitän im Hafen an Bord seines Schiffes schlafen mußte, außer wenn er eine ausdrückliche Ausnahmegenehmigung von der Admiralität hatte ...

»Du wirst mit deinem Vater reiten?« fragte Ramage.

Er stellte sofort, nachdem er es gesagt hatte, fest, daß das eine verdammt dumme Frage gewesen war, aber sie erfüllte ihren Zweck.

Sarah trat einen Schritt zurück, wischte sich die Augen, unterdrückte einen leisen Schluckauf, dann sagte sie: »Gott sei Dank haben wir ein paar anständige Pferde. Raven wird es erfreuen, wenn er sieht, daß wir das Zaumzeug benutzen, das er mit so viel Liebe poliert hat.«

»Ich werde bald zurück sein«, wiederholte Ramage und hätte sich einen Moment später am liebsten die Zunge abgebissen.

»Wenn ich mir nur sicher sein könnte, daß du dich daran erinnerst, was dein Vater gesagt hat: Daß Fregatten keine Linienschiffe sind. Wenn ich nicht wüßte, daß Nelsons Flotte nur halb so stark wie die Flotte der Franzosen und Spanier ist, würde ich lächeln und sagen: ›Natürlich, Liebling‹, so wie es alle anderen Ehefrauen sagen. Aber als eine Frau, die den Nachteil hat, die Tochter des Marquis of Rockley zu sein, weiß ich einfach zu viel, um aus solchen Platitüden Trost zu ziehen. Es wird eine entsetzlich knappe Angelegenheit werden, Liebling, das ist immer so, wenn du und Nelson dabei sind.«

Er drückte sie fest und küßte sie. Worte machten alles nur noch schlimmer.

Wieder saß Ramage im Wohnzimmer und las die *Morning Post*. Er stellte die deutliche Erleichterung fest, mit der die Zeitung zum Ausdruck brachte, daß Lord Nelson zurück in England war und anscheinend mit den Ministern die Frage besprach, wie man die Vereinigte Flotte der Franzosen und Spanier vernichten und somit Bonapartes Drohung von der Invasion Englands konterkarieren könnte. Als ob die Vernichtung des Feindes nur eine Frage von Besprechungen mit Ministern wäre ...

Schlachten wurden trotz der Minister gewonnen. Mr. Pitt schien auf einige seltsame Ratgeber zu hören, besonders auf diesen betrunkenen Schuft Henry Dundas, den vor kurzem zum Viscount Melville erhobenen Schotten, von dem behauptet wurde, daß er ebenso korrupt wie impulsiv sei. Mit Sicherheit hatte Dundas Ratschlag, als er noch Staatssekretär im Kriegsministerium gewesen war, Tausende von Soldaten das Leben gekostet. Tropische Fieber hatten sie dahingerafft, während sie in ihren Garnisonen lagen oder die kleinen, erbärmlichen, nutzlosen Gewürzinseln in der Karibik bewachten. Dundas mußte hohe Bestechungsgelder vom West India Committee bekommen haben – oder vielleicht gehörten ihm sogar ein paar große Plantagen dort drüben.

Trotzdem war Ramage zufrieden. Oben lagen seine Befehle für die *Calypso*. In ein paar Tagen würde er nach Chatham abreisen. Er schreckte auf, als Hanson an die Tür klopfte und seinen Gedankengang unterbrach. Schlagartig wurde ihm klar, daß draußen eine Kutsche vorgefahren war. Wer wurde erwartet? Wahrscheinlich eine Freundin seiner Mutter, die vorbeikam, um Belanglosigkeiten auszutauschen, was aber – für sie – von enormer Wichtigkeit war.

»Mylord, draußen ist ein Kapitän Backlog, der Sie dringend sprechen möchte.«

Backlog? War das nun ein Soldat oder ein Seemann?[1] Ramage faltete die Zeitung zusammen. »Bitte ihn herein.«

Ramage stand auf und erreichte die Tür gerade rechtzeitig, um fast mit einem untersetzten Mann mit krausem Haar zusammenzustoßen. Er hatte die rötliche Gesichtsfarbe eines Bauern, aber eine ungewöhnlich große gebogene Nase. Seine sonnengebräunten Gesichtszüge paßten gut zur blauen, mit Gold abgesetzten Uniform eines Vollkapitäns, dessen zwei Epauletten verrieten, daß er diesen Rang schon über drei Jahre innehatte.

Ramage kannte ihn nicht, aber er vermutete, wer der Mann war, gerade als dieser sich entschuldigend mit einem schwachen weichen irischen Akzent vorstellte: »Henry Blackwood. Es tut mir leid, hier so hereinplatzen zu müssen, aber ich habe eine Nachricht von Seiner Lordschaft – von Lord Nelson, meine ich.«

Ramage musterte die schlecht gebügelte Uniform, das schmuddelige Halstuch und die rotgeränderten Augen. Blackwood war stundenlang mit der Postkutsche unterwegs gewesen, und er war aus einer warmen Gegend gekommen. Die dünnen weißen Salzwasserränder an seinen Stiefeln zeigten, daß er noch keine Zeit gehabt hatte, diese zu wechseln, seit er von See gekommen war.

Blackwood? Ramage meinte sich zu erinnern, daß es sich um den Sohn einer irischen Peeress und eines englischen Barons handelte und daß dieser lange Zeit unter Nelson im Mittelmeer ge-

---

1 Der hier angeführte englische Dienstgrad bedeutet sowohl Kapitän zur See als auch Hauptmann. (Anm. d. Ü.)

dient hatte. Er hatte die Fregatte *Penelope* kommandiert, als er auf die *Guilleaume Tell* mit 86 Kanonen getroffen war. Er hatte sich mit seinen kleinen sechsunddreißig Kanonen mit einer derartigen Verve auf sie gestürzt und sie so lange aufgehalten, bis zwei von Nelsons Linienschiffen auf der Bildfläche erschienen waren und den Kampf aufnahmen. Nach einem mehrere Stunden dauernden Gefecht mußte sie sich ergeben – dann stellte man fest, daß sie die Flagge von Konteradmiral Decrès führte, der jetzt Napoleons Marineminister war.

Zur Zeit, falls Ramage sein Gedächtnis nicht im Stich ließ, kommandierte Blackwood die Fregatte *Euryalus*. Dann wurde ihm bewußt, wie erschöpft der Mann sein mußte.

»Bitte, nehmen Sie Platz. Haben Sie schon etwas gegessen? Möchten Sie ein heißes Getränk?«

Blackwood schüttelte den Kopf, aber setzte sich dankbar, obwohl seine Muskeln offensichtlich schmerzhaft verspannt waren. »Ich bin ein wenig müde, vergeben Sie also bitte, daß ich mich wenig um höfliche Konversation kümmere. Ich bin gestern abend in Lymington Village angekommen. Nachdem ich den Wind in Lee der Isle of Wight verloren hatte, ließ ich mich an Land rudern. Ich erwischte eine Kutsche in der Stadt, deren Pferde ich die ganze Zeit stramm galoppieren ließ, und kam auf diese Weise um fünf Uhr morgens bei Lord Nelson in Merton an. Nachdem ich ihm die Neuigkeit überbracht hatte, fuhr ich weiter zur Admiralität, um Lord Barham zu informieren.«

Der Mann schlief fast ein – ganz sicher war er halb bewußtlos vor Erschöpfung.

»Was für eine Neuigkeit?« fragte Ramage vorsichtig nach.

»Entschuldigen Sie, ich war in Gedanken bei Lord Nelsons Nachricht für Sie. Folgendes ist passiert: Wir wußten, daß die Vereinigte Flotte in La Coruña und El Ferrol lag. Dorthin hatte sie sich geflüchtet, nachdem Seine Lordschaft sie zurück über den Atlantik gejagt hatte. Aber ich stand mit der *Euryalus* vor dem Kap St. Vincente, als ich sie alle auf See traf. Die Flotte steuerte nach Süden, entweder nach Cádiz oder höchstwahrscheinlich in Richtung der Straße von Gibraltar.

Ich vermutete, daß die Franzosen nach Cádiz einlaufen wollten, um den Rest ihrer Brüder aufzusammeln, so beschattete ich sie lange genug, bis ich mir sicher sein konnte. Dann segelte ich in den Kanal, um Alarm zu schlagen. Unterwegs traf ich Konteradmiral Calder mit achtzehn Linienschiffen und warnte ihn. Während er nach Süden hinter dem Feind hersegelte, hielt ich weiter auf den Kanal zu. Ich brauchte bei widrigen Winden gegenan zehn verdammte Tage, bis ich die Isle of Wight erreichte, hinter der ich dann völlig bekalmt liegen blieb.

Ich ließ mich in der Dunkelheit an Land rudern. Dieses Flüßchen Lymington ist ein verdammtes Schlickloch, das kann ich Ihnen versichern. Es gelang mir, eine Kutsche für die Fahrt nach London zu mieten. Sie wird die Lordschaften der Admiralität 15 Pfund und 9 Pennies kosten – falls sie die Kosten übernehmen.« Er rieb sich die Augen. »Schütteln Sie mich, wenn ich einschlafen sollte. Das Klappern der Hufe und das Rattern der Räder klingt immer noch in meinem Kopf nach. Jedenfalls kam ich in Merton an und sprach mit Seiner Lordschaft, dann eilte ich weiter, um in der Admiralität Alarm zu schlagen. Lord Barham mag gut über achtzig Jahre sein, aber er wacht eine ganze Ecke schneller auf als ich!

Entschuldigen Sie, aber ich mußte so weit ausholen, damit der Rest einen Sinn ergibt. Bevor ich Lord Nelson in Merton verließ, beschloß er, mit seiner eigenen Kutsche in Begleitung von Lady Hamilton zur Admiralität zu fahren. Er gab mir Ihre Adresse und trug mir auf, Sie aufzusuchen, sobald ich meine Mission bei der Admiralität beendet hätte. Die Nachricht lautet, daß Seine Lordschaft so bald wie möglich mit der *Victory* von St. Helens[1] aus in See geht. Sie laufen aus, so schnell es geht, und treffen ihn bei St. Helens. Falls es ihm gelungen sein sollte, schon von der

---

1 Reede vor Portsmouth. (Anm. d. Ü.)

Isle of Wight freizukommen, dann stoßen Sie vor Cádiz zur Flotte und unterstellen sich dort meinem Kommando.

Er sagte, daß es ihm herzlich egal wäre, ob Ihnen bei der Ankunft ein paar neue Marssegel oder ein halbes Dutzend Kanonen fehlen, denn er benötigt jede Fregatte, die er bekommen kann. Da er mir das Kommando über eine Art Küstengeschwader übertragen hat, kann ich Ihnen das folgende verdeutlichen: Wir werden über drei oder vier Fregatten verfügen, sobald ich mit der *Euryalus* wieder vor Cádiz eingetroffen bin. Aber für das, was Seine Lordschaft im Schilde führt, wären zehn nicht genug. Ich sage Ihnen, Ramage, Seine Lordschaft spuckt Feuer, und er wird nicht vorher Ruhe geben, bis er die Vereinigte Flotte vollständig vernichtet hat!«

»Aus wie vielen Schiffen besteht sie?«

»Ungefähr dreißig oder mehr«, antwortete Blackwood, »das hängt davon ab, wie viele in Cádiz gewartet haben.«

»Und über wie viele Schiffe verfügt Seine Lordschaft?«

Blackwood verzog das Gesicht, dann gab er mit seinem kehligen Akzent zu: »Nun, Lord Barham hat sie aufgezählt, als ich in seinem Büro war und er auf Lord Nelson wartete. Mit etwas Glück kommen wir auf zwanzig Schlachtschiffe. Vielleicht ein paar mehr, falls alle rechtzeitig fertig werden. Ein paar Linienschiffe sind noch in der Werft, natürlich auch einige Fregatten wie Ihre *Calypso*. Ich nehme an, daß Sie Ihre Befehle von Lord Barham schon erhalten haben, also geht es wohl nur darum, den Werftgrandies Feuer unter dem Hintern zu machen und dann an den Schwarzen Dalben das Pulver zu laden?«

Ramage nickte, er dachte an Aldington und St. Kew, das Testament seines Vaters, das geändert werden sollte – und an Sarah. Ja, für einen verheirateten Seeoffizier war wirklich vieles anders. »So ist es. Mit einem günstigen Wind werde ich vor St.Helens stehen, bevor Seine Lordschaft an Bord der *Victory* geht.«

5

Der Abschied war erledigt. Raven hatte die Seekiste sorgfältig an der London Bridge auf der Postkutsche nach Dover verstaut. Der Mann hatte Ramage einen Brief überreicht, bevor er sich verabschiedet und die Kutsche zurück in die Palace Street gebracht hatte. »Von der Lady, Sir. Sie sagte, daß Sie ihn erst öffnen sollen, wenn Sie an Bord Ihres Schiffes sind.«

Dann setzte sich die Postkutsche ohne großes Geschrei und Peitschenknallen über dem Rücken der vier Pferde in Bewegung. Der einzige andere Passagier war ein Bischof, der in sein Bistum nach Dover zurückkehrte. Er war einer der üblichen, dicken selbstgefälligen Kirchenfürsten, und er schien zuerst aufgebracht zu sein, als er merkte, daß er die Kutsche mit einem Kapitän der Marine teilen mußte. Aber als er hörte, daß Raven sich von diesem mit »Mylord« verabschiedete, wurde er fast servil. Ob Seine Lordschaft weit reisen müßte, wollte der Bischof wissen. Nein, beschied ihm Ramage, nicht sehr weit. Ob Seine Lordschaft vielleicht in Kent wohnte? Ja, lautete Ramages Antwort, in Aldington.

Aber ... aber diese Kutsche würde doch gar nicht nach Aldington fahren, sie würde nur die Städte am Medway durchqueren. Um nach Aldington zu kommen, müßte Seine Lordschaft die Kutsche nehmen, die durch Ashford fuhr.

»Ich fahre nicht nach Aldington«, bemerkte Ramage kurz angebunden. Er fluchte innerlich, daß er diesen Tag, gar nicht zu reden von der Reise, die vor Cádiz enden würde, mit diesem langweiligen, herablassenden Kirchenmann beginnen mußte, dessen rosige Gesichtsfarbe und fetten Züge ihn als einen Freßsack kenntlich machten, der mit der Gabel ebenso gut zu hantieren wußte wie mit Bibelzitaten.

»Oh, ich dachte, Sie hätten gesagt ...«

»Sie haben mich danach gefragt, wo ich wohne. Ich habe ein Gut in Cornwall und ein Haus in London, aber ich fahre zu keinem dieser Orte«, stellte Ramage kühl fest und schämte sich gleich darauf für seine Überreaktion.

Doch dieser widerliche Kerl war keineswegs eingeschnappt. »Ach so, Sie fahren zu einem Schiff. Das hätte ich mir denken können.«

Ramage blickte aus dem Fenster. Die Kutsche näherte sich gerade den Bricklayer's Arms.

»Ja«, bestätigte er unwirsch.

Plötzlich verspürte er ein unerklärliches Verlangen, damit anzugeben, daß er unterwegs war, um zu Nelsons Flotte zu stoßen, doch für diesen Bischof war der Krieg zweifellos nicht mehr als eine kleine Unbequemlichkeit, da er seine Mahlzeiten nicht störte.

»Das muß ein aufregender Augenblick sein.«

»Ganz im Gegenteil, ich habe an Bord des Schiffes schon während der vergangenen Jahre gelebt. Es wird jetzt nach frischer Farbe stinken, und die Männer werden Tag und Nacht sägen und hämmern.«

»Ach du meine liebe Güte, wie unangenehm. Sie sollten wirklich Ihren Stellvertreter beauftragen, bis alles fertig ist.«

Wurde so das Werk Gottes im Bistum Dover getan, fragte sich Ramage.

Der Bischof wuchtete einen großen Korb auf seinen Schoß und begann eine Serviette zurückzuschlagen. Der Korb war gefüllt mit Essen, und der Bischof fing an, das Fleisch von einer Hühnerkeule abzureißen. Das Mahlen seiner Zähne konnte mit dem Geklapper der Pferdehufe mithalten, bis er einhielt, um den Korken aus einer Flasche zu ziehen.

New Cross ... In Blackheath würden sie die Pferde wechseln. Wie lange würde der Freßkorb den ehrwürdigen Bischof ruhig stellen? Die Kutsche passierte bald darauf die Isle of Dogs, die links auf der anderen Seite der Themse lag, und suchte sich ihren Weg durch London. In einer halben Stunde – wenn alles gut ging auch früher – würden sie Shooter's Hill erreichen und die stille Schönheit des Greenwich Palace links liegen lassen. Dort unten, nur ein paar hundert Meter von der Themse entfernt, waren Heinrich VIII. und seine zwei Töchter, die bedeutende Elizabeth und die weniger glückliche Mary, geboren worden. Sowohl der Vater als auch seine Tochter Elizabeth hatten die Wichtigkeit einer starken Marine klar erkannt – das machte sie unter den gekrönten Häuptern Europas nahezu einzigartig. Vielleicht lag es daran, daß beide während ihrer Kindheit immer die vorbeisegelnden Schiffe hatten beobachten können? Heute war der große Palast das Seemannshospital. Im Dienste des Königs auf See verkrüppelte Männer humpelten jetzt dort mit ihren Krücken und Holzbeinen herum, wo ein kindlicher Heinrich VIII. gespielt hatte.

Der Bischof mampfte weiter vor sich hin und wühlte zwischen den Servietten herum, um herauszufinden, was er noch Eßbares dabei hatte. Nach dem augenblicklichen Stand schien es genug zu sein, um ihn beschäftigt zu halten, bis die Kutsche Welling passierte hatte, um dann am Golden Lion in Bexley Heath zu pausieren. Ein Gedanke an Golf schoß Ramage plötzlich durch den Kopf. War es nicht hier irgendwo gewesen – vielleicht auf dem Platz in Blackheath –, wo James I. dieses seltsame Spiel in England vorgestellt hatte? Ramage zuckte mit den Achseln, er selbst spielte nicht, und der Bischof sah so aus, als wäre er bereits mit der einzigen körperlichen Ertüchtigung beschäftigt, die er liebte.

Schließlich bog die Kutsche in den Hof des Golden Lion ein, und die beiden Kutscher sprangen auf die Erde, um die Treppchen mit dem üblichen Krach herunterzuklappen. Der Bischof grunzte mißbilligend, allerdings war sich Ramage nicht sicher, ob das wegen des Lärms geschah oder weil er sein Essen im Stich lassen mußte.

Ramage sprang heraus und wurde vom Wirt begrüßt, der sehnsüchtig darauf wartete, dem Gentleman Sherry, heiße Schokolade, Kaffee, Ale oder wonach auch immer sein Sinn stehen mochte, zu servieren. Der Gentleman, der steif und gelangweilt und in Gedanken irgendwo zwischen der Palace Street und dem Dock Nummer drei in Chatham war, wünschte nur, in Ruhe gelassen zu werden. Der Bischof rief nach »einem kühlen Becher Ale, mein guter Mann«, während die Pferdeknechte die frischen Pferde heranführten.

Bald nachdem die Kutsche wieder unterwegs war, begann der Bischof, zufrieden zu gähnen und vor sich hinzudösen.

Als er wieder aufwachte, unternahm er einen weiteren Angriff auf seinen Korb und aß immer noch, als sie Crayford passierten und dann im The Bull in Dartford für einen weiteren Pferdewechsel hielten. Ramage ging die paar Minuten um die Kutsche herum. Kurz nachdem die Kutsche wieder rollte, begann der Bischof, röchelnd zu schnarchen. Das lag wohl eher an dem vielen Bier, das er wieder genossen hatte, als an der holperigen Straße.

Erst ging es durch Horns Cross, seltsamerweise erinnerte Ramage sich an ein Dorf gleichen Namens in Devon, dann rollten sie durch Northfleet und Gravesend, und die ganze Zeit floß die braune schlammige Themse neben ihnen. Der Kutscher hatte die Pferde kaum aus Gravesend hinausgetrieben, als er an der ersten Mautstation auf der Chalk Street halten mußte. Wie Tausende von Kutschern vor ihm fluchte er finster, während er in seinen Taschen nach den Pennies fischte, die er dem Eintreiber zu bezahlen hatte.

Es ist nicht mehr weit, dachte Ramage dankbar. Das nächste erwähnenswerte Dorf hieß Halfway House, ein Name, der Ramage verwirrte, denn es lag nicht im mindesten auf der Hälfte des Weges zwischen London und Rochester. Vielleicht zwischen Gravesend und dem Medway bei Rochester?

Der Bischof wachte auf, grunzte und begann wieder, seinen Eßkorb zu plündern, dabei verfluchte er eine Fliege, die darauf versessen war, ein paar Minuten auf einem Brotkrümel zu verbringen, der am Kinn des Bischofs hing.

»Aha! Bald werden wir in Gad's Hill sein«, stellte er fest, als er seinen Kopf kurzzeitig aus dem Korb hob. »Diese Wagen sind verdammt unkomfortabel. Ich frage mich, wie sie es wagen können, dafür zehn Pennies für die Meile zu berechnen. Eigentlich müßten sie jedem Fahrgast pro Meile zehn Pennies dazugeben, wenn er es auf sich nimmt, mit ihnen zu reisen.«

Ramage lächelte höflich über die einzig erwähnenswerte Bemerkung, die der Bischof bis jetzt gemacht hatte. Nicholas jedenfalls wollte nicht an den Gottesdiensten in der Kathedrale teilnehmen, wenn er sich die dröhnende Stimme vorstellte, die die Gemeinde vor der Sünde der Völlerei warnte ...

Die Pferde schienen schneller zu werden, vielleicht konnten sie schon den Medway riechen und wußten, daß sie jetzt bis Rochester leichtes Spiel auf dem sanften Abhang nach Rochester hinunter hatten, wo sie ausgespannt und durch frische Pferde ersetzt werden würden, die die Kutsche bis zum nächsten Wechsel in Sittingbourne bringen mußten.

Bald konnte Ramage die Ruine des hundertzehn Fuß hohen Bergfrieds von Rochester Castle sehen, das diesen Übergang über den Medway seit dem zwölften Jahrhundert bewachte, und da war auch die Kathedrale, die eine der ältesten in dieser Grafschaft, wenn nicht im ganzen Land war. Rochester war eine schöne alte Stadt mit eindrucksvollen Gebäuden, und über ihr schwebte, wie bei allen Städten, die aus einem bestimmten Grund erbaut wurden – hier war das der Schutz der Brücke über den Medway gewesen –, ein Hauch bedeutungsschwerer Geschichte, auch wenn diese jetzt nicht mehr als eine überkommene Erinnerung war.

Schließlich bog die Kutsche in den Hof der Posthalterei in

Chatham ein, und sobald die Knechte die Stufen krachend herabgelassen hatten, stieg Ramage aus. Jeder Knochen seines Körpers schmerzte, und das Kopfsteinpflaster unter seinen Füßen war hart und unnachgiebig. Mach das Beste daraus, sagte er zu sich selbst, spätestens nach einer Woche wirst du es leid sein, über das Deck der *Calypso* zu stampfen. Und in Cádiz würde es nicht einmal so etwas wie einen Pferdewechsel geben …

Die Kutsche rumpelte durch das Tor und kam längsseits der *Calypso* zum Stillstand, die vierkant im Trockendock thronte. Sie kam Ramage jetzt doppelt so groß vor wie im Wasser, ihre Masten ragten so weit in die Höhe, daß sie die niedrigen Wolken zu berühren schienen.

Wieder knallte der Tritt auf den Boden, und Ramage kletterte zum letzten Mal aus der Kutsche. Er war dankbar, daß er den Bischof losgeworden war, als er die Kutsche in Chatham Town gewechselt hatte. Aber da war irgend etwas Merkwürdiges mit der *Calypso*. Der neue Kupferbeschlag unter der Wasserlinie glänzte hell – begann aber dort, wo Regen drübergelaufen war, durch die beginnende Korrosion grüne Flecken zu bekommen. Einen Augenblick später war Ramage klar, was sich verändert hatte. Normalerweise war der Rumpf völlig schwarz, mit nur einem weißen Streifen von der Breite der Geschützpforten, die innen rot gestrichen waren,[1] was bei geöffneten Pforten und ausgerannten Kanonen einen Karoeffekt bewirkte. Aber jetzt war da ein breiter gelber Streifen an Stelle des weißen an der Bordwand der *Calypso*. Das war die Art, in der Nelson sein Schiff bemalen ließ – die *Victory* führte drei Reihen oder Streifen in Gelb –, und viele seiner Kommandanten hatten natürlich diese Mode kopiert, um zu zeigen, daß sie unter Seiner Lordschaft dienten – oder gedient

---

1 Die Geschützdecks waren innen generell rot ausgemalt, damit das herumspritzende Blut der Verwundeten und Gefallenen nicht so demoralisierend auffiel. (Anm. d. Ü.)

hatten. Und jetzt hatte jemand – Aitken oder Southwick? – im Vorgriff auf den bevorstehenden Einsatz den gelben Streifen anbringen lassen.

Wer immer es veranlaßt hatte, hatte nicht nur den Zorn des Kommandanten herausgefordert – obwohl es nur wenige Stunden dauern würde, den Streifen wieder in Weiß umzumalen –, sondern er mußte die dafür benötigte Farbe auch aus eigener Tasche bezahlt haben, weil die Werft nur weiße oder schwarze Farbe herausgab. Jeder, der für sein Schiff eine andere Farbe wünschte, bekam sie, allerdings mußte er dafür selbst löhnen. Ramage sah im nächsten Dock einen 74er in Pflaumenblau. Ein Linienschiff, das hell gestrichen war, zeigte, daß sein Kommandant entweder über ein gesichertes Einkommen aus seinem Vermögen verfügte oder Glück mit dem Prisengeld gehabt hatte.

Und da waren Aitken und Southwick, und beide sahen bemerkenswert besorgt drein. Sie eilten auf Ramage zu, während zwei Matrosen herangelaufen kamen, um das Gepäck zu nehmen.

Aitken, der Erste Leutnant, salutierte gemessen, um dann nach einer kurzen Begrüßung auf den Rumpf der *Calypso* zu deuten. »Wir dachten, da wir jetzt zu Lord Nelsons Flotte stoßen werden, daß wir …«

Ramage blickte absichtlich sehr streng.

Southwick salutierte, dann sagte er schnell: »Wir waren der Meinung, daß wir damit Ihrem mutmaßlichen Willen entsprechen würden, Sir.«

Ramage musterte ihn von Kopf bis Fuß. »Was hat Sie nur auf die Idee gebracht, daß ich den Wunsch haben könnte, gelbe Farbe auf mein schönes Schiff schmieren zu lassen?«

Die beiden Männer sahen so niedergeschlagen aus wie zwei Schuljungen, die man bei einem Streich erwischt hatte, so daß Ramage lachen mußte. »Es sieht sehr gut aus. Ich werde die Rechnung übernehmen, geben Sie mir die Unterlagen. Außerdem werden wir ein paar Gallonen Farbe zusätzlich benötigen, damit wir das immer hübsch in Ordnung halten können.«

Aitken seufzte vor Erleichterung laut auf, aber Southwick kicherte. »Ich habe ihm gesagt, daß Sie begeistert sein werden, aber er war weit davon entfernt, mir zu glauben. Um ehrlich zu sein: Er wollte gestern den Streifen wieder übermalen und den weißen Streifen wieder anpönen lassen.«

»Wann können wir ausdocken?« wollte Ramage wissen, wohl wissend, daß die beiden Seeleute, die dabei waren, seine Seekiste anzulüften, um sie an Bord zu schaffen, absichtlich bummelten und die Ohren spitzten, damit sie mitbekamen, was gesagt wurde.

»Beim nächsten Hochwasser, vorausgesetzt, daß der Werftleiter zustimmt«, versicherte Aitken.

»Sehr gut, treffen Sie die nötigen Vorbereitungen. Lord Nelson und die *Victory* warten bei St. Helens auf uns, und die Froschfresser und Dons erwarten uns in Cádiz!«

Southwick grinste breit und sagte: »Wir werden ins Wasser kommen, sogar wenn wir die Docktore selbst öffnen müßten. Die Männer werden froh sein, das Land wieder hinter sich zu lassen, sie haben vom Leben im Trockendock die Nase voll!«

»Sehr schön, unterrichten Sie den Werftleiter und melden Sie sich in fünfzehn Minuten in meiner Kabine zur Berichterstattung.«

Mit diesen Worten ging er über die Laufplanke an Bord. Er blieb kurz auf dem Achterdeck stehen, bevor er über den Niedergang in seine Kabine ging. Ja, es war alles da: Der Geruch nach frischer Farbe, der so stark war, daß man meinte, ihn fast sehen zu können, und von irgendwo erklang das schnelle metallische Klopfen der Hämmer. Wahrscheinlich wurden die letzten Nägel in die Kupferplatten eingeschlagen. Der Lärm dröhnte dumpf durch den Rumpf, obwohl das Hämmern auf der Außenseite des Rumpfes geschah.

Ramages Kabine roch wie die Farbenlast, obwohl das Skylight weit geöffnet und die Geschützpforten der beiden 12-Pfünder in der großen Staatskabine an beiden Seiten hochgeklappt waren. Das galt auch für seine Schlafkabine und die kleine Heckkabine.

Innerhalb einer Stunde würde er fürchterliche Kopfschmerzen haben. Aber alle drei Kabinen glänzten wie neu. Die Schotte und die Decke waren frisch mit weißer Farbe ausgemalt worden, und das Segeltuch auf den Fußböden war mit schwarzen und weißen Quadraten versehen worden, so daß man den Eindruck hatte, daß dort neue Teppiche lagen. Die Koje schwang von den schweren eisernen Bolzen, die in die Decksbalken geschraubt waren – und Ramage sah keinen einzigen Farbspritzer darauf. Irgend jemand mußte – Gott sei Dank – rechtzeitig daran gedacht haben, sie aus dem Weg zu stauen, bevor sich die Pinsel ans Werk gemacht hatten. Sarah hatte neue Bettbezüge für ihn genäht und sich selbst davon überzeugt, daß sie in seine Seekiste gepackt worden waren.

Ihr Brief, den ihm Raven gegeben hatte, bevor er die Postkutsche bestiegen hatte, steckte noch in der Innenseite seines Überrocks. Nachdem er seinen Hut auf die Bank geworfen hatte, setzte er sich an den Schreibtisch, dessen Oberfläche mit einer speziellen Mixtur des Bootsmanns aus Bienenwachs und Terpentin behandelt worden war, und nahm einen Brieföffner aus der obersten Schublade.

Stolz, Angst, Freude ... es war schwer, die Emotionen zu beschreiben, aber der Brief war in Sarahs Handschrift an ihn adressiert und trug das Greifensiegel. Ein Brief von Lady Ramage. Der erste, den er erhielt, aber, wenn Gott gnädig war, dann war es der erste von vielen.

Es widerstrebte ihm aus Gründen, die er nicht erklären konnte, das Siegel aufzubrechen. Ihre Handschrift und das Ramage-Siegel schienen zusammenzugehören, den Brief zu öffnen würde bedeuten, diese Zusammengehörigkeit irgendwie zu zerstören. Aber ihn geschlossen zu lassen, führte seinen Zweck ad absurdum ...

Ramage schob den Brieföffner unter das Wachs und entfaltete das Blatt. Der Brief war kurz. Sie liebte ihn und war enttäuscht, daß sie dieses Mal zu Hause bleiben mußte, während er zur See fuhr. Er mußte lächeln, das war typisch Sarah, über die langen

Monate, die sie als eine von Bonapartes Gefangenen verbracht hatte, auf so lässige Weise hinwegzugehen. Deutlich unterstrichen war ein Hinweis auf die Bemerkung seines Vaters, daß Fregatten nichts in der Schlachtlinie zu suchen hatten. Ihr abschließender Satz weckte Erinnerungen, die in seinen Lenden ein sehnsuchtsvolles Ziehen verursachten.

Er hörte vor der Tür ein Stampfen und wußte, daß jetzt ein Wachposten der Seesoldaten vor der Tür des Kommandanten Posten bezogen hatte. Entweder hatte Aitken ihm Bescheid gesagt, oder Rennick, der Leutnant der Marines, hatte selbst die Kutsche vorfahren sehen. Der Posten hatte wahrscheinlich noch vor zehn Minuten in Arbeitsklamotten gesteckt und irgendwo gemalt oder beim Riggen mitgeholfen. Dann hatte er schnell in die Uniform springen müssen, wobei er sorgfältig darauf zu achten hatte, daß er den weißen Pfeifenton nicht von den gekreuzten Brustgurten über dem Uniformrock schüttelte.

Ramage hielt noch immer Sarahs Brief in den Händen, als er Schritte den Niedergang hinunterpoltern hörte, und ein paar Sekunden später rief die Stimme des Postens: »Der Erste Leutnant und der Segelmeister, Sir!«

Beide Männer betraten den Raum, nachdem Ramage sie hereingerufen hatte. Er bedeutete ihnen, sich zu setzen. Es war ein Ritual – der Segelmeister mit seinem wehenden weißen Haar und seinem Rheumatismus, den er aber zu verbergen suchte, setzte sich in den Sessel neben dem Schreibtisch, während Aitken die Bank benutzte.

Die beiden Männer warteten geduldig darauf, daß Ramage zu sprechen begann. Obwohl Ramage sie erst vor weniger als einer Woche bei der Veranstaltung von Lloyd's in der Royal Exchange getroffen hatte, befragte er sie doch ausführlich über das Schiff.

»Nun, wie ich Ihnen schon im Dock sagte, sind wir fast fertig, Sir«, berichtete Aitken. »Die Männer nageln die letzten paar Kupferplatten an, wie Sie unschwer hören können. Jeder Zoll des laufenden Gutes und gut die Hälfte des stehenden Gutes sind erneuert worden. Der Erste Segelmacher der Werft hatte zugestimmt, alle Bram- und Marssegel auszumustern, daher haben wir jetzt neue. Sie sind alle kräftig geschrubbt worden, um sie weicher zu machen. Wir hatten hier zum Glück drei Tage lang keinen Windhauch, so daß wir sie anschlagen und fallen lassen konnten, um den Schnitt zu überprüfen. Es sind lauter starke Segel, Sir, die letzte Reffreihe ist tief eingeschlagen.

Alle Kabinen sind neu gemalt. Wir haben Ihre Kabine die ganze Zeit gelüftet, aber ich fürchte, der Gestank ist immer noch da. Fünf 12-Pfünder wurden ausgewechselt. Zwei der alten litten unter Materialermüdung, daher denke ich, daß wir von Glück sagen können, daß uns die Dinger nicht um die Ohren geflogen sind.«

Aitken grinste Ramage an. »Der Werftleiter wollte nicht glauben, wie oft wir mit den Stücken im Gefecht gewesen sind.«

»Wenn eine Kanone im Material ermüdet ist, dann wird sie sehr viel wahrscheinlicher während einer Geschützübung explodieren als im Gefecht«, gab Ramage zu bedenken.

»Aye«, stimmte ihm Aitken zu, sein schottischer Akzent war sehr auffällig, »aber der Effekt kann in einem Gefecht katastrophal sein. Während einer Übung ist es nur ein Unfall.«

»Ist ansonsten alles überprüft worden?« fragte Ramage, »Ruderblatt, Ruderösen und Fingerlinge, Rudertaljen und Leinen ... Spill und Kabelaar[1] ...?«

---

1 Der Anker wurde häufig nicht dadurch binnenbords gehievt, daß man mit der Trosse Törns um das Spill nahm, sondern dadurch, daß man die Trosse an einem endlos geschorenen Tau mit kurzen Stoppern ansteckte. Dieses Tau lief durch einen Block auf dem Vorschiff und dem Spill mittschiffs, es wurde Kabelaar genannt. Der Vorteil lag darin, daß man keine Überläufer zu befürchten hatte, allerdings mußte man zusätzlich mehrere flinke Seeleute bereitstellen, die die Stopper anschlugen und auch rechtzeitig wieder lösten, während sich die dicke Ankertrosse weiterbewegte. Jeder Stopp hätte die Männer am Gangspill aus dem Takt gebracht – und deren Arbeit war schon so schwer genug. (Anm. d. Ü.)

»Alles«, Southwick sagte das mit mehr als nur einem leicht beleidigten Unterton in der Stimme, »sogar die Flaggenleine für die Nationale ist erneuert worden, Sir.«

Ramage bemerkte den deutlichen »Warum-überlassen-Sie-das-nicht-mir-Ton« im abschließenden »Sir«. Southwick hatte unter ihm gedient, seit Nelson, der damals noch ein ziemlich unbekannter Kommodore gewesen war, einem sehr jungen Leutnant sein erstes Kommando gegeben hatte. Das erinnerte ihn an etwas.

»Übrigens hat sich Lord Nelson nach Ihnen erkundigt, Southwick. Sie werden überrascht sein, daß er sich an Ihren Namen aus der Zeit erinnern konnte, als er mir das Kommando über den Kutter *Kathleen* anvertraut hat, außerdem scheint er mitbekommen zu haben, daß Ihr Name jedesmal in den Berichten der *Gazette* erwähnt worden ist.«

Der alte Segelmeister grinste erfreut, dann sagte er, wie um Ramage einen Hinweis zugeben, doch mehr zu erzählen: »Sie erwähnten in Ihrem Brief gestern die Pläne Seiner Lordschaft.«

»Ja, wir haben ihn und Lady Hamilton besucht, aber ich bin heute schon angekommen, aufgrund einer Nachricht, die ich gestern morgen bekommen habe – und zwar nachdem die Postkutsche nach Dover schon fort war, sonst wäre ich noch früher angelangt.«

Dann berichtete er den beiden Männern von dem Gespräch, das er mit Lord Nelson geführt hatte, und dem unerwarteten Besuch von Kapitän Blackwood am gestrigen Morgen, bei dem er die Nachricht erhalten hatte, daß sich die Vereinigte Flotte in Cádiz konzentrierte.

Southwick rieb sich die Hände mit der Befriedigung eines Vielfraßes, der zusah, wie ein zartes Roastbeef aufgeschnitten wurde. »Nach St. Helens, nicht wahr, und falls die *Victory* schon fort ist, jagen wir nach Cádiz hinterher. Mit ein wenig Glück mit den Winden in der Biscaya können wir sie sogar überholen.«

»Zumindest haben wir einen sauberen Boden und einen anständigen Satz Segel«, bemerkte Aitken.

»Wie sieht es mit der Mannschaft aus?« erkundigte sich Ramage plötzlich, der sich daran erinnerte, daß seine Entscheidung, der Besatzung wachweise zehn Tage Urlaub zu gewähren, auf der Werft nur ungläubiges Kopfschütteln hervorgerufen hatte. Die Backbordwache war zuerst dran gewesen.

Der Leiter der Werft hatte Ramages Befehl widerrufen wollen mit der Begründung, daß gut die Hälfte der Männer desertieren würde. »Erst lassen Sie sie einfach laufen«, hatte er voller Überzeugung vorgetragen, »und dann kommen Sie leise weinend zu mir und beklagen sich, daß Sie nicht genügend Männer haben, um das Schiff aus dem Dock zu verholen, geschweige denn, um damit auszulaufen.«

Aber Ramage war in diesem Punkt unnachgiebig geblieben. Es war ein Test seiner Führungsqualitäten. Alle Männer hatten viel Prisengeld verdient, einige der Unteroffiziere waren nach ihren Maßstäben sogar reich geworden, und sie dienten auf einem glücklichen Schiff, das häufig Gefechtsberührungen hatte und auf dem Krankheiten dank des Schiffsarztes und einer vernünftigen Verpflegung fast unbekannt waren. Ramage wollte einen Mann, der sein Vertrauen mißbrauchte, um zu desertieren, ohnehin nicht auf seinem Schiff haben.

»Die Besatzung, Sir?« wiederholte Aitken, als ob ihn die Frage überraschte. »Nun, uns fehlen wie immer ungefähr ein Dutzend Männer zur vollen Besatzungsstärke, aber alle Männer sind vom Urlaub zurückgekommen.«

»Alle?«

»Alle«, bestätigte Aitken. »Tatsächlich haben sich ein paar schon vorzeitig wieder zum Dienst zurückgemeldet – sie hatten ihr gesamtes Geld auf den Kopf gehauen.«

Soviel zur Meinung des Werftleiters, dachte Ramage. Wie konnte er ihm das unterjubeln, ohne den Mann, der hinter den Mauern der Werft eine große Macht besaß, zu beleidigen?

»Wann ist der früheste Zeitpunkt, an dem wir aufschwimmen können?« fragte Ramage.

»Der Werftleiter schätzt, daß er damit in ein paar Stunden beginnen kann. Aber wir müssen bis Hochwasser warten, um über den Drempel des Docktors zu kommen, welches das kleinste in der Werft ist und das, wie Sie wissen, nur für Fregatten benutzt wird. Bis die Werftgrandies alle Pallhölzer weggeschlagen haben, ohne die neuen Kupferbleche zu beschädigen, und sie eingesammelt haben, dürfte der Ebbstrom schon eine Stunde laufen.«

»Ich werde auf keinen Fall diesen verdammten Medway bei ablaufendem Wasser hinunterlaufen«, stellte Ramage energisch fest. »Wenn wir dadurch versuchen, ein paar Stunden herauszuschinden, dann kann uns das mehrere Stunden Verspätung einbringen, falls wir uns im Schlick festfahren – und der Medwayschlamm ist der unergründlichste und klebrigste, den die Menschheit kennt.«

Southwick seufzte dankbar auf. »Ich wollte vorschlagen, die nächste Tide abzuwarten, Sir. Wir haben dann den größten Teil, vielleicht sogar den ganzen Weg nach Sheerness günstigen Wind, da wird es uns nichts ausmachen, gegen den jungen Flutstrom anzulaufen. Es wird so kurz nach Niedrigwasser sein, daß wir den tiefen Teil des Fahrwassers gut sehen müßten, denn dieser Teil des Flusses hat mehr Windungen als eine verdammte Schlange mit einer Darmverstimmung.«

Ramage blickte Aitken an. »Ich habe keinen Zweifel daran, daß Sie jede Menge Berichte, Rechnungen und so weiter für mich vorbereitet haben, die ich unterschreiben muß, bevor wir auslaufen können, oder ...?«

Aitken hob einen Ordner in die Höhe, den er neben sich auf die Heckbank gelegt hatte. »Ich habe alles hier drin vorbereitet, Sir.«

»Und die Rechnung für die gelbe Farbe?«

»Auch die, Sir, aber Southwick und ich hatten das eigentlich als ein Geschenk für Sie vorgesehen.«

6

Die Fahrt den Medway flußabwärts war bemerkenswert gewesen, wegen des Gestanks – wie Bowen naserümpfend festgestellt hatte. Der Schlick des Medway schien eine schmutzige, dickflüssige Mischung aus Abwässern, blauem Lehm und braunem, zähen Leim zu sein. Er zog sich als breites Band an beiden Seiten entlang des Fahrwassers hin, das sich von Chatham bis zu seiner Mündung bei Garrison Point entlangschlängelte, wo es zwischen Grain Spit an Backbord und Cheyney Spit an Steuerbord in die Erweiterung der Themse, den sogenannten Great Nore, mündete.

»Schau dir diese verdammten Seevögel an«, rief Bowen aus und deutete auf ungefähr ein Dutzend Stelzvögel auf dem Schlick. »Eigentlich müßten sie in dem Mist kleben bleiben!«

Southwick war mehr an zwei Vögeln interessiert, die über den Fluß flogen und dabei scharfe Schreie ausstießen. »Ach, wenn ich doch nur eine Vogelflinte hätte, dann würde ich einen der beiden abschießen!« rief er aus.

»Und wer würde ihn für dich apportieren?« erkundigte sich Bowen sarkastisch.

Als sich der Fluß vor der Ansteuerung nach Sheerness bei Kethole Reach und Saltpan Reach zu erweitern begann, trug der Flutstrom, der die *Calypso* nach Norden versetzte und jetzt so kräftig war, daß er Strudel und Stromschnellen an den wenigen Bojen ausbildete, die an der Steuerbordseite die Einfahrt nach

Half Acre und dem Stangate Creek markierten, Schwäne an ihnen vorbei. Es waren stolz anzusehende Geschöpfe, die sich nicht zur Eile treiben ließen, sie bewegten sich auf eine sehr gemessene Art und gaben der *Calypso* gerade genug Raum, daß sie zwischen ihnen hindurchfahren konnte, während sie Schlammplatten passierte, von denen eine den kuriosen Namen Bishop Ooze[1] führte.

»Sie erinnern mich an Dreidecker«, kommentierte Aitken, »aber sie halsen und wenden nicht so behäbig.«

Bald lag Sheerness achteraus, und Southwick brachte die Fregatte das Fahrwasser hinunter klar vom Sheerness Middle Sand, um den Sea Reach zu erreichen, dann drehte er auf dem Great Nore mit dem Flutstrom nach Backbord. Mit achterlichem Strom liefen sie ein paar Meilen stromaufwärts, um bei den Black Stakes an den Pulverhulken längsseits zu gehen.

Dieser Teil der Themse war entsetzlich. An Backbord lagen die Yantlet Flats, das waren flache Gebiete, die aus dickem, stinkenden und blubbernden Schlick bestanden, mit etwas darauf, das wie eine Art Deich anmutete, wo man mit Aufspülungen Fahrbahnen geschaffen hatte. An Steuerbord erzählten die Namen in der Karte eine ähnliche, aber weniger stinkende Geschichte – West Knock und East Knock waren die Einfahrten zu einem tieferen Fahrwasser über die Southend Flats, die in den Marsh End Sand, den Leigh Sand und den langgestreckten Chapman Sands vor Leigh übergingen.

Als die Hulken in Sicht kamen, schalt sich Ramage einen Weichling, weil er nichts wegen des Stückmeisters unternommen hatte. Der Mann war ein Drückeberger, und er fürchtete sich vor Verantwortung, so wie sich andere Menschen vor Krankheiten fürchteten. Aber ihn auszuwechseln hätte sowohl einen langen Streit mit dem Army's Board of Ordnance bedeutet wie auch mit dem Navy Board. Beide Ämter hätten schriftliche Beweise seiner

---

1 dt.: Bischofs Schlick. (Anm. d. Ü.)

Unfähigkeit gefordert, und genau das war der Knackpunkt: Der Mann wahr eben nicht unfähig. Er kümmerte sich pflichtgemäß um die Geschütze der *Calypso* und die Pulverkammer, er ... nun, das war das Problem. Er war einfach ein Mann, der sich ständig davor drückte, Verantwortung für irgend etwas zu übernehmen, und sei es für eine Kiste mit Lunten. Obwohl das ziemlich irritierend für seine Offizierskameraden und seinen Kommandanten war, stellte es doch kein Verbrechen dar.

Ramage konnte sich die Diskussionen mit den beiden beteiligten Dienststellen vorstellen.

»Ich kann ihn nicht zu Landeeinsätzen einteilen.« – »Benennen Sie bitte ein Beispiel.« – »Nun, ich habe keins, denn ich habe nie gewagt, ihn einzuteilen.« – »Woher wollen Sie dann wissen, daß Sie ihm nicht vertrauen können?« Und so weiter und so fort ...

Nun, bald würden sie längsseits der Hulk liegen und nahezu zehn Tonnen Pulver übernehmen, aufgeteilt in 120-Pfund-Kisten und 90-Pfund-Fässer. Ramage konnte sicher sein, daß Aitken und Southwick jede Bewegung mit Argusaugen überwachten, solange die mit Kupfer beschlagenen Kisten und Fässer noch nicht an Bord waren. Zum Laden würden sie die Stagtalje und eine Netzbrook benutzen. Natürlich würden auch noch Kisten mit Lunten, Signalraketen und Zündschnüren, die schon auf Länge geschnitten und in Kästen mit Schiebedeckeln verpackt waren, zu übernehmen sein.

Geschützpulver. Das war schon ein seltsamer Stoff – eigentlich war es nur ein unschuldig aussehendes graues Pulver. Es gab natürlich zwei verschiedene Sorten. Der größte Teil des Pulvers, den man an Bord hievte, würde grobkörnig sein. Dies füllte man in die Bohrungen der Kanonen, um die 12-pfündigen Kugeln abzuschießen. Aber einige besonders markierte Behälter würden feinkörniges Pulver enthalten, das für die Zündung benutzt wurde. Der Geschützführer ließ dann etwas von diesem Pulver aus dem Pulverhorn, das er um den Hals trug, auf die Pfanne des 12-

Pfünders oder der Karronade rieseln, oder der Schütze verfuhr genauso mit der Pfanne seiner Muskete oder Pistole. Es führte die Bezeichnung »gemahlenes« Pulver. Das Ausschlaggebende dabei war, daß es so fein war, daß es sofort Feuer fing, wenn der Feuerstein einen Funken erzeugte – es sei denn, das Pulver war feucht, oder der Funke war außergewöhnlich schwach. Dieses Zündpulver war Pfund für Pfund ein gutes Teil stärker als das grobe. Lud man eine Kanone damit, anstatt das grobe Pulver zu benutzen, dann riskierte man, daß das Rohr auseinanderflog.

Genau das fiel in die Verantwortlichkeit des Stückmeisters: Er mußte das grobe Pulver in Flanellkartuschen füllen. Das waren röhrenförmige Tuchsäcke mit dem Durchmesser der Geschützbohrungen, und das Zündpulver gehörte in die Pulverhörner, die an die Geschützführer der Kanonen ausgegeben wurden, wenn es ins Gefecht ging und die Männer mit Pistolen und Musketen bewaffnet wurden.

Eine Stunde später war die *Calypso* längsseits an einer Hulk festgemacht. Aitken meldete, daß die Vor- und Achterleinen, die Springs und Querleinen ausgebracht und eingestellt waren, und daß das Ladegeschirr aufgeriggt war. Nachdem nochmals überprüft worden war, daß das Kombüsenfeuer gelöscht, keiner der Männer rauchte, die Feuerspritze an Deck gehievt und der Behälter mit Seewasser gefüllt worden waren und daß schließlich alle Deckwaschpumpen in Betrieb waren und die Decks feucht hielten, gab Ramage den Befehl zum Beginn der Übernahme des Pulvers. Hauptsächlich drückten die Pumpen ständig Wasser über die Decks, damit das Pulver sofort naß wurde, falls eine der Kisten oder Fässer eine undichte Stelle aufweisen sollte und Pulver herausrieselte, während der Behälter über das Deck hinwegschwang.

Ins Gefecht zu segeln schien Ramage ein geringeres Risiko zu sein, als Pulver zu übernehmen. Wenn er vor einem Gefecht stand, dann hatte er ein Dutzend Probleme zu bedenken, ganz abgesehen vom Erteilen der Befehle und der Beobachtung des

Gegners. Aber beim Übernehmen des Pulvers, da hörte man nur das Rattern und Quietschen der Blöcke, wenn die Männer an der Talje rissen, um eine Netzbrook an Deck zu hieven. Entweder lief Ramage dann unruhig an Deck auf und ab, oder er saß in seiner Kabine und sah vor seinem geistigen Auge ein kleines graues Rinnsal aus Pulver an Deck rieseln und irgend jemand darauf treten – gerade mit so viel Druck, der ausreichte, eine Detonation auszulösen. Dafür waren keine offene Flamme und kein Funke nötig. Es würde eine gigantische Explosion geben, und anstelle der *Calypso* und der Hulk würde es nur noch einen großen kochenden Strudel trüben Wassers geben, in den Planken und Spieren – und Leichen – aus dem verdunkelten Himmel hineinregnen würden... Den Donnerschlag der Explosion würde man bis nach Chatham und Greenwich hören – und nur wenige würden überlegen müssen, was die Ursache gewesen war.

Nachdem fünf Tonnen Pulver übernommen und unter Deck gebracht worden waren, entschied sich Ramage dafür, daß er das Magazin und die Pulverkammer inspizieren wollte. Dort war er nicht mehr gewesen, seit er jeden Zoll der *Calypso* untersucht hatte, nachdem sie sie von den Franzosen erobert hatten. Das stimmte zwar nicht ganz, denn jeden Sonnabend hatte er seine Routineinspektion durch das Schiff gemacht. Dabei hatte er auch seinen Kopf durch die Tür gestreckt, aber er war nicht eingetreten, denn das war nicht erlaubt, es sei denn, man war barfuß oder trug Filzschuhe. Außerdem wurde jeder daraufhin untersucht, ob er einen Gegenstand bei sich trug, der klappern und Funken erzeugen konnte.

Ramage setzte sich auf die Bank in seiner Kabine und zog die Stiefel aus. Silkin würde nicht sehr erfreut sein, wenn er herausfand, daß sein Herr und Meister in weißen Seidenstrümpfen durch das Schiff gewandelt war. Aber Silkin hatte nach Ramages Meinung im allgemeinen einen pflegeleichten Herrn. Der Bursche eines Kommandanten war ein Kammerdiener, und viele von ihnen verbrachten einen großen Teil ihrer Zeit damit, Strümpfe,

Hemden und Halsbinden zu stopfen, also würde eine kleine Extrawäsche Silkin nicht überfordern.

Ramage watschelte aus der Kabine, ignorierte den verwunderten Gesichtsausdruck des Wachpostens, erwiderte aber den Salut wie gewöhnlich, dann ging er an Deck und rief nach Aitken. Der Erste Leutnant traf ihn am Spill und bemühte sich krampfhaft, seinen Blick über Schulterhöhe zu halten.

»Seien Sie nicht so verdammt taktvoll«, grollte Ramage, »gehen Sie nach unten und ziehen Sie Ihre Schuhe aus – wir werden das Magazin und die Pulverkammer inspizieren. Sagen Sie dem Stückmeister, daß er an Deck bleiben soll.«

Aitken grinste glücklich, denn der Stückmeister war der einzige Mensch an Bord, dessen schiere Anwesenheit ausreichte, um in ihm die schwarze Galle hochkommen zu lassen.

Ramage wartete auf Aitken, dann ging er voran zum Magazin und zur Pulverkammer. Der Gang machte den stillen kühlen Eindruck eines Eingangs in eine Grabkammer, war aber, wie der gesamte Bereich hier, besonders konstruiert.

Beide, sowohl das Magazin als auch die Pulverkammer, wurden offiziell unter dem Begriff »hängendes Magazin« geführt. Das rührte daher, daß beide Räume nicht nur unterhalb der Wasserlinie eingebaut waren, sondern sich etwa vier Fuß unter dem Deck befanden; so entstand der Eindruck einer großen eingesetzten Kiste, zu der jeder, der hinein wollte, ein paar Stufen hinabsteigen mußte. Im Notfall konnte dieser Bereich mit Seewasser geflutet werden. Das Magazin und die Pulverkammer würden dann schnell unter Wasser stehen und damit auch das gesamte Pulver, gleichgültig, ob es sich in Kisten, Fässern oder Flanellkartuschen befand.

Der Fußboden des Gangs, der Pulverkammer und des Magazins war mit Mörtel ausgeschmiert, darüber hatte man lange Streifen von Dielenbrettern ausgelegt, die kaum stärker als Latten waren, anschließend hatte man alles mit Bleiplatten ausgekleidet, die fünf Pfund pro Quadratfuß wogen, erinnerte sich

Ramage, während er mit dem Knöchel dagegen klopfte, um sich zu vergewissern, daß sich keine der Platten verzogen und so von dem Unterbau aus Latten und Mörtel gelöst hatte.

Am Ende des Ganges lag die Tür zur Pulverkammer, die gleichzeitig den Eingang zum Magazin bildete. Sie war mit schweren Messingscharnieren versehen, die mit Kupferschrauben befestigt waren. Der große Kupferschlüssel zur Tür, der die Hand immer eigenartig riechen ließ, wenn man ihn angefaßt hatte, wurde normalerweise von Aitken verwahrt und dem Stückmeister nur auf ausdrücklichen Befehl des Kommandanten ausgehändigt.

Die einzige Beleuchtung kam aus dem kleinen Lampenraum, einem keilförmigen, schrankähnlichen gläsernen Raum, der nur von außen zugänglich war. In ihm stand eine Laterne, die das Magazin durch eine dicke Glasscheibe beleuchtete, aber eben durch diese war die Flamme sicher vom Pulver getrennt.

Ramage trat zurück, um vier Matrosen vorbeizulassen, die Pulverkisten trugen. Im schwachen gelben Licht der Laterne zeigte sich, daß der Gang in Ordnung war, keine der Platten an den Schotten, der Decke oder dem Boden hatte sich verzogen. Nachdem die Seeleute das Magazin verlassen hatten, ging Ramage hinein. Er betrachtete die vielen Regale, die bald mit den Flanellkartuschen für die 12-Pfünder und die Karronaden gefüllt sein würden. Das Magazin war mit Kupferplatten ausgeschlagen. Diese stellten eine weitere Vorsichtsmaßnahme gegen Funkenbildung dar, aber zusammen mit den Bleiplatten bildeten sie auch einen Schutz gegen die Ratten, die sich sonst ihren Weg in das Magazin nagen konnten und dann das Flanell der Kartuschen fraßen, was das Pulver herausrinnen lassen würde.

Die einzige Erinnerung daran, daß ein Feind von Zeit zu Zeit das Magazin gefährden konnte, waren die dicken Fellvorhänge, die im Augenblick zusammengerollt an die Decksbalken gebändselt waren, damit sie die Männer, die das Pulver schleppten, nicht behinderten. Aber im Gefecht wurden die Fellvorhänge ausgerollt, sie hingen dann mit Wasser vollgezogen herunter und bildeten so einen schweren Vorhang, der verhinderte, daß durch das Mündungsfeuer der Geschütze oder eine Explosion ein Funke in das Magazin überspringen und das Schiff in die Luft jagen konnte.

In dem letzten Vorhang befand sich eine kleine Öffnung mit einer Klappe. Im Gefecht wurde durch sie jede Kartusche einem wartenden Pulveräffchen zugeschoben, der seinen hölzernen Kartuschenkasten hochhielt, der Flanellsack fiel hinein, der Junge zog schnell die Klappe wieder herunter und hastete den Gang entlang, um auf dem Geschützdeck seine Kanone mit Nachschub zu versorgen.

Als Ramage und Aitken im Magazin waren, untersuchten sie die Kupferplatten. Ein paar Platten in der Nähe der Tür schimmerten in einem kräftigeren rotgoldenen Ton, sie waren in den vergangenen Tagen ersetzt worden. Im Pulverraum dahinter, in dem sich Ramage und Aitken verbiegen und zusammenkauern mußten, um durch ihren Schatten nicht das zu verdecken, was sie inspizieren wollten, waren ebenfalls einige neue Platten auszumachen.

Als Ramage das ansprach, erklärte Aitken: »Ich habe die Gelegenheit genutzt, als das ganze Pulver gelöscht war. Ich hatte den Stückmeister gefragt, ob in seinem Bereich etwas repariert werden müßte, aber der verneinte das. Also habe ich selbst eine Inspektion durchgeführt. Keine einzige Platte war wirklich durchkorrodiert, doch ein Dutzend oder mehr waren schon dünn wie Papier und wären bald hin gewesen …«

»Dieser verdammte Stückmeister!« knurrte Ramage. »Und ich habe nichts wegen ihm unternommen.«

Die Fahrt die Themse hinunter und hinaus in den Englischen Kanal erregte Ramage immer wieder, nicht weil es ihm Spaß machte, zwischen den Sandbänken, die die verschlungenen Fahrwasser einrahmten, zu navigieren, obwohl dort eine verspätete Wende oder Halse an einer Boje, ein Stehenbleiben im Wind oder ein Fehleinschätzung des Stromes bedeuten konnte, daß man das Schiff hart auf Grund setzte – sondern in erster Linie wegen der Namen.

Wenn man mit Yantlet am westlichen Ende des Sea Reach begann, dann war es doch so, daß sich die Bezeichnung von den Yantlet Flats dort drüben an Steuerbord ableitete, Meilen über Meilen aus Schlick und Schlamm. Aber Yantlet? Da war kein Dorf auf der Karte eingezeichnet, nur ein kleines Flüßchen dieses Namens.

East und West Knock vor Shoeburyness. Knock – wie pochen, anklopfen? Dann wieder hinaus auf den Great Nore und dann mit südöstlichem Kurs zum Four Fathom Channel[1], dabei blieb die lange Zunge des Red Sand an Backbord, dann lief man zwischen die Kentish Flats, um anschließend wieder nordöstlich in den Queen's Channel einzulaufen, damit man die beiden langen Bänke vermied, die parallel zur Küste lagen, nämlich den Cliffend Sand vor Reculver und den Margate Sand.

Dann der Schlag in die Botany Bay vor Foreness Point und ein weiterer Pull an den Schoten, um North Foreland klar zu passieren, den östlichsten Punkt der Grafschaft Kent. Botany Bay? Die nächste Bucht daneben wurde Palm Bay genannt, aber was auf den ersten Blick botanische Gründe zu haben schien, war in Wirklichkeit auf die seltsamen Formen der weißen Klippen der Kaps zurückzuführen.

Dann folgte Broadstairs Knoll, hinein in den Old Cudd Channel und den Gull Stream hinunter, um innerhalb der Goodwin Sands zu bleiben, und anschließend über die Downs, die verhältnismäßig sichere Reede, die von den Kriegsschiffen und Frachtseglern gerne benutzt wurde, während sie darauf warteten, in den Hafen von London oder den Medway einlaufen zu können.

Southwick war in diesen Gewässern in seinem Element, er kannte die Themse und die Downs »wie mein Gesicht, wenn ich

---

1 Wörtlich übersetzt: Vier-Faden-Fahrwasser. (Anm. d. Ü.)

morgens in den Spiegel blicke«. Er mußte kaum einmal in die Karte schauen. Obwohl ein Lotgast klar in den Rüsten stand, forderte er ihn nur selten auf, das Lot zu werfen.

Die *Calypso* glitt schnell von North Foreland nach Süden herunter, sie schien es zu genießen, wieder auf See zu sein. Ihr Boden war frisch mit Kupfer beschlagen und sauber, die neuen Mars- und Bramsegel reckten sich in die richtige Form, der Wind bügelte die Falten aus und preßte das Segeltuch in die richtigen Kurven.

Dankbar stellte Ramage fest, daß der Wind zu drehen begann, nachdem sie South Foreland umrundet hatten, und mit dichtgeholten Schoten würden sie bald Dover in Sicht bekommen. Als das Shakespeare Cliff achterlich und der Danger Rock querab waren, hatte sich der Wind auf Nordwest eingependelt.

»Wenn er so durchsteht«, meinte Southwick frohlockend und deutete auf den Verklicker, der oben auf der Luvreling steckte und nichts anderes war als eine Stange, an der man oben ein paar Bändsel befestigt hatte, und jedes dieser Bändsel war mit einem Stückchen Kork versehen worden, in dem ein paar Federn steckten, »dann werden wir vor St. Helens sein, bevor Seine Lordschaft es schafft, mit der *Victory* auszulaufen!«

»Verlassen Sie sich nicht darauf«, warnte Ramage vorsichtig, »Seiner Lordschaft stand der Wille zum Kampf im Gesicht geschrieben. Er will ein paar Dutzend Schiffe der Vereinigten Flotte zerstört sehen. Das wird ihm sowohl Flügel als auch scharfe Zähne verleihen!«

Die *Calypso* stampfte sanft in der Dünung, gelegentlich setzte sie schwer in eine besonders hohe Welle ein und ließ lange Spritzwasserfahnen über das Vorschiff fliegen, die das Unterliek der Fock schwarz färbten und Wasserströme über die Planken laufen ließen, Bäche, die sich im Takt des Stampfens und Rollens über das Deck ausbreiteten. Ramage fühlte, wie das Salz seine Gesichtshaut spröde werden ließ, und als er sich einmal unvorsichtig die Augen rieb, begannen diese zu brennen.

Jetzt folgte der lange Schlag über die Untiefen, die bei den Seeleuten unter dem Namen Hythe Flats bekannt waren und aus der Roar Bank sowie Swallow Bank dicht unter Land knapp südlich von Dungeness Point bestanden.

Als sie die Hythe Flats zur Hälfte überquert hatten, blickte Ramage in die Karten. Obwohl es nicht eingetragen war, befand sich Aldington jetzt querab etwa vier Meilen im Inland von dem langgestreckten Strand vor Dymchurch.

Waren die Türme dort drüben besetzt? Würden sie besetzt sein, falls Bonaparte versuchen sollte, seine Truppen anzulanden? Die originalen Mortellatürme auf Korsika, die mit dreiunddreißig französischen Soldaten besetzt gewesen waren, hatten wochenlang den Briten Paroli geboten. Die Gentlemen von der Horse Guard hatten das Original kopiert, allerdings hatte man aus irgendeinem Grund den Namen in Mortello geändert. Vierundsiebzig dieser Türme waren entlang der Küste, die Frankreich gegenüberlag, erbaut worden. Ramages Vater hatte einen davon inspiziert, und er hatte berichtet, daß jeder 7 000 Pfund gekostet und zwei Stockwerke hatte. Unten befand sich das Magazin, darüber lagen die Unterkünfte, und auf der Dachplattform stand eine Drehbasse oder eine Haubitze. An der Seeseite waren die Mauern neun Fuß dick, da sie dort der Beschießung durch feindliche Geschütze standhalten mußten, aber das machte sie im Winter für die Besatzung auch zu fürchterlichen Eishöhlen …

Schon hatte die *Calypso* »The Ness« umrundet. Ramage blickte über die plattebene Fläche der Romney Marsh, deren weite Felder gelegentlich vom Kirchturm oder einem Glockenturm überragt wurden, um den sich die wenigen Häuser der dazugehörigen Dörfer drängten. Deutlich war zu erkennen, wo die Niederung in der Ferne plötzlich an einem langen Hügelzug endete. Irgendwo dort hinten lag Treffry Hall. War Sarah inzwischen schon dort angekommen, oder hielt sie sich noch immer in der Palace Street auf? Seltsamerweise hoffte er, daß sie noch in der

Palace Street sein möge, denn es deprimierte ihn, wenn er sich vorstellte, daß sie dort drüben im Haus sein und genau in diesem Augenblick aus dem Fenster sehen könnte und weit hinter der Marsch in Richtung des Ness einen kleinen weißen Punkt auf der See sehen könnte, von dem sie aber nicht wüßte, daß es die *Calypso* war.

Dann folgte, fast wie eine Wiederholung der Hythe Flats, die Rye Bay und bildete eine weite Bucht in der Küstenlinie, die aus den Broomhill Sands, Camber Sands und schließlich Winchelsea Beach bestand, bevor sie bei Fairlight wieder seewärts herausschwang. Von dort waren es noch knapp ein Dutzend Meilen bis Beachy Head.

Namen und Geschichte … nur ein paar Meilen vor der *Calypso* waren die Schiffe des Normannenkönigs William an der Küste von Sussex gelandet, um mit Harold zusammenzutreffen – William nannte es später eine Schlacht. Er ließ eine Abtei errichten, um dem Allmächtigen seine Dankbarkeit zu zeigen. Das war fast 750 Jahre her. Vor über zweihundert Jahren war hier die spanische Armada vorbeigesegelt, um vor Calais zu ankern, das einige Meilen achteraus hinter dem Heck der *Calypso* lag. Dort war dann Sir Francis Drake mit Brandern über sie hergefallen. Das war das Problem, wenn man den Kanal hinauf- oder hinabsegelte: Die Gedanken blieben stets an den Klippen der Geschichte hängen. Da war es von Vorteil, so wie Southwick zu sein, für den Geschichte nur das war, was gestern geschehen war. Was vorgestern oder früher passiert war, wurde sogar vergessen …

7

Vorne auf der Back fröstelte der italienische Seemann und sagte zu Jackson: »Dieser Herbst ist kalt. Wann kommen wir endlich in wärmere Gewässer?«

»Dein italienisches Blut ist von dem vielen Wein zu sehr verdünnt«, knurrte Jackson unfreundlich. »Cádiz liegt schon etwas weiter südlich, aber es wird dort nicht viel wärmer sein als hier.«

»*Al diavolo!*« fluchte Rossi. »Wir werden den ganzen Winter diese *stronzi* blockieren müssen. Die denken doch nicht daran, herauszukommen und zu kämpfen. Warum sollten sie auch – sie liegen sicher in Cádiz, haben die Rahen nach unten an Deck gegeben, die Segel sind verstaut, damit die Ratten etwas zum Fressen haben, Huren warten auf den Straßen ...«

»Rosey[1] wird richtig blutdürstig«, bemerkte Stafford.

»Das liegt an den Kochkünsten deiner Mutter«, meinte Rossi liebenswürdig.

»Das kannste glauben. Sie hat unseren dicken Freund gefüttert, als ob er ein Hühnchen wäre, das für das Weihnachtsmahl gemästet wird«, sagte Stafford stolz, und sein eigener Akzent klang hart im Vergleich mit Rossis dunklem Genueserakzent.

»Ich habe Rosey vor dem gewarnt, was passieren würde, wenn er mit dir zusammen auf Urlaub gehen sollte«, ließ sich Jackson wieder vernehmen.

---

1 Verballhornung des Namens Rossi. (Anm. d. Ü.)

»Wir hatten eine schöne Zeit, nicht wahr, Rosey! Ich habe es sogar geschafft, daß er zugegeben hat, daß das Londoner Bier so gut wie Wein schmeckt. Erinnert euch, davor konnte er Gin nicht von Weihwasser unterscheiden.«

»Ich hoffe, du hast das inzwischen bereut«, fragte Jackson neckend. »Du stellst ein schlechtes Beispiel für einen Ausländer dar!«

»Ich schwöre!« rief Stafford aus. »Und wo hast du dich während deines Landgangs rumgetrieben, mein amerikanischer Freund? Ich glaube nicht, daß du Louis, Auguste, Gilbert und Albert mit gutem Beispiel vorangegangen bist. Ich werde nie verstehen, warum vier unschuldige Franzosen ausgerechnet mit dir auf Landurlaub gehen sollten. Sünde, das war es, was du gesucht hast!«

»Wie war das bei dir und Rosey?«

»Wir haben sie nicht gesucht, sie hat uns gefunden«, wiegelte Stofford schnell ab, »das ist ein himmelweiter Unterschied.«

»Da liegt Beachy Head«, sagte Jackson unerwartet. »Wir werden bald wenden, dann werden wir die französische Küste inspizieren können.«

»Welchen Teil der französischen Küste?« fragte Louis, und sein französischer Akzent wurde vor allem durch seine Schwierigkeiten deutlich, manche englischen Buchstabenkombinationen nicht zu verschleifen.

Jackson blickte nach oben in die Wolken, dann zu Beachy Head hinüber. »Der Wind weht aus Nordwest, und wir laufen mit dem sauberen Unterwasserschiff gute Höhe, so daß ich denke, daß wir Kap Barfleur in Sicht bekommen, bevor wir wieder auf den Steuerbordbug gehen werden. Ich vermute, daß Mr. Ramage danach viel freien Seeraum haben möchte, jetzt da die Äquinoktien[1] be-

---

1 Zeit der Tag- und Nachtgleichen, oder anders ausgedrückt: Herbstbeginn und damit die Zeit, in der die Herbststürme einsetzen, die in diesem Seegebiet vorwiegend aus westlichen Richtungen wehen. (Anm. d. Ü.)

vorstehen, da wird er nicht das Risiko eingehen, von einem vollen Weststurm auf Legerwall von Ushant[1] erwischt zu werden. Keine Chance, daß du da viel von deiner heimatlichen Küste zu sehen bekommen wirst, Louis.«

Der Franzose hob die Schultern und schüttelte den Kopf. »Ich betrachte das Land nicht mehr als meine Heimat.«

»Du hast keinen Ort, den du als Heimat bezeichnen kannst, Louis?« erkundigte sich Stafford mitfühlend. »Nun, du kämpfst doch auf unserer Seite, also betrachte England als deine Heimat. Cornwall liegt der Bretagne gegenüber, und unser Skipper kommt von da, also warum suchst du dir nicht Cornwall aus?«

Louis, der zusammen mit den drei anderen Monarchisten mitgeholfen hatte, daß Ramage und Sarah aus Brest entkommen konnten, als der Krieg wieder ausgebrochen war, und die alle danach in die Royal Navy eingetreten waren, verstand Staffords Besorgnis und nickte höflich. »Ja, es gibt viele enge Beziehungen zwischen den beiden Küsten. Die Hälfte der Namen ist gleich, und in Friedenszeiten nutzen die Fischer entweder den einen oder den anderen Hafen, je nachdem wie der Wind weht. Aber mach dir keine Gedanken, Staff, das Schiff ist meine Heimat. Und deine auch, wenn du mal richtig darüber nachdenkst.«

Staffords Augenbrauen zogen sich durch die Anstrengung des Nachdenkens zusammen, dann stimmte er zu: »Du hast recht, Louis. Ich war am Ende des Urlaubs wieder froh, an Bord zu sein. Die Leute an Land – sie scheinen uns einfach nicht verstehen zu können. Und für jemanden wie Jacko«, er wandte sich an den Amerikaner, »nun, ich vermute, daß die *Calypso* jetzt wirklich das einzige Zuhause ist, das du hast.«

»Mein Zuhause?« rief Jackson aus. »Meiner Meinung nach gehört sie mir fast, zusammen mit euch Jungs. Vergeßt nicht, wir

---

1 Verballhornung von Isle d'Ouessant, einer Insel vor Brest. (Anm. d. Ü.)

alle haben sie erobert, und ich bin hier an Bord geblieben, seit wir sie zum ersten Mal zum Entern betreten haben.«

»Die Admiralität hat dir dafür Prisengeld bezahlt«, wandte Stafford schlau ein, »also bist du eine Art Mieter.«

»Na gut, solange man mir keine Miete berechnet!«

»*Senza*«, mischte sich Rossi ein, »was ist mit diesem Lord Nelson? Ist er *simpatico*?«

»Er ist in Ordnung«, stellte Jackson fest, »wir haben zuerst mit ihm im Mittelmeer zu tun gehabt, wo er Kommodore war und Mr. Ramage sein erstes Kommando verschaffte. Da sind wir auch auf Mr. Southwick gestoßen, er war Segelmeister auf dem Kutter *Kathleen*. Er ist ein guter Admiral, unter dem es sich gut dienen läßt. Aber was die Franzosen und Spanier angeht – und neuerdings auch die Dänen –, so ist er ein Killer!«

»Alle Admirale sollten Killer sein«, gab Rossi zu bedenken.

»Das sind sie im Vergleich mit Seiner Lordschaft nicht. Die anderen halten eine Schlacht für gewonnen, wenn sie drei oder vier feindliche Schlachtschiffe aus der Linie herauspicken, aber Lord Nelson will möglichst viele zerstören! In der Schlacht am Nil hat er elf von dreizehn Linienschiffen zerstört oder erobert, bei Kopenhagen zerstörte oder eroberte er siebzehn.[1] Vergleicht man das mit Lord Howes Erfolg am ›glorreichen 1. Juni‹ oder sogar mit dem von Lord St. Vincent, als zwei der vier geenterten Schiffe von Lord Nelson erobert wurden, der damals erst ein Kommodore und noch ohne Adelstitel war, so war er höchst persönlich beim Entern dabei! Er ist eben nicht nur ein Kämpfer«, stellte Jackson düster fest, »er haßt den Feind wirklich!«

»Die *Victory*«, erkundigte sich Stafford, »ist nicht gedockt worden, oder?«

»Das glaube ich nicht«, überlegte Jackson, »Seine Lordschaft

---

1 Nur ein dänisches Schiff aus der Defensivlinie konnte als Prise genommen werden, was deutlich macht, wie verbissen die Dänen gekämpft haben. (Anm. d. Ü.)

ist erst vor zwei oder drei Wochen in England angekommen – das habe ich von Mr. Southwick gehört –, und wir wollen die *Victory* bei St. Helens treffen. Also war dafür nicht ausreichend Zeit. Warum fragst du?«

Stafford zwinkerte und klopfte sich mit dem Finger an die Seite der Nase, eine Geste, die er sich von Rossi abgeguckt hatte. »Wir haben ein sauberes Unterwasserschiff, die *Victory* wird in einem schlechten Zustand sein. Sie war lange Zeit im Mittelmeer, zwei Atlantiküberquerungen ... stellt euch nur die Muscheln und das Seegras vor, dazu die abgerissenen und schadhaften Kupferplatten ... Bei allen Windverhältnissen, außer vielleicht einem ausgewachsenen Sturm, wird sie uns nicht die Hacken zeigen können.«[1]

»Da würde ich nicht drauf wetten«, warnte ihn Jackson, »der Flaggkapitän Seiner Lordschaft würde inzwischen schon einen Transporter befehligen, wenn er nicht sehr fähig wäre, und der Segelmeister ist schon seit Jahren bei ihm.«

»Diese Frau aus Neapel ...« wechselte Rossi vorsichtig das Thema, wurde aber sofort von Jackson angefahren.

»Falls du Lady Hamilton meinen solltest, so war sie die Frau und jetzige Witwe des britischen Botschafters am Hofe des Königs der Beiden Sizilien, der jetzt mit seiner Frau in Neapel lebt, wie du sehr gut weißt.«

»*Accidente!*« rief Rossi aus. »Das war keine Kritikisierung ...«

»Kritik«, berichtigte ihn Jackson.

»Wie ich schon sagte, ich habe keine Kritikisierung an Lord Nelson vor, ich habe mich nur nach der Lady erkundigt, das ist alles.«

---

1 Da große Fregatten bei einer wesentlich geringeren Verdrängung eine in etwa vergleichbare Segelfläche hatten, konnten Linienschiffe in der Regel ohnehin nicht dieselbe Geschwindigkeit laufen. Allerdings mußten die Fregatten bei vollem Sturm früher reffen als die Linienschiffe. (Anm. d. Ü.)

»Na gut«, meinte Jackson, »sie ist die Freundin Seiner Lordschaft, so wie ihr Ehemann sein Freund war, als er noch lebte. Gute Freunde.«

»Gute Freunde!« lachte Stafford laut auf. »Sie ist seine Geliebte!«

»Was ist daran falsch?« wollte Jackson ärgerlich wissen. »Als wir das letztemal in Antigua waren, habe ich Geschichten genug darüber gehört, was für eine kalte Frau diese Lady Nelson ist – noch dazu die Witwe eines Infanteristen«, fügte er als abschließende Verdammung hinzu. »Nachdem, was er bei Kap St. Vincente, Aboukir und Kopenhagen geleistet hat, würde es mich nicht stören, wenn er zwanzig Geliebte hätte. Er hätte sie alle verdient!«

»Und ich will keine Kritikisierung an Seiner Lordschaft üben«, beharrte Rossi böse, »ich wollte nur wissen, ob er eine Geliebte hat, da ich von seiner Ehefrau wußte ...«

»Du kannst das Pferd eines Engländers kritisieren«, stellte Gilbert trocken fest, »oder vielleicht seine Ehefrau, aber sei vorsichtig bei seiner Geliebten, so viel habe ich während meiner Zeit als Diener beim Grafen von Rennes in England gelernt. Aber«, fügte er warnend hinzu, »falls er glücklich verheiratet ist, läuft das anders, dann darfst du seine Frau kritisieren, aber niemals sein Pferd.«

»Das zeigt nur, in welch unterschiedlichen Kreisen du verkehrt hast«, murmelte Stafford. »Die Leute, die ich kenne, haben eine Frau oder ein Pferd oder eine Geliebte, und ein kluger Mann hütet seine Zunge, wenn er über eines davon redet.«

»Natürlich, denn das Pferd dürfte gestohlen sein, die Frau wird regelmäßig verprügelt und die Geliebte mit gefälschten Münzen bezahlt«, kommentierte Jackson zu Gilbert gewandt. »Staffords Freunde werden noch nicht mal von der Preßgang mitgenommen, denn kein Schiff würde sie haben wollen!«

»Das klingt gut aus dem Munde eines Jonathan«, erwiderte Stafford, er neckte Jackson mit dem Spitznamen, den man bei der Navy immer für Amerikaner bereithielt. »Paß auf, Gilbert, wann immer du ein Schiff mit Jonathans stoppst und an Bord gehst, um festzustellen, ob sie die Blockade brechen – besonders in der Karibik –, haben sie immer eine Ladung Kleinkram[1] an Bord. Ich bitte dich – Kleinkram!«

»Was ist daran verkehrt?« wollte Jackson wissen. »Das heißt doch nur gemischte Ladung. Alle Arten von Dingen. Nadeln und Faden, Töpfe und Pfannen, Kleider – alle Sachen, die Menschen zum Leben brauchen.«

»Kleinkram«, wiederholte Stafford verächtlich, »was für ein verrücktes Wort!«

In diesem Augenblick unterbrach ein Ruf Aitkens vom Achterdeck das Gespräch. Ein Reffbändsel im Großsegel war auf irgendeine Weise mit dem nächsten derselben Reihe unklar gekommen. Wenn sie sich verknoteten, konnte das in einer plötzlichen Bö zu einem Riß im Segel führen. Das Großsegel mußte aufgetucht werden, um die Reffbändsel zu klarieren. Der Segelmacher würde zusammen mit den Toppgasten aufentern, um sich zu überzeugen, daß das Segel nicht beschädigt worden war.

Jacksons Schätzung, die er an Gilbert weitergegeben hatte, stimmte. Sie konnten tatsächlich gerade Kap Barfleur am westlichen Ende der Seinebucht ausmachen, als der Befehl zum Wenden kam. Das verschaffte der *Calypso* einen vierzig Meilen langen Schlag hoch am Wind auf dem Steuerbordbug zurück nach England, um die Nabuntiefe in der Nähe von St. Helens zu erreichen, dem Fort, der Reede und dem Dorf an der Ostspitze der Insel auf der anderen Seite des Solent gegenüber von Portsmouth

---

1 Hier handelt es sich um ein unübersehbares Wortspiel. *Notion* bedeutet entweder *Gedanke, Idee, Vorstellung* oder aber *Kurzwaren, Kleinigkeiten, Galanteriewaren,* im weiteren Sinne also Stückgut. (Anm. d. Ü.)

und Spithead. St. Helens hatte den Vorteil, daß es in Lee der Insel lag und gut geschützt vor den vorherrschenden westlichen und südwestlichen Winden war.

Ramage war sich inzwischen ziemlich sicher, daß die *Victory* inzwischen nach Cádiz abgesegelt war, aber Southwick rechnete damit, daß sie noch rechtzeitig ankommen würden.

»Die Lords Commissioners der Admiralität werden gewiß noch einen Weg finden, um ihn aufzuhalten. Darauf können Sie sich verlassen«, machte Southwick bedeutsam kund, »und Pitt wird ihn sehen wollen, um mit ihm ›zu diskutieren‹, und dann noch der Staatssekretär im Außenministerium, denn sie wollen alle in ihren Salons erzählen können, wie sie dem berühmten Admiral erklärt haben, wie er die Schlacht zu schlagen habe.«

»Sie klingen wie ich«, bestätigte Ramage und lachte über Southwicks bedrückte Stimme. »Aber der einzig stichhaltige Grund, den ich mir vorstellen könnte, warum Seine Lordschaft noch abwarten könnte, ist der, daß er auf die Kopien von Sir Home Popham's neuem Signalbuch wartet. Seine Lordschaft hat mir erzählt, daß er beabsichtigt, jedem Schiff der Flotte ein Exemplar an Bord zu geben, und daß er darauf warten müßte, bis genügend Bücher gedruckt und gebunden worden wären.«

»Was ist denn so geheimnisvolles an diesem neuen Signalcode, daß der Admiral dafür eine Wartezeit in Kauf nimmt?«

Ramage machte eine weitausholende Armbewegung über den Horizont, die eine unendliche Entfernung andeuten sollte. »Mit der augenblicklichen Ausgabe des *Signalbuches für Kriegsschiffe* kann ein Admiral mit Flaggensignalen nur etwas mehr als vierhundert Befehle geben, das heißt mit anderen Worten, eben nur diejenigen, die im Signalbuch abgedruckt sind. Aber mal angenommen, er will der Flotte – oder auch einem speziellen Schiff – etwas befehlen, das nicht im Buch vorgesehen ist, dann kann er das nicht mit Hilfe der Flaggen tun. Dem Admiral sind durch die aufgelisteten Signale die Hände gebunden – und das ist etwas, was Admiral Nelson absolut nicht gefällt.

Jetzt hat Home Popham seinen neuen telegraphischen Code herausgebracht. Und was ich bis jetzt darüber gehört habe, funktioniert der genauso gut, als ob der Admiral seine Flotte mit der Flüstertüte anrufen würde. Er kann jedem Schiff exakt mitteilen, was er von ihm erwartet.

Wo das Signalbuch einen kompletten Befehl für jede Nummer vorsieht«, erklärte Ramage weiter, »hat Home Popham die viertausend wichtigsten – die am häufigsten verwendeten Worte ausgewählt, die ein Admiral benutzen könnte, und hat ihnen eine Nummer gegeben. Daher kann der Admiral spezifizierte Befehle geben, indem er jedes Wort übermitteln läßt. Home Popham ist auch verdammt schlau gewesen: Ein Wort – eine Signalnummer – kann verschiedene Bedeutungsabstufungen haben.«

»Aber das würde bedeuten, daß man Signal 4 000 setzen müßte, um das letzte Wort des Code zu übermitteln«, protestierte Southwick.

Ramage schüttelte den Kopf. »Nein, Home Popham hat einen viel besseren Weg gefunden. Er hat ›I‹ und ›J‹ zusammengefaßt und gesagt, daß jeder Buchstabe eine Zahl repräsentiert. A entspricht 1, B ist 2, F ist 6. P steht für 20 und Z ist 25.«

Southwick schniefte mißtrauisch, aber Ramage ignorierte das.

»Eine Flagge bedeutet einstellige Zahlen – G beispielsweise würde für 7 stehen. Bei zwei Flaggen repräsentiert die obere die Dezimale und die untere die einstellige Zahl: E und F wären also 65. Bei drei Flaggen nimmt ganz entsprechend die obere die Hunderterstelle ein, in der Mitte steht die Zehnerstelle und unten steht die Flagge für die Einerstelle. A B C würden also als 1 2 3 übermittelt werden.«

Aitken, der Ramages Erklärung gelauscht hatte, meinte: »Sobald wir eine Kopie davon haben, Sir, schlage ich einen Wettbewerb unter den Offizieren vor, um herauszufinden, wer das witzigste Flaggensignal zustande bringt, wenn er – sagen wir mal – sechs Flaggen benutzen darf.«

»Einverstanden«, versprach Ramage, »aber Seine Lordschaft hat nicht genügend Fregatten, und wie ich ihn kenne, wird er sich beim Blättern in Pophams Signalbuch einen wunden Daumen holen, um uns beschäftigt zu halten!«

Und, dachte er bei sich selbst, Gott sei Dank kommen wir gerade aus der Werft. Wir haben ein sauberes Unterwasserschiff, überwiegend neue Segel, und Aitken und Southwick haben jeden Zoll der Masten, Spieren, des laufenden und stehenden Gutes inspiziert. Sollten wir nach Luv gegen einen vollen Sturm anknüppeln müssen, brauchen wir uns keine Gedanken darüber machen, daß ein Mast über Bord gehen könnte ...

Er sah, daß Aitken auf seine Uhr blickte, und einen Augenblick später kam Martin, der junge Vierte Leutnant und Sohn des Ersten Schiffbauers der Werft in Chatham die Leiter zum Achterdeck hoch, um das Deck als Wachoffizier zu übernehmen.

Er war ein aufgeweckter Junge, der überall im Schiff wegen seines Talents im Flötespielen nur »Bläser« Martin genannt wurde. Ramage hatte sich schon in sein Schicksal ergeben, daß er nur Shanties und populäre Lieder, die bei den Seeleuten bekannt waren, zu hören bekommen würde, als er gegen Ende der letzten langen Seereise herausfand, daß Martin selbst eher klassische Musik bevorzugte und sehr gut in den Stücken von Telemann und den Flötenkonzerten von Mozart und Haydn Bescheid wußte.

Sobald Aitken den Kurs der *Calypso* und die Einzelheiten über den Wind der letzten Stunde weitergegeben und berichtet hatte, daß keine unerledigten Befehle offen waren, ging er nach unten und ließ Martin als Wachoffizier an Deck zurück. Der Kommandant und der Segelmeister standen beieinander und unterhielten sich.

Bald bezog ihn Ramage ein. »Ich hoffe, daß Sie eine Menge gute neue Noten mitgebracht haben.«

»Jawohl, Sir. Ich bin extra deswegen nach London gefahren. Ich habe die neueren Sachen geübt.« Er grinste. »Ich habe herausgefunden, daß Mr. Southwick Ihren Enthusiasmus für Mozart nicht ganz teilt!«

Ramage gab vor, schockiert zu sein. »Jetzt hat man Sie doch entlarvt, Mr. Southwick? Ich hatte da schon immer so meine Bedenken.«

»Ich kann nicht sagen, daß ich ihn ausgesprochen ablehne, es ist nur, daß er ein Ausländer ist, und er bekommt kein so schönes Stück zusammen, wie es unsere Jungs machen. Um ganz ehrlich zu sein, bevorzuge ich die Stücke, die er für die Seeleute spielt.«

»Was ist mit den anderen Leutnants und Orsini?« fragte Ramage Martin.

»Der Neffe der Marchesa hat mein Leben in ein Jammertal verwandelt! Er ist so aufgeweckt! Als er in London war, hat er mir jede Menge Noten gekauft, ohne zu bedenken, daß man nicht alles auf der Flöte spielen kann! Seine bevorzugte Musik ist die Oper, aber es gibt nicht viele Opernpartien, die man mit nur einer Flöte wiedergeben kann!«

Oben vom Masttopp erklang ein Ruf, der Ausguck im Topp des Vormasts meldete etwas, und Martin schnappte sich die schwarz lackierte Flüstertüte.

»Vormast, Achtung! Hier Deck!«

Martin drehte den Konus schnell um, so daß er als Verstärker funktionierte. Er lauschte, ehe er ihn wieder umdrehte, und rief: »Verstanden, alle zehn Minuten eine neue Meldung!«

»Vor unserem Backbordbug laufen zwei Fregatten, die anscheinend in Richtung Spithead segeln.«

Ramage nickte. »Wir werden in Kürze auf noch mehr Schiffe des Königs treffen. Im Augenblick scheinen wir uns in einem besonders einsamen Bereich des Kanals zu befinden. Ich stelle mir vor, daß Lord Barham jede verfügbare Fregatte zurückbeordert, damit sie Verpflegung und Trinkwasser übernimmt und dann sofort wieder in Richtung Cádiz ausläuft.«

Er überlegte ein paar Sekunden, dann wandte er sich wieder an

Martin und setzte die Unterhaltung an der Stelle fort, an der sie durch den Ausguck unterbrochen worden war. »Falls wir ein paar Wochen mit der Blockade der Vereinigten Flotte vor Cádiz verbringen müssen, wird Ihre Flöte wohl den Geist aufgeben.«

»Aber nein«, sagte Martin triumphierend, »ich habe einen Teil meines Prisengeldes dafür verwandt, mir ein drittes Exemplar zu kaufen, Sir. Jetzt habe ich also eine für die Matrosen, eine gute für die ernste Musik und ein ausgesuchtes Meisterstück für besondere Gelegenheiten und als Reserve.«

Wie oft mochte wohl Prisengeld schon für eine Flöte angelegt worden sein, fragte sich Ramage. Er ging unter Deck in seine Kabine und las wieder einmal den Brief, den ihm Sarah geschrieben hatte. Irgendwie hatte die Umrundung des Ness die Entfernung zwischen ihnen vergrößert – eine große geographische Distanz geschaffen. Falls er in Portsmouth an Land ging, konnte er sich eine Kutsche mieten und in wenigen Stunden bei ihr sein – eine etwas abwegige Vorstellung für einen Kommandanten eines Schiffs des Königs, der im Krieg auf dem Weg nach Cádiz war.

Er brachte das Schiffstagebuch auf den letzten Stand, trug die Kurse, die Windrichtungen und -stärken und Distanzen ein, dann las er sich nochmals seine Befehle von Lord Barham durch. Anschließend studierte er die Karte von Spithead und der Ostküste der Isle of Wight. Schließlich saß er nur so da und starrte in seiner Kabine umher. Der Dienst in einer Flotte würde vieles verändern. Man mußte die Salutordnung beachten, das Flaggschiff ständig im Auge behalten oder gegebenenfalls die Fregatte des dienstältesten Kommandanten, um nur ja keine Signale zu versäumen und sie, falls nötig, zu wiederholen. Wöchentliche Berichte mußten an das Flaggschiff geschickt werden. Das war etwas, was er seit Jahren nicht mehr gemacht hatte. Man mußte die Gastfreundschaft anderer Kapitäne genießen und selbst auch Empfänge geben und alle bewirten ... Das war ganz schön und gut für Kommandanten, die das gesellschaftliche Leben mochten und sich gegenseitig auf den Rücken schlugen, aber es war ziemlich unangenehm für einen Kommandanten, der das Glück gehabt hatte, die letzten Jahre unter selbständiger Order unterwegs gewesen zu sein. Er war sein eigner Herr innerhalb der weiten Grenzen gewesen, die ihm seine Befehle gesetzt hatten.

Er wachte mit einem steifen Hals beinahe zwei Stunden später auf und war überrascht, daß er an seinem Schreibtisch eingenickt war. In den letzten Nächten hatte er nicht viel Schlaf bekommen, denn die Übernahme des Pulvers an den Black Stakes war eine langwierige, nervenaufreibende Geschichte gewesen. Es hatte nur kaltes Essen gegeben, weil das Kombüsenfeuer gelöscht war. Die ganze Zeit wartete man auf den dumpfen Krach, mit dem ein Pulverfaß oder eine Kiste aus der Netzbrook rutschen und das Schiff in die Luft blasen würde.

Er starrte auf seine Uhr und berechnete die Zeit. Er war jetzt drei Stunden in seiner Kabine gewesen, die Isle of Wight sollte jetzt dicht vor dem Luvbug liegen. Er ging in die Schlafkabine und wusch sich das Gesicht. Dazu benutzte er das Wasser aus der Kanne und die Schüssel, die in einem speziellen Gestell stand, daneben lagen Seife, Rasiermesser und ein Handtuch. Er drückte sich den Hut auf den Kopf und hatte ein vages Schuldgefühl, obwohl es das Privileg eines Kommandanten war, ein Nickerchen zu machen, und dann ging er an Deck.

Und da war sie: Die wuchtige Isle of Wight lag an Backbord, sie erstreckte sich von St. Catherines Point im Süden bis zum Vorland am östlichen Ende. Auf der Steuerbordseite lag das niedrige Land von Selsey Bill mit den davorliegenden Owers, lauernde, steinige Riffe, die auf jeden Unvorsichtigen warteten. Nach Westen schoben sie sich aus dem Wasser und setzten sich in der sanft ansteigenden Hügelkette hinter Portsmouth fort.

St. Catherines wurde jetzt fast völlig von den Klippen von Dunnose verdeckt, und das Vorland voraus gewährte keinen Einblick auf die Reede von St. Helens, obwohl ein Schiff mit so einem großen Tiefgang wie die *Victory* ziemlich weit draußen ankern mußte.

Southwick schob mit einem schnappenden Geräusch sein Teleskop zusammen.

»Liegt die *Victory* da?« erkundigte sich Ramage.

»Sollen wir darauf eine Wette abschließen, Sir?«

»Nein, das werden wir nicht tun. Können Sie sie sehen?«

Southwick schüttelte den Kopf. »Die Reede wird zum Teil durch das Vorland abgedeckt«, stellte er fast ein wenig hoffnungsvoll fest, aber dann gab er zu: »Aber ich kann ein paar Fregatten und eine Brigg erkennen, die dort ankern, aber weiter draußen, wo ein Dreidecker wie die *Victory* sein würde ...«

»Also hatte ich recht, Seine Lordschaft hat keine Zeit verschwendet.«

»Es sieht so aus, Sir«, stimmte Southwick widerwillig zu.

»Wir müssen hoch bis durch das Spithead laufen und nach Portsmouth hineinschauen«, sagte Ramage. »Die *Victory* könnte in die Werft gegangen sein, um Wasser und Ausrüstung zu übernehmen. Wir würden etwas dumm aussehen, wenn wir nach Cádiz segeln und sie zurücklassen würden.«

Southwick schnaufte, und nach zehnjähriger Erfahrung konnte Ramage Southwicks Schnauben deuten wie andere Männer Worte. Der Master wollte damit ausdrücken, ohne es auszusprechen, daß sie wertvolle Zeit verschwendeten, wenn sie weiter nach Norden hielten, um nach Portsmouth hineinzublicken, Zeit, die man besser benutzen sollte, um die *Victory* zu überholen.

Es war verlockend, denn bei diesem Nordwestwind konnte sich die *Calypso* mit einem langen Schlag aus der Enge des Kanals befreien. Mit einem gloriosen schnellen Schlag auf dem Streckebug würden sie gut zwanzig Meilen frei von Ushant bleiben, und wenn der Wind so hielt, konnten sie mit einer vergleichbar schnellen Reise über die Biskaya zum Spanischen Kap Finisterre rechnen. Dort waren sie fast in Sichtweite von El Ferrol und La Coruña, wo sich die feindliche Flotte versteckt gehalten hatte, bis sie schließlich den Ausbruch nach Cádiz gewagt hatte, wo Blackwood sie auf seiner *Euryalus* sichtete.

Verdammt, verdammt, verdammt... Ramage hatte seine Zweifel gehabt, ob sie nach St. Helens gelangen würden, bevor die *Victory* von dort absegelte, aber – obgleich das ziemlich absurd gewesen war, wie er zugeben mußte – hatte er es gehofft, hatte er es als eine Herausforderung aufgefaßt.

Wenn er jetzt alleine aus dem Kanal auslief, mußte er wenigstens keine feste Station zur *Victory* beibehalten, ständig auf Flaggensignale achten, andauernd den Vertikalwinkel ihres Besanmasts messen, um sich zu vergewissern, daß er in der vorgeschriebenen Entfernung zu ihr stand. Nun gut, sie konnten jetzt nach Gutdünken den Wind ausnutzen, wenden, wenn es Ramage richtig erschien, ohne auf ein Signal warten zu müssen, die passierten Kaps zu notieren und die zurückgelegten Distanzen...

Das Leben eines Säufers wurde an den geleerten Bechern gemessen, das Leben eines Seemanns an den passierten Kaps, sinnierte Ramage, besonders die letzten hundert Meilen vor Land's End. Zuerst kam Start Point am westlichen Ende der Lyme Bay, dann kamen Prawle Point und Bolt Head, wenn man der Küste folgte, um nach Plymouth zu gelangen.

Wenn man aus Plymouth auslief und Rame Head passiert hatte, erreichte man als nächstes The Lizzard, falls man vorhatte, auf einem südwestlichen Kurs aus dem Kanal auszulaufen, sonst wies einem Gribben Head den Weg nach Fowey hinein. Anschließend folgten gleich hinter Mevagissey The Dodman und dann ein paar üble Stromschnellen, die Bellows, die für jedes Schiff gefährlich werden konnten, das zu dicht unter Land segelte. Danach bezeichnete St. Anthony Head die Einfahrt nach Falmouth, mit weiteren Stromschnellen dicht dabei, den Bizzies. Nach dem Verlassen von Falmouth und dem Freikommen vom nächsten großen Kap The Manacles, danach The Lizzard und die tiefe Mount's Bay, an deren Ende Penzance lag, dann folgten nur noch Gwennap Head und Land's End.

Und das war, dachte Ramage, die Route eines jeden Seemanns, der sich über die Jahrhunderte hinweg seinen Weg den Kanal hinauf oder hinunter gesucht hatte, gleichgültig, ob er Handel getrieben hatte oder kämpfen mußte. Er hatte diese Kaps und Untiefen zu identifizieren, sei es im hellen Tageslicht, Nebel, in finsterer Dunkelheit oder vom Sturm getrieben – oder er würde scheitern.

Nicht ganz zufällig hatte Ramage an die Küste von Cornwall gedacht. Jetzt, da er sein eigenes Gut in Aldington hatte, war der Gedanke an St. Kew nicht ganz so drückend, aber ungefähr fünfzehn Meilen von Gribben lag St. Kew im Binnenland …

Er rief sich selbst zur Ordnung, damit er nicht an die gegenüberliegende französische Küste dachte, wo er mit Sarah die Flitterwochen verbracht hatte und wo ihn der plötzliche erneute Kriegsausbruch in Brest in der Falle hatte sitzen lassen. Er schüttelte sich, als er sich an die Risiken erinnerte, in die er Sarah gebracht hatte. Nachdem er sie schließlich nach England geschickt hatte, als endlich die Blockadeflotte vor Brest aufgetaucht war, war sie von Freibeutern gefangengenommen worden … Nein, diese Gewässer hielten keine glücklichen Erinnerungen für ihn bereit.

8

Als die *Calypso* schließlich über die Biskaya lief, hatte sie alle Segel einschließlich der Royals gesetzt, denn der frische nordwestliche Wind, der sie auch den Kanal hinuntergetrieben hatte, wehte immer noch. Mit seiner Hilfe hatten sie nach dem Flaggschiff vor Portsmouth gesucht, waren dann entlang der Küste zum Kap Lizzard gesegelt, so daß sie gut frei von Ushant blieben und auf den Kurs nach Spanien abfallen konnten.[1] Ramage wußte, daß es keine Möglichkeit mehr gab, die *Victory* einzuholen.

»Dieser Wind weht schon mehrere Tage«, stellte Southwick düster fest, so als ob die *Victory* sich einen unerlaubten Vorteil verschafft hätte. »Nelson hat ihn wahrscheinlich gleich beim Auslaufen gefunden und stand vermutlich vor Kap Lizzard, als wir Dungeness passierten.«

»Das zeigt nur, daß wir von Anfang an zu langsam waren«, bemerkte Hill.

Der große, schüchterne Leutnant machte sich einen Spaß dar-

---

1 Kein vorsichtiger Segelschiffkapitän würde von der Südwestspitze Englands aus seinen Kurs auf die nordwestliche Ecke Spaniens absetzen, denn bei einer (häufig vorkommenden) Winddrehung auf West würde er in die Biskaya hingedrückt, aus der er sich bei Weststurm erst mühsam wieder freikreuzen müßte. Ein ehernes Gesetz der Segelschiffsleute beim Verlassen des Kanals lautete: »Make west!« Es wurde also stets versucht, etwa 10 Grad West zu erreichen, bevor man abfiel und auf einen südlichen Kurs ging. (Anm. d. Ü.)

aus, Southwick zu necken, der alt genug war, um sein Großvater sein zu können.

»Von Anfang an zu langsam, verdammt noch mal!« rief Southwick aus. »Wir sind wie eine Katze, deren Schwanz Feuer gefangen hat, aus dem Dock und den Medway hinunter gebrettert.«

»Ach, es war die Navigation, die uns ins Hintertreffen gebracht hat«, stichelte Hill traurig weiter. »Wir sind in der Themsemündung herumgeirrt wie ein betrunkener Hilfsgeistlicher auf der Hochzeit der Tochter des Gutsherrn, wir haben die Tide am North Foreland verpaßt, deshalb mußten wir uns mühsam unseren Weg durch den Gull erkämpfen, ich habe die Goodwins noch nie so langsam vorüberziehen sehen. Denken Sie daran, wie weit wir von Dungeness ab waren, von dem Schlag hoch nach Spithead will ich gar nicht reden, und dem gemächlichen Spaziergang im Schlenderschritt bei Kap Lizzard ...«

»Wenn Sie mehr Aufmerksamkeit auf den richtigen Segeltrimm legen würden, wären wir ein gut Teil schneller vorwärts gekommen«, knurrte Southwick zornig. Er zeigte nach oben. »Schauen Sie sich nur die Marssegel an ... wenn der Kommandant an Deck kommt ...«

Hill trat einen schnellen Schritt vor und duckte sich, um zuerst den Stand des Vormarssegels und dann den des Großmarssegels zu überprüfen. Beide waren tadellos getrimmt. Er kam verwundert zu Southwick zurück.

»Was ist verkehrt an den Marssegeln?« wollte er wissen. »Sie ziehen doch tadellos.«

»Ach ja?« erwiderte Southwick unschuldig. »Ich habe nicht behauptet, daß sie es nicht tun.«

Hill grinste, er akzeptierte, daß Southwick eine kleine Revanche verdient gehabt hatte.

»Sagen Sie«, fragte er ihn, »wie läuft das ab, wenn man Teil der Flotte ist? Ich habe noch nie in einer großen Flotte Dienst getan.«

»Für Leutnants ist es kein Zuckerschlecken«, erläuterte Southwick, »Flaggensignale, Berichte, die Position exakt einhalten, Segeltrimmen ohne Ende ... Ich habe Leutnants gekannt, die bei dem Streß verrückt geworden und schreiend über die Kante gejumpt sind.«

Hill, dem klar war, daß sich Southwick eine derartige Gelegenheit nicht entgehen lassen konnte, ihn vorzuführen, zog vor, das zu ignorieren. Er fragte weiter: »Sie haben große Erfahrung mit dem Flottendienst?«

»Ja, und ich warne Sie. Das Problem Seiner Lordschaft vor Cádiz ist die Versorgung der Flotte mit Verpflegung und Wasser. Er wird nicht genügend Transporter zu seiner Verfügung haben, daher werden wir wahrscheinlich durch die Enge nach Tetuan geschickt werden, um Ochsen zu laden ... Sind eine ziemlich stinkige Angelegenheit, diese Ochsen!«

»Sie scherzen!« rief Hill aus, aber klang recht verunsichert.

»Glauben Sie? Betrachten Sie es mal vom Gesichtspunkt des Admirals aus. Er hat zu wenig Transporter, und er benötigt ein paar hundert Ochsen pro Woche, um die Flotte zu verpflegen, damit die Schiffe ihr Salzfleisch nicht angreifen müssen, das sie im Winter brauchen werden, falls es eine langwierige Blockade wird. Er wird versuchen, die Vereinigte Flotte aus Cádiz herauszulocken, um sie zum Kampf zu stellen. Glauben Sie etwa, daß er Linienschiffe abstellen wird, um Ochsen zu laden?«

»Nein, aber Fregatten können nicht viele lebende Ochsen befördern.«

»Wer sagt, daß sie leben werden? Schlachte sie und salze sie ein, mein Junge. Also kommen zu dem Gestank noch das Blut und das Salz dazu. Und dann kommen die Fliegen. Der Himmel wird schwarz von Fliegen sein. Arabischen Fliegen«, fügte er düster hinzu.

»Ich glaube Ihnen nicht«, sagte Hill mit einer Stimme, die eine glatte Verweigerung ausdrücken sollte, aber mehr nach einer verzweifelten Bitte klang. »Was ist mit Wasser – die Flotte wird genauso knapp mit Wasser wie mit Fleisch sein.«

»Das ist kein Problem, da gleich um die Ecke Gibraltar liegt. Wenn man also keine Ochsen transportiert, dann ist es Wasser. Überall Fässer. Das Schiff überladen. Es ist teuflisch schlecht zu handhaben, da man es kaum richtig trimmen kann. Und immer wieder hin nach Gibraltar und zurück und wieder hin ... Wir können eine Münze werfen, ob es auf den Transport von Ochsen oder Wasser hinauslaufen wird. Und der liebe Gott möge uns beistehen, wenn wir einen richtigen Levanter[1] auf die Mütze bekommen ...«

»Und wer hält ein Auge auf den Feind? Das ist doch der Hauptgrund, warum der Admiral Fregatten braucht, sie sind seine Augen, seine Augen in der Ferne, die alles scharf beobachten und sofort die Meldung mit dem neuen Flaggencode über den Horizont weitergeben, daß der Feind ausgelaufen ist!«

»Haben Sie sich Ihre Rumration aufgespart?« erkundigte sich Southwick mißtrauisch. »Sie hören sich wie ein hoffnungsvoller Betrunkener an.«

»Aber Seine Lordschaft braucht ganz sicher Fregatten!«

»Aber ja«, stimmte ihm Southwick zu. »Wie wir wissen, ist Kapitän Blackwood bereits vor Cádiz und kommandiert dort ein kleines Küstengeschwader, das aus Fregatten besteht. Das hat er Mr. Ramage erzählt.«

»Na sehen Sie!« rief Hill triumphierend aus.

»Ach ja.« Southwick nahm seinen Hut vom Kopf und fuhr sich mit den Fingern durch das Haar, dann drückte er sich den Hut wieder fest auf den Kopf. »Ach ja, und Sie glauben, daß Kapitän Blackwood mit seinem eigenen kleinen Geschwader, das aus Fregatten besteht, von denen jede einzelne ihren Job in- und auswendig beherrscht – mal ganz abgesehen davon, daß deren

1 Ein stürmischer Ostwind, der bei einer Ostlage im westlichen Mittelmeer auftritt. In der Nähe der Straße von Gibraltar wirft er infolge des durch die Straße gegenanstehenden Stromes eine unangenehme kurze, steile See auf. (Anm. d. Ü.)

Kommandanten alte Freunde von ihm sind –, seine Fregatten fortschicken wird, um Ochsen einzupökeln oder Wasserfässer an Bord zu hieven?«

Hill zuckte resignierend mit den Schultern. Er mußte sich eingestehen, daß eine Menge gesunder Menschenverstand in dem steckte, was Southwick vorgetragen hatte, wenn es jungen Leutnants auch nicht gerade Gutes zu verheißen schien. Ihm blieb gerade noch Zeit genug, seine Augen über alle Segel huschen zu lassen, als er sah, daß der Kommandant den Niedergang hinaufkam.

Hill wartete ab, bis der Kommandant den Horizont abgesucht hatte und sich dicht an die Achterdecksreling stellte. Dann holte er tief Luft und begab sich auf das dünne Eis.

»Southwick hat mir von den Ochsen erzählt, Sir.«

Ramages Augenbrauen wanderten in die Höhe. »Was hat er, um Himmels willen, über die Ochsen gesagt?«

»Sie stinken sehr, seiner Meinung nach, und daß das Einsalzen eine verdammt mühselige Arbeit wäre, hat er gesagt.«

»Und dazu die vielen Fliegen.«

»Ich kann mir vorstellen, daß er damit recht hat«, meinte Ramage mitfühlend, »aber wieso denken Sie daran, in das Geschäft mit dem Verkauf von Salzfleisch für die Navy einzusteigen?«

»O nein, Sir. Southwick und ich unterhielten uns nur über die Aufgaben, die man der *Calypso* zuteilen wird, wenn wir zur Flotte stoßen.«

Ramage warf Southwick einen Blick zu, dann sagte er: »Aha, Salzfleisch und Frischwasser, nicht wahr?«

»Jawohl, Sir. Southwick hat mir das Problem erklärt, eine Blockadeflotte zu versorgen, und ausgeführt, daß Seine Lordschaft auf Ochsen aus Tetuan und Frischwasser aus ›Gib‹ zurückgreifen würde.«

Ramage blickte Southwick wieder finster an, dann sagte er zu Hill gewandt: »Und Sie erwarten, daß die *Calypso* als Transporter eingesetzt werden wird, weil die Flotte äußerst knapp an Transportern ist?«

»Ja, genau damit rechnet Southwick.«

»Hat Ihnen Mr. Southwick eine Vergleichszahl gegeben, wie viele Ochsen – gleichgültig, ob lebend oder eingesalzen – die *Calypso* im Vergleich mit einem Transporter befördern kann?«

»Äh, nein, Sir. Er hat aber betont, daß Seine Lordschaft keine Linienschiffe entbehren kann, um sie selbständig zum Wassern zu schicken.«

Ramage lachte trocken. »Denken Sie nach, Mr. Hill. Bei was für einer Art Wetter könnte die *Calypso* Fässer mit Frischwasser oder Salzfleisch – geschweige denn lebende Ochsen – an ein Linienschiff übergeben?«

»Nun, es müßte verdammt ruhig sein«, gab Hill nachdenklich zu.

»Also macht Seine Lordschaft die Versorgung seiner Flotte von den Launen des Wetters abhängig?«

Hill blickte Southwick zweifelnd an. »Aber wie sonst will er sie versorgen, Sir?«

Ramage zuckte mit den Achseln. »Wir vermuten nur, daß er knapp an Transportern ist, aber ganz sicher ist er äußerst knapp mit Fregatten dran. Ich kann Ihnen versichern, Hill, daß immer Fregatten dicht vor Cádiz kreuzen werden, selbst wenn nur ein halbes Dutzend Linienschiffe hinter dem Horizont im Hinterhalt liegen sollten. Der Feind kann nur die Fregatten *sehen*, wie viele Schlachtschiffe außerhalb der Sichtweite warten, kann er nur *vermuten*. Aber die befinden sich innerhalb der Signalreichweite der Fregatten. Bei allem Respekt vor unserem verehrten Navigator Mr. Southwick, wird meiner Meinung nach Lord Nelson Linienschiffe detachieren, um einen Abstecher nach Gibraltar oder Tetuan zu machen. Er legt immer Wert darauf, daß die Männer so viel frisches Fleisch wie möglich bekommen. Sie können das frische essen und das eingesalzene Rind- und Schweinefleisch in den Fässern aufheben.«

Hill wandte sich anklagend zu Southwick um, der grinste ihn an und meinte: »Das wird Sie lehren, meine Navigation in Zweifel zu ziehen, Bürschchen.«

Am zehnten Tag nach dem Auslaufen aus dem Spithead rechnete Southwick damit, daß sie das große felsige Vorgebirge St. Vincent passiert hätten. Das Kap war so steil und von ausgewaschenen Höhlen durchzogen, daß man das Donnern der Brandung meilenweit hören konnte. Die *Calypso* steuerte bei einer guten südwestlichen Brise und guter Sicht einen ostsüdöstlichen Kurs. Cádiz war nicht mehr fern.

»Wir müssen scharf Ausguck nach den drei Bergkuppen halten«, sagte er. »Nun, Orsini?«

Der junge Midshipman sah ihn mit einem leeren Gesichtsausdruck ratlos an.

Ramage, der in Hörweite stand, sagte scharf: »Ich habe Ihnen über diese Küste eine Lehrstunde gegeben, als wir das letztemal hier vorbeigesegelt sind, um ins Mittelmeer zu gelangen.«

»Ich kann mich an den Herzog von Medina Sidonia erinnern, Sir, der die spanische Armada kommandierte und hier in der Nähe Grundbesitz hatte, aber ...«

»Sagen Sie es ihm, Southwick ...«

»Sie wissen, daß die Küste in nordsüdlicher Richtung verläuft, nicht wahr?« fragte Southwick sarkastisch.

Ein verschüchterter Orsini nickte.

»Nun denn, ungefähr fünfundvierzig Meilen nördlich der Küste von Cádiz erstreckt sich eine Bergkette, die Sierra de Ronda genannt wird, die höchste Erhebung ist der Cabezo del Moro mit mehr als fünftausend Fuß Höhe. Den sollten wir natürlich zuerst sichten, und der Cabezo ist abgerundet.

Dann folgt der Pico de Aljibe mit dreieinhalbtausend Fuß und etwas über dreißig Meilen entlang der Küste von Cádiz entfernt. Er weist kein besonderes Kennzeichen auf, aber seine Hänge fallen sanft ab.

Der dritte Berg, der sich etwa zwanzig Meilen die Küste entlang von Cádiz entfernt befindet, ist derjenige, der unserem Freund, dem verstorbenen Herzog von Medina Sidonia gehörte. Sie erinnern sich natürlich, daß er wie ein Zuckerhut geformt ist, einen Turm auf der Spitze hat, und daß das Dorf Medina Sidonia an seiner westlichen Flanke wie ein weißer Fleck aussieht ...«

»Jawohl«, rief Orsini triumphierend aus, »alle Häuser im Dorf sind weiß angestrichen. Und ich kann mich auch an Cádiz und Rota erinnern, und daran, daß der Fluß, der in die Bucht von Cádiz mündet, San Pedro heißt.«

»Ausgezeichnet«, meinte Southwick, dann wandte er sich an Ramage und bemerkte: »Sehen Sie, Sir, Midshipmen sind besser als Tanzbären, denn sie können reden.«

Ramage nickte und befahl Aitken: »Rufen Sie die Männer im Ausguck an, sagen Sie ihnen, wonach wir suchen, und geben Sie ihnen die Peilungen. Nebenbei gesagt«, fügte er hinzu, »werden wir die Flotte wahrscheinlich in einiger Entfernung von Cádiz finden. Der Admiral will den Feind nicht so einschüchtern, daß er im Hafen bleibt ...«[1]

---

1 Nelson war ein Anhänger der »weiten« Blockade, d. h., er hielt sich mit seiner Flotte in verhältnismäßig großer Entfernung von dem blockierten Hafen auf, um den Gegner zum Verlassen desselben zu animieren; das barg aber den Nachteil in sich, daß der Feind bei ungünstigen Wetterverhältnissen entwischen konnte, ehe er ihn zum Kampf stellen konnte. Andere Admirale (z. B. Cornwallis vor Brest) bevorzugten die »enge« Blockade, d. h., sie saßen mit ihrer Flotte wie ein Korken im Flaschenhals vor dem Hafen, wodurch unter normalen Umständen ein Entkommen des Feindes unmöglich war. Bei stark ablandigem Sturm wurde die Flotte allerdings nach See hin abgetrieben, und die gegnerische Flotte konnte mit achterlichem Wind ausbrechen – wenn sie zu diesem Zeitpunkt seetüchtig und ihr Befehlshaber entschlossen genug war , und an beidem mangelt es nach monatelanger Blockade häufig. Die Anhänger der weiten Blockade wollten also die physische Vernichtung des Feindes, die der engen Blockade seine psychisch-moralische Destabilisierung. (Anm. d. Ü.)

»Aye, und der junge Orsini wird die Küstenlinie von Cádiz bald wie seine Hosentasche kennen«, mutmaßte Southwick. »Seine Lordschaft wird ein oder zwei Fregatten dicht unter Rota und Cádiz positionieren, mit vielleicht ein oder zwei Meilen Abstand, und eine Reihe von Fregatten zum Weiterleiten der Signale bis hin zur Flotte. Wende, Wende, Wende, Halse, Halse … und wohin verdrücken Sie sich, wenn ein Sturm aus Westen naht? Nicht auf den Strand, will ich doch hoffen.«

Orsini war schlau genug, um nicht darauf zu antworten. Er sah Aitken zu, der das Sprechrohr nahm und die Ausgucksleute im Vor- und Großtopp anpreite.

Es war eine lange Jagd, dachte Ramage, und wir haben die *Victory* nicht eingeholt. Natürlich war Lord Nelson in Eile gewesen, aber niemand konnte Kapitän Hardy dazu bringen, den großen Dreidecker härter zu knüppeln, als die *Calypso* gesegelt worden war. Doch ein größeres Schiff mit einer längeren Wasserlinie würde bei entsprechender Windstärke immer schneller sein – und es war gerade der richtige Wind für die *Victory* gewesen …

Eine halbe Stunde später meldete der Ausguck im Vortopp, daß er eine Wolke sehen könne, die von einer Bergspitze nach Lee abzutreiben schien. Fünfzehn Minuten später bestätigte er, daß ein Berg in Sicht wäre, und meldete mehr Wolken südlich davon.

Ramage sah Orsini an. »Sie wissen jetzt, wonach Sie zu gucken haben. Also schnappen Sie sich einen Kieker und ab nach oben mit Ihnen!«

Orsini packte ein Fernglas und rannte zu den Wanten des Großmasts, die er förmlich hinaufstürmte.

»Das war nicht ganz fair ihm gegenüber«, bemerkte Southwick, »er ist ein guter Junge. Und sehen Sie nur, er entert wie ein echter Toppgast auf.«

»Das sollte er auch besser«, sagte Ramage trocken, »als ich so alt wie er und Midshipman war, erwartete mein Kommandant, daß jeder Midshipman *schneller* aufenterte als ein Toppgast.«

Der Master kicherte. »Ja, aber Toppgasten müssen sich nicht an Orte mit ausländischen Namen erinnern.«

»Sie sind für Orsini nicht fremdländisch. Erinnern Sie sich, er spricht fließend Spanisch. Cabezo del Moro bedeutet für ihn Mohrenkopf – was bei Ihnen sicherlich nicht der Fall ist. Und obwohl er es nicht ahnt, vermute ich, daß er um sieben Ecken mit Medina Sidonia verwandt ist – diese spanischen und italienischen Familien haben immer schon untereinander geheiratet.«

»Man kann sich die Namen dieser Orte bestimmt leichter merken, wenn man ihre Bedeutung kennt«, gab Southwick zu. Er nahm seinen Hut ab und kratzte sich den Kopf. »Ich bin überrascht, daß wir keine anderen Fregatten oder 74er getroffen haben, die zur Flotte stoßen wollen.«

»Ich vermute, daß die meisten Schiffe schon hier sind«, meinte Ramage, »die beiden 74er in Chatham werden erst in einigen Monaten wieder bereit zum Auslaufen sein. Wir sind wahrscheinlich die letzten, die zu Seiner Lordschaft stoßen werden – außer den beiden Fregatten vielleicht, die wir vor der Isle of Wight gesehen haben.«

Inzwischen war Orsini nur noch eine winzige Gestalt im Masttopp, er rief zum Achterdeck herunter, sein Ruf wurde vom Ausguck wiederholt. Southwick hielt sich das Mundstück der Flüstertüte an sein Ohr.

Er nickte vor sich hin, lächelte zufrieden, dann drehte er die Flüstertüte wieder so, daß er hineinsprechen konnte, und rief zurück: »Sehr gut, halten Sie scharf Ausguck nach Medina Sidonia!«

Der Segelmeister wandte sich wieder Ramage zu. »Er ist sich über den ›Mohren‹ und Aljibe sicher und glaubt, ein Segel in der Richtung gesehen zu haben, in der Cádiz liegen müßte.«

Er überlegte einen Augenblick lang, dann fragte er Ramage: »Was bedeutet eigentlich ›Aljibe‹?«

»›Aljibe‹ heißt eine Zisterne oder Wasserauffangeinrichtung, und ›Pico‹ bedeutet Spitze oder Gipfel.«

»Ihr Spanisch muß sehr gut sein, Sir, ich hatte das vergessen. Ich erinnere mich daran, daß Sie damals in Cartagena vorgaben, ein Spanier zu sein.«

»Ja, ich kann mich schon als Kastilier ausgeben, aber einige der örtlichen Dialekte sind kaum zu verstehen. Ein schnell sprechender Mann aus Galicia aus dem Norden oder ein aufgeregter Bauerntölpel aus Murcia – das ist die Provinz, in der Cartagena liegt – können mich sprachlos machen.«

Die beiden Männer unterhielten sich eine halbe Stunde lang, erinnerten sich an vergangene Gefechte, die sich zwischen Italien und Südfrankreich abgespielt hatten und weiter vor der Küste von Spanien, bevor sie über den Atlantik nach Westindien kamen und an die Küsten der dortigen spanischen Hauptniederlassungen auf dem Kontinent.

»Indien«, sagte Southwick, »das ist ein Land, in dem ich noch nie gewesen bin. Aber ich muß auch sagen, daß es mich nicht dorthin treibt«, stellte er fest.

»Meine Frau liebt es – ihr Vater war Gouverneur von Bengalen, wie Sie wissen. Sie erzählt, daß die Gegend unglaublich abwechslungsreich ist: Ebenen, die weiter sind, als Sie sich das je vorstellen können, hohe Berge, kühle Orte in den Hügeln, in die sich jeder während der heißen Jahreszeit zurückzieht ... Stellen Sie sich ein riesiges Land vor, in das Sie England fallen lassen könnten und es nie wiederfinden würden!«

In diesem Augenblick rief Orsini wieder.

Southwick lauschte und berichtete Ramage: »Er sagt, daß Medina Sidonia definitiv an Steuerbord voraus liegt und daß er Land darunter ausmachen kann. Wir müssen ungefähr fünfzehn Meilen davon entfernt stehen.«

»Nahe genug vor Cádiz, um die Flotte bald in Sicht zu bekommen. Sagen Sie ihm, er soll auf jedes Segel achten. Was ist mit dem Schiff, das er gesichtet hatte?«

»Er kann es nicht mehr sehen, vermutlich ist es nach Süden abgelaufen.«

»Sehr gut, sagen Sie ihm, daß er den Ausguck instruieren und dann wieder an Deck kommen soll. Vor Cádiz kreuzen eine Menge Linienschiffe, wir hatten einfach nur Glück, daß wir noch keins gesichtet haben. Aber unsere Fregatten werden vor Cádiz stehen ...«

Als die *Calypso* mit flatterndem Erkennungssignal auf die Flotte herunterstieß, überkam Ramage das Gefühl, in einem Wald zu sein. Mehr als zwanzig Linienschiffe bedeuteten mehr als sechzig hohe Masten, und in ihrer Mitte war die *Victory*. Dann, mit fast überraschender Plötzlichkeit, wendete er durch die Flotte – unter dem Heck der *Revenge* hindurch, vor dem Bug der *Collossus* vorbei, Vorsicht vor der *Ajax*, weil sie auf uns zuhält ... Was, zum Teufel, macht die *Orion*, ist dort niemand im Ausguck ...? Warum in drei Teufels Namen muß sich die *Bellerophone* gerade in diesem Augenblick zu einer Wende entschließen – kein Wunder, daß man von ihr immer als »Billy Ruffian« spricht, und jetzt mußte auch noch die verdammte *Polyphemus*, »Polly Infamous« für die Seeleute, beidrehen, wo ich doch vorhatte, hinter ihrem Spiegel durchzustoßen ... Jetzt sieht es so aus, als ob die verdammte *Mars* es auf eine Kollision abgesehen hätte ... Hol's der Teufel, nur ein Verrückter kann es vorziehen, in der Flotte zu dienen, statt unabhängig und sein eigener Herr zu sein!

»Achten Sie auf die Signale des Flaggschiffs?« fuhr Ramage Orsini an, und einen Augenblick später bellte er Kenton an, die Stagtalje aufzuriggen, um ein Boot auszusetzen.

»Steht der Stückmeister für den Salut bereit?« fragte Ramage.

Es war jetzt nicht die richtige Zeit, ein Risiko einzugehen, wie Southwick wußte. Schiffe flogen wie diese flüchtigen Bilder vorbei, die man auf diesen seit kurzer Zeit modernen magischen Laternen bewundern konnte, und Aitkens Stimme klang vom Brüllen der Ruder- und Segelorder schon heiser.

Jackson, der diensttuende Quartermaster, stand mit vier Männern am Ruder, damit es keine Verzögerung gab. Er hatte es schon lange aufgegeben, sich die Schiffe anzusehen, an denen die *Calypso* vorbeiflog. Einen kurzen Augenblick lang dachte er an den ausgelassenen Schwarm Schnepfen, die sie auf dem Medway beobachtet hatten, aber dann konzentrierte er sich wieder auf das Luvliek der Segel, um sicherzustellen, daß die *Calypso* schnell segelte. Denn alles würde, wie er nur zu gut wußte, in einer Katastrophe enden, wenn sie jetzt im Wind stehen blieben und mit einem der 74er unklar kamen.

Ramage hatte denselben Gedanken, einen Moment lang stellte er sich den Klatsch vor, der im Green Room in Plymouth die Runde machen würde, wenn ein Vollkapitän den anderen fragte: »Haben Sie von diesem Burschen Ramage gehört, der zu Lord Nelsons Flotte vor Cádiz stoßen sollte? Er hat das wohl zu wörtlich genommen, denn er hat die *Victory* gerammt und sie im Durcheinander geentert, ha, ha!«

Nachdem er neun 74er passiert hatte, einige so nahe, daß gerade nur noch das buchstäbliche Haar dazwischengepaßt hatte – jedenfalls sah das vom Deck der *Calypso* so aus, denn die anderen Kommandanten wollten sich offensichtlich keine Sorgen machen –, schien die *Victory* immer noch weit in diesem Gewühl aus Masten und Rümpfen entfernt zu sein.

»Stütz mit!« sagte er scharf zu Aitken. »Wir können vor dem Bug der *Belleisle* vorbeikratzen, ohne ihren Klüverbaum abzurasieren!«

»Wenn Sie meinen, Sir«, antwortete Aitken zweifelnd, dann bellte er in sein Sprechrohr und gab Jackson einen kurzen Befehl.

Die Bramsegelschoten und -rahen waren hart angebraßt. Männer holten an den Vorsegelschoten, um die Wölbung der Vorstagsegel und Flieger flacher zu ziehen. Die *Calypso* schien einen Moment lang zu schwanken, dann ging sie noch etwas höher an den Wind, gerade genug, um klar zu kommen, stellte Aitken fest, aber hinter dem Klüverbaum schob sich dräuend ein schwarzrümpfiger 74er mit weißen Streifen heran. War das die *Conqueror*, rätselte Aitken. Aber es schien keinen Ausweg für die *Calypso* zu geben, weder nach Back- noch nach Steuerbord, weder mit Anluven noch durch Abfallen schien es möglich zu sein, zu verhindern, daß sie das Schlachtschiff mittschiffs rammte.

Aitken blickte zum Kommandanten hinüber. Er war überrascht zu sehen, daß der sich offensichtlich zu amüsieren schien, seine Lippen waren zu einem breiten Grinsen gefletscht. Die Hände hatte er hinter dem Rücken gefaltet. Einen Augenblick lang fühlte sich Aitken an einen zuversichtlichen Spieler erinnert, der sieht, daß der Würfel so rollt, wie er sich das vorgestellt hat.

»Back das Großbramsegel, Mr. Aitken!«

Und das Schiff aufstoppen? Aitken rief die Befehle, die die Männer schwitzend und fluchend an die Brassen brachte, um die Marssegelrah herumzubringen, dann wurden die Schoten getrimmt. Die *Calypso* verlor schlagartig Fahrt, das Stampfen und Rollen ließ nach, statt dessen legte sie sich unter dem Druck des backstehenden Segels leicht auf die Seite.

Ein ungläubiger Aitken sah, wie die *Conqueror* vorbeizog. Statt daß der Klüverbaum der *Calypso* sich in die Vormastwanten des Dreideckers rammte, sah Aitken die *Conqueror* nach Backbord weggleiten, ihre Großmastwanten kamen voraus, dann die des Besanmasts, und schließlich glitt ihr Spiegel vor dem Bug der Fregatte vorbei und eröffnete einen freien Raum hinter sich, in dessen Mitte die *Victory* mit ihren drei gelben Streifen zusammen mit einem weiteren Dreidecker, der *Dreadnought*, im Kielwasser segelte. Aitken hätte vor Erleichterung und Freude am liebsten einen Luftsprung gemacht.

Aitken blickte wieder zum Kommandanten hinüber und sah das zufriedene Grinsen auf seinem Gesicht – der Kapitän hatte das Manöver bis auf den letzten Fuß genau vorausberechnet.

Der Leutnant stand mit der Flüstertüte bereit, als Ramage sagte: »Hol über das Großmarssegel!«

Es dauerte nur ein paar Sekunden, um die Rah und die Schoten umzutrimmen, dann faßte das Großmarssegel wieder Wind, und die *Calypso* rauschte leicht stampfend und rollend durch das Wasser – so wie ein junger Mann, der an einem Frühlingsmorgen sorglos durch einen Park spaziert, überlegte Aitken im stillen.

Immer noch kein Signal von der *Victory*. Aber der Dreidecker voraus war Admiral Collingwoods vorübergehendes Flaggschiff, die *Dreadnought*. Die *Royal Sovereign* war noch nicht aus England angekommen, und Admirale schätzten es nicht, wenn Fregatten frech vor ihrem Bug vorbeibolzten.

»Fallen Sie ab und passieren Sie die *Dreadnought* hinter dem Heck. Danach luven Sie wieder an, bis wir an der Backbordseite der *Victory* sind.«

Es war ein weiter Weg von der Clarges Street bis hier, dachte Ramage, und Lord Nelson würde Lady Hamilton wahrscheinlich genauso vermissen wie er Sarah vermißte. Angenommen, man war auf der Ausreise nach Indien und wußte, daß man zwei Jahre und länger fern der Heimat sein würde, ließ der Schmerz dann nach? Jedenfalls konnte er nicht stärker werden, dessen war Ramage sich verdammt sicher.

Jetzt hatten sie die *Dreadnought* passiert und näherten sich dem Achterschiff der *Victory*. Sie schleppte einen Kutter im Kielwasser hinterher. Schnell hob Ramage sein Fernglas ans Auge und suchte das Deck der *Dreadnought* ab. Ihr Kutter war nicht an seinem Platz. Nelsons Stellvertreter war an Bord der *Victory*.

Was für ein Typ war Admiral Collingwood? Ramage war noch nie mit ihm zusammengetroffen, hatte aber viele Geschichten über ihn gehört. Zuerst einmal traf man Collingwood kaum jemals ohne seine Bulldogge Bunce an. Er stammte aus Northumberland und liebte das Landleben. Er war so besorgt über die Rasanz, mit der England seine Eichen zum Zwecke des Schiffbaus fällte, daß er bei seinen Wanderungen über das Land stets eine

Tasche mit Eicheln mit sich führte, die er an allen möglichen Orten einsetzte, um dafür zu sorgen, daß es in hundert Jahren, also im Jahr 1905, in England keinen Mangel an Eichen geben würde. Was wußte man noch über ihn? Er war ein strenger, aber gerechter Disziplinarvorgesetzter, der Auspeitschungen verabscheute. Der Ausspruch wurde ihm zugeschrieben, daß eine Auspeitschung einen guten Mann schlecht und einen schlechten nur noch schlechter machen würde. Er war überhaupt ein ruhiger zurückhaltender Mann, das krasse Gegenteil von Lord Nelson, der im Vergleich zu ihm einer Schüssel mit Quecksilber glich. Aber anscheinend kannten sich die beiden Männer gut und arbeiteten erfolgreich zusammen.

»Beginnen Sie mit dem Salut«, befahl Ramage Aitken.

Eine Minute später spie die erste Kanone an der Backbordseite eine Qualmwolke aus und gab einen dumpfen Knall von sich. Ramage stellte sich vor, wie der Stückmeister die Sekunden zwischen den Salutschüssen mit dem wohlbekannten Satz maß: »Wenn ich kein Stückmeister wäre, dann wäre ich nicht hier, Kanone Zwei – Feuer! ... Wäre ich kein Stückmeister, dann wäre ich nicht hier, Kanone Drei – Feuer! «

Er merkte, daß er den Satz leise vor sich hin sprach, das Timing des Stückmeisters schien korrekt zu sein. Ein Kommandant, der zur Flotte stieß, schoß für seinen Flottenchef siebzehn Schuß Salut. Wenn der Stückmeister auch nur ein wenig gesunden Menschenverstand hatte, dann hatte er siebzehn Gewehr- oder Pistolenkugeln in der Tasche und steckte nach jedem Salutschuß eine davon in die Tasche auf der anderen Seite, bis die erste leer war. Das war die beste Versicherung dagegen, nicht sechzehn oder achtzehn Schuß abzufeuern.

Fünfzehn, sechzehn, siebzehn, das war das Ende des Saluts. Auf der *Victory* wurde ein Flaggensignal aufgerissen, die bunten Wimpel flattern im Wind. Ramage las das Erkennungssignal der *Calypso*, das aus drei Wimpeln bestand, danach folgten die Zahlen 1 0 3.

»Signal vom Flaggschiff, Sir«, rief Orsini aufgeregt, »unser Erkennungssignal und dann 1 0 3: *Bleiben Sie im Kielwasser des Admirals.*«

Das war, gemessen an der Begrenzung auf die vierhundert Signale des alten Signalbuchs, die einzige Möglichkeit, der *Calypso* mitzuteilen, daß sie eine Position hinter der *Victory* einnehmen sollte. Es gab kein Signal, das es ermöglicht hätte, ihr zu befehlen, eine Position voraus oder querab einzunehmen.

»Kümmern Sie sich darum, Mr. Aitken«, befahl Ramage, der wußte, daß der Erste Leutnant natürlich die Meldung Orsinis ebenfalls mitbekommen hatte. »Eine Kabellänge achteraus der *Dreadnought.*«

Es war prinzipiell ein ganz einfaches Manöver, aber es mußte diesmal in nur wenigen Metern Abstand von Admiral Collingwoods Flaggschiff ausgeführt werden. Viele Ferngläser würden auf den Neuankömmling gerichtet sein, eifrig darauf erpicht, eine Spur schlechter oder saumseliger Seemannschaft auszumachen. So kann ein Kommandant im Nu seinen guten Ruf verlieren, dachte Ramage wehmütig, gleichgültig, in wie vielen Seeschlachten er sich erfolgreich geschlagen hat. Die Flaggleutnants und alle die anderen Leute, die zum Troß eines Admirals gehörten, angefangen von den Schreibern über einen Kaplan bis hin zu einer Horde Midshipmen, waren wie die Höflinge an einem mittelalterlichen Hof: Sie hatten nichts anderes zu tun, als einander den Rücken zu kratzen und sich das Maul zu zerreißen …

Ramage machte sich einen Spaß daraus, sich breitbeinig auf dem Achterdeck aufzubauen und die Führung des Schiffes ganz ostentativ seinem Ersten zu überlassen – nicht, um sich vor der Verantwortung zu drücken, sondern um jedem neugierigen Auge zu zeigen, daß der Kommandant der *Calypso* seinen Offizieren vollständig vertraute. Selbstverständlich standen Lord Nelson und höchst wahrscheinlich auch Admiral Collingwood weit über jedem Klatsch, aber auf den anderen Schiffen der Flotte würde man ihn begierig aufnehmen, besonders dann, wenn ein so bekannter Kapitän wie Ramage einen Narren aus sich machte. Und er, da war sich Ramage sicher, stellte ein dankbares Ziel dar ...

Eine Stunde später meldete Martin als Wachoffizier an Ramage, daß die *Victory* und die *Dreadnought* ihre Großbramsegel back gesetzt hatten.

»Wenn wir nichts unternehmen, werden wir an Bord der *Dreadnought* landen«, stellte Ramage fest. »Admiral Collingwood dürfte ziemlich aufgebracht sein, wenn Leutnant Martin den Klüverbaum der *Calypso* durch die großen Fenster seiner Staatskabine steckt.«

Leutnant Martin grinste, weil es die Leutnants mochten, wenn sie von ihrem Kommandanten geneckt wurden. Er hob das Sprechrohr, das er im selben Augenblick ergriffen hatte, als er sah, daß das Großmarssegel der *Victory* zu killen begann. Er rief seine Befehle, und die *Calypso* folgte dem Beispiel der großen Brüder.

Southwick kam an Deck gehumpelt, sah, was vor sich ging, und fragte Ramage: »Was hat Seine Lordschaft vor?«

»So wie es aussieht, läßt er Admiral Collingwood auf sein Schiff zurückkehren.« Ramage blickte angestrengt durch das Fernglas. »Ja, ich kann sehen, daß Männer den Kutter mit der Leine längsseits holen. Und da warten zwei Admirale auf dem Achterdeck.«

»Das ist unsere Aufregung für diesen Tag«, murmelte Martin. »Es sei denn, der Kutter kentert, und wir können den Admiral vorm Ertrinken retten.«

Als Orsini lachte, sagte Ramage: »Das erinnert mich an etwas: Warum gab es so eine Verzögerung bei der Beantwortung des Signals der *Victory* an uns?«

»Der Antwortwimpel war nicht an der Flaggleine angesteckt, Sir«, erwiderte Orsini lahm.

»Wenn Sie lange genug leben wollen, um zu Ihrem Leutnantsexamen ins Somerset House zu gehen, dann lassen Sie mich

Ihnen einen Rat geben«, schnarrte Ramage. »Wenn Sie sich in der Nähe des Schiffes eines dienstälteren Offiziers aufhalten, dann halten Sie *immer* einen Antwortwimpel an einer Flaggleine angesteckt parat. Und merken Sie sich – in den meisten Flotten spielt es eine untergeordnete Rolle, daß die artilleristischen Leistungen eines Schiffes schlecht sind, wenn es dafür Signale schnell und prompt beantwortet. Nicht bei Lord Nelson, aber bei den meisten seiner Kapitäne.«

»Jawohl, Sir«, sagte Orsini entschuldigend, »ich habe mir darüber zu spät Gedanken gemacht, aber jetzt haben wir den Antwortwimpel dauerhaft angesteckt.«

Ramage nickte. »Gut, dann haben Sie die erste Lektion, das Zusammentreffen mit einer Flotte betreffend, gelernt. Weitere werden folgen. Denken Sie daran, wenn Sie sich in der Nähe des Flaggschiffs befinden: Sie stehen immer am falschen Ende des Teleskops.«

9

Ramage stand in seiner Kabine. Sein bester Uniformrock, der Degen und der Hut lagen auf dem Sofa, als Aitken durch das Skylight rief: »Sir, Signal vom Flaggschiff ... Zwei ... Eins ... Drei ... Orsini sucht es heraus ... Ja, da haben wir es: *Die Kommandanten der Flotte oder die der aufgerufenen Schiffe sollen sich beim Admiral melden!* Soll ich Ihren Kutter aussetzen lassen, Sir?«

»Ja, und sagen Sie Jackson, daß er meine Bootscrew zusammenstellen soll. Sorgen Sie dafür, daß die Männer ordentlich aussehen. Ein paar Kapitäne von den 74ern haben ihre Bootsbesatzungen wie Puppen herausstaffiert.«

So beispielsweise der Kommandant der Fregatte *Harlequin*. Er war ein reicher Mann und hatte seine Männer als Harlekine herausgeputzt. Ramage mußte an ein paar der eher ungewöhnlichen Namen in der Schiffsliste der Marine denken: Die *Alligator*, eine 28-Kanonen-Fregatte, die *Beaver, Bittern* und *Badger, Bouncer, Boxer, Biter* und *Bruiser*.[1]

Er stellte sich Männer in Hemden mit Streifen auf dem Rücken vor.

»Welches Schiff?«

»Die *Badger*, Sir.«

---

1 *Beaver*: Biber; *Bittern*: Rohrdommel; *Badger*: Dachs; *Bouncer*: Prahlhans; *Boxer*: Boxer; *Biter*: Beißer; *Bruiser*: Schläger. (Anm. d. Ü.)

Ramage stand auf und blickte an sich herunter. Die Schuhe glänzten und die goldenen Schnallen auch, die Seidenstrümpfe waren makellos – er hatte daran gedacht, seine Beine nicht übereinanderzuschlagen, denn Silkin schaffte es nie, die gesamte Schuhcreme von den Schuhen oder Stiefeln abzupolieren, daher litten immer die Strümpfe. Die Kniebundhosen wiesen keine Druckfalten auf. Er wollte gerade in den Uniformrock schlüpfen, als Silkin hereingestürmt kam.

»Gott sei Dank habe ich die Goldspangen befestigt, die silbernen hätten für ein Treffen beim Admiral niemals ausgereicht.«

»Quatsch«, schnaubte Ramage kurz angebunden, »Admirale würden es nicht einmal bemerken, wenn ihre Kommandanten barfuß erscheinen würden.«

»Aber, Sir«, rief Silkin aus, als ob er tatsächlich annehmen würde, daß Ramage in der Lage wäre, so an Bord eines Flaggschiffs zu kommen, als ewige Schande für seine Ordonnanz.

Er hielt ihm den Uniformrock hin, und Ramage schlüpfte hinein. Das war der Preis dafür, daß man einen guten Schneider hatte. Man fühlte sich unbequem, denn der Schneider setzte seinen Ehrgeiz darein, daß der Rock wie ein Handschuh am Körper saß, und die Hosen waren stets so eng, daß es gefährlich war, sich damit plötzlich hinzusetzen.

»Sie nehmen nicht den Ehrendegen, Sir?«

»Nein.«

»Es ist ein schöner Degen, Sir.«

»Und groß und breit steht ›Lloyd's‹ drauf.«

Verwundert schüttelte Silkin den Kopf.

Es würde interessant sein, dachte Ramage säuerlich, wer von den Kapitänen mit einem Ehrendegen, diesen beim Treffen mit Lord Nelson tatsächlich tragen würde. Es war, als hätte man ein Schild um den Hals hängen, dachte er, auf dem zu lesen war: »Ich bin ein mutiger Mann, Sir.«

Ramage schaute auf seine Uhr. In einer halben Stunde würden so viele Boote mit ungeduldigen Kapitänen um den Fuß der

Gangway an der Eingangspforte zur *Victory* wuseln, daß ein weiser Mann entweder sehr früh oder sehr spät ankam, um diesem Gedränge zu entgehen. Die *Calypso* war jetzt am dichtesten dran, nachdem die *Dreadnought* wieder auf ihre Station zurückgekehrt war. Frühes Ankommen war angezeigt, entschied Ramage.

Nur fünfzehn Minuten später legte Jackson den Kutter der *Calypso* an die Eingangspforte der *Victory*, und nach einem schnellen Ruck an seinem Degengehänge packte Ramage die Handläufer, die von Decksjungen klar vom Rumpf gehalten wurden, und begann den langen mühsamen Aufstieg auf den Stufen an der Bordwand, bis er den Eingang erreicht hatte.

Er bemerkte sehr wohl, daß der gesamte Empfangsbereich sauber gepönt und die Verzierungen mit Blattgold ausgelegt waren. Dann trat Ramage ein und wurde von einem großen Mann begrüßt, der Epauletten auf beiden Schultern hatte – also ein Kapitän zur See mit mehr als drei Jahren Dienstalter in dieser Position.

Der Mann streckte ihm seine rechte Hand entgegen. »Ich bin Hardy – und Sie müssen Ramage sein. Seine Lordschaft hoffte, daß Sie Ihre Position in der Nähe ausnutzen würden, um als erster hier anzukommen.«

»Ich habe Sie tagelang gejagt«, sagte Ramage, »ich hatte gehofft, Sie noch bei St. Helens zu erwischen, bevor Sie in See gingen.«

Hardy grinste gewinnend. »Ich werde Ihnen ein Geheimnis anvertrauen: Wir haben Sie nur denkbar knapp geschlagen, denn wir sind erst gestern nacht bei der Flotte angekommen – wahrscheinlich haben Sie gesehen, daß Admiral Collingwood gerade an Bord war, um Bericht zu erstatten. O ja, nebenbei gesagt, Seine Lordschaft hat heute Geburtstag. Er wird siebenundvierzig.«

Ramage nickte dankbar und folgte Hardy zur Staatskabine. Diese Eingangspforte sagte ihm eine Menge über Hardy aus, dachte Ramage. Dort hatten nur ein Leutnant, der Profos und zwei Matrosen gewartet, die Tampen der Handläufer waren weiß geschrubbt worden, obwohl die *Victory* mehrere Tage auf See gewesen war, jedes Stückchen Messing, das zu sehen gewesen war, hatte wie Gold geglänzt. Trotzdem war Hardy kein Putz- und Schrubbteufel, der Ruf, der ihm vorausging, war der eines Kämpfers.

An der Tür zur Hauptkabine wurde Ramage von einem Mann begrüßt, der in einem dunkelgrünen Anzug steckte, eine Brille trug und einen kleinen Buckel hatte. »Mein Name ist Scott, ich bin der Kaplan Seiner Lordschaft. Darf ich Sie anmelden, Ihren Namen, bitte?

»Ramage.«

»Ah!« rief der Kaplan aus, »Sie sind gerade erst mit der *Calypso* zur Flotte gestoßen. Einer unserer berühmten jungen Fregattenkommandaten! Seine Lordschaft hat mir erzählt, daß er Sie in London kennengelernt hat. Wenn Sie mir bitte folgen wollen.«

Nelson saß in einem seltsam geformten Sessel in der Nähe der Heckfenster und las in einem Schriftstück. Sobald er Scott hörte und aufblickte, stieß er einen Ruf freudiger Überraschung aus, faltete das Dokument mit einer Hand zusammen und schob es in eine große Tasche, die an der Seite des Sessels wie der Beutel eines Wilddiebs angenäht war. Als er aufstand, sah Ramage, daß der Sessel sehr schmal und tief war, ganz offensichtlich handelte es sich um eine Sonderanfertigung für den Admiral. Er bestand aus grünem Leder, hatte eine hohe Lehne und auf jeder Seite eine dieser besonderen Taschen.

»Mein lieber Ramage, ich bin froh, daß Sie bei uns sind, wir haben es gerade noch vor Ihnen von St. Helens bis hier geschafft. Sie haben wahrscheinlich eine Menge Zeit bei der Pulverübernahme an den Black Stakes verloren – aber in der Biskaya müssen Sie Zeit gut gemacht haben. Wir sind erst heute nacht zur Flotte gestoßen.«

»Ich möchte Ihnen alles Gute zum Geburtstag wünschen, Sir«, sagte Ramage.

Nelson grinste ihn jungenhaft an, was seine siebenundvierzig Jahre Lügen strafte. »Danke. Ich habe jetzt das Alter erreicht, in dem man mich für meine Taten verantwortlich machen wird! Sagen Sie, haben Sie die schöne Lady Sarah in guter Gesundheit zurückgelassen?«

»Ja, sehr gut, Sir – obwohl sie, um ganz ehrlich zu sein, über meine Abreise nicht sehr erfreut war.«

»Oh, mein Lieber«, Nelson stöhnte gespielt auf, »das wird sie mir nachtragen. Lady Hamilton und meine Patentochter Horatia sind der Überzeugung, daß ich nur zur See fahre, um ihnen aus dem Weg gehen zu können. Vierundzwanzig Tage, ein Dinner nach dem anderen, so ging das die ganze Zeit in England – und das nach zwei Jahren auf See an Bord dieses Schiffes, ohne einen Fuß an Land zu setzen, mit nur wenigen Tagen Ausnahme.«

»Sie scheinen sich bemerkenswert fit zu halten, Sir.«

Nelson schüttelte den Kopf, und Ramage erinnerte sich zu spät daran, daß der Admiral weit davon entfernt war, fit zu sein, er war ein Mann mit einer kränklichen Konstitution. »O nein, meine Gesundheit ist ruiniert. Wenn ich die Sache mit der Vereinigten Flotte erledigt habe, werde ich mich nach Merton zurückziehen und Rosen züchten. Können Sie sich mich als Landedelmann vorstellen?«

»Ich fürchte nicht, Sir«, widersprach ihm Ramage offen, »es ist schwer, Sie sich anders als das, was Sie sind, vorzustellen.«

»Ich weiß, daß Sie das als Kompliment meinen. Nun, mein lieber Ramage, wir befinden uns hier nicht weit vom Kap St. Vincente entfernt, und ich erinnere mich gut an Ihren tapferen Einsatz, als Sie sich mit Ihrem kleinen Kutter vor den Bug der spanischen Linienschiffe gelegt haben und sie so lange aufgehalten haben, bis ein weiterer ungehorsamer Kommandant namens Nelson auf der *Captain* Ihnen zu Hilfe kam. Jetzt sind Sie Vollkapitän mit viel Lebenserfahrung, und ich bin sicher, daß Sie sich bewußt sind, daß dieser Kommodore Nelson und ein gewisser Leutnant Ramage eine Menge Glück gehabt haben, daß sie für die Arbeit jenes Tages nicht vor ein Kriegsgericht gestellt worden sind, oder nicht?«

»Jawohl, Sir, wenn wir verloren hätten ... Aber falls mich meine Erinnerung nicht trügt, sah das Ergebnis so aus, daß vier spanische Schlachtschiffe erobert wurden, zwei davon durch Sie persönlich.«

»Zwei Linienschiffe und eine Baronie und das alles dank Ihnen. Darum hoffe ich, daß ich Ihnen eines Tages auch einen Dienst erweisen kann.«

»Sie schulden mir nichts, Sir«, versicherte Ramage hastig.

»Das lassen Sie mal meine Sorge sein«, antwortete Nelson schnell. »Aber jetzt zu etwas anderem.« Sein Gesicht wurde ernster, und er gestikulierte mit seiner linken Hand, um seine Worte zu unterstreichen. »Scott hat mir erzählt, daß er vernommen hat, daß Sie passabel Spanisch sprechen.«

Ramage nickte und wartete darauf, was noch kommen würde. Was, um alle Welt, hatte das damit zu tun, daß er eine Fregatte in der Flotte Seiner Lordschaft kommandierte?

»Wie ›passabel‹? Seien Sie nicht bescheiden, aber prahlen Sie auch nicht, denn das könnte dazu führen, daß man Ihnen die Kehle durchschneidet.«

»Fließend«, gab Ramage zu, »mit kastilischem Akzent.«

»Und falls man Sie gefangennimmt und verhört, könnten Sie eine überzeugende Geschichte vorbringen, nicht wahr?«

Ramage nickte. »Eine Geschichte, für die sie drei oder vier Wochen brauchen würden, um sie abzuchecken.«

Nelson sah Scott an, der ihn, wie Ramage merkte, scharf beobachtet hatte. »Was meinen Sie?«

»Ich stimme Ihnen zu«, antwortete der Kaplan rätselhaft.

»Nun gut, Ramage, ich habe für Sie einen besonderen Auftrag, aber wir haben jetzt keine Zeit, ihn zu besprechen, bevor der Rest meiner Kommandanten hier ist. Bleiben Sie also bitte nachher noch hier, wenn alle wieder gegangen sind. Oh, ich höre, daß die Herren schon im Anmarsch sind! Scott nehmen Sie Ihre Position an der Tür ein – und sprechen Sie die Namen deutlich aus, denn ich kenne mindestens die Hälfte dieser Kerle nicht.«

Ramage trat zurück, als zwei Kapitäne angekündigt wurden: Einer war Blackwood von der *Euryalus*, den er kurz in London kennengelernt hatte, der andere war ein stämmiger Mann mit blondem Haar und einem feisten roten Gesicht, der von Scott als Kapitän George Duff von der *Mars* vorgestellt wurde.

Ramage hörte zu, wie Duff den Admiral begrüßte, und stellte fest, daß er ein Schotte war.

Nachdem er sich für die Geburtstagswünsche bedankt hatte, fragte ihn Nelson: »Na, wie läuft es auf dem Familienschiff? Hardy hat mir erzählt, daß nahezu der gesamte Duffclan an Bord ist. Gibt es zu Hause in Banffshire noch ein paar Duffs?«

Duff lachte fröhlich. »Aye. Sir, ein paar dürften es noch sein.«

»Wie viele befinden sich an Bord der *Mars*?«

»Nun, da ist erst mal mein Sohn Norwich – er ist gerade dreizehn geworden und ist vor ein paar Tagen an Bord gekommen, er hat seinen Cousin Thomas mitgebracht. Der ältere Bruder von Thomas ist Alexander, der bei mir als diensttuender Leutnant geführt wird. Beide sind Söhne meines Bruders Lachlan.«

»Warum ist er nur ›Diensttuender‹?« wollte Nelson wissen.

»Er ist zu jung, Sir. Er hat das Leutnantsexamen bestanden, muß aber noch ein paar Monate bis zu seinem zwanzigsten Geburtstag abreißen.«

Nelson nickte. »Da wird Ihre Frau gespannt auf Post von Ihnen allen warten, nicht wahr? Wo wohnt sie denn zur Zeit?«

»Sophie lebt in Edinburgh. In der Castle Street dürfte eine ziemlich gedrückte Stimmung herrschen, bis wieder ein Brief eintrifft.«

Der nächste Kommandant, der an Bord kam, war Thomas Fremantle von der *Neptune*, und bei dem Namen lachte Nelson fröhlich auf.

»Fremantle, was wäre Ihnen lieber, ein Junge oder ein Mädchen?«

Fremantle, von dem Ramage wußte, daß er bereits zwei Söhne und drei Mädchen hatte, sagte wie aus der Pistole geschossen: »Ein Mädchen, Sir.«

»Dann können Sie zufrieden sein«, meinte Nelson und grinste breit, »und hier ist ein Brief von Betsys Schwester Harriet.«

Fremantle hatte ein hochrotes Gesicht und zog sich zurück, um seinen Brief zu lesen. Ramage erinnerte sich, daß der Mann Nelson geholfen hatte, als der vor Teneriffa schwer verwundet worden war und einen Arm verloren hatte.

Mehrere andere Kommandanten erschienen, darunter auch Kapitän Edward Codrington von der *Orion*, den Nelson sofort begrüßte und dabei etwas aus der Tasche an seinem Sessel nahm.

Nelson drehte sich zu Codrington um und gab ihm einen Brief. »Er ist mir von einer Lady anvertraut worden. Also lasse ich es mir nicht nehmen, ihn persönlich auszuliefern.«

Codrington blickte auf die Handschrift, dann grinste er. »Ich habe lange Zeit nichts von Jane gehört.«

Schließlich meldete Scott dem Admiral, daß alle Kommandanten anwesend waren. Die große Kabine war jetzt gedrängt voll mit fröhlich plaudernden Männern. Ramage ergriff die Gelegenheit und wechselte zur Backbordseite hinüber, um ein kleines Porträt in einem vergoldeten Rahmen zu betrachten, das in der Nähe der Heckfenster hing. Es zeigte ein lächelndes kleines Kind, das lockiges Haar hatte. Es handelt sich um ein gutes Porträt von Horatia.

Der Fußboden der Kabine war mit dem üblichen Segeltuchteppich ausgelegt, der – auch wie üblich – mit Farbe in schwarze und weiße Quadrate eingeteilt war. Das erweckte den Eindruck, daß die Kapitäne die Figuren eines Schachspiels seien. Die wichtigste Figur – wenn auch die kleinste – war natürlich Lord Nelson. Die zweitwichtigste war Vizeadmiral Collingwood, der stellvertretende Kommandeur, der die Flotte in Nelsons Abwesenheit vor Cádiz geführt hatte. Er war groß, bekam eine Glatze und hatte ein gespaltenes Kinn. Collingwood unterhielt sich mit mehreren Kommandanten, aber es war deutlich zu spüren, daß er ein introvertierter Mann war.

Der dritte wichtige Stein auf dem Schachbrett war der Kommandeur der Nachhut, Konteradmiral Earl of Northesk. Ramage erinnerte sich daran, daß er ihn getroffen hatte, als er noch ein junger Leutnant gewesen war. Auch Northesk war ein Schotte, einer von den Carnegies und ein schottischer Peer von altem Adel.

Nach einiger Zeit trat Nelsons Kaplan zu Ramage. »Sie kennen nicht viele der anwesenden Kapitäne, Ramage?«

»Nein. Sie dürfen nicht vergessen, daß ich niemals unter Seiner Lordschaft gedient habe, und ich bin sicher, daß die meisten dieser Männer mit ihm zusammen im Mittelmeer waren.«

»Ach, du meine Güte, nein! Die meisten haben noch nie vorher mit Seiner Lordschaft gesprochen. Lassen Sie mich überlegen ...« Er blickte sich um und zählte. »Ja, nur fünf dieser Kommandanten waren bei der berühmten Jagd rund um das Mittelmeer und zu den karibischen Inseln dabei. Einer ist dort zu uns gestoßen. Und der Rest ...«, er zählte, »die übrigen einundzwanzig haben sich uns alle erst kürzlich angeschlossen, die meisten während der Zeit, als Lord Nelson in England weilte.« Er ließ seinen Blick über die Kapitäne schweifen und zählte wieder. »Mein lieber Ramage, Sie haben mich auf einen interessanten Gedanken gebracht. Ob Sie es glauben oder nicht, aber von den siebenundzwanzig Kommandanten – Sie ausgenommen – sind nur *acht* schon früher zusammen mit Lord Nelson gefahren!« Scott machte einen Augenblick lang Pause, er dachte nach und blickte sich in der Kabine um. »Und nur zwei haben seit vorletztem Jahr mit Seiner Lordschaft schon zusammen gedient. Ich weiß nicht, wann die Vereinigte Flotte herauskommen und kämpfen wird, aber Seine Lordschaft hat nicht viel Zeit, seine Flotte zu trainieren.«

Ramage blickt sich um und spürte ein Gefühl der Kameradschaft. »Ich weiß nicht wie oder warum«, gab er zu, »aber ich habe das Gefühl, daß die meisten seinen Geist teilen.«

»Ja, genau das ist der außergewöhnliche Effekt, den Seine Lordschaft auf Männer hat«, meinte Scott vertraulich. »Sie hätten ihn bei Kopenhagen sehen sollen. Er ging wunderbar mit Sir Hyde Parker um – sie befanden sich beide in einer schwierigen Situation – und ebenso wunderbar dann mit den Dänen nach der Schlacht.«

In diesem Augenblick hörten sie Nelsons hohe näselnde Stimme. »Gentlemen, wenn ich um Ihre Aufmerksamkeit bitten dürfte. Treten Sie näher. Ich möchte Ihnen erklären, was ich vorschlage – oder besser gesagt, beabsichtige –, um die Vereinigte Flotte zu schlagen, immer vorausgesetzt, wir können sie aus Cádiz herauslocken. Mein Plan ist einfach: Ich will den französischen Admiral Villeneuve so überraschen, daß er den Vorteil seiner überlegenen Zahl an Schiffen verliert. Ich rechne damit, daß wir mindestens zwanzig feindliche Schiffe nehmen oder zerstören werden. Ich bin sicher, daß Sie mich nicht enttäuschen. Und so werden wir die Sache angehen ...«

Ramage, wie jeder andere Mann in der Kabine, lauschte fasziniert.

Nelson zögerte nicht ein einziges Mal oder unterbrach sich mit einem »Mmmh« oder »Äh« oder einer anderen Verlegenheitsfloskel, wie man hätte erwarten können. Auch hatte er nicht übertrieben, als er angekündigt hatte, daß sein Plan einfach wäre. Ramage wurde klar, daß man ihn auch revolutionär hätte nennen können. Eins war sicher – wenn der Plan Erfolg hatte, dann würde er ein Held sein, wenn der Plan fehlschlug, dann würde er Glück haben, wenn er einem Kriegsgerichtsverfahren der Admiralität entging. Wie immer das Urteil dann lauten würde, jedenfalls würde er nie wieder von der Admiralität beschäftigt werden, noch nicht mal als Rattenfänger in einem Segellager.

Bis zu diesem Tag bekämpften sich feindliche Flotten üblicherweise in der Linie. Ein Schlachtschiff fuhr hinter dem andern her, und alle folgten dem Führungsschiff. Man lief schräg aufeinander zu, bis man mit seinem Gegenüber auf gleicher Höhe war, dann versuchte man, das feindliche Schiff aus der Linie zu drükken. St. Vincent hatte diese Taktik gegen die Spanier und Franzosen am Kap St. Vincente angewendet, und wenn Nelson nicht gewesen wäre, dann wäre sie – wie immer – erfolglos geblieben. Bei Aboukir und Kopenhagen hatte Nelson den Feind erfolgreich vor Anker angegriffen. Jetzt konnte er damit rechnen, daß er den Feind auf See angreifen mußte. Wie er den lauschenden Kapitänen erklärte, würde die Vereinigte Flotte der Franzosen und Spanier eine lange Linie aus vierunddreißig Schiffen bilden – es sei denn, daß noch einige zusätzlich von Brest oder einem anderen Hafen kommend nach Cádiz hinein durchbrachen, um sie zu verstärken.

Nelson verschwendete keine Zeit damit zu beschreiben, wie er den Feind überraschen und überwältigen wollte. Die endlos lange Linie würde wahrscheinlich mit raumem oder halbem Wind segeln. Mit anderen Worten, es würde ein leewärtiges Ende der Schlange geben, das von der Vorhut gebildet wurde, und einen luvwärtigen Teil, der aus dem Gros und der Nachhut bestehen würde.

Falls die leewärtigen Schiffe umdrehen wollten, um denen in Luv zur Hilfe zu kommen, dann mußten sie wenden oder halsen und nach Luv aufkreuzen, um in eine entsprechende Position zu gelangen.

Wir werden zahlenmäßig unterlegen sein, erläuterte Nelson. Er wußte nicht, wie viele Schiffe er am Tage der Schlacht zur Verfügung haben würde, aber die Briten würden deutlich in der Unterzahl sein. Folglich würde er gar nicht erst versuchen, es mit allen vierunddreißig Schiffen des Gegners aufzunehmen. Nein, er würde nur einen Teil davon mit zwei Angriffsäulen angreifen und überwältigen. Er beabsichtigte, die feindliche Linie rechtwinklig zu durchbrechen, dadurch würde er das Gros und die Nachhut von der Vorhut separieren, die nach Lee segelte und sich von der Schlacht entfernte, es sei denn, sie wendete und knüppelte Höhe, um dem Gros und der Nachhut zu Hilfe zu kommen – aber in der Zwischenzeit würden die Briten schon mehrere Schiffe erobert haben.

Die beiden Kolonnen würden zwei Messerklingen gleichen, die eine lange Schlange zerschnitten. Er würde die eine Linie mit der *Victory* anführen, Admiral Collingwood die andere. Jede der beiden Säulen würde aus ungefähr einem Dutzend Schiffen bestehen. Aber Nelson wollte die Vereinigte Flotte herauslocken, das war seine schwierigste Aufgabe. Augenblicklich nahm man an, daß sie sich nach dem Ausbruch nach Norden wenden würde, um die Kontrolle in der Straße von Dover lange genug zu übernehmen, damit Bonaparte sein Invasionsgeschwader auslaufen lassen konnte, dessen Schiffe in Calais, Boulogne und allen anderen Häfen und Reeden warteten, um in Kent und Sussex zu landen.

»Es ist nur in England möglich, also auf englischer Erde, daß uns die Franzosen schließlich doch schlagen«, führte Nelson aus, »und Bonaparte weiß das ganz genau. Er kampiert in den Hügeln um Boulogne. Alles, wovon er träumt, ist, daß er seine Truppen an die Küste Englands übersetzen kann. Meine Flotte hier, die die Vereinigte Flotte in Cádiz blockiert, ist alles, was Bonaparte darin hindert, seinen Geschwadern den Befehl zum Auslaufen zu geben«, stellte Nelson ruhig fest. »Falls wir die gegnerische Flotte entkommen lassen, werden Bonapartes Schiffe auslaufen. Abgesehen davon gibt es noch einen großen Konvoi mit den Truppen von General Craig, die in das Mittelmeer segeln, um sich in Italien mit den Russen zusammenzutun. Unglücklicherweise«, brachte Nelson zum Ausdruck, »weiß im Augenblick niemand ganz genau, wo sich der General mit seinem Geleitzug befindet.«

Aber jedenfalls, unterstrich Nelson, würde sich die Vereinigte Flotte nicht herauslocken lassen, solange sie eine Reihe britischer

Linienschiffe in Sichtweite hätte, die am Horizont nur darauf warteten, sich auf sie zu stürzen. Daher würde er, sobald die Kommandanten wieder an Bord ihrer Schiffe waren, die gesamte Flotte fünfzig Meilen nach Westen verlegen. Er würde nur ein paar Fregatten vor Cádiz als Beobachter lassen und andere Fregatten und drei Linienschiffe – weil er nicht genug Fregatten hatte – in Richtung der Flotte postieren. Jedes Schiff befand sich in Sichtweite der jeweils beiden anderen in der Signalkette. Also würden alle abwarten müssen.

Dann wechselte Nelson abrupt das Thema. Er wußte nicht, wie lange sie vor Cádiz bleiben mußten, aber die Männer mußten fit gehalten werden. Das verlangte nach frischer Verpflegung. Natürlich hatten die meisten Schiffe Salzfleisch und Wasser für drei Monate, aber Salzfleisch bedeutete auf lange Sicht Skorbut, daher wollte Nelson immer umschichtig ein paar Schiffe die ungefähr achtzig Meilen ins Mittelmeer schicken, um Ochsen in Tetuan an Bord zu nehmen und nebenbei in Gibraltar Wasser zu holen.

Außerdem beabsichtigte er, Sir Home Pophams neuen Telegraphiecode als Anlage zum Signalbuch in der Flotte einzuführen. »Ich habe eine Kopie für jedes Schiff mitgebracht. Vergessen Sie nicht, ein Exemplar mitzunehmen, bevor Sie das Flaggschiff verlassen.«

Nelson fragte dann, ob die Kommandanten noch Fragen oder Anmerkungen hätten. Es war ganz offensichtlich, daß die Kapitäne von Nelsons Zwei-Säulen-Taktik angetan waren, die der Schlange den Kopf abhacken sollte. Einige machten deutlich, daß sie keine Eile damit hatten, nach Tetuan geschickt zu werden und zu riskieren, die Schlacht zu versäumen.

Dann war es vorbei. Die Kommandanten verabschiedeten sich von Nelson wie aufgeregte Schuljungen, die in die großen Ferien entlassen werden. Bald darauf war die große Staatskabine wieder leer, nur Ramage, Scott und Seine Lordschaft befanden sich noch dort.

»Ja, Ramage, jetzt kommen wir zu Ihren Befehlen. Zuerst einmal nehme ich an, daß Sie nicht noch jemanden an Bord haben, der Spanisch spricht?«

»Doch. Ich habe einen Midshipman, der fließend Spanisch spricht.«

»Ist er Spanier?«

»Nein, Sir. Er ist ein Neffe der Marchesa die Volterra.«

»Ah, von der schönen Marchesa, die Sie in Italien gerettet haben.« Nelsons Gesicht bewölkte sich. »Aber warten Sie, habe ich nicht erst kürzlich gehört, daß Bonaparte sie festnehmen ließ, als sie sich entschlossen hatte, während des Friedens von Amiens in ihre Heimat zurückzukehren?«

Ramage nickte. »Jawohl, Sir. Soweit wir wissen, befindet sie sich noch in Gefangenschaft – es sei denn, Bonaparte hat sie exekutieren lassen. Aber vor drei oder vier Jahren entkam ihr junger Neffe aus Italien, und sie bat mich, ihn als Midshipman an Bord zu nehmen.«

»Und wie hat er sich gemacht?«

»Er ist so aufgeweckt wie die Marchesa. Er ist ein guter Seemann und einer der beliebtesten Leute auf meinem Schiff. Wenn er erst sein Leutnantsexamen bestanden hat, wird er einer der besten Offiziere der Navy sein.«

»Na gut, ›Onkel‹ Ramage«, meinte Nelson grinsend, »der Auftrag, den ich für Sie habe, erfordert keine gute Seemannschaft, aber Sie müssen beide Spanisch sprechen – und Mut haben. Verfügen Sie über gute Karten von Rota und Cádiz an Bord der *Calypso*?«

Als Ramage seinen Kopf schüttelte, wandte sich Nelson an Scott: »Gehen Sie zum Navigator und bitten Sie ihn, daß er Kopien von unseren Karten anfertigt. Mr. Ramage benötigt sie dringend.«

Nachdem der Kaplan die Kabine verlassen hatte, tauchte Nelson mit seiner Hand in die Tiefe der Tasche an seinem Sessel. Offensichtlich suchte er nach einem bestimmten Dokument.

Ramage fragte sich, ob er ihm seine Hilfe anbieten sollte, entschied sich aber dagegen, denn niemand war zu diesem Zweck um den Admiral herumgewieselt, als die Kommandanten an Bord gewesen waren. Nelson schien gut und gerne alleine mit seinen Problemen fertig zu werden.

Schließlich zog Nelson einen schwarzen Aktendeckel heraus, der von zwei Bändern zusammengehalten wurde. Er klemmte ihn sich zwischen die Knie, öffnete die Verschlüsse und klappte ihn in seinem Schoß auf.

»Ah ja, hier ist es. Lesen Sie.«

Ramage ging hinüber und nahm das einzelne Blatt Papier. In einer sauberen Handschrift waren darauf ein spanischer Name und der Name einer Kirche vermerkt.

»Geben Sie mir jetzt das Papier zurück«, sagte Nelson, und sobald Ramage ihm das Blatt gereicht hatte, hielt er es so, daß das Licht darauf fiel, und schaute es sich flüchtig mit seinem gesunden Auge an, dann fuhr er fort: »Wiederholen Sie jetzt den Namen und den der Kirche.«

Ramage entsprach seinem Wunsch, und Nelson legte das Blatt Papier in den schwarzen Aktendeckel zurück.

»Den Rest können Sie sich denken.«

Das meiste, dachte Ramage säuerlich. Die Hinweise waren eindeutig. Man mußte Spanisch sprechen, dazu spielte der Name eines Spaniers in Cádiz, der irgendwo in der Nähe dieser Kirche wohnen mußte, eine wichtige Rolle.

»Ich glaube schon«, sagte Ramage laut. »Handelt es sich um einen unserer Agenten?«

»Ich weiß nichts von ›einem unserer‹, es handelt sich um unseren *einzigen* Agenten in Cádiz und Rota«, stellte Nelson fest. »Es handelte sich um einen unzufriedenen spanischen Edelmann, der die Franzosen haßt. Sein Name und seine Adresse – so unvollkommen sie sein mag – wurden mir von niemand Geringerem als dem Staatssekretär des Außenministeriums aufgeschrieben, was Ihnen einen Eindruck vermitteln dürfte, wie hoch die Geheimhaltungsstufe ist. Dieser Mann ist der Schwiegervater eines der spanischen Kommandanten, der ein Schiff in der Vereinigten Flotte befehligt – ohne große Begeisterung, wie ich vermute. Dieser Edelmann hat seine Informationen bisher auf die eine oder andere Weise über Gibraltar weitergegeben. Er wird Sie nicht erwarten. Sie werden ihm sagen, daß Sie ein Freund des Staatssekretärs sind, der mir selbst versichert hat, daß das genügen wird. Dann werden Sie ihn zu den folgenden Fragen befragen ...« Nelson spulte mehrere Fragen herunter, dann wies er Ramage streng an: »Nichts Schriftliches, das ist außerordentlich wichtig. Dieser Mann ist, abgesehen davon, daß er ein Freund der Familie des Staatssekretärs schon aus der Zeit vor dem Krieg ist, ein sehr wichtiger Agent. Erstatten Sie mir Bericht, sobald Sie die Informationen haben!

Sie werden bemerkt haben, daß ich Ihnen keine Anweisungen dazu gegeben habe, *wie* Sie Ihren Auftrag ausführen sollen. Sie haben mehr Erfahrung in Landungsunternehmen an feindlichen Küsten als die meisten anderen Offiziere. Ich wünsche Ihnen viel Glück, Onkel Ramage und Ihrem Neffen auch ...!«

10

Die Spanier und Franzosen mußten sich fragen, was zum Teufel da draußen los war, überlegte sich Ramage. Gestern abend hatten sie noch mehr als zwanzig Linienschiffe und Fregatten als drohende Wachposten am westlichen Horizont sehen können. Als sie heute morgen aufgewacht waren, war der Horizont im Westen leer, wenn man von den beiden Fregatten dicht unter Land und etwa fünf bis sechs Meilen weiter draußen absah. Ganz weit hinter der Kimm sah man noch von Zeit zu Zeit die Segel eines weiteren Schiffes kurz auftauchen, dessen Rumpf aber durch die Erdkrümmung verborgen blieb. Es handelte sich wahrscheinlich um eine weitere Fregatte, jedenfalls aber nicht um ein Linienschiff.

Wohin also war die englische Flotte verschwunden? Ramage konnte sich die verwunderten Gesichter und Gespräche an Deck der *Bucentaure* vorstellen, die anscheinend das Flaggschiff Admiral Villeneuves war, der die Vereinigte Flotte befehligte. Dasselbe galt sicher für die *Argonaute*, das Flaggschiff des spanischen Admirals Gravina.

Solange sie diskutierten, würden sie sich keine Gedanken über Blackwoods *Euryalus* machen, die dicht vor den Untiefen von El Diamante und La Galera auf und ab kreuzte und immer wieder ein paar Meilen hinter der Ansteuerung nach Cádiz in die Bucht segelte, um einen Blick auf die Reede zu werfen. Von dort aus konnte man Rota an der Nordküste der Bucht einsehen und die versammelten französischen und spanischen Schiffe vor Cádiz. Ein scharfäugiger Mann mit einem Fernglas konnte jeden ungewöhnlichen Bootsverkehr zwischen den Schiffen ausmachen und, was noch wichtiger war, er konnte sofort sehen, wenn bestimmte Schiffe begannen, die Segel unterzuschlagen, oder anfingen, ihre Rahen zu kreuzen. Sowohl die *Bucentaure* als auch die *Argonaute* waren von dieser Position aus gut zu erkennen, hatte Blackwood Ramage erzählt, als sie sich an Bord der *Victory* unterhalten hatten. Es war also fast möglich, eine Art Gästebuch des Admirals zu führen, da man die ankommenden und ablegenden Boote genau registrieren konnte.

Während die *Euryalus* die nördliche Zufahrt nach Cádiz kontrollierte, hatte die *Calypso* südwestlich der kleinen Stadt an der Seeseite beigedreht. Ramage saß rittlings auf einer der Karronaden und hatte sein Teleskop ans Auge gesetzt. Orsini stand links von ihm, und zu seiner Rechten war Southwick damit beschäftigt, auf einer Schiefertafel eine grobe Kartenskizze zu zeichnen.

Rota, die Bucht von Cádiz und sein Hafen bildeten eine riesige Sichel. Rota war die Spitze, die Bucht bildete die gebogene Schneide, und der Hafen von Cádiz saß am Ende des Handgriffs.

Der Handgriff wurde also von der Reede gebildet, an deren seewärtiger Seite befand sich die Stadt Cádiz. Der Ankerplatz selbst wurde weiter in Richtung des Binnenlandes sehr flach und ging drei Meilen von der Einfahrt entfernt in Marschland und Salzpfannen über. Der Ankerplatz verfügte über eine relativ schmale, tiefe Fahrrinne, die den Schlachtschiffen gerade genug Raum zum Ankern bot. Trotzdem würde eine plötzliche Winddrehung zur Zeit des Tidenwechsels den Kommandanten und Ersten Leutnants ein paar ungemütliche Minuten bereiten …

So lag Cádiz auf dem Ende einer langen sandigen Landzunge ausgebreitet, die sich von den Salzpfannen fünf Meilen weit nach Norden erstreckte, aber auf der ersten Hälfte war sie nur ein paar hundert Fuß breit, bevor sie sich erweiterte und dann Land genug für den Bau einer Stadt bot.

Ramage begann seine genaue Inspektion am südlichen Ende. »Salzpfannen und Marschland«, unterrichtete er Southwick. »Da unten gibt es eine Windmühle bei den Gebäuden, die anscheinend die Salzwerke darstellen. Sie pumpt wahrscheinlich das Seewasser in die Pfannen, oder sie wird zum Mahlen des Salzes eingesetzt. Wie zum Teufel macht man eigentlich Salz?

Dann beginnt die Halbinsel, und sie ist dort keine dreißig Meter breit. Sie verläuft in Richtung Nordnordwesten und verbreitert sich auch nicht für … nun, sagen wir mal zwei Meilen. Aha, dann kommt ein Fort, das ist Fuerte de la Cortadura, es bewacht den Eingang zur Stadt und riegelt die Halbinsel ab.

Habt ihr das mitbekommen? Ein paar Meilen freies Land, dann das Fort, und dann beginnt die Stadt, wie es aussieht. Ach ja, auf der Seeseite liegen Felsen mit Sand dahinter, von den Salzpfannen bis hoch zum Fort, aber dann folgt ein Sandstrand mit einem Anstieg dahinter.

So … weiter nach Nordnordwest folgt eine Burg mit einem Turm auf der Binnenseite, das muß das Castillo de Puntales sein, das erbaut wurde, um die Einfahrt zur Reede binnenwärts zu schützen, es kann nicht in Richtung See feuern.

Hören Sie gut zu, Orsini? Eine Meile vom Fort und fast in Linie mit der Burg befindet sich eine auffällige Kirche – das ist San José, die Kirche, für die wir uns interessieren. Sie liegt knapp dreihundert Meter vom Strand entfernt hinter einem großen Friedhof, einem sehr, sehr langen Friedhof. Zwischen ihm und der Kirche stehen auch noch Häuser. Man hat also nach dem Trauergottesdienst in der Kirche einen langen Marsch bis zum Grab vor sich.« Er reichte Orsini das Fernglas und deutete auf die Kirche. »Sehen Sie sich das genau an, Sie müssen Ihren Weg dorthin im Dunkeln finden. Da ist noch etwas, was wie eine Stierkampfarena aussieht, weitere dreihundert Meter weiter nördlich des Friedhofs am Strand – die Stierkämpfer jedenfalls haben einen kurzen Weg vor sich, wenn sie ihren letzten fatalen Fehler gemacht haben.«

Nach fünf Minuten sagte Orsini, daß er sich die Ansicht eingeprägt hätte, und Ramage wandte sich zu Southwick, um wieder durchs Teleskop zu blicken. »Zeichnen Sie eine Karte, so gut Sie es nur können, die den Bereich zwischen dem Friedhof und der Stierkampfarena umfaßt. Zeichnen Sie die Burg, die Kirche, den Friedhof und einige der auffälligsten Häuser dazwischen ein.«

Während der Master weiter auf seiner Tafel kritzelte, fuhr Ramage mit seiner Beobachtung in Richtung Norden bis zum Ende der Halbinsel fort. Eine Meile weiter die Küste aufwärts war ein Turm zu erkennen und dicht daneben ein sehr eindrucksvolles Gebäude mit einer Kuppel, offensichtlich handelte es sich um die Kathedrale. Das schwache Sonnenlicht reflektierte auf der Kuppel, und dahinter auf der anderen Seite der Halbinsel sah Ramage die Masten und Spieren des Teiles der Vereinigten Flotte, der in der Nähe der Einfahrt auf der anderen Seite lag.

Die Halbinsel wölbte sich leicht zur See hinaus. Wo sie breiter wurde, konnte Ramage drei weitere Kirchen auf der letzten halben Meile zählen, die nächste mochte nur etwa dreihundert Meter von der Kathedrale entfernt sein. Am Ende der Halbinsel befand sich zwischen starken Befestigungen ein hoher Wachturm – das mußte der Torre de Taviras sein, und außerdem noch ein halbes Dutzend weitere Türmchen. Die Spanier hatten immer eine Vorliebe für den Bau von Türmen. Ramage erinnerte sich an die vielen Dutzend, die die Küste von der portugiesischen Küste bis Gibraltar säumten und auch an der gegenüberliegenden Küste des Mittelmeers standen. Trotzdem schien es so, daß sie noch immer viele Steine und Energie übrig hatten, um unzählige Türme in Italien zu errichten, die die spanischen Besitzungen in der Toskana beschützen sollten.

»Das sieht nicht besonders vielversprechend aus, Sir«, stellte Southwick mit einem mißbilligenden Schnaufen fest und reichte Ramage das Fernglas zurück. »Alle Wachen im Fort schauen

Ihnen beim Anlanden zu. Dann müssen Sie durch das Tor gelangen, das sich an die Festung anschließt. Die Posten werden Passierscheine verlangen. Wahrscheinlich wird es wegen der vielen Schiffe, die im Hafen liegen, in der Stadt auch Ronden geben, und zwar von Sonnenuntergang bis zur Morgendämmerung. Man wird Sie fragen, was Sie auf der Straße zu suchen haben, und dann wird man Sie in eine Zelle werfen und den Schlüssel wegwerfen.«

»Wir könnten uns immer noch durch die Marschen heranarbeiten und das Fort umgehen.«

»Dann würden Sie so stinken, daß ein Wachposten Sie eine Meile gegen den Wind riechen würde, die Hunde würden Sie laut protestierend bellend verfolgen, und der spanische Gentleman würde sich die Nase zuhalten und Sie energisch aus dem Haus weisen.«

»Auch das ist absolut richtig«, stimmte Ramage ernst zu, »es gibt wirklich nichts Schlimmeres als den Gestank einer gut abgelagerten Salzmarsch ...«

»Was sollen wir machen, Sir?« fragte der beunruhigte Orsini.

»Wir werden den Gestank natürlich vermeiden, indem wir auf der Stadtseite des Forts an Land gehen«, entschied Ramage. »Jetzt holen Sie bitte Jackson und meine Bootscrew, sie haben eine Menge vorzubereiten.«

Er nickte, als Southwick versprach, unter Deck zu gehen, um eine gute Kopie der Karte anzufertigen. Danach blieb er noch eine Zeitlang rittlings auf der Karronade sitzen. Die Segel der *Calypso* killten, während sie beigedreht abwartend da lag. Von der Küste aus gesehen würde es selbstverständlich genug wirken, daß eine Fregatte, die einen Ort beobachtete, beigedreht lag. Jeder Beobachter, gleichgültig, ob Soldat oder Seemann, konnte sich die englischen Offiziere vorstellen, wie sie durch ihre Ferngläser starrten, und man würde sich sagen, daß man das auf einem stationär liegenden Schiff besser tun konnte als auf einem, das die Küste hinauf- und herunterlief und dabei in der atlantischen Dünung, die bei jedem Wind, der etwas aus Westen kam, donnernd auf den Strand lief, stampfte und rollte.

Natürlich war der Westwind, überlegte Ramage, genau der Wind, bei dem die französischen und spanischen Seeleute sich ausruhen konnten (wenn vielleicht auch nicht Villeneuve, der durchaus ungeduldig sein mochte, seine Befehle – wie auch immer sie aussehen mochten – auszuführen). Bei westlichen Winden konnten sie nicht auslaufen, und die Engländer mußten sich zudem gut freihalten, denn ein plötzlich aufziehender Weststurm würde ihre Schiffe sonst in einer gefährlichen Legerwallsituation vor der Küste überraschen.

Bei Ostwind ... und genau davon träumte Lord Nelson (und wahrscheinlich auch Admiral Villeneuve) ... bei Ostwind oder jeder anderen Windrichtung, die einen östlichen Anteil in sich hatte, konnte die Vereinigte Flotte der Franzosen und Spanier, bestehend aus dreiunddreißig Linienschiffen, aus Cádiz absegeln.

Auf der anderen Seite hielt er Lord Nelson und die englische Flotte fünfzig Meilen in Lee fest ... Der Westwind, der Nelson im Handumdrehen nach Cádiz bringen würde, kam aber genau aus der Richtung, die es dem Feind unmöglich machte auszulaufen; der Ostwind hielt die Briten in Lee fest, ließ jedoch die Gegner entwischen. Engländer, Briten ... es war schwierig, konsequent zu sein, wenn die Franzosen, Spanier und Italiener immer von *»les Anglais«*, *»los ingleses«* und *»gli inglesi«* sprachen, während sich die Engländer selbst – selbstverständlich wegen der Schotten, Waliser und Iren – als Briten bezeichneten.

Wie dem auch sei, wenn sie mit einem östlichen Wind aus Cádiz ausgelaufen war, wohin würde sich dann die Vereinigte Flotte wenden? Falls sie nach Norden steuerte, um in den Englischen Kanal zu gelangen, dann hatte sie – wenn es ihr gelang, Nelson auszuweichen – eine Damenbrise und ruhige See. War sie allerdings ins Mittelmeer bestimmt, z. B. nach Malta, um General Craigs Geleitzug abzufangen, oder für eine Operation in Italien –

dann würden sie den Wind in die Zähne bekommen, sobald sie versuchten, durch die Straße von Gibraltar zu laufen …

Weder die Katze (Lord Nelson) noch die Maus (Villeneuve) hatten eine leichte Aufgabe zu bewältigen – es sei denn, Villeneuve wollte sich auf den Weg in den Englischen Kanal machen. Aber für gewöhnlich kündigte sich der Ostwind vorher an, und dann mußten erst die Segel untergeschlagen werden … Es würde viele Stunden dauern, ehe die Vereinigte Flotte Segel gesetzt und Anker gehievt hatte, aber bei der Benutzung von Flaggensignalen und dank Pophams neuem Code würde Seine Lordschaft innerhalb einer halben Stunde davon erfahren haben …

Cádiz und diese Küste, sinnierte Ramage, waren mit Geschichten aus alter Zeit bedeckt. Der Berg im Südosten war, wie Ramage Orsini erzählt hatte, nach einer adligen Familie benannt, von denen ein Herzog die spanische Armada befehligt hatte. Fünfzehn Meilen nördlich von Cádiz mündete der Guadalquivir und befand sich Sanlúcar de Barrameda. Von dort aus hatte Magellan 1519 seine Erdumsegelung angetreten. Weitere fünfunddreißig Meilen nördlich lag Palos am Rio Tinto, von wo Kolumbus 1492 abgesegelt war, um die neue Welt zu entdecken … Die Entdeckung des Kolumbus, Magellans Weltumsegelung und die spanische Armada, die aus Cádiz ausgelaufen war, das war alles, was auf See in den letzten Jahrhunderten zählte, und das alles hatte auf den fünfzig oder sechzig Meilen dieses Küstenstreifens seinen Anfang genommen …

Die bevorstehende Schlacht – wenn sie denn bevorstand – mochte eine weitere Fußnote hinzufügen, denn wenn Lord Nelson sie verlor – oder die Vereinigte Flotte ihm entwischte –, dann konnte nichts mehr Bonaparte daran hindern, England und dazu Schottland und Wales zu erobern.

Und ob die Vereinigte Flotte Nelson entwischte oder durch ihn zur Schlacht gezwungen wurde, konnte sehr wohl von den Nachrichten abhängen, die er heute nacht von diesem Spanier bekommen würde, der in Lee der Kirche San José wohnte.

Ramages Gedankengang wurde durch das Eintreffen von Jackson und der Bootscrew unterbrochen. Jackson war ein Amerikaner, Rossi ein Italiener, Louis, Albert, Auguste und Gilbert waren Franzosen, und er selbst konnte als Spanier durchgehen. Eine wahrhaft kosmopolitische Crew.

Also mochte sich ein neugieriger Wachposten, dem aus der Dunkelheit mit perfektem Spanisch oder Französisch geantwortet wurde, schon damit zufriedengeben ...

Schnell erläuterte Ramage den Männern ihre Aufgabe für die kommende Nacht. Die Dollen des Kutters und auch die Riemenschäfte mußten mit Lappen umwickelt werden, um alles Quietschen und Knarren zu unterbinden. Das Segel mußte schwarz gefärbt werden, dann war zu überprüfen, ob sich ein paar Warpanker mit jeweils mindestens zehn Faden Leine an Bord befanden. Jeder Mann mußte ein Entermesser bekommen und, falls er es wünschte, auch ein Beil, aber keine Pistole oder Muskete. Alle mußten eine dunkle Kleidung tragen. Falls jemand nur über helle Sachen verfügte, mußte er sich vom Zahlmeister dunkles Tuch besorgen, es war noch reichlich Zeit, um sich ein Hemd zu nähen.

»Darf man fragen, wohin wir fahren, Sir?« erkundigte sich Jackson.

Ramage deutete in Richtung von Cádiz. »Ich muß dort drüben einen Mann treffen, und ich werde Mr. Orsini mitnehmen.«

»Und es besteht gar keine Chance, daß Sie einen von uns mit an Land nehmen, Sir, um Ihnen Gesellschaft zu leisten?«

»Dieses Mal nicht«, sagte Ramage, »und übrigens, falls jemand von euch etwas sagen muß, dann bitte nur auf Französisch oder Spanisch oder Italienisch. Das heißt im Klartext, Sie und Stafford halten den Mund. So, jetzt könnt ihr euch alle an die Arbeit machen und das Boot vorbereiten. Ach ja, Jackson, Sie müssen stets die Zeit feststellen können, arrangieren Sie es also, daß Sie sich von einem der Leutnants eine Uhr leihen. Außerdem machen Sie eine Laterne klar, die Sie später unter einem Stück

Persenning verstecken müssen. Achten Sie darauf, daß Sie eine gute Kerze erwischen, und trimmen Sie den Docht ...«

»*Lentement, lentement*«, zischte Louis, als Gilbert das Fall fierte und das schwarz angemalte Luggersegel des Kutters ins Boot hinunterfiel. Die Männer legten das steife Segeltuch zusammen. Sobald es mit einer Reihe von Segelbändseln aufgetucht war, fuhren die Männer an den Riemen mit dem Pullen fort.

Ramage, der an der Pinne saß, konnte schon den Strand ausmachen. Er erschien ihm als ein dunkles Band, mit einem schmalen weißen Schnurrbart, dort wo sich die kleinen Wellen brachen und auf den Sandstrand aufliefen. Wenn das Boot vom Schiff weg einen guten Kompaßkurs gehalten hatte und kein unerwarteter Strom[1] parallel zur Küste lief, dann müßte der Friedhof gleich hinter dem breiten Strand beginnen ...

Ramage lauschte. Dabei versuchte er, das gedämpfte Knarren der Riemen, die kraftvoll in den umwickelten Dollen bewegt wurden, auszufiltern. Irgendwoher erklang das monotone »Quark« eines Ziegenmelkers, und jetzt begann auch das Summen der Moskitos, das anzeigte, wie dicht das Boot sich schon vor dem Strand befand. Keine Stimmen. In der Ferne hörte man das donnernde Trommeln galoppierender Pferdehufe, aber es entfernte sich in Richtung auf die Festung und das Stadttor zu. Nur sehr wenige Städte verfügten nur über ein einziges Tor, aber da die Stadt auf einer Landzunge erbaut worden war (übrigens wie Port Royal auf Jamaika, wurde Ramage plötzlich klar), stellte dieses Tor den einzigen Zugang von Land aus dar.

Und jetzt, als sie sich den kleinen, auflaufenden Wellen näherten, kamen auch die Gerüche, und er beugte sich über die eiserne Pinne unter seinem rechten Arm. War das Eukalyptus? Roch es nach Korkeichen? Er konnte es nicht identifizieren. Doch da war

---

1 Tatsächlich setzt dort ein starker Parallelstrom ein, gegen den auch ein guter Schwimmer nicht vorwärtskommt. (Anm. d. Ü.)

der Geruch nach Friedhof, jener eigentümliche Geruch von modrigen Steinen, die mit Flechten bedeckt waren. Und natürlich nach vergammelndem Seegras, oder vielleicht auch nur nach Seegras, ob es nun verrottete oder nicht, jedenfalls war es von den Wellen auf den Strand geworfen worden und bot jetzt einer Vielzahl von fliegenden und hüpfenden Insekten ein Zuhause, die alle nur eines im Sinn zu haben schienen, nämlich mit einem frisch geschärften Stachel zuzustechen.

Kein Anruf! Kein Ruf auf Französisch oder Spanisch. Keine schattenhaften Gestalten, die den sanft herabführenden Strand heruntergelaufen kamen und dabei brüllten und schossen. Was bedeutete, daß sich das Wagnis auszahlen konnte. Ramage hatte darauf gesetzt, daß der Kommandant der Garnison oder wer immer verantwortlich für die Posten war, niemals damit rechnen würde, daß die Engländer es wagen würden, mitten in der Stadt einen Stoßtrupp an Land zu setzen. Vor der Festung oder zwischen den Salzpfannen ja, aber neben dem Friedhof, nur einen kurzen Spaziergang von der Kathedrale entfernt – niemals!

»Achtung!« flüsterte Ramage Jackson zu, der es zischend an die anderen Ruderer weitergab.

Eine Sekunde später waren die Riemen hoch, bereit, längs über die Duchten ins Boot gestaut zu werden. Ramage hatte die Pinne hart über gelegt, um das Boot parallel zu den kleinen Brandungswellen zu stellen. Während Jackson das Ruder einholte, damit es nicht beschädigt wurde, lief das Boot mit einem sanften Kratzen des Kiels auf dem Sand auf. Im selben Augenblick waren Ramage und Orsini über die Seite gesprungen und im Sand gelandet. Sie rannten nach vorn, um mit ihren Schultern den Bug des Kutters in Richtung See zu schieben, solange das Boot noch Auftrieb hatte. Sobald es klar vom Strand war – die in den Sand gepreßten Riemen hatten kräftig dazu beigetragen –, setzten sich Ramage und Orsini hin und entknoteten die Schnürsenkel, mit denen sie ihre Stiefel um den Hals getragen hatten.

»Der Sand klebt an den Füßen wie Lehm«, stellte Orsini auf

Spanisch fest und bürstete seine Füße ab. »Und diese Moskitos!«

Das hohe Summen der Insekten erinnerte Ramage daran, daß sie von hier weg mußten. Einen Spanier davon zu überzeugen, daß man vertrauenswürdig war, der die ganze Zeit im Zimmer gesessen hatte, in dem viele Kerzen mit Zitronenduft brannten, während man selbst von den Moskitostichen völlig verschwollen war, würde den Job nur schwerer machen, als er ohnehin schon war.

Die beiden Männer gingen zum Ende des Strandes, überquerten eine Linie, die Ramage nur unter ihrem italienischen Namen *Fico dei Ottentotti* kannte, dann spürten sie hartes Gras unter ihren Füßen. In diesem Moment erspähte Ramage die kunstvollen Marmorengel, Jungfrauen und Kruzifixe, die etwa zwanzig Meter zu ihrer Rechten oben auf den Mausoleen thronten.

Dann durchquerten sie den Friedhof, an dessen anderem Ende sie über einen niedrige Mauer klettern mußten und fast sofort ein Haus sahen.

Ramage berührte Orsini warnend, dann sagte er wie gesprächsweise mit seinem rauhen kastillianischen Akzent: »San José müßte gleich auf der anderen Seite liegen.«

Ein Hund bellte halbherzig in der Dunkelheit und wurde prompt von irgend jemandem im Haus verflucht.

Ramage blieb stehen. »Wir können genausogut hier fragen«, sagte er, »dort ist die Tür.«

Als sie die kurze Gasse entlanggingen, begann der Hund trotz der Verwünschungen wieder zu bellen, dann heulte er auf, weil ihn offensichtlich ein Fußtritt traf. Ramage klopfte an die Tür.

Die nörgelnde Stimme eines Mannes antwortete: »Wer ist da?«

»Besucher für Señor Perez.«

»Wohnt hier nicht«, gab die Stimme kurz Bescheid, ohne die Tür zu öffnen. »Das Haus an der Nordseite der Kirche.«

»Vielen Dank«, sagte Ramage höflich.

»Ich wünschte, ich hätte eine Pistole«, murmelte Orsini, nachdem sie ein paar Meter weitergegangen waren.

»Na klar«, meinte Ramage sarkastisch, »wir brauchen ein paar Pistolen, um alle Hunde in der Nachbarschaft aufzuscheuchen – von den Soldaten gar nicht zu reden. Wie wäre es mit ein paar Glocken am Hals?«

Orsini versuchte sich immer noch eine schlaue Antwort darauf auszudenken, die Witz mit Tapferkeit kombinieren sollte, ohne dabei aufmüpfig zu wirken, als sie die Kirche erreicht hatten.

Ramage stöhnte, denn der Hauptplatz befand sich auf der Nordseite der Kirche und war von einem Dutzend großer Häuser gesäumt.

»Unser Mann gehört wahrscheinlich zu den angesehensten Bürgern von Cádiz, wenn ihm eines dieser Häuser gehört«, murmelte Orsini.

Ramage trat auf den Platz hinaus und versuchte gar nicht erst, irgendwelche Geräusche zu vermeiden. Wenn es Militärstreifen gab – woran er zu zweifeln begann, denn der Mann in dem Haus war keineswegs überrascht gewesen, noch hatte er erkennen lassen, daß er sie für Soldaten hielt –, dann würde es sich wahrscheinlich um eine berittene Patrouille handeln.

Jetzt waren sie in die Gerüche der Stadt eingetaucht. Es stank nach von der Sonne gegartem Pferde- und Eselsmist, verrottendem Kohl und abgestandenem Urin ... ein Scharren deutete auf Ratten hin, die bei ihrem Mahl gestört worden waren. An welches Hausportal sollte er zuerst klopfen?

Er suchte sich das dritte der fünf Häuser aus, die an der Nordseite des Platzes standen. Das Haus selbst stand in einem Garten hinter einer hohen Mauer. Als Ramage stehenblieb, um zu ergründen, ob nicht ein anderes etwas einladender wäre, sah er in der Dunkelheit, daß alle Gebäude Mauern und Tore hatten.

Er betätigte den schmiedeeisernen Türklopfer. Im Haus begann ein Hund zu bellen, und ein paar Sekunden später verlangte eine weibliche Stimme zu wissen: »Wer ist am Tor?«

»Besucher für Señor Perez!«

»Wer sind Sie?«

War dies durch einen echten Glücksgriff das richtige Haus?

»Ist das hier das Haus von Señor Perez?« fragte Orsini nach.

»Ja«, antwortete nun eine Männerstimme mißtrauisch. Aus der Aussprache schloß Ramage, daß es sich um einen Diener handelte.

»Melden Sie Señor Perez, daß er Besuch hat.«

»Wen darf ich melden, Señor?«

»Lieutenant Leblond«, log Ramage, ohne auch nur eine Sekunde zu zögern. Er achtete darauf, beiden Wörtern einen französischen Akzent zu geben.

»Bitte warten Sie«, beschied ihn die Stimme höflich, »ich werde Señor Perez informieren.«

Verlangte es der Brauch, daß man wütend mit einem Stiefel aufstampfte und verlangte, daß das Tor im Namen des Kaisers unverzüglich geöffnet wurde, war das die Art wie man einen verbündeten Spanier zu behandeln hatte, oder wartete man besser ruhig ab?

Ramage entschied sich dafür, ruhig abzuwarten, denn er wollte Perez sobald wie möglich von Angesicht zu Angesicht gegenüberstehen. Dann sah er eine Laterne an der Tür, in deren Schein ein Mann auf das Tor zukam. In der einen Hand hielt er die Laterne, in der anderen einen großen Schlüssel.

Der Mann war wie ein Diener gekleidet, so viel konnte man im Licht der Laterne erkennen, drehte den Schlüssel im Schloß herum und drückte das Tor mit seinen Schultern auf. »Hier entlang, bitte.«

Kam er aus der nördlichen Provinz Galicia? Ramage war sich sicher, daß er diesen schweren Akzent kannte. Doch er sprach so undeutlich, als ob er durch ein dickes Tuch reden würde. Ramage folgte dem Mann, wobei Orsini neben ihm herschlenderte.

Was würde der Diener wohl denken? Keiner der Besucher trug eine Uniform, was einen offiziellen Besuch ausschloß. Beide

Männer waren jung und sprachen perfekt Spanisch, aber zumindest einer von ihnen mußte, der Art nach, wie er seinen Namen ausgesprochen hatte, Franzose sein. Französische Offiziere ohne Uniform, offensichtlich ...

Sie erreichten die Eingangstür über ein halbes Dutzend Stufen und betraten das Haus. Ja, da war der bittersüße Geruch nach Zitrone, und Ramage fühlte, wie sein Gesicht zu jucken begann. Die Moskitos hatten keine Zeit verschwendet, aber mit etwas Glück würde es noch etwas dauern, bis die Schwellungen deutlich sichtbar wurden.

Marmorfußböden, viele Möbel in der Halle, was für ein mediterranes Haus ungewöhnlich war, ein Hund knurrte in dem Zimmer, in das er eingesperrt worden war, dann zwei offene Türen. Das Zimmer, zu dem sie geführt wurden, lag am hinteren Ende des Korridors. Das Knallen von Ramages und Orsinis Stiefeln hob sich vom Schlurfen der Pantoffeln des Dieners ab.

Sie erreichten die Tür, die ihnen der Diener öffnete, der dann zurücktrat. Er sagte in einem Konversationston: »Lieutenant Leblond mit Begleitung, Sir.« Und er bedeutete ihnen mit einer Handbewegung einzutreten.

Es war ein großer Raum mit einer hohen Decke und einem gefliesten Fußboden. Ein weißhaariger Mann saß an einem Schreibtisch. Er hatte einen Federkiel in der Hand und war ganz offensichtlich beim Schreiben unterbrochen worden. Eine gut gekleidete Frau, die vielleicht zehn Jahre jünger als er war, saß auf einem Stuhl und stickte. Zwei Lampen im Zimmer zeigten, daß der Mann und die Frau einen ruhigen Abend verbracht hatten, obwohl der Hafen mit den Schiffen der Vereinigten Flotten Spaniens und Frankreichs überfüllt war – und die britische Marine gleich hinter dem Horizont lauerte.

»Lieutenant Leblond?« fragte der weißhaarige Mann forschend, und die Frau blickte neugierig auf.

Ramage verbeugte sich und sagte: »Darf ich Ihnen meinen Begleiter, Lieutenant Poulain, vorstellen?«

Ramage lauschte, ob die Tür hinter ihm geschlossen wurde, als der weißhaarige Mann höflich, aber offensichtlich verwirrt antwortete: »Welchem Umstand verdanke ich die Ehre Ihres Besuchs, Gentlemen? Kommen Sie in Geschäften des Kaisers?«

Ramage hörte, wie die Tür hinter ihm geschlossen wurde, und es war ganz natürlich, weiter in den Raum hineinzugehen, bis er vor dem Mann hinter dem Schreibtisch stand.

»Nein, nicht in den Geschäften des Kaisers«, antwortete Ramage ruhig. »Können wir Sie alleine sprechen?«

»Ich habe vor meiner Frau keine Geheimnisse«, entgegnete der Mann gelassen. »Wenn Sie nicht vom Kaiser kommen, wer, bitte, schickt Sie dann?«

Ramage übermittelte ihm die Nachricht.

Bei der Erwähnung des Namens des Außenministers Seiner Britannischen Majestät – mit einem deutlich hörbaren englischen Akzent ausgesprochen –, sprang der weißhaarige Mann auf die Füße.

»Sollte ich den Namen kennen?« fragte er auf Spanisch. »Wie kommen Sie dazu, das zu denken, Lieutenant Leblond?«

»Vergeben Sie mir«, erwiderte Ramage auf Englisch. »In Wirklichkeit ist mein Name Ramage, Kapitän zur See Ramage, und ich kommandiere eine Fregatte in Lord Nelsons Flotte. Der Außenminister hat kürzlich mit Lord Nelson in London gesprochen. Das Resultat ist, daß mir Lord Nelson den Befehl gegeben hat, einen Señor Perez in der Nähe der Kirche San José aufzusuchen und ihm den Namen zu nennen, den Sie kennen.«

»Erzählen Sie mir mehr! Ein Fehler kann mir die Garotte um den Hals einbringen«, forderte ihn Perez ruhig und in gutem Englisch auf.

»Über den Minister? Ich weiß nur wenig über ihn. Sein Titel ist ziemlich frisch – er bekam vor zehn oder fünfzehn Jahren eine Baronie. Er ist ein Mann mittlerer Größe. Ich habe ihn ein paarmal im Oberhaus gesehen. Sein Haar ist jetzt grau, und oben wird er kahl, er trägt keine Perücke. Das ist schon alles, was ich weiß.«

»Was haben Sie im Oberhaus gemacht, Kapitän?«

»Mein Vater ist Admiral Earl of Blazey, und ich trage einige seiner Titel – obwohl ich sie aus guten Gründen in der Marine nicht führe.«

»Gute Gründe? Das leuchtet mir nicht ein, mein verehrter Herr.«

»Als ich noch ein Midshipman war – und auch jetzt noch – hielt und halte ich es nicht für sehr taktvoll, einen Adelstitel zu führen, wenn die Vorgesetzten keinen Titel haben! Aber so wie es sich nun mal verhält, ist mein Adelsrang weit älter und höher als der des Ministers!«

Der Mann streckte die Hand aus. »Ja, ich denke, daß Sie der sind, für den Sie sich ausgeben.« Sie schüttelten sich die Hände, und Perez meinte huldvoll: »Bitte stellen Sie mir Ihren Begleiter vor.«

Ramage stellte Orsini vor, und Perez setzte sich wieder, dabei lachte er leise. »Ach ja, Kapitän Ramage. Ja, ich kenne den Namen gut. Es würde nicht der Wahrheit entsprechen, wenn ich behaupten würde, daß Sie bei den Franzosen besonders beliebt wären. *Le Moniteur* liebt es, Sie als eine Kreuzung zwischen einem Piraten und einem Zauberer zu bezeichnen! Sie haben über die Jahre hinweg große Erfolge gegen die Franzosen errungen.«

Ramage zuckte mit den Achseln. »Über viele Jahre hinweg ist man in viele Schlachten verwickelt ...«

»Das ist wahr, aber Sie sind erfolgreicher als die meisten. Nun, kommen wir zur Sache. Erzählen Sie mir, was Lord Nelson wissen will – allerdings kann ich mir das schon denken.«

Ramage lächelte und sagte: »Das kann ich mir vorstellen. Als erstes möchte er etwas über die Größe und den Zustand der Vereinigten Flotte in Cádiz wissen.«

Perez zog ein Gesicht, als ob er einen sehr sauren Geschmack auf der Zunge hätte. »Was die Franzosen angeht, so ist der Zustand ihrer Schiffe ziemlich gut, aber sie haben keine Reservesegel,

Tauwerk oder Spieren zur Verfügung. Sie konnten bei ihrem Aufenthalt in La Coruña und El Ferrol keinen Ersatz beschaffen.

Die spanischen Schiffe sind in einem noch wesentlich schlechteren Zustand. Sie sind seit Monaten nicht auf See gewesen. Villeneuve hat mit der französischen Flotte wenigstens zweimal den Atlantik überquert. Segel und Tauwerk sind an den Masten vergammelt. Auf den Schiffen, auf denen man sie heruntergenommen und unter Deck gestaut hatte, wurden die Segel von den Ratten angenagt. Viele haben verrottete Spieren.« Perez setzte sich und seufzte. »Das ist alles nicht leicht für mich, Kapitän Ramage. Ich beschreibe das Elend meines Landes, obwohl die, die das Zepter in der Hand halten, meine Feinde sind.« Er seufzte wieder, dann fuhr er fort: »So viel zu den Schiffen. Noch weitaus schlechter ist die Verfassung der Kommandanten und Offiziere, besonders der spanischen. Soweit die Franzosen betroffen sind, heißt ihr Problem vor allem Admiral Villeneuve. Mein Informant – und der befindet sich in einer Position, die ihm alles Wissen garantiert, allerdings werde ich Ihnen aus naheliegenden Gründen nicht sagen, um wen es sich handelt – erzählte mir, daß Admiral Villeneuve bei Bonaparte in Ungnade gefallen ist. Wahrscheinlich wird er sehr bald von Admiral Decrès abgelöst werden.«

»Aber Admiral Decrès ist der Marineminister!« rief Ramage aus.

Perez nickte. »Ja, wahrscheinlich weiß Bonaparte, daß alles von der Flotte abhängt und daß er sie in See bringen muß. Und ich glaube nicht, daß er der Auffassung ist, daß Admiral Villeneuve der richtige Mann für diesen Job ist.«

»Wann erwartet man diesen Wechsel im Kommando?«

»Ich vermute, daß Villeneuve fürchtet, daß Admiral Decrès hier jeden Tag eintreffen könnte. Und er betrachtet das als eine Entehrung!«

»Sie haben eben die spanischen Kommandanten erwähnt.«

»Ach ja. Sie sind doch ein praktisch denkender Mann, Kapitän Ramage. Würden Sie sich darum reißen, die Verantwortung auf einem Linienschiff zu übernehmen und unter dem Kommando von jemandem wie diesem Villeneuve zu segeln? Und dabei ist Ihr Schiff mit verfaultem Tauwerk, verrotteten Segeln ausgerüstet, dazu ist die Verpflegung knapp, und die Vorräte, die Sie haben, sind verdorben?«

Ramage grinste und schüttelte den Kopf. »Noch nicht einmal auf einem Ruderboot, ganz zu schweigen von einem Linienschiff.«

»Genau. Also können Sie sich vorstellen, in welch schrecklicher Position sich der spanische Admiral Gravina befindet. Seine erfahrensten Kapitäne besuchen ihn täglich und bitten ihn um Ausrüstung, die er ihnen nicht besorgen kann. Sie bitten ihn, den Franzosen zu erläutern, daß es Selbstmord ist auszulaufen, solange die britische Flotte dort draußen auf sie wartet.« Perez schüttelte den Kopf, so als ob ihn das, was er zu sagen hatte, sehr betrüben würde. »Ich fürchte, daß sich einige der Kommandanten treffen und daß das, was sie dort besprechen, nicht weit von Verrat entfernt ist.«

»Aber gibt es in der Stadt Cádiz so wenige Vorräte an Nahrungsmitteln und Nachschubgütern?«

»Die Menschen hungern«, erwiderte Perez rund heraus. »Jeder kräftige Mann wurde an Bord eines Schiffes gebracht, folglich hungern die Frauen und Kinder, weil ihnen, wie Sie in England zu sagen pflegen, der Ernährer genommen wurde. Wie Sie selbst sehen können, ist das hier nicht der fruchtbarste Teil des Landes. Wir bekommen wegen der Blockade kein Getreide in die Stadt, ganz zu schweigen von Dingen, die man für die Ausrüstung von Schiffen benutzen könnte.«

Perez sah im Licht der Lampe verstört aus, seine Schilderungen der schlechten Lage schien ihm die Misere nur noch deutlicher vor Augen zu führen. Wahrscheinlich verdrängte er es sonst bis zu dem Tag ins Unterbewußtsein, überlegte Ramage, an dem er Kontakt mit den Briten in Gibraltar aufnehmen konnte.

»Lord Nelson ist außerdem interessiert an den Positionen anderer französischer Schiffe«, trug Ramage vor, »ihrer Anzahl, den Namen der Häfen und so weiter.«

»Nun ja, lassen Sie mich überlegen. Brest – ja, dort liegt Admiral Gantaume mit einundzwanzig Linienschiffen, und nach dem, was ich gehört habe, blockieren ihn dort Ihre Leute so erfolgreich, daß er nicht heraus kann.

Admiral Allemand befindet sich mit vier Linienschiffen auf See – ich habe keine Ahnung wo. Es wird für ihn schwierig sein, entweder zu Gantaume in Brest oder hier zu Villeneuve durchzubrechen. Er könnte sich nach El Ferrol oder La Coruña durchschlagen. Das sind alle Schiffe, von denen ich Kenntnis habe. Und natürlich kommen die vierunddreißig französischen und spanischen Schiffe dazu, die Villeneuve hier kommandiert. Eine große Flotte – auf dem Papier.«

»Sie haben nicht die leiseste Idee, wohin Villeneuve segeln wird, vermute ich?«

Perez schüttelte den Kopf, daß seine weiße Mähne flog. »Nein – aber ich bin ganz sicher, daß er auslaufen wird, sobald er einen günstigen Wind bekommt. Nicht so sehr, weil er darauf brennt, gegen Nelson zu kämpfen, sondern weil er sehr die Demütigung fürchtet, die seine Ablösung durch Decrès für ihn bedeuten würde.«

»Also können wir sicher damit rechnen, daß die Vereinigte Flotte in dem Augenblick ausläuft, in dem sie einen östlichen Wind bekommt. Mit Kurs auf den Englischen Kanal?«

Perez hielt eine Hand in die Höhe, als wolle er Ramage vor übereilten Schlußfolgerungen zurückhalten. »Ich habe Berichte gehört, daß Villeneuve neue Befehle bekommen hat. Im Grunde sind es wohl eher Gerüchte, das müssen Sie Lord Nelson ausdrücklich sagen. Sie sind zu mir gekommen, um Informationen zu bekommen, aber ich muß Sie etwas fragen – doch bitte, fühlen Sie sich nicht genötigt, mir zu antworten. Befindet sich ein großer Konvoi irgendwo auf See, der Truppen in das Mittelmeer bringen soll?«

Ramage dachte ein paar Sekunden nach, dann entschied er, daß die Franzosen wußten, daß ein Geleitzug auf See war, und sie wußten auch über das Ziel Bescheid – denn das war ein offenes Geheimnis gewesen, schon bevor General Craigs Schiffe England in Richtung Italien verlassen hatten.

Ramage nickte. »Ja, ich glaube, daß sich ein solcher Konvoi auf See befindet.«

»Aha, das könnte die Erklärung sein!« rief Perez aus. »Sie müssen verstehen, ich habe Kenntnis, daß bis vor wenigen Tagen Villeneuve von Bonaparte den Befehl hatte, aus Cádiz auszulaufen und Richtung Norden in den Englischen Kanal zu segeln, um die Invasionsgeschwader zu eskortieren, die in Calais und Boulogne darauf warten, nach England überzusetzen.«

»Aber dieses erwähnte Gerücht, das mir zu Ohren gekommen ist, oder besser gesagt, das mein Informant gehört hat, soll den Inhalt haben, daß Villeneuve gerade erst kürzlich völlig neue Befehle erhalten hat. Er soll aus Cádiz ausbrechen und ins Mittelmeer segeln, um einen britischen Konvoi aufzuspüren und zu zerstören, oder aber, falls der schon durch ist und Soldaten in Italien gelandet hat, die den Russen helfen sollen, dann soll Villeneuve selbst Truppen anlanden – die Stadt ist voller Männer, die uns die restlichen Vorräte wegfressen – und die Engländer wieder ins Meer zurückwerfen.«

Ramage spürte, wie er sich anspannte, als er von diesem Gerücht hörte. Falls es wahr war, dann bedrohte Bonaparte nicht länger England. Hatte er die Nerven verloren? Hatten die Schwierigkeiten und Gefahren, die auf ihn warteten, falls er seine Boote über den Kanal bringen wollte, ihn eingeschüchtert? Oder hatte er das Vertrauen in die Hoffnung verloren, daß es Villeneuve gelingen würde, die Flotte nach Norden in den Englischen Kanal zu bringen? Das erschien Ramage wahrscheinlicher. Hatte er also deshalb die Invasionspläne aufgegeben? Aber was war mit Decrès? Mißtraute Bonaparte auch ihm?

Und außerdem war dieses Jahr schon weit vorgerückt. Wer

würde im Oktober im Kanal auch nur einen Tag und eine Nacht lang für beständiges Wetter garantieren wollen? Ganz zu schweigen für einen östlichen Wind, den die Invasionsflotte unbedingt brauchte! Sogar falls es ihm gelang, Lord Nelson zu entkommen, und falls er durchgehend günstige Winde hatte und sogar für den Fall, daß es ihm gelang, seine gemischte Flotte unter Kontrolle zu halten – aber das waren schon mehr »falls« als reale Hoffnungen –, konnte er nicht vor der letzten Oktoberwoche vor Calais aufkreuzen.

Ramage empfand plötzlich ein gewisses Bedauern für Villeneuve, denn der Kaiser dieses bedauernswerten Mannes hatte ihm allen Anschein nach nur die Wahl zwischen einer Niederlage und einer Demütigung gelassen.

Perez musterte Ramage gespannt. »Ja, mir ist die Tragweite dieses Gerüchtes auch klar, denn wenn Villeneuve ins Mittelmeer segelt, kann keine Invasion Englands stattfinden. Aber ich bitte Sie, Kapitän Ramage, machen Sie Lord Nelson sehr deutlich, daß es sich bei diesen Informationen lediglich um ein Gerücht handelt. Mein Informant hat versucht, an genauere Einzelheiten heranzukommen, aber selbst wenn Villeneuve einen solchen Befehl erhalten hat, hält sich Villeneuve an strikte Geheimhaltung. Schließlich hängt sein Erfolg davon ab, daß er Lord Nelson überrascht und nach seinem Ausbruch nach Süden abläuft und nicht in Richtung England segelt, was jeder von ihm erwartet ...«

»Ja«, entgegnete Ramage so gleichmütig wie möglich und versuchte, jede Aufregung in seiner Stimme zu vermeiden. »Es ist nur ein Gerücht, das werde ich sehr deutlich machen. Nun, Señor«, sagte er dann und blickte auf seine Uhr, »gibt es noch irgend etwas, was ich wissen sollte? Mein Boot wird in ungefähr fünf Minuten auf mich warten.«

Perez schüttelte den Kopf. »Nein, ich denke das ist alles, was ich anzubieten habe. Wird es weiterhelfen?«

»Ja. Seine Lordschaft wird Ihnen sehr dankbar sein. Ich schlage vor, daß wir jetzt auch wieder durch das Haupttor gehen, an dem Sie uns verabschieden sollten, als hätten wir Ihnen einen ganz normalen Besuch abgestattet. Übrigens gibt es keine Ronde[1]?«

Perez schüttelte den Kopf. »Eine kurze Zeit lang hatte man das eingeführt, aber die Leute sind zu verängstigt, um auszugehen – wegen der vielen Truppen! Also hat der Garnisonskommandeur die Ronde aufgehoben.«

Nachdem sich das Tor hinter ihnen geschlossen hatte, blieben Ramage und Orsini einen Augenblick lang stehen, um ihre Augen an die Dunkelheit zu gewöhnen, dann gingen sie über den Platz zum Friedhof hinüber. Beide seufzten im selben Augenblick tief auf und mußten über diese Übereinstimmung lachen.

»Was bedrückt Sie?« erkundigte sich Ramage auf Spanisch.

»Es war ein äußerst interessanter Besuch«, sagte Orsini seine Worte sorgfältig abwägend, weil er befürchtete, daß man sie belauschen könnte.

»Ja«, stimmte ihm Ramage zu, »wir müssen unserem Herrn unbedingt diese Nachricht zukommen lassen.«

»Er wird erfreut sein!«

Wirklich? Ramage war der Meinung, daß das Gegenteil der Fall sein würde. Es war gewiß nicht einfach, die Vereinigte Flotte bei ihrem Versuch abzufangen, nach Norden zum Englischen Kanal durchzubrechen, aber es war erheblich schwieriger, ihren Ausbruch nach Süden ins Mittelmeer zu unterbinden, während man gleichzeitig lange außer Sicht bleiben mußte, um sie nicht schon vom Auslaufen abzuhalten. Im Prinzip konnte man da nur eine Münze werfen, ob es klappen würde.

Die beiden Männer eilten über den Friedhof und konnten schon das sanfte Plätschern der Wellen am Strand vernehmen.

Plötzlich packte Ramage Orsini an der Schulter und hielt ihn zurück. »Hören Sie!«

Man hörte ärgerliche Stimmen auf Spanisch. Zwei Stimmen.

---

1 Gemeint ist eine Art Patrouille. (Anm. d. Ü.)

Ähnlich wütende Stimmen antworteten auf Französisch. Ramage starrte auf den Strand hinaus und konnte schließlich die Umrisse von zwei Reitern am Rande des Wassers ausmachen. Dicht hinter ihnen lag der Kutter. Die berittenen spanischen Wachposten riefen das Boot an, und Gilbert und Louis antworteten auf Französisch. Sie gaben vor, sich belästigt zu fühlen und nicht zu verstehen, was die spanischen Wächter sie fragten.

Ramage ließ sich auf alle viere nieder und bahnte sich seinen Weg durch den Sand vorwärts. Orsini folgte ihm. Die Spanier wurden immer aufgeregter. Ganz offensichtlich stellten sie Fragen und wollten darauf vernünftige Antworten haben: Was wollten die Männer mit ihrem Boot an diesem Strand?

Schon sehr bald hatte Ramage herausgefunden, was die Spanier wollten. Sie waren sehr nervös und sehr ärgerlich darüber, daß man ihnen auf Französisch antwortete. Ihrer Meinung nach sollten sich nachts nur spanische Boote hier draußen aufhalten.

Ramage und Orsini waren nur noch fünf Meter von den beiden Wachposten entfernt, als Ramage den einen ärgerlich bellen hörte: »Raus aus dem Boot! Raus! Falls ihr nicht rauskommt, erschieße ich den ersten Mann!«

Überraschung ist alles, dachte Ramage, und wir brauchen möglichst viel Lärm. Er flüsterte Orsini etwas ins Ohr. Einen Augenblick später rannten die beiden Männer laut schreiend und kreischend auf die Pferde zu, schlugen ihnen auf die Kruppen, was dazu führte, daß die Tiere sich aufbäumten. Ohne abzuwarten, rannte Ramage weiter, klammerte sich an die Bordwand des Kutters und, nachdem er sich vergewissert hatte, daß Orsini an Bord gesprungen war, befahl er Jackson kurz: »Rudert an! Die beiden können mit ihren Pistolen nicht richtig zielen, solange ihre Pferde tanzen!«

Die Männer auf der Strandseite des Bootes ließen ihre Riemen in das Wasser beißen und drehten das Boot herum. Im selben Augenblick, da der Bug in Richtung der See zeigte, fielen die anderen Riemen in den Takt ein, und alle begannen mit aller Macht zu pullen.

Ramage zog sich über den Spiegel und fiel über die Heckducht. Er drehte sich um, um nach den Reitern zu schauen. Er sah, daß sie mit ihren sich aufbäumenden, wiehernden Pferden alle Hände voll zu tun hatten. Die Pferde waren völlig verängstigt durch die Schreie und die Schläge, die plötzlich von hinten erfolgt waren, und auch von den Sporen und Schlägen ihrer Reiter, so das sie sie fast abwarfen. Die Reiter mußten sich darauf konzentrieren, im Sattel zu bleiben, das Boot hatten sie erst einmal vergessen.

Das Boot aber war bereits zehn Meter vom Strand entfernt, dann zwanzig, und die Geschwindigkeit nahm zu. Jetzt waren es schon dreißig Meter, und Jackson fluchte, als er versuchte, die eiserne Pinne in den hölzernen Ruderkopf einzuführen. Vierzig Meter, und Ramage und seine Männer waren aus dem Blickfeld der Reiter, fünfzig Meter, und sie konnten das schmale weiße Band der sich brechenden Wellen nicht mehr erkennen.

»Zurück zur *Calypso*, Sir?« fragte Jackson höflich, nachdem er die Pinne eingesetzt hatte.

Ramage überlegte einen Augenblick lang. Er mußte sofort zur *Victory* segeln, aber Blackwood kommandierte das kleine Küstengeschwader, zu dem die *Calypso* gehörte.

»Nein, zuerst zur *Euryalus*!«

Blackwood würde zwischen El Diamante und den Untiefen von La Galera patrouillieren, das bedeutete eine Strecke von fünf Meilen, die zu segeln war, und dann nochmals drei Meilen, um die *Calypso* aufzuspüren.

Während die *Calypso* eine halbe Meile in Luv von der *Victory* beigedreht lag, ging Ramage an Bord des Flaggschiffs. Es war genau neun Uhr morgens. Er war müde, aber rasiert, und er trug einen Uniformrock, den Silkin frisch gebügelt hatte. Die Halsbinde war fein säuberlich geschlungen.

Im letzten Moment war Ramage der seltsame Gedanke gekommen, daß die Nachricht, die er Lord Nelson zu überbringen hatte, bedeuten konnte, daß England vor jeder Invasionsgefahr sicher war. Das hatte ihn dazu veranlaßt, seinen Ehrendegen von Lloyd's zu tragen.

Der verwunderte Silkin hatte gemurmelt: »Aber Sie haben ihn doch nicht einmal getragen, als alle die anderen Kommandanten anwesend waren.«

Ramage hatte laut gelacht und geantwortet: »Es handelt sich um einen alten spanischen Brauch.«

Hardy begrüßte Ramage an der Eingangspforte. Er war unruhig, versuchte es aber zu verbergen. »Seine Lordschaft ist besorgt – konnten Sie seine Befehle nicht ausführen?«

»Seine Befehle?« erwiderte ein verdutzter Ramage. »Aber er hat mir doch nur einen Befehl erteilt.«

»Ja. Über die Landung in Cádiz.«

»O ja«, sagte Ramage, »deswegen bin ich hier.« Mein Junge, dachte er bei sich, du magst der Flaggkapitän des Admirals sein, aber wenn du denkst, daß ich dir einen Bericht abliefere, nur weil du mit deinem Ersten Leutnant und ein paar Matrosen – von den Decksjungen als Spalier ganz abgesehen – an der Eingangspforte stehst, die alle gespannt die Ohren spitzen, dann hast du dich ganz gehörig getäuscht.

Ramage drehte sich um und eilte zur Staatskabine, vor der ihn ein Posten der Marineinfanterie lautstark ankündigte, nachdem er in einer Wolke aus weißem Pfeifenton salutiert hatte. Ramage trat nach Lord Nelsons Aufforderung ein und fand den Admiral wieder in seinem besonderen Sessel sitzend vor.

»Nun, Ramage, was ist passiert? Gibt es Probleme?«

Ramage war über die Aufregung des Admirals erstaunt – denn dieser war aus dem Sessel aufgesprungen, das gesunde Auge blitzte, und in seinem einzigen Arm hielt er die Papiere, die er gerade studiert hatte.

»Nein, Sir. Ich habe Ihre Befehle ausgeführt und bin hergeeilt, um Ihnen schnellstens Bericht zu erstatten.«

»Sie sind ein Teufelskerl!« rief Nelson aus und klopfte ihm mit den Papieren auf den Rücken. »Sobald Sie in Sichtweite beigedreht hatten und identifiziert worden waren, waren Hardy und ich uns einig, daß die Zeit für Sie nicht ausgereicht haben konnte, um in Cádiz gewesen zu sein und uns anschließend hier draußen aufzusuchen! Was für Neuigkeiten haben Sie für mich? Haben Sie unseren Freund gefunden?«

Ramage nickte. »Ja, wir fanden sein Haus im Schatten der Kirche und besuchten ihn. Wir konnten ihn davon überzeugen, daß wir Freunde sind, und er hat uns alles erzählt, was er wußte.«

»Sie hatten keinen Ärger mit den Spaniern beim Anlanden am Ufer?«

»Nein, Sir. Wir mußten nur auf dem Rückweg zwei berittene spanische Wachposten verjagen, aber das war keine Schwierigkeit.«

»Wir? Wen hatten Sie dabei?«

»Fähnrich Orsini, den Neffen der Marchesa die Volterra.«

»Ja, ich erinnere mich. Sie erzählten mir, daß er fließend Spanisch spricht.«

»Das stimmt. Er ist aber auch sonst ein sehr vielversprechender junger Offizier, Sir.«

»Gut, haben Sie ein Auge auf ihn«, sagte der Admiral. »Hat er schon das Leutnantsexamen abgelegt?«

Ramage schüttelte den Kopf. »Es wird noch ein paar Jahre dauern, bis er zwanzig Jahre alt ist.«

»Nun gut, wir werden uns um ihn später kümmern. Was hat Señor Perez Ihnen erzählt?«

Ramage wiederholte die Worte des Spaniers so wortwörtlich, wie es ihm sein Gedächtnis erlaubte. Als er am Ende seines Berichts angelangt war, wiederholte er sorgfältig die Warnung von Perez bezüglich des Gerüchts, daß Villeneuve neue Befehle bekommen haben könnte, die ihn in das Mittelmeer beorderten.

Die Möglichkeit, daß sich seine Beute sowohl nach Süden als auch nach Norden wenden konnte, schien Nelson nicht sonderlich zu beunruhigen. »Zwanzig Schiffe! Ramage, ich werde mich sicherlich nicht mit weniger als zwanzig versenkten Schiffen zufriedengeben!«

»Lassen Sie mir eins übrig, Sir«, meinte Ramage scherzend.

»Es wird genug für alle geben«, stellte Nelson fest und setzte sich in seinen Sessel. »Aber Fregatten gehören nicht in die Schlachtlinie, Ramage. Die Breitseite eines 74ers würde Ihre Fregatte in einen Haufen Treibgut verwandeln ...

Sie haben sich um die Signale zu kümmern. Ich will, daß Ihre Fregatte meine Signale schnellstens wiederholt. Wenn Sie das erledigen, dann haben Sie Ihre Arbeit gut getan. Das ist nun einmal die Aufgabe der Fregatten, solange sie innerhalb einer Flotte eingesetzt sind. Wenn Sie auf eigene Faust unterwegs sind – und daran sind besonders Sie gewöhnt –, ist das eine ganz andere Geschichte. Aber bei der Flotte halten Sie nur scharfen Ausguck und übermitteln die Signale schnellstens!«

»Jawohl, Sir!« sagte Ramage.

11

Ramage saß an seinem Schreibtisch, während die *Calypso* beigedreht in einer sehr leichten Brise fünf Meilen vor der Festung Fuerte de La Cortadura lag, die zu den Außenbezirken von Cádiz gehörte. Gelegentlich brach die Sonne durch die hohen, wässerigen Wolken.

Er zog das Schiffstagebuch zu sich heran und tauchte seinen Federkiel in die Tinte. Der Blockadedienst – oder anders ausgedrückt: Vor einem feindlichen Hafen auf Wache zu liegen – das schien der langweiligste Job zu sein, den die Marine zu vergeben hatte, vielleicht nur übertroffen von der Tätigkeit auf einem Wachschiff vor Plymouth oder Portsmouth. Tagelang starrte man denselben Ort an. Tage, Wochen und vielleicht Monate …

Er überflog ein paar Seiten. Sonntag, 28. September: An diesem Tag war Ramage zur Flotte gestoßen, und der nächste Tag war Nelsons Geburtstag. Am Tag darauf hatten sich Ramage und Paolo an Land begeben, um Señor Perez aufzusuchen, und am 1. Oktober hatte er die *Calypso* draußen nach See geführt, um Nelson zu berichten, was der Spanier gesagt hatte … Seither hatten die *Calypso* und die *Euryalus* sehr dicht vor Cádiz und Rota auf Wache gelegen, so daß sie alles sehen konnten, was sich auf den spanischen und französischen Kriegsschiffen tat, die sich im Hafen von Cádiz versteckten. Die Fregatten *Naiade* unter Thomas Dunda und Thomas Bladen-Capels *Phoebe* standen in unmittelbarer Nähe. Ein paar Meilen weiter draußen, aber nahe genug, um Flaggensignale zu erkennen, warteten William Prowse mit der Fregatte *Sirius* und William Parker auf der Fregatte *Amazon,* noch weiter draußen waren die Schoner *Pickle* und *Weazle* hinter der Kimm stationiert. Drei Linienschiffe vervollständigten dann die Übermittlungskette zur Flotte. Sie nahmen die Aufgaben von Fregatten wahr, weil der Admiral über zu wenige geeignete Schiffe verfügte. Es handelte sich zum einen um die *Defence* unter Kapitän George Hope, zum zweiten um den 64er *Agamemnon* von Kapitän Berry. Sein Schiff war das erste Linienschiff gewesen, das Nelson als junger Vollkapitän kommandiert hatte. Schon in Sichtweite der Flotte lag als dritte die *Mars* mit dem Duffclan an Bord.

Die Eintragungen in das Logbuch spiegelten die Trostlosigkeit der Aufgabe wider:

»5. Oktober: Wir ankern auf der Reede von Cádiz, keine Bewegung in der Vereinigten Flotte …

10. Oktober: Kreuzen zwischen den Festungen Castillo de San Sebastián, welche an der westlichen Spitze von Cádiz gelegen ist, und Fuerte de La Cortadura …

15. Oktober: Patrouillieren durch das Fahrwasser Canal Principal zum Hafen von Cádiz. Haben noch 35 Tonnen Wasser an Bord …

18. Oktober: Liegen beigedreht bei leichten Winden vor der Festung Castillo de San Sebastián. Wir öffneten ein Faß Salzfleisch, sechs Stücke fehlten …«

Dann gab es noch die immer wiederkehrenden Eintragungen wie: *»Besatzung beschäftigt WEDDE«* (die Abkürzung für »wie es der Dienstbetrieb erfordert«) … *»Besatzung exerzierte gemäß Gefechtsrolle«* (was bedeutete, daß Geschützdrill angesagt war.) … *»Toppgasten übten das Schiften der Marssegel«* (Schiften bedeutete, daß die Marssegel abgeschlagen und an Deck geschickt wurden, anschließend wurden sie wieder vorgeheißt und unter die Rahen angeschlagen, dabei wurde die Zeit genommen, die zwischen dem ersten Kommando »Segel setzen!« und dem zweiten »Segel setzen!« vergangen war...) Und pönen... Dem Stückmeister wurden Männer zugewiesen, die die Kanonen schwarz anzumalen hatten. Dafür wurde eine spezielle Mixtur verwendet, die Lampenschwarz und Stockholmer Teer enthielt – eine Substanz, von der ein Tropfen ausreichte, wie Aitken finster fluchte, um das gesamte sauber geschrubbte Deck zu ruinieren. Aitken war wahrscheinlich der einzige Mann an Bord, der den Blockadedienst richtig liebte, denn auf diese Weise hatte er die Zeit und die Männer zur Verfügung, um alle Arbeiten durchführen zu lassen, die man bei rauher See nicht erledigen konnte, da Farbe von überkommender Gischt verdorben wurde und die Männer während der Trocknungsphase die bemalten Flächen nicht betreten durften.

Jackson, Rossi und Stafford waren also beschäftigt. Jackson hatte vom Ersten Leutnant das Heft mit dem Blattgold bekommen, das Kapitän Ramage aus eigener Tasche bezahlt hatte. Die Marineverwaltung rückte niemals Blattgold heraus, im besten Fall stellte sie weiße Farbe zur Verfügung. Vom Bootsmann hatte er sich einen feinen Pinsel, Polierlederballen und eine Flasche mit Leim geholt, um die Vergoldung auftragen zu können. Auch Rossi und Stafford waren mit Pinseln und Farbe ausgerüstet worden.

Sie sollten das Spill vergolden und neu anmalen, das die Größe eines mächtigen Fasses hatte. Oben in der Mitte befand sich eine Krone, deren Vergoldung durch die Sonnenstrahlen und den normalen Gebrauch des Spills abgeblättert war.

Das war eine Arbeit, die sehr viel Fingerspitzengefühl erforderte. Rossi und Stafford begannen ihr Werk an den keilförmigen Schlitzen, in die die Spillspaken geschoben wurden, sobald das Spill gedreht werden sollte. Wenn die Spillspaken nicht benutzt wurden, dann hingen in den Schlitzen, die sich in Brusthöhe befanden, Kästen, die mit Stoffstücken und kurzen Tampen gefüllt waren und die an einem Ende eine walnußgroße Affenfaust aufwiesen. Die Stoffstücke wurden im Gefecht als Bandagen benutzt, und die Tampen dienten als Aderpressen, um verwundete Gliedmaßen abzubinden und Blutungen zu stoppen.

Jackson hatte die Krone schon mit Körnerleder abgerieben. Glücklicherweise hatte sich in den Vorräten des Zimmermanns ein Stück der begehrten getrockneten Haifischhaut befunden.

Der Amerikaner kletterte oben auf das Spill und zog vorsichtig den Korken aus der Flasche mit dem Leim. Er goß ein wenig davon in eine flache Schale und verkorkte die Flasche wieder. Dann strich er den Klebstoff auf die Teile der Krone, die vergoldet werden sollten. Anschließend nahm er eine Pinzette, die er sich vom Schiffsarzt ausgeborgt hatte, benutzte seinen Körper als Schutzschild vor einer eventuell einfallenden Bö und öffnete das kleine Büchlein mit dem Blattgold. Die Blätter hatten das Format 2,5 Zentimeter mal 10 Zentimeter, dabei waren sie so dünn, daß der geringste Windstoß sie davontragen konnte.

Er hielt ein Blatt mit der Pinzette fest, dann trennte er es vorsichtig heraus. Er bugsierte es auf den Teil der Krone, der bereits mit Leim bestrichen war, und blies so auf das Blatt, daß es sich an das geschnitzte Holz anpaßte. Anschließend arbeitete er es in die Vertiefungen der Schnitzerei ein, dafür benutzte er ein Holzstück mit einem gekrümmten Ende. Die überstehenden Stücke des Goldblättchens ließ er unbeachtet, er würde sie entfernen, nachdem der Leim getrocknet war. Dann bestrich er eine neue Fläche mit Leim und wiederholte den ganzen Vorgang.

In der Zwischenzeit hatten Rossi und Stafford mehrere Schubladen herausgezogen, hatten den Inhalt ausgeleert und die Schübe auf einem alten mit Farbklecksen übersäten Stück Segeltuch abgesetzt.

»Mr. Aitken wird genau wissen wollen, wie viele Blätter von dem Gold Jacko verbraucht hat«, kommentierte Stafford.

»Das ist nicht schwer zu sehen«, grunzte Rossi. Er hatte in der letzten Zeit um die Hüften etwas Speck angesetzt, und die gebückte Arbeit über den Schubkästen war für ihn unbequem.

Schließlich ließ er sich auf der Persenning nieder und nahm sich den ersten Kasten vor.

»Blattgold wäre ein verdammt schlechtes Material zum Stehlen«, ließ sich Jackson vernehmen. »Du mußt schon äußerst vorsichtig arbeiten, wenn du es auf den Leim drückst. Wenn man dabei so schnauft wie du, saugt man es sich wahrscheinlich in die Lungen.«

»Dann wärst du wahrscheinlich der einzige Matrose im Dienste des Königs mit vergoldeten Lungen«, feixte Stafford. »Jeder Atemzug kostet eine Guinee!«

»Du weißt Bescheid über die Guinee?« fragte Jackson.

»Was für eine Guinee?« erkundigte sich Stafford vorsichtig.

»Die man ausrollen kann, um daraus jede Menge Goldblättchen wie diese hier anzufertigen.« Jackson hielt das Büchlein in die Höhe. »Es ist so viel, daß man damit die Kuppel der St. Paul's Kathedrale vergolden könnte.«

»Das klingt merkwürdig in meinen Ohren«, erklärte Stafford in diesem besonderen Tonfall, den er sich für Fälle extremen Zweifels aufhob.

»Ich kann es nicht ändern, es ist eine Tatsache«, beharrte Jackson, der seinerseits einen Ton anschlug, der anzeigte, daß er sich nicht streiten wollte.

»Es würde nicht ausreichen, um die Kuppel der Peterskirche zu bedecken«, sagte Rossi triumphierend.

»Ist das dieses Ding in Rom?«

»Es ist der größte Dom der Welt«, behauptete der Italiener.

»Nicht so groß wie St. Paul's«, widersprach Stafford und verteidigte die Überlegenheit Londons gegen jede andere Stadt der Welt.

»*Mamma mia*«, schrie Rossi gequält auf, weil er wußte, daß das ein Streit war, den er nicht gewinnen konnte, da er weder San Pietro noch St. Paul's gesehen hatte und sich auch gar nicht für die Kuppeln der Kirchen interessierte. »Hast du das Weiß angerührt?« fragte er Stafford.

»Fang mit der blauen Farbe an!« entgegnete Stafford mürrisch. »Wo hast du deinen Verstand gelassen, Rossi? Wenn du mit der weißen anfängst und dann ein paar Tropfen von der blauen drauf verkleckerst, hast du dir einen teuflischen Ärger eingehandelt, um sie zu überdecken. Fängst du dagegen mit der blauen Farbe an und tropfst ein bißchen Weiß darauf, dann übermalst du alles einfach wieder mit einem zweiten Schlag Blau.«

»Besser wäre es, wenn ihr überhaupt nicht spritzen würdet«, sagte Jackson, während er vom Spill sprang und es eine halbe Drehung weiterbewegte, damit er mit seinem Körper die andere Hälfte der Krone gegen Windstöße abdecken konnte. »Ihr solltet besser auf die Hufe kommen. Ich bin mit der Vergoldung der Krone halb fertig, und falls der Bootsmann oder der Erste vorbeikommen sollten ...«

»Warum bekommst du immer die einfachen Arbeiten?« wollte Stafford wissen.

»Ich bin der einzige Mann an Bord dieses Schiffes, der richtig vergolden kann!« prahlte Jackson. »Man benötigt dafür Können und Geduld.«

»Und man darf nicht tief einatmen«, ergänzte Stafford. Nach fünf Minuten Stillschweigen fügte er hinzu: »Ziemlich flache Gegend dieses Cádiz. Überall Sand und Salzpfannen. Hier möchte ich nicht leben.«

»Warum nicht?« erkundigte sich Rossi, der dazu neigte, jede Person, jeden Ort oder überhaupt alles zu verteidigen, das von Stafford kritisiert wurde.

»Es gibt Moskitos«, berichtete Stafford. »Die fressen dich nachts bei lebendigem Leib auf. Überall nur Summen und Stechen. In Marschland und Salinen fühlen sie sich so richtig wohl, und dieser Ort besteht nur aus Marsch und Salzpfannen.«

»Vielleicht verlassen sich die Dons und die Froschfresser darauf, daß uns die Moskitos fernhalten«, bemerkte Jackson, »sie versuchen nur, uns nur verwirren.«

»Glaubst du, daß sie auslaufen werden, Jacko?«

»Nicht, wenn sie auch nur einen Funken Verstand haben«, sagte Jackson bestimmt. »Würdest du gern Lord Nelson vor die Klüsen laufen? Verdammt will ich sein, wenn ich darauf scharf wäre. Ich hörte, wie der Kapitän Mr. Aitken erzählte, daß Lord Nelson gesagt hat, daß er mindestens zwanzig von ihnen haben will.«

»Zwanzig was ...?« fragte Stafford.

Jackson stöhnte und sagte: »Weißt du was, Staff? Manchmal bist du so blöd, daß es kaum zu glauben ist. Zwanzig französische oder spanische Linienschiffe, zerstört, verbrannt, geentert ... Seine Lordschaft kümmert sich nicht um unwesentliche Details, aber er hat sich in den Kopf gesetzt, daß es mindestens zwanzig sein müssen.«

»Das ist doch sein gutes Recht«, stimmte Stafford zu. »Meine Mutter hat immer alle Dinge in einem Satz von zwanzig erledigt. Zwanzig Kerzen, zwanzig Eier und so weiter. Sie haßte das Dutzend, aber die Zwanziger liebte sie. Ich habe nie verstanden, warum.«

»Dann kann sie sich mit Seiner Lordschaft zusammentun, bei ihm könnte sie damit Punkte machen«, war Jacksons Kommentar.

Ein leiser Schritt war zu hören, und schon erklang Aitkens gefährlich milde Stimme: »Hier wird mehr gequatscht als gearbeitet, scheint mir. Wer macht hier Punkte?«

»Nein, Sir«, sagte Jackson und lehnte sich zurück, um zu zeigen, wie viel von der Krone er bereits vergoldet hatte. »Keine Punkte, sondern zwanzig Stück.«

Aitken nickte. »Also haben Sie gehört, was mir der Kommandant erzählt hat.«

»Ließ sich nicht vermeiden, Sir«, erwiderte Jackson.

»Wir haben uns gerade darüber unterhalten, was für eine schöne runde Zahl die Zwanzig ist, Sir«, mischte sich Stafford ein. »Meine Mutter kaufte gewöhnlich immer alles zwanzigstückweise ein.«

»Und Sie haben zwölfdutzendweise geklaut«, kommentierte Aitken und lächelte, als Rossi und Jackson zu lachen begannen.

»Ich bin froh, daß Sie mit der blauen Farbe angefangen haben und nicht mit der weißen«, lobte Aitken, und sofort begann Rossi mit einer endlosen Tirade, in der er seine Version von dem wiedergab, was Stafford vorhin gesagt hatte.

Aitken nickte und wies dann Jackson an: »An der Eingangspforte muß noch etwas am Gold ausgebessert werden, solange Sie noch den Leim und das Blattgold zur Hand haben.«

»Dieses Blattgold, Sir ...«, begann Stafford vorsichtig, »man nimmt eine Guinee und preßt sie flach, und dann hat man genug Blattgold, um ...«

»Um damit die Kuppel von St. Paul's zu belegen, ja, ich weiß.«

»Aha!« rief Stafford in Richtung von Rossi triumphierend aus. »Wahrscheinlich würde es für die Kuppel von San Pietro zweimal ausreichen!«

Am Donnerstag war der Wind von Zeit zu Zeit nach Osten ausgeschossen, als wolle er die britische Flotte necken. Der Freitag war ein schöner Tag gewesen, der Wind hatte gelegentlich nach Osten gedreht und dann zurück nach Norden und Westen. Dann, um Mitternacht, hatte er endgültig nach Osten gedreht. Ramage und Southwick schritten in der Dunkelheit des Achterdecks auf und ab. Die Sterne über ihnen schienen hell und klar, und die Silhouette von Cádiz hob sich scharf davon ab. Beide Männer waren übereinstimmend der Meinung, daß der Wind ein paar Tage aus Osten durchstehen würde.

Ramage hatte in voller Kleidung nur unruhig geschlafen. Jede Stunde war er auf das Achterdeck gegangen, hatte mit dem Wachoffizier gesprochen und sich davon überzeugt, daß der Wind weiter aus Osten wehte. Die Tür aus Cádiz heraus war offen – würde die Vereinigte Flotte einen Ausbruch wagen?

Ganz gewiß nicht in der Dunkelheit! Mehr als dreißig Großkampfschiffe, darunter die größten der Welt, brauchten Zeit und Tageslicht, um ihre Anker zu hieven und die Segel zu setzen. Das Fahrwasser von der Reede hinaus war nur etwa vierhundert Meter breit, das war für ein großes Schiff nicht genug, um im Notfall wenden zu können – jedenfalls nicht unter einer unerfahrenen Besatzung, mit bewachsenem Unterwasserschiff und einem wahrscheinlich nervösen Kommandanten. Falls das Schiff nicht den Wind hielt, würde es backbords auf der Zwei-Faden-Bank stranden oder auf der Steuerbordseite in die Spitze einer Schlickbank laufen, die bei Niedrigwasser trockenfiel.

Ramage fügte seinen Befehlen für die Nacht einen weiteren Satz hinzu: »In der Morgendämmerung muß die *Calypso* die El-Diamante-Untiefe südlich passieren und das Fahrwasser zur Reede von Cádiz ansteuern. Der Kommandant ist dann zu wecken.«

Während er versuchte die sich abwechselnden Wellen von Erregung und Schlaf gleichermaßen abzuwehren, dachte er noch einmal über die letzten Worte seines Befehls nach. Ja, der Kommandant mußte geweckt werden. Um ein Beispiel an Unerschütterlichkeit zu bieten, würde er vorgeben zu schlafen. Aber natürlich konnte er nicht wohlig schlafen, während der französische Oberkommandierende wahrscheinlich bei Kerzenlicht die Befehle für die Vereinigte Flotte ausarbeitete, um am nächsten Tag Ankerauf zu gehen und auszulaufen. Und die *Calypso* lag durch einen Glücksfall auf einer Position dicht vor der Reede von Cádiz, so dicht, daß man bei Anbruch der Morgendämmerung die Wellen an den Wellenbrechern und den Strand von Punta de la Soledad würde sehen können.

Was würde das Tageslicht enthüllen? Eine eindeutige Situation, in der ein einziges Signal aus dem *Signalhandbuch für Kriegsschiffe* ausreichen würde, um der *Euryalus* mitzuteilen, was vorging? Oder würde er Pophams Code benutzen müssen, um in die Einzelheiten gehen zu können? Jedenfalls würde das Signal von der *Euryalus* an die nächste Fregatte weiter draußen auf See weitergegeben werden und von dort weiterwandern, bis es schließlich das Flaggschiff, die *Victory*, erreicht hatte.

Seit Tagen war bis jetzt das erste Signal, das nach Anbruch des Tages seinen Weg über die *Euryalus* zur *Victory* gemacht hatte, stets gewesen: »Keine Veränderungen beim Feind!« Der Feind befand sich, mit anderen Worten gesagt, bei westlichen Winden in Cádiz – und zeigte auch keinen großen Eifer bezüglich des Auslaufens.

Als nächstes hörte Ramage Orsini gegen die Kabinentür hämmern. Es war noch immer dunkel, aber der Mann meldete aufgeregt, daß die Morgendämmerung unmittelbar bevorstand. Ramage wischte sich mit einem nassen Lappen über das Gesicht, zog seine Schuhe an und griff nach seinem Hut, nachdem er sich den Rock übergezogen hatte. Er fühlte sich schmutzig und verschwitzt, und sein Kinn raspelte jedesmal auf seiner Halsbinde, wenn er nach unten schaute.

»Guten Morgen, Sir«, begrüßte ihn Hill höflich, »der Wind kommt genau aus Osten, wir stehen eine halbe Meile südlich von der El-Diamante-Untiefe auf vier Faden Wasser. Die Vor- und Großmarssegel sind gesetzt.«

»Sehr gut«, antwortete Ramage auf diese Routinemeldung. »Lassen Sie weiter loten!«

Eine lange und breite Sandbank schob sich in den Canal Principal vom Ende des Wellenbrechers hinaus, der den Hafen von Cádiz schützte. Southwicks Kommentar war gewesen, daß das eine ideale Falle für vorwitzige Fregatten war, die sich gut nordöstlich davon freihielten.

Der Himmel wurde grau über den Sanddünen auf der anderen Seite der Bucht. Keine Wolke verdeckte die Sterne, die am Himmel zu verlöschen begannen. Die Silhouette von Cádiz wurde weicher und verfloß auch ins Graue. Man konnte schon einzelne Gegenstände an Deck erkennen. Den eckigen Kasten des Kompaßhäuschens, den massigen Besanmast, die runden, drohenden Rohre der 12-Pfünder und Karronaden ...

Ja, da war der Wellenbrecher, der den Hafen von Cádiz schützte, die Kaimauer von San Felipe, die nach Nordosten hinausreichte. Am landwärtigen Ende stand die Kirche San Francisco, dann sah man zwei Türme und eine weitere Kirche (die Kirche der heiligen Carmen, die in Southwicks Notizen den Vermerk »auffällig« erhalten hatte), dann schloß sich die ganze Stadt an, die eher ein Städtchen war und sich um den Turm von Tavira drängte, einen Wachturm, den man aus allen Himmelsrichtungen sehen konnte.

»Auf Gefechtsstationen, Mr. Hill«, befahl Ramage ruhig und bemerkte, daß Southwick und Aitken an Deck gekommen waren.

Der Erste Leutnant gab den Befehl weiter, was zur Folge hatte, daß Bootsmannsmaaten durch das ganze Schiff eilten. Ihre Rufe klangen von überall wider, als sie mit wüsten Beschimpfungen die Männer aus den Hängematten warfen, damit diese die Geschützstationen besetzten. Der Morgen wurde wie auf jedem anderen Schiff des Königs in Kriegszeiten begrüßt: mit geladenen und ausgerannten Kanonen, bereit, einem Feind die Zähne zu zeigen oder einen Freund zu begrüßen. Die Deckwaschpumpe stöhnte asthmatisch, als Wasser über die Decks gepumpt wurde, dann streuten Männer Sand aus. Es waren gebrüllte Befehle zu hören, und es folgte das dumpfe Rumpeln, als die Geschütze ausgerannt wurden.

»Schiff klar zum Gefecht, Sir!« meldete Hill.

»Sehr gut«, bestätigte Ramage aus Gewohnheit und wartete auf den Ruf des Ausgucks.

Der Ausguck, der auf dem Vorschiff an der Backbordseite stand, meldete sich bald darauf: »Ich sehe eine graue Gans auf eine Meile«, rief er und machte auf diese traditionelle Art kund, daß genügend Tageslicht vorhanden war, um auf die angegebene Entfernung diese Unterscheidung vornehmen zu können.

»Na, das ist aber eher ein kurze Meile«, murrte Southwick gegenüber Hill.

Der Ausguck hatte Pech, daß sie anstelle des üblichen – vor Beginn der Blockade – leeren Horizonts die Stadt Cádiz mit ihrer Kathedrale, den Türmen, dem Schloß und der steinernen Mole sichteten. Das alles war weniger als eine Meile entfernt.

»Schicken Sie die Ausgucksgasten in die Toppen, aber behalten Sie die Gefechtsbereitschaft bei!« befahl Ramage.

Der Wind wehte immer noch aus Osten. Ramage ging zum Kompaßhäuschen hinüber und vergewisserte sich, daß Pophams Code zusammen mit dem Signalbuch griffbereit in der Schublade lag.

Er blickte zur Mole von San Felipe hinüber. Dann nahm er ein Teleskop aus dem Schubfach und zog an dem Rohr, bis der eingravierte Ring einrastete. Sorgfältig suchte er die Kaimauer ab, dabei wechselte er die Seite, so daß der Vormast ihm nicht das Sichtfeld versperrte.

»Den Kurs einen Strich nach Backbord ändern«, befahl er Hill, denn die Mole verdeckte immer noch zuviel von der Reede. Er wartete einige Minuten ab, dann hob er das Fernglas wieder an das Auge. Die am nächsten ankernden Schiffe der Franzosen und Spanier waren jetzt deutlich sichtbar.

Mit einem lauten Klicken schob er das Fernrohr zusammen und eilte mit wenigen schnellen Schritten zum Kompaßhaus, wo er Pophams Codebuch aus der Lade nahm und in den Seiten blätterte. Er suchte die alphabetisch geordneten Worte mit den dazugehörigen Nummern heraus.

»Orsini«, sagte er scharf, »machen Sie folgendes Flaggensignal an die *Euryalus* fertig: Codeflagge, dann 249 – Feind, 354 – hat, 864 – seine, 875 – Mars, 756 – Segel, 986 – Rahen, 1374 – vorgeheißt. Haben Sie das? In Ordnung, dann setzen Sie es so schnell, wie Sie können!«

»Mr. Hill, klar zum Beidrehen. Der Feind scheint seine Kanonenboote eingezogen zu haben.«

»Ja, Sir, ich wollte es Ihnen melden, sobald Sie mit dem Signal fertig wären.«

Die Kanonenboote waren Schiffe der Vereinigten Flotte, auf denen man vorübergehend eine leichte Kanone im Bug montiert hatte. Diese Boote hatten einen regelmäßigen Patrouillendienst ein paar hundert Meter direkt vor dem Hafen durchgeführt. Sie sahen so furchterregend aus wie Fährschiffe auf einem Binnenteich.

Ramage hob wieder das Fernglas an die Augen und blickte noch einmal hinüber. Auf einigen Schiffen wurden Boote mit den Stagtaljen an Deck gehievt und auf den Knacken über den Reservespieren abgesetzt. Die Marssegelrahen waren vorgeheißt, das konnte zusammen mit dem Einsetzen der Boote bedeuten, daß heute, am 19. Oktober, die Vereinigte Flotte in See gehen wollte. Ramage war sich dessen eigentlich ganz sicher.

»Das Signal ist abgegeben worden, und die *Euryalus* hat es bestätigt, Sir«, meldete Orsini.

»Das Schiff liegt auf Backbordbug beigedreht, Sir!« berichtete Hill.

»Ich gehe nach unten, um mich zu waschen und zu rasieren«, verkündete Ramage. »Halten Sie also ein scharfes Auge auf Signale von der *Euryalus*«, wies er Orsini an. Zu Hill gewandt sagte er: »Geben Sie weiter, daß im Moment keines der feindlichen Schiffe den Anker hievt.«

Das Rasieren mit kaltem Wasser – denn wenn das Schiff gefechtsklar war, wurde das Kombüsenfeuer gelöscht – trug dazu bei, daß Ramage völlig munter wurde. Er war zu ungeduldig, um die Klinge des Rasiermessers gründlich zu schärfen, und an diesem Morgen schien sich die Rasierseife zu weigern, schaumig zu werden. Daher hatte er den Eindruck, mit der Klinge jedes einzelne Barthaar mit der Wurzel aus der Haut zu reißen. Mit tränenden Augen wusch er sich schließlich das Gesicht ab und kämmte sein Haar.

Silkin wartete vor der Tür mit sauberer Unterwäsche, sauberen Strümpfen und frisch polierten Schuhen, dazu kam noch eine gewaschene und gestärkte Halsbinde.

Ramage kleidete sich gemächlich an. So begann man Legenden in die Welt zu setzen. Er hatte sich nach der fast schlaflosen Nacht schwitzig und schmutzig und müde gefühlt, jedenfalls war er nicht genügend in Form gewesen, um klar zu denken. Aber sofort, nachdem das Flaggensignal abgesetzt war, hatte er sich nach unten begeben, um Toilette zu machen. Innerhalb eines Monats – falls die Männer dann noch lebten – würde die Besatzung die Geschichte so ausgeschmückt haben, daß sich Kapitän Ramage gemächlich rasiert hätte, während sich vierunddreißig Linienschiffe der Vereinigten Flotte auf das Segelsetzen vorbereiteten, um sich mit der *Calypso* ein Gefecht zu liefern. Ramage grinste in sich hinein. Er hatte viele ähnliche Geschichten über andere Kommandanten erzählen hören und vermutete, daß ihr Wahrheitsgehalt ganz ähnlich war. Jedenfalls waren sie ein Zeichen dafür, daß die Besatzungen Stolz für ihren Kommandanten und ihr Schiff empfanden. Wenn sie das dazu inspirierte, besser zu kämpfen, schadete es jedenfalls nicht. Seeleute hatten wache Augen, und wenn ein Offizier ein Aufschneider war, ignorierten sie ihn bald und befolgten nur noch halbherzig seine Befehle.

Der Wachposten der Marineinfanterie meldete Orsini.

»Mit den besten Empfehlungen von Mr. Hill, Sir, aber die *Euryalus* hat gerade unser Signal an die *Sirius* weitergegeben, und eines der feindlichen Schiffe hat gerade die Marssegel fallen lassen.«

Ramage zog einen Strumpf hoch. Also war das Signal schon auf dem fünfzig Meilen langen Weg zur Flotte Lord Nelsons, und der Feind absolvierte den ersten von tausend notwendigen Schritten, um auszulaufen. Der entscheidende Augenblick würde sein, wenn das erste Schiff damit begann, seinen Anker zu lichten – dann wollte Ramage das wichtigste Signal absetzen.

Jedes Schiff würde mehrere Anker am Grund haben, das war die einzige Möglichkeit, so viele Schiffe auf eine so beengte Reede zu legen, ohne daß sie beim Schwoien miteinander unklar kamen. Schwere Anker und ein schlammiger Grund – Ramage konnte sich ausmalen, wie Palls an den Spills klackerten. Er hatte den Geruch des Schlicks in der Nase. Wasser, das von den Rieselfeldern zu stammen schien, wurde aus den Kardeelen des Kabels gepreßt, wenn es durch die Klüse an Deck kam ... Die armen Schweine unten in der Kabellast, deren Aufgabe es war, die Trossen sauber aufzuschießen, waren wahrlich nicht zu beneiden.

Schließlich hatte sich Ramage fertig angezogen, und er ging nach oben auf das Achterdeck. Während der halben Stunde, die er unter Deck gewesen war, hatte sich ein schöner Tag entwickelt. In drei Meilen Entfernung im Osten lagen die sanften Hänge von Weinbergen, dann wandte sich das Land nach Süden in Richtung auf das Dorf Santa Maria zu, das an der Mündung eines kleinen Flusses lag, dahinter folgten Sanddünen. Sie setzten sich im Marschland und in den Salzpfannen auf der anderen Seite von Cádiz fort. Sie waren von der Landspitze durch das Fahrwasser getrennt, in dem der größte Teil der Vereinigten Flotte verankert lag.

Ramage blickte prüfend mit dem Teleskop nach Cádiz hinüber. Auf dem Turm von Tavira wehte keine Flagge, aber auf dem Dreidecker dort drüben, einem Franzosen – handelte es sich dabei um Villeneuves Flaggschiff, die *Bucentaure*? –, wurden Signalflaggen gesetzt. Ein Schiff hatte gerade damit begonnen, seine Anker abzufangen. Ein anderes Schiff, ein Spanier, hatte den seinen kurzstags gehievt und bewegte sich langsam vorwärts, während die noch im Wasser hängende Trosse mit dem Spill eingehievt wurde. Ramage begutachtete die Masten des Schiffes. Auf den Groß- und Vormarsrahen waren Männer offensichtlich damit beschäftigt, Segelzeiser loszuwerfen.

Ja, da war es ... das Vormarssegel fiel. Die Brise wehte leicht, sie war nicht stark genug, um die Falten aus dem Segeltuch zu drücken. Jetzt braßten sie die Rahen hart an – der Kommandant wollte also sofort Fahrt im Schiff haben, wenn der Anker aus dem Wasser kam, damit ihn der Wind nicht nach Lee auf die

Schlickbank drücken konnte, die sich nur ein paar Meter von seiner Backbordseite entfernt befand.

Ah, jetzt war es soweit, der Anker durchbrach die Wasseroberfläche, und die Spanier ließen das Großmarssegel fallen, das Großsegel folgte gleich darauf, und dann folgte die Fock. Schließlich wurden die vorderen Stagsegel gesetzt. Das Schiff war in Fahrt.

»Mr. Orsini«, sagte Ramage kurz, »setzen Sie Signal Nummer 370 für die *Euryalus*!«

Aus alter Gewohnheit antwortete Orsini wie beim Unterricht: »Nummer 370, Sir, *Feindliche Schiffe laufen aus dem Hafen oder gehen unter Segel.*«

»Klar zum Fahrtaufnehmen«, wies Ramage Hill an.

Eine einzige Breitseite von diesem spanischen Dreidecker, der die *Calypso* in kurzer Entfernung passierte, konnte aus der Fregatte wohlfeiles Brennholz machen. Auf der Ostseite der Bucht oder in Richtung Norden nach Rota zu aber gab es jede Menge flaches Wasser, wo die *Calypso* noch segeln konnte, während ein 74er oder etwas noch Größeres auf Grund laufen würde. Die Aufgabe der Fregatte lautete schließlich, der *Euryalus* Bericht zu erstatten und nicht zu kämpfen ...

12

Das große französische Linienschiff verließ die Reede von Cádiz mit beinahe pathetischer Langsamkeit. Der Wind nahm zu einem säuselnden Hauch ab, so daß die Segel, die sich beim Verlassen des Ankerplatzes noch gebläht hatten, sich in traurig herabhängende Gardinen aus Segeltuch verwandelten, als es schließlich querab von der beigedreht liegenden *Calypso* war.

Ramage hatte die Gelegenheit genutzt, um weiter nach See hinauszulaufen, bevor die Brise zu schwach wurde. Er hatte sich entschieden, kein unnötiges Risiko einzugehen und eventuell in der Bucht in der Falle zu sitzen, wo die französischen und spanischen Fregatten, die vor Cádiz ankerten, über ihn herfallen würden.

Er beobachtete, wie der Franzose langsam mit einem nördlichen Kurs in Richtung Rota segelte. Von Zeit zu Zeit, wenn er den Wind völlig verlor und ein Spielball der Strömung wurde, drehte er sich im Kreis. Dann sah Ramage, daß ein zweites Schiff auslief und sich bemühte, von der Reede frei zu kommen.

Das erste Schiff war die *Algésiras*, das Flaggschiff von Konteradmiral Charles de Magon. Als das zweite Schiff schließlich frei von der Einfahrt war und für mehrere Minuten den Wind verlor, drehte es sich wie ein ermatteter Tänzer auf der Stelle. Während dieser Zeit konnte Ramage den Namen erkennen, der über den ganzen Spiegel kunstvoll eingeschnitzt war – die Buchstaben waren so dick vergoldet, daß sie, als das Sonnenlicht auf sie fiel, alle Aufmerksamkeit auf sich zogen. Es war die *Achille*.

Als er schon auf dem Weg war, eine Position genau nördlich des Castillo de San Sebastián einzunehmen, warf Ramage einen letzten Blick auf die Reede von Cádiz und sah, daß es eine französische Fregatte, vermutlich die *Hermione*, geschafft hatte, ihre Anker zu hieven und Segel zu setzen. Aber sie mußte fast unmittelbar darauf den Wind verloren haben, denn jetzt schleppten ihre Boote sie hinaus. Das war eine harte Arbeit gegen den starken Flutstrom.

Wegen des einschlafenden Windes und der einsetzenden Flut, die ihn von seiner Position zu versetzen drohte, befahl Ramage, die *Calypso* vor Anker zu legen. Der beste Buganker klatschte in das Wasser, das hier dicht bei der Untiefe von El Banquette eine Meile nordwestlich des Castillos vier Faden tief war. Die Spanier hatten noch nicht das Feuer von dem Castillo aus eröffnet, aber falls sie jetzt damit begannen, konnte die *Calypso* in ernste Schwierigkeiten kommen. Die Flut könnte sie auf die Punta del Nao drücken, das war eine gefährlich aussehende felsige Halbinsel nordöstlich der Festung.

Aber die Geschütze blieben ruhig, und die *Calypso* drehte an ihrer Ankertrosse hin und her, während Ramage *Algésiras, Achille* und *Hermione* beobachtete. Schließlich war es Orsini gelungen, die Namen am Heck zu entziffern. Alle drei kämpften sich in Richtung von Rota vor, dabei drehten sie sich in jeder Bö wie traurige Windmühlenflügel.

Als den Männern an jeder zweiten Kanone gestattet wurde, nach unten zu gehen, um etwas zu essen, und während Southwick mit der täglichen heiligen Handlung beschäftigt war, den Mittagsort festzulegen (obwohl das hier einfach genug war, denn er brauchte von einem Objekt nur eine Peilung zu nehmen und den dazugehörigen Höhenwinkel zu messen, um den Abstand zu berechnen, wenn er diesen schon nicht schätzen wollte), beobachtete Ramage die treibenden Schiffe *Sirius* und *Euryalus*, die völlig bekalmt waren.

Ramage bemerkte zu Southwick, daß der Wind an diesem Tag

neutral war, denn er bekalmte sowohl die Vereinigte Flotte als auch Lord Nelsons Schiffe. Allerdings mochte das Wetter fünfzig Meilen weiter draußen anders aussehen.

Ramage fragte sich, was wohl Lord Nelson tun würde. Würde er den Informationen von Perez Glauben schenken, daß das neue Ziel das Mittelmeer war, und deshalb nach Süden steuern, indem er voraussetzte, daß Villeneuve, sobald er Cádiz verlassen hatte, auf die Straße von Gibraltar zuhalten würde? Oder würde Nelson trotzdem nach Norden steuern, um die Vereinigte Flotte in der Annahme abzufangen, daß ihr Ziel der Englische Kanal war?

»Ich bin froh, daß ich nicht an der Stelle Seiner Lordschaft bin«, stellte Southwick fest, der ganz offensichtlich denselben Gedankengang wie Ramage verfolgt hatte. »Nach Norden oder nach Süden ... Er ist völlig von seinen Fregatten abhängig, aber er muß sich jetzt entscheiden. Das ist, als ob man sein ganzes Geld auf den Tisch legen und auf die Farbe einer verdeckten Karte setzen würde.«

»Ja. Rot oder Schwarz.«

»Das sind keine Chancen für einen vernünftigen Mann.«

»Seiner Lordschaft bleibt keine andere Wahl«, stellte Ramage fest.

Southwick deutete auf das Ende von Punta del Nao. Ein weiteres Linienschiff wurde mit allen gesetzten Segeln, die aber schlaff herunterhingen, von seinen Booten aus dem Hafen geschleppt. Es war seltsam, überlegte Ramage, wie wenig Wind ausreichte, um ein Schiff elegant und lebendig aussehen zu lassen. Aber eine Flaute reduzierte es auf einen ungefügen, schwerfälligen Holzklotz, der von der Gnade schwitzender Männer in Booten abhängig war, die an den Riemen rissen ...

Bald konnte man den Namen lesen. Es war die *Neptune*. Sie wurde von der *Héros* gefolgt, einem weiteren Schlachtschiff.

»Vier französische Linienschiffe und eine französische Fregatte«, kommentierte Aitken, »könnte das bedeuten, daß die Spanier zu Hause bleiben?«

»Das erste französische Schiff ist wahrscheinlich als letztes angekommen«, vermutete Ramage. »Jedenfalls hat der französische Konteradmiral ein gutes Beispiel gegeben.«

Die Sonne ging durch den Zenit und begann ihren langsamen Abstieg nach Westen. Southwick füllte das Logbuch aus, und damit begann für ihn nach nautischer Zeitrechnung mittags ein neuer Tag, der Sonntag. Southwick trug die Position der *Calypso* ein, den Wind (umlaufende Winde, gelegentliche Flaute) und zog in den Spalten für Kurs und Geschwindigkeit Striche.

»Zwei weitere Schiffe laufen aus, beide sind Franzosen«, meldete Orsini. »Sie tragen ein Wettrennen aus«, fügte er sarkastisch hinzu, »die Boote machen mit doppelt besetzten Riemen einen halben Knoten Fahrt.«

Southwick nahm seinen Hut ab und fuhr sich mit einer charakteristischen Handbewegung durch sein langes weißes Haar. »Sie müssen gegen den vollen Flutstrom pullen«, stellte er fest. »Jetzt müßten nur noch zwei Schiffe nebeneinander zu liegen kommen und sich mit ihren Rahen verhaken, dann hätten wir einen spaßigen Anblick.«

Aitken deutete in Richtung der *Algésiras* und der *Achille*, die immer noch in weniger als einer halben Meile Entfernung verzweifelt versuchten, in Richtung Rota zu laufen. »Heute ist kein besonders guter Tag zum Segeln. Es wäre viel besser, vor Anker zu gehen und den Männern einen Putz- und Flicktag zu gewähren.«

»Die *Argonaute* steht am nächsten, Sir«, meldete Orsini. »Die Namen der anderen werde ich in Kürze haben, sobald sich die Peilung ändert... Ah, ja, es ist...« er buchstabierte den Namen Buchstaben für Buchstaben, dann sagte er: »Ja, es ist die *Duguay-Trouin*, wer auch immer der Namenspatron gewesen sein mag.«

»Wieder zwei für das Logbuch. Achten Sie darauf, daß Sie die Namen richtig eintragen«, mahnte Ramage Southwick.

»Die Namen werden ein echtes Problem darstellen«, grollte

Southwick. »Wir haben eine *Neptune* und die Franzosen auch, während die Spanier eine *Neptuno* haben. Wir haben eine *Achille* und die Franzosen auch. Und da gibt es noch eine britische und französische *Swiftsure*. Und von den doppelten Namen mal abgesehen, haben die Franzosen eine *Berwick*, was sich sehr britisch anhört, und wir haben die *Spartiate*, die *Tonnant* und die *Belleisle*, die wiederum sehr französisch klingen.«

»Die Franzosen haben die *Berwick* erobert. Aber Lord Bridport hat ihnen die *Belleisle* schon vor zehn Jahren weggenommen. Die *Tonnant* und die *Spartiate* hat Lord Nelson 98 erobert«, erläuterte Ramage.

»Genau das meine ich«, beschwerte sich Southwick, »das ist doch alles sehr verwirrend.«

Ramage lächelte. »Und vergessen Sie nicht, daß die *Ville de Paris* in Chatham gebaut wurde!«

»Und da kommt der nächste. Ein Spanier!« rief Orsini erregt. »Das bedeutet, daß sechs französische Linienschiffe und eine Fregatte ausgelaufen sind, bevor der erste Spanier auch nur seinen Klüverbaum hinter der Mole herausgestreckt hat!«

»So sind sie eben«, wies ihn Ramage mit Begräbnisstimme zurecht, »sie sind wirklich friedliebende Menschen, und morgen ist Sonntag – jedenfalls für die Zivilisten an Land.«

Den ganzen Nachmittag über beobachteten Ramage und die Besatzung der *Calypso*, wie sich der Rest der Vereinigten Flotte aus dem Hafen von Cádiz herausmühte, aber die östliche Brise reichte nicht aus, um den großen Schiffen genügend Fahrt zu verleihen, damit sie steuerfähig wurden. Zwei weiteren französischen Fregatten gelang es herauszukommen, doch auch sie wurden von ihren Booten gezogen. Die *Themis* und die *Rhin* versuchten alles, um jeden Windhauch auszunutzen, um Konteradmiral Magon zu folgen, der die Bucht von Cádiz zu überqueren versuchte, um in die Sicherheit von Rota zu gelangen.

Als die Nacht hereinbrach, befahl Ramage, den Anker wieder zu hieven und für den Fall, daß es die Brise noch mehr Schiffen erlaubte, aus dem Hafen zu kommen, dicht vor der Mole zu patrouillieren. Raketen und Leuchtfeuer wurden bereit gelegt, um der *Euryalus* entsprechend Signale geben zu können, falls der Wind so sehr auffrischte, daß der Rest der Vereinigten Flotte eilig in der Dunkelheit zu verschwinden versuchte.

Jackson stand jetzt neben der Kanone, die er als Geschützführer befehligte. Das Deck, auf dem er bisher gelegen hatte, schien ihm immer härter zu werden.

»Oh, mein Rücken«, stöhnte er zur Geschützbedienung gewandt. »Seit über zwölf Stunden sind wir auf Gefechtsstation ... und wir werden hier die ganze Nacht über bleiben.«

»Und morgen auch«, ergänzte Stafford. »Sieben sind heute raus gekommen, aber es sind vierunddreißig oder mehr Linienschiffe. Wenn sie in diesem Tempo weitermachen, dann benötigen sie fünf Tage, bis alle draußen sind!«

»Falls sie alle raus wollen«, sagte Louis. »Wenn die Spanier vernünftig sind, dann bleiben sie im Hafen.«

»Ein Spanier ist ausgelaufen«, warf Gilbert ein.

»Wahrscheinlich mit seinem Anker am Grund!« kommentierte Louis.

»Gegen einen ungünstigen Strom?« fragte Stafford. »Jedenfalls bin ich gespannt darauf, die *Santy Trinidaddy* zu sehen.«

Jackson stöhnte über den fürchterlichen Dialekt des Cockneys. »Du meinst die *Santissima Trinidad*, das heißt die Heilige Dreieinigkeit.«

»Ach ja«, sagte Stafford ungerührt, »man sagt jedenfalls, daß sie das größte Schiff der Welt sei. Sie trägt hundertdreißig Kanonen. Ich habe es mitgehört, als es Mr. Ramage Mr. Orsini erzählt hat.«

»Eine Nummer zu groß für uns, um sie anzugreifen«, meinte Louis scherzend.

»Die kann uns an Deck hieven, ohne sich anzustrengen«, stellte Jackson fest.

»Das soll sie nur versuchen«, knurrte Stafford.

Jackson ging zu dem niedrigen Wasserbecken hinüber, das zwischen seiner und der nächsten Kanone stand, und er inspizierte die kurzen Enden der Lunten, die an dem Becken befestigt waren und deren rote Glut knapp über dem Wasserspiegel glühte.

»Ich werde die Lunten bald auswechseln müssen«, stellte er fest, »wir könnten sie für die Raketen und Leuchtfeuer brauchen.«

»He, Jacko, warum heißen diese Dinger eigentlich Leuchtfeuer?«

Jackson zuckte mit den Achseln. »Warum heißen sie überhaupt Feuer? Wichtig ist nur, daß sie einen hellen Schein verbreiten, sobald man sie anzündet! Sie brennen viel langsamer ab als eine Rakete, dadurch ist die Chance größer, daß man sie auch wahrnimmt. Eine Rakete steigt hoch und ist innerhalb einer Minute wieder erloschen, die kann man ganz leicht übersehen. Aber ein Leuchtfeuer – aus der Ferne sieht es eher wie ein Glühen aus – hat eine viel längere Brenndauer.«

»Sie werden sowieso nicht herauskommen«, unkte Gilbert.

Der italienische Matrose Rossi knurrte: »Sag das nicht, du könntest sie auf eine Idee bringen!«

»Da drinnen befinden sich viele Admirale und Kapitäne«, Gilbert deutete in die Richtung von Cádiz, das jetzt vor dem Steuerbordbug lag, »die nur zu zufrieden damit wären, wenn sie weiter vor Anker liegen bleiben könnten. Sie sind bereits geschlagen worden.«

»Schon geschlagen?« rief Stafford entrüstet aus. »Was meinst du denn damit? Sie sind ja noch nicht mal alle ausgelaufen!«

»Nelson«, erklärte Gilbert mit Wichtigkeit. »Schon der Name reicht. Die Spanier wissen, was Kommodore Nelson vor Kap St. Vincente geleistet hat. Alle Franzosen wissen, was sich am Nil ereignet hat. Und alle Spanier und Franzosen haben von den Ereignissen vor Kopenhagen erfahren. Nelson ist in einer großen Seeschlacht noch nie geschlagen worden. Und nicht nur das. Er hat auch immer dadurch gewonnen, daß er den Gegner völlig zerstört hat. Wie viele feindliche Schiffe sind bei Aboukir oder bei Kopenhagen entkommen?«

»Nicht viele«, bestätigte eine Stimme aus der Dunkelheit.

Die Männer sprangen auf, als sie Kapitän Ramages Stimme erkannten.

»Macht es euch bequem«, sagte Ramage. »Nichts ist so weich wie ein gut geschrubbtes Deck oder eine Geschützlafette.«

»Klar, Sir«, stimmte Stafford zu, »der Ärger ist nur, daß ich mich daran so gewöhnen werde, daß ich in meiner Hängematte nicht mehr schlafen kann, wenn der ganze Zauber hier vorbei ist!«

»Wenn das dein Problem ist«, sagte Ramage mit gespielter Sympathie, »dann werde ich den Zimmermann anweisen, daß er dir ein paar kurze Bretter gibt, die du in deiner Hängematte als Matratze benutzen kannst.«

»Glauben Sie, daß sie morgen rauskommen, Sir?« erkundigte sich Jackson.

Ramage zuckte mit den Schultern. »Das hängt vom Wind ab. Ich bin sicher, daß die meisten heute ausgelaufen wären, wenn der Wind durchgestanden hätte.«

»Was macht Sie so sicher, daß sie wirklich auslaufen, Sir?«

»Bonaparte«, sagte Ramage grimmig, »hat es ihnen befohlen. Ich nehme fast an, daß sie vor ihm noch mehr Angst haben als vor Lord Nelson ...«

»Seltsame Vögel«, kommentierte Jackson.

»Sie haben keine große Wahl! Nur zwischen Lord Nelsons Kugeln und der Guillotine.«

»Das geschieht ihnen recht, warum haben sie sich auch auf die Seite der Revolution geschlagen!« bemerkte Gilbert bitter.

»Auch den Spaniern bleibt keine große Wahl«, stellte Rossi klar.

»Bonaparte droht der spanischen Regierung«, stimmte ihm Ramage zu. »Die Entscheidung der Regierung bestimmt das Schicksal der Seeleute, die wartend im Hafen liegen.«

Mit diesen Worten ging Ramage weiter zur nächsten Kanone, um mit deren Besatzung zu sprechen, die genauso viele Fragen und Vermutungen hatte. Für jeden an Bord der *Calypso* würde es eine lange, ermüdende Nacht werden, bis endlich die Morgendämmerung hereinbrach. Um zehn Uhr entschloß sich Ramage, die Geschützbedienungen jeder zweiten Kanone unter Deck zu schicken. Wenn sie Wache um Wache gingen, dann würden alle Männer etwas Schlaf bekommen, bevor man »eine graue Gans auf eine Meile sehen konnte«.

13

Die Morgendämmerung am Sonntag fand Ramage auf seinem Achterdeck auf und ab laufend vor. Er trug seinen dicken Bootsmantel, denn die nächtlichen Wolken hatten zeitweise die Sterne verhüllt, und der Wind hatte langsam nach Süden gedreht, und dabei war er aufgefrischt. Er wehte jetzt direkt aus dem Hafen von Cádiz heraus, so daß die *Calypso* gegen ihn aufkreuzen mußte, um auf ihrer Position in der Nähe des Molenkopfes zu bleiben. Dabei war die Brise immer noch so schwach, daß es dem Schiff zu widerstreben schien, durch die Wende zu gehen.

»Eigentlich bräuchten sie jetzt nur ihre Anker an Bord zu hieven«, stellte Southwick säuerlich fest, »dann können sie es gar nicht verhindern, daß sie auf See hinaustreiben.«

»Sie sollten sie nicht unterschätzen«, meinte Aitken. »Stellen Sie sich nur vor, wenn die *Santissima Trinidad* beim Ankerhieven mit dem Spill nach vorne läuft und dabei mit dem französischen Flaggschiff, der *Bucentaure,* unklar kommt. Stellen Sie sich das Geschrei und Gefluche vor und das Herumgerenne. Klüverbäume brechen wie Mohrrüben ab, Rahen verhaken sich …«

»Sie haben eine blühende Phantasie«, murrte Southwick. »Sie werden so verdammt vorsichtig sein, daß es sie wieder einen ganzen Tag kosten wird, um auszulaufen. Wir werden uns hier noch eine weitere Nacht an der Untiefe von El Diamante herumdrükken.«

In diesem Augenblick rief der Ausguck auf der Back: »Ich sehe eine graue Gans auf eine Meile!«

Zwei der Ausgucksleute, die ringsherum auf dem Deck postiert gewesen waren, wurden in den Masttopp geschickt.

Fast umgehend kam die Meldung, daß mindestens fünf feindliche Schiffe auf der Reede von Cádiz ihre Anker lichteten. Ramage schickte Orsini mit einem Fernglas nach oben. Er gab ihm den Befehl, genau zu beschreiben, wie viele Schiffe am Ankerhieven waren und wie viele schon unter Segeln waren.

»Die Flaggschiffe!« betonte Ramage. »Was sie machen, ist der Schlüssel zu dem, was die beiden Flotten vorhaben.«

Schon sehr bald rief Orsini das Achterdeck an. Er hatte Villeneuves Flaggschiff, die *Bucentaure,* ausgemacht, die mehrere Flaggensignale vorgeheißt hatte. Sieben Linienschiffe waren mit dem Ankerhieven beschäftigt, zwei davon hatten ihre Anker schon kurzstags gehievt. Die *Bucentaure* lag nur noch vor einem Anker. Eine Brigg segelte durch die verankerte Flotte.

»Sie fungiert ganz zweifellos als Einpeitscher!« schrie Orsini von oben, was Ramage breit lächeln ließ.

Mehrere Schiffe hatten ihre Marssegel gesetzt, meldete Orsini, aber keines machte bereits Fahrt durchs Wasser. »Die Mole, Sir!« rief er von oben. »Sie müßten es auch von Deck aus sehen können. Tausende von Menschen stehen dort und beobachten das Auslaufen der Flotten.«

»Aye, weinende Ehefrauen und schluchzende Huren«, knurrte Aitken wenig mitfühlend.

»Hören Sie nur!« sagte Ramage.

Über das Wasser erklang das Läuten von Kirchenglocken. Die nächsten waren die der Iglesia del Carmen auf der nördlichen Spitze der Halbinsel, auf der Cádiz lag, und nur eine knappe halbe Meile vom Ende der Mole entfernt. Sie war in Southwicks Karte als »auffällig« gekennzeichnet. Es war die Kirche der Seeleute. An diesem Morgen sind die Seeleute draußen auf den Schiffen, dachte Ramage grimmig, und sie hieven und sichern die

Anker, aber ihre Familien drängen sich in der Kirche, und, dem dunklen Klang der Glocken nach zu urteilen, auch in der Kathedrale.

Aitken sagte ruhig: »Sie machen aus dem Auslaufen der Flotte ein religiöses Ereignis. Ich kann mir Dutzende von brennenden Kerzen vorstellen, Weihrauch, singende Mönche und predigende Priester ... Scheint sich doch erheblich von den Gewohnheiten in Portsmouth Point zu unterscheiden, wenn dort unsere Schiffe auslaufen!«

»Aye, die Dons haben Bischöfe und Ministranten am Molenkopf aufgestellt, bei uns stehen dort Gerichtsvollzieher und Nutten«, stellte Southwick fest.

Orsini rief vom Masttopp herunter: »Das erste Linienschiff hat sein Groß- und Focksegel fallen lassen!«

»Wir gehen herum, Mr. Aitken«, befahl Ramage, »zurück auf unsere Ausgangsposition eine Meile nördlich des Castillo de San Sebastián. Aber dieses Mal werden wir nicht ankern. Sobald wir klar vom Land sind und sie in Sicht bekommen, signalisieren wir der *Euryalus*. Wir teilen Kapitän Blackwood mit, daß die Vereinigte Flotte endlich doch ausläuft!«

Aber ... Ramage war dankbar dafür, daß er weder in der Haut des französischen Admirals Villeneuve noch in der von Lord Nelson steckte. Was den französischen Admiral anging, ja, der Wind ließ ihn aus dem Hafen von Cádiz heraussegeln, aber wenn seine Befehle lauteten – wie es Perez vermutet hatte –, daß er ins Mittelmeer laufen sollte, um General Craigs Konvoi abzufangen, dann war derselbe Wind, der günstig zum Auslaufen war, gleichzeitig ungünstig, um die Straße von Gibraltar zu erreichen ... Lord Nelson würde über ihn herfallen, falls Villeneuve versuchen sollte, mit der Vereinigten Flotte die fünfzig Meilen zur Straße von Gibraltar hinabzusegeln. Die britischen Schiffe würden unter dem Feind wüten – so erhoffte es sich Ramage – wie ein Rudel Wölfe unter Osterlämmern.

Aber ... angenommen der Bericht von Perez, daß Villeneuve

nach Süden segeln würde, um General Craigs Konvoi im Mittelmeer zu zerstören, war, wie Perez ausdrücklich betont hatte, wirklich nur ein Gerücht, dann konnte es genausogut sein, daß Villeneuve aus Cádiz lief, um mit dem günstigen Wind nach Nordwesten in den Englischen Kanal zu segeln ...

Jedenfalls, sobald die Vereinigte Flotte draußen war und sich mit den sieben Schiffen vereinigt hatte, die gestern herausgekommen waren und die jetzt im Norden vor Rota beigedreht, wenn auch nicht vor Anker lagen, konnten die britischen Fregatten und 74er den Feind beschatten und Lord Nelson die weitere Entwicklung signalisieren, damit er frühzeitig möglichst viele Informationen bekam. Natürlich nur, wenn der französische Admiral nicht zuerst nach Norden segelte, um dann im Schutze der Dunkelheit nach Süden abzudrehen.

Die *Calypso*, die in der ruhigen See in Lee von Cádiz segelte und einen glatten Unterboden hatte, lief schnell an der Spitze der Halbinsel vorbei, und sobald sie nordwestlich der Festung stand, bekam sie die *Euryalus* in Sicht, die weiter südlich vor der Küste lag. Offensichtlich beobachtete Blackwood den Feind über das niedrige sandige Land hinweg. Ramage gab Aitken den Befehl beizudrehen.

Als die Fregatte mit backstehendem Vorbramsegel auf einem südlichen Kurs lag, wies Ramage Orsini an, der wieder zurück an Deck gekommen war, sich eine Tafel zu holen und ein Signal für die *Euryalus* aufzunehmen.

Das Signal war kaum abgesetzt, als der erste 74er der feindlichen Flotte auslief, fünf Minuten später folgten der zweite und dicht dahinter der dritte.

»Das bedeutet, daß jetzt insgesamt zehn von ihnen draußen sind«, stellte Southwick fest.

Orsini begann die Namen vorzulesen: *Scorpion*, *San Francisco de Asis* und die *Fougueux*. Dahinter folgten die anderen so schnell, daß er kaum die Namen erkennen konnte. Die *Montanes*, das Flaggschiff des spanischen Admirals Gravina, die

Principe de Asturias, Pluton, Aigle, Villeneuves Flaggschiff *Bucentaure,* die *San Justo* ... und dann sahen sie, von einem Ausruf Orsinis begleitet, die *Santissima Trinidad* unter Bramsegeln und Fock herauskommen.

»Guckt euch die an!« murmelte Aitken. »Zweimal so groß wie eine Kathedrale.«

»Ich frage mich, wie sie sich wohl manövrieren läßt«, sinnierte Southwick, »wahrscheinlich braucht man einen vollen Sturm, um mit ihr zu wenden ...«

»Wenn ich nur an ihre Breitseite denke«, murmelte Orsini, »fünfundsechzig Kanonen auf einer Seite ... *Mamma mia*!«

Wie lange würde der französische Admiral es einer britischen Fregatte gestatten, in Lee des Castillo von San Sebastián auf und ab zu segeln?

Schon einen Augenblick später wurde ein Ruf aus dem Topp von einem Ausruf Orsinis überdeckt: »Eins der Schiffe dreht auf uns zu!«

Ramage blickte zur Einfahrt von Cádiz hinüber und sah, daß einer der 74er nach Backbord drehte, um entweder in die offene See hinauszulaufen oder um auf die *Calypso* zuzuhalten. Was hatte er vor? Es spielte aber im Grunde keine Rolle, denn er war jetzt eineinhalb Meilen entfernt und sogar, wenn er auf das offene Meer hinaushielt (aber warum sollte er das tun, kein anderer tat es ihm nach), würde er in weniger als einer halben Meile Abstand die *Calypso* passieren, die dann zwischen ihm und dem Land in der Falle saß, falls sie nicht vorher ebenfalls auf die freie See hinaushielt.

»Wir nehmen wieder Fahrt auf. Nehmen Sie bitte das Vorbramsegel über und lassen Sie dann West steuern, Mr. Aitken«, sagte Ramage scharf. »Mr. Orsini! Gehen Sie zu den Geschützen und vergewissern Sie sich, daß die Bedienungsmannschaften bereit sind. Lassen Sie die Decks naß machen und dann mit Sand bestreuen. Stellen Sie fest, ob alle Kanonen mit Kugeln geladen sind!«

Er sah zu, wie Aitken seine Befehle durch das Sprechrohr bellte, und langsam drehte die Fregatte mit killenden Segeln. Die dicken Tampen der Schoten schlängelten sich wie Schlangen, die man am Schwanz festhielt, über das Deck, dann wurden die Rahen hart angebraßt und die Segel eingestellt.

Ramage blickte nach achtern auf den französischen 74er. Der hatte einen pflaumenblauen Rumpf mit zwei schwarzen Streifen auf Höhe der Geschützpforten, und jetzt ließ er zusätzlich zu den Haupt- und Marssegeln noch die Bramsegel fallen ... Ganz zweifellos war er hinter der *Calypso* her und wollte nicht flüchten. Niemand konnte ihn aufhalten, wenn er auf den Atlantik hinaus wollte. Um dahin zu gelangen, hätten die Fock sowie Groß- und Marssegel ausgereicht. Die Bramsegel setzte man, wenn man es eilig hatte ...

Ein 74er, und wahrscheinlich hatte Villeneuve einem schnellen Schiff den Befehl gegeben, verfügte über 18- und 24-Pfünder. Siebenunddreißig davon ergaben eine Breitseite, nicht zu reden von den Karronaden, die man nicht mitzählte. Dagegen standen sechzehn 12-Pfünder. Man könnte ihn genausogut mit Orangen bewerfen, dachte Ramage.

»Die *Santissima Trinidad* segelt schnell«, gab Southwick seinen Kommentar dazu ab, »das ist genau ihr Wind, so wie es aussieht, Sir.« Er gestattete sich einen seiner gigantischen Nieser.

Ramage wandte sich an Aitken. »Wir setzen die Bramsegel und Royals, Mr. Aitken. Danach gehen Sie unter Deck und schlüpfen in Seidenstrümpfe, die wollenen sind nicht geeignet, um ins Gefecht zu gehen. Es bedeutet nur zusätzliche Arbeit für den Chirurgen, wenn er Wollreste aus einer Wunde entfernen muß. Falls Sie am Bein verletzt werden sollten.«

Er wandte sich an Southwick, seine Blicke flogen über das Kielwasser der *Calypso* hin. Die Fregatte legte sich bereits auf die Seite, als sie frei von der Abdeckung kam, die von dem Vorland verursacht wurde, auf dem das *Castillo* stand.

»Wir können ihr nicht weglaufen, soviel ist sicher, also müssen wir sie ausmanövrieren, Mr. Southwick.«

»Wir könnten uns nach Norden wenden und die Leesegel setzen«, schlug Southwick vor.

»Die hat der Franzose auch«, erwiderte Ramage. »Wir haben nur einen einzigen Vorteil, und daraus sollten wir das Beste machen!«

Southwick nahm seinen Hut ab und kratzte sich den Kopf. »Verdammt will ich sein, wenn ich den Vorteil sehe«, murrte der Segelmeister.

»Wenden!« befahl Ramage geheimnisvoll, und da Aitken nach unten geeilt war, hob er selbst die Flüstertüte an den Mund und rief: »Ich will noch einen Pull an den Marssegelschoten. Sobald wir das Vorland querab haben, gehen wir hart an den Wind!«

Southwick nieste wieder. »Sobald der Kerl uns erledigt hat, nimmt er sich die *Euryalus* vor und dann die *Sirius*«, unkte Southwick trübe. »Dieser verdammte französische Admiral will verhindern, daß Lord Nelson erfährt, was hier vor sich geht!«

»Damit hat er zu lange gezögert«, sagte Ramage. »Seine Lordschaft weiß bereits, daß die Vereinigte Flotte in See gestochen ist – und das ist, was wirklich zählt.«

Inzwischen rollte und stampfte die *Calypso* auf ihrem Kurs um das Vorland herum, sie schien von der Aussicht auf einen harten Schlag am Wind nach den langen Tagen des Beidrehens und der gelegentlichen leichten Aufwärmübungen, während derer die Offiziere und Ausgucksleute nur Augen für die vor Anker liegende Vereinigte Flotte gehabt hatten, begeistert zu sein.

»Vergessen Sie nicht den einen einsamen Felsen vor dem Vorland, Sir«, warnte Southwick.

»Laja del Norte, meinen Sie? Er liegt ein paar hundert Meter südwestlich vom Ende des Vorlands, nicht wahr?«

Southwick nickte. »Ein paar Faden Wasser stehen darüber. Genug, um uns den Boden aufzureißen, aber nicht wenig genug, damit sich die See darüber bricht.«

Wieder blickte Ramage nach achtern. Er konnte gerade die Mastspitzen des französischen Schiffes sehen, das an der anderen Seite des Vorlandes entlangzog. Es mußte in ein oder zwei Minuten wenden, gerade wenn die *Calypso* in Sicht kommen würde, die südwärts entlang der Küste kreuzte.

Die Idee war einleuchtend – vielleicht sogar verrückt. Ramage hatte vor einigen Tagen beim Rasieren darüber nachgedacht, daß der französische Admiral sicher darauf aus war, daß die neugierige Fregatte verjagt wurde. Der einzige Fehler lag bis jetzt darin, daß Villeneuve ein paar Tage zu spät dran war – der richtige Zeitpunkt wäre gewesen, bevor die Vereinigte Flotte damit begann, Segel zu setzen.

Ramage hatte sich Southwicks Karte vorgenommen, die jener vom Segelmeister der *Victory* bekommen hatte, und hatte sorgfältig die Peilungen des Fuerte de la Cortadura herausgenommen, dann hatte er die Distanzen ausgemessen. Bei Springhochwasser war die Höhe der Gezeit dort zehn Fuß. Das bedeutete: Wenn der französische Admiral ein paar Fregatten ausschickte *und* der Wind aus Süden wehte *und* Springhochwasser herrschte *und* es sich um Spanier handelte, die ihre Küste sehr gut kannten, dann, ja dann mußte sein Plan fehlschlagen. Aber ein französisches Linienschiff bei Niedrigwasser – und das herrschte gerade – und ein südlicher Wind und ein Kommandant, der diesen Küstenstrich kaum kannte ... Nun, es war ein Glücksspiel, und Ramage hatte sich nie für eine Spielernatur gehalten. Er stand oder saß üblicherweise nicht an Tischen und sah dem Rollen der Würfel oder dem Fallen der Karten zu. Aber beim Würfeln oder Kartenspielen zu verlieren beinhaltete nicht, sich eine volle Breitseite Kugeln einzufangen, die den Männern ihren Kopf abreißen konnten ... aber genau das war der Einsatz, der bei diesem Unternehmen auf dem Spiel stand.

»Wir sind jetzt frei von der Laja del Norte«, bemerkte er zu Southwick und setzte dann hinzu, als er Aitken an Deck eilen sah: »Ich möchte, daß Sie uns in genau nach rechtweisend Süd von diesem Punkt aus bringen. Ich beabsichtige, einen bestimmten Punkt genau zwei Meilen westlich des Forts am Ende der Stadt zu passieren.« Er deutete auf die Tafel. »Schreiben Sie sich diese Peilung und den Abstand auf. Ferner möchte ich, daß Sie genau an diesem Punkt wenden.«

Southwick runzelte die Stirn und schüttelte den Kopf, Ramages Instruktionen verwirrten ihn.

»Bajos de León«, sagte Ramage geheimnisvoll, dann drehte er sich um und blickte achteraus.

»Da kommt sie angeschnaubt«, bemerkte er und nahm ein Fernglas aus dem Schubkasten des Kompaßhauses. »Sie stampft sehr hübsch. Ja. Sie muß einen ziemlich sauberen Boden haben. Sie wird eins der Schiffe sein, die vor Brest zu Villeneuve gestoßen sind. Die Kupferplatten haben noch keine langen Monate im Mittelmeer zugebracht und sind dann zweimal über den Atlantik gesegelt. Es wird ein spannendes Rennen werden, Gentlemen.«

»Wenn die uns einholt, dann kriegen wir was auf die Finger«, erklärte Stafford. Er hatte sich aus der Geschützpforte gelehnt und nach dem 74er achteraus geschaut. »Scheint ein sauberes Unterwasserschiff zu haben – man sieht das Kupfer fast glänzen. Sie hat alles einschließlich der Royals gesetzt und machte wirklich gute Fahrt.«

»Nun ja, wir haben auch alles einschließlich der Royals gesetzt und machen auch gute Fahrt«, stellte Jackson fest.

Stafford spie durch die Geschützpforte. »Ich habe noch nie von einer Fregatte gehört, die bei so einem Wind und Seegang einem 74er entkommen wäre«, entgegnete Stafford gewichtig.

»Die *Calypso* ist noch nie von einem 74er gejagt worden«, mischte sich Rossi ein.

»Na klar, das passiert auch immer nur einmal«, moserte Stafford, »danach ist nichts mehr von ihr übrig, das es wert wäre, gejagt zu werden.«

»Staff«, sagte Jackson, »nun krieg dich mal wieder ein oder

halt die Klappe!« schnauzte ihn Jackson an. »Wir brauchen deine Totengräbersprüche wirklich nicht.«

»Dazu kann ich nur sagen«, beharrte Stafford widerspenstig, »daß Mr. Ramage diesmal etwas wirklich Verzweifeltes probiert.«

»Du klingst so, als ob du noch nie vorher mit ihm zusammen gefahren wärst«, sagte Jackson, »bis jetzt hat er immer dafür gesorgt, daß du am Leben geblieben bist.«

»*Si*, und ich weiß auch nicht warum«, stellte Rossi fest, »bei dir wäre das eigentlich unnötig.«

»Ihr Brüder habt einfach keine Vorstellungskraft«, brummte Stafford. »Hier, schaut nur aus der Geschützpforte.« Er nahm das französische Schiff wieder in Augenschein. »Wir werden von einem 74er gejagt und nicht von einem Tümmler. Von einem pflaumenfarbenen 74er«, fügte er hinzu.

Jackson ging zu ihm hinüber und lehnte sich ebenfalls aus der Pforte. Er betrachtete das französische Schiff, dann kam er zurück und setzte sich auf die Lafette. »So hoch am Wind, wie wir jetzt laufen, scheint er genau in unserem Kielwasser zu segeln.«

»Das habe ich euch doch gerade erzählt!« rief Stafford aus.

»Ja, das hast du«, stimmte ihm Jackson zu, »nun ja, da ist etwas dran an dieser Sache, ich glaube, daß dich kein Richter je nach Bridewell oder Marshalsea schicken wird und daß du dein letztes Schloß aufgebrochen hast. Du wirst wohl bald deine Anker in einer anderen Welt werfen, Staff. Ich kann mir wirklich nicht vorstellen, daß du so lange leben wirst, um noch den nächsten Sonnenuntergang zu erleben.«

»Tröste dich, Staff«, meinte Gilbert, »wenn du gehen mußt, dann werden wir dich wahrscheinlich alle begleiten, also wirst du nicht einsam sein.«

»Aber ich fühle mich noch nicht reif zum Abtreten!« murrte Stafford widerstrebend.

»Nun, schließlich warst du es, der entschieden hat, daß du abtreten mußt«, entgegnete ihm Jackson kühl, »wir anderen wollen eigentlich noch ein wenig bleiben – zusammen mit Mr. Ramage.«

»Wir werden ja sehen«, sagte Stafford düster und versank in beleidigtes Schweigen.

»Was passiert jetzt, Jacko?« erkundigte sich Gilbert.

Der Amerikaner zuckte mit den Schultern. »Verdammt will ich sein, wenn ich es weiß. Wir laufen an einer geraden Küste mit Südkurs herunter, hinter uns befindet sich ein 74er, der uns jagt, und wenn die *Euryalus* und die *Sirius* einen Funken Verstand haben, dann verdrücken sie sich blitzartig. Fregatten kämpfen nicht mit 74ern – außer sie sitzen in der Falle.«

In diesem Moment erschien Orsini. »Der Kommandant möchte Sie auf dem Achterdeck sehen, Mr. Jackson. Sie, Stafford, übernehmen die Funktion als Geschützführer, Sie, Rossi, werden Zweiter Geschützführer, und die anderen rücken jeweils eine Nummer höher. Weiß jeder, was er zu tun hat?« fragte er Gilbert.

»Jawohl, Sir«, bestätigte jener zuversichtlich und trat gegen eine Handspake.

Orsini klopfte zuversichtlich auf die Lafette der Kanone. »Die Kugel eines 12-Pfünders mag nicht gerade glatt durch einen 74er hindurchfliegen, aber der Knall ist so herzerfrischend«, meinte er mit breitem Grinsen.

Sobald er Jackson an Deck kommen sah, befahl Ramage: »Sie übernehmen das Ruder als Quartermaster. Sobald ich befehle: ›Wende!‹, wenden Sie so akkurat, als ob der Admiral persönlich an Bord wäre. Und falls Sie der Meinung sein sollten, daß Sie das Schiff schon jemals hart am Wind gesegelt haben, dann sage ich Ihnen, daß das noch gar nichts war ...«

Jackson, der diesen Ton bei Ramage kannte, grinste und erwiderte: »Aye, aye, Sir, wir werden den Franzosen zeigen, wie das geht!«

Jetzt, da die *Calypso* nach Süden lief, begannen Gischtfetzen über das Deck zu wehen. Ramage sah, daß die Geschützführer Segeltuchlappen über die Feuersteinschlösser legten, um sie zu schützen. Auf diesem Bug hielt die Fregatte genau auf die Kirche von San José zu, der Wind wehte jetzt frisch über ihre Steuerbordseite, und sie legte sich unter dem Druck der Segel weit über.

Ramage starrte über den Bug nach vorne. Ja, sie hielten exakt auf den Turm der Kirche zu, der eine Meile voraus lag. Das Wasser wurde eine halbe Meile vor der Küste flacher, also würden sie genau dort wenden. Er ging zum Kompaßhaus hinüber. Nach der Wende würden sie einen Kurs steuern ..., ja, das war genau richtig.

Jetzt schaute er wieder nach achtern zu dem französischen 74er. Auch dort flog die Gischt über das Vorschiff – aber holten sie auch schnell genug auf? Ramage war der Meinung, daß die *Calypso* zu langsam war.

»Fiert die Schoten der Mars- und Bramsegel eine Handbreit auf, ich will einen oder zwei Knoten Fahrt verlieren«, sagte Ramage zu Aitken.

Der Schotte diskutierte mit Ramage nicht über den Befehl, aber Ramage sah, daß er Southwick einen verwunderten Blick zuwarf.

Die Fregatte wurde langsamer, und Jackson fiel ein wenig ab, um die Segel gefüllt zu halten. Er konnte gerade noch auf einen Punkt nördlich von der Kirche von San José zuhalten.

Ramage blickte achteraus zu dem Franzosen und nickte zufrieden. Der 74er lief genau im Kielwasser der *Calypso*. Ramage würde mit der *Calypso* an der Vierfadenlinie wenden müssen, sonst könnte der Franzose die Nerven verlieren und zu früh wenden.

»Lassen Sie den Lotgast die Tiefen aussingen, sobald es hinter der Vierfadenlinie flacher wird«, wies er Aitken an, »danach wenden wir unverzüglich.«

Aitken sah aus, als wolle er protestierend einwenden, daß sie gut und gerne bis zur Dreifadenlinie weiter durchhalten konnten, weil die Tiefe nur langsam abnahm, aber er sah die Konzentration auf Ramages Gesicht, und das ließ ihn stumm bleiben.

Der Singsang des Lotgasten war monoton: fünf Faden … fünf Faden … vier und einen halben … vier und einen halben … vier Faden …

Ramage sah zu Aitken hinüber, der Jackson scharf einen Befehl gab und dann seine Anweisungen durch das Sprechrohr brüllte.

Sobald das Killen der Segel aufhörte, erinnerte Ramage: »Südwest-zu-Süd, Mr. Aitken, und notieren Sie sich die Zeit.«

Ja, es würde jetzt sehr sinnvoll sein, das Log zu werfen, aber alles spielte sich jetzt in einem Bereich von anderthalb Meilen ab, und bis die Logleine mit dem Scheit wieder eingeholt war …

Ramage drehte sich um und beobachtete den Franzosen. Nein, die Luvlieken seiner Segel zitterten noch nicht. Auch der Franzose verließ sich auf seinen Lotgast. Weiter brauste er, bis er fast hinter dem Heck der *Calypso* und in Linie mit der Kirche von San José war. Dann wendete der 74er, und zwar zackig, wie Ramage zugeben mußte. Jetzt lief er wieder genau im Kielwasser der *Calypso* und … ja, es war klar zu erkennen: Das Linienschiff setzte langsam zum Überholen der Fregatte an. Ramage versetzte sich in Gedanken auf das Achterdeck des 74ers. Ja, man kam deutlich auf, offensichtlich war man sich dort sicher, daß man nach drei oder vier weiteren Wenden auf gleicher Höhe mit der englischen Fregatte sein würde … Ja, der Franzose rechnete damit, die Sache mit ein paar Breitseiten beenden zu können, obwohl ganz sicher eine ausreichen würde.

»Vermutlich wird er uns in Lee überholen«, bemerkte Southwick seltsam gepreßt.

Lag Kritik in seinem Ton? Ramage vermutete es. Der alte Navigator wartete vielleicht noch auf eine Art Wunder, das den 74er davon abhalten würde, mit ihnen auf gleiche Höhe zu kommen, um sie dann mit einem Schauer aus Kugeln und Qualm zu überschütten. Aber bis jetzt war kein Anzeichen eines Wunders zu sehen, also wurde er unruhig. Die Bemerkung sollte Ramage wahrscheinlich dazu veranlassen, die Art des bevorstehenden Wunders zu verkünden und zu offenbaren, wann es geschehen würde.

Nun, dachte Ramage, es wird kein Wunder geben, und es wird keinem an Bord schaden, wenn er der Meinung ist, daß ihm bald eine volle Breitseite um die Ohren fliegen wird. Sie hatten lange genug Glück gehabt. Keine Fregatte segelte durch das ganze Leben, und gemessen an den Meilen, die sie schon zusammen abgespult hatten, war es an der Zeit, daß sie mit einem feindlichen 74er aneinandergeriet.

Wieder blickte Ramage achteraus. Der 74er bot einen schönen Anblick, wenn auch einen lebensbedrohlichen. Die Kanonen waren auf beiden Seiten ausgerannt und wirkten wie kurze dicke Finger an der Bordwand, die offenen Geschützpforten verdarben die sanfte Krümmung der Bordwand. Hinter jeder Kanone warteten aufgeregte Franzosen. Die Decks waren naß und mit Sand bestreut, die Reißleinen waren an den Feuersteinschlössern befestigt, die Feuersteine waren mehrfach darauf überprüft worden, ob sie einen großen Funken rissen. Sangen die Geschützbesatzungen patriotische Lieder wie das *Ça ira,* um sich auf das bevorstehende Gefecht einzustimmen, bei dem sie so deutlich im Vorteil waren? Der Franzose war jetzt erheblich im Vorteil!

Ein trüber grauer Himmel und eine ebenso trübe und graue See beherrschten diesen Tag. Sogar die Gischt, die vom Bug des Franzosen in die Höhe geworfen wurde, schien grau zu sein. Und dann dieser pflaumenblaue Rumpf! Bei diesem Licht schien er die Farbe eines Blutergusses zu haben, sogar aus dieser Entfernung ließ das Salz, das auf der Bordwand trocknete, die Farbe irgendwie krank aussehen, wie bei einer verdorbenen Frucht, die man wegwerfen mußte.

In Linie hinter dem 74er lag die Kirche von San José. Die Männer am Ruder des 74er verstanden ihren Job nicht sonderlich gut. Jedesmal wenn das Schiff durch den Wellendruck etwas aus dem Ruder lief, dann ließen sie das Ruder nicht mittschiffs, wohl wissend, daß das Schiff von alleine wieder zurückpendeln würde, nein, die Franzosen gaben Gegenruder, so daß das Schiff einen halben Strich zur einen Seite taumelte und dann wieder einen halben zur anderen. Die Linie des Kielwassers des 74ers sah wie eine magenkranke Seeschlange aus.

Trotzdem überholte er die *Calypso*, und nur das zählte natürlich. Der französische Kommandant mußte sehr mit sich zufrieden sein, denn der Engländer schien ihm auf Verdeih oder Verderben ausgeliefert. Was auch immer Ramage versuchen würde: Nach Osten oder Norden konnte er wegen des Landes nicht ausweichen, und der 74er hatte den Vorteil der höheren Geschwindigkeit auf seiner Seite.

Man braucht nur Geduld zu haben, *mes braves*.

Ramage ging zum Kompaßhäuschen hinüber, warf einen Blick auf den Kompaß an der Luvseite und schaute dann zum Fort Cortadura hinüber. Ja, es lag anderthalb Meilen entfernt. Und auch die Peilung war korrekt, aber der verdammte 74er machte verdammt viel schneller Boden gut, als Ramage gedacht hatte. Sehr viel schneller.

Ramage spürte, daß er im Nacken und auf seinen Unterarmen eine Gänsehaut bekam, dazu kam ein flaues Gefühl im Magen. Ja, der 74er machte bei diesem Wind erheblich mehr Fahrt, und der Wind nahm ständig zu, so daß man bald die Royals würde bergen müssen, damit sie nicht aus den Lieken flogen. Ja, Ramage hatte einen Fehler gemacht. Er war davon ausgegangen, daß der Franzose einen bewachsenen Unterboden haben und schlecht gesegelt werden würde, aber obwohl sein Kielwasser in Schlangenlinien verlief, blieb er hoch am Wind.

Man sagt, daß jedem Mann ein Fehler erlaubt ist. So wie es aussah, dachte Ramage grimmig, würde dieser allerdings sein letzter sein.

»Die Schoten der Mars- und Bramsegel durchsetzen«, schnappte er Aitken an. »Auch die Schoten der Fock und des Großsegels einen oder zwei Fuß dichter holen!«

Southwick hatte seinen Quadranten in der Hand und nahm Vertikalwinkelmessungen zur Abstandsbestimmung am Fockmast des 74er vor.

»Er holt schnell auf«, meldete der Segelmeister, »er läuft schneller als wir.«

Ramage nickte. »Das habe ich bei diesem Wind erwartet. Er verträgt gut die gesetzte Segelfläche, und sehen Sie sich das blanke Kupfer an, wenn er rollt.«

»Er läuft schnell am Wind, vielleicht ist er raumschots oder vor dem Wind nicht so gut«, meinte Southwick hoffnungsvoll.

»Segeln am Wind ist unser schnellster Kurs«, erinnerte ihn Ramage, »außerdem ist er in Frankreich gebaut, so wie wir ...«

»Wahr, wahr«, stimmte Southwick zu und hob wieder seinen Quadranten an das Auge und balancierte die Rollbewegungen der *Calypso* aus.

Ramage schaute erneut kontrollierend auf den Kompaß und dann zum Fort Cortadura. Er fing Jacksons Blick auf. »Strich steuern!« befahl er scharf.

Jackson nickte bestätigend, aber er dachte: Strich steuern? Noch eine Wende und dieser Franzose wird so dicht neben uns sein, daß er uns mit Knoblauchzehen bewerfen kann. Als Jackson an Deck gekommen war, um Kinnock am Ruder abzulösen, war er der Meinung gewesen, daß der Kapitän wie gewöhnlich einen ungewöhnlichen Plan verfolgte, um zu entkommen. Aber zehn Minuten hatten ausgereicht, um ihn davon zu überzeugen, daß es diesmal keinen Plan geben konnte. Wenn eine Fregatte von einem 74er mit einem guten Kapitän und einem sauberen Unterwasserschiff gestellt wurde, dann war es das Ende. Es war nicht Mr. Ramages Fehler, dieser gut gesegelte 74er war am Wind eben einfach schneller als die *Calypso*. Man mußte kein Meister der Taktik sein, um das zu sehen.

Jackson bemerkte, daß Mr. Ramage mit Mr. Southwick sprach,

der sich umdrehte und auf das Fort am Ende der Stadt blickte. Ja, er starrte auf das Fort, als ob er jeden Augenblick erwartete, daß dort Signalflaggen am Mast in die Höhe steigen würden. Jetzt blickte er wieder zu dem französischen Schiff zurück.

Jackson drehte sich um und wünschte sich im selben Augenblick, daß er es nicht getan hätte. Fünfhundert Meter entfernt, keinesfalls weiter ... Nahe genug, daß sie bald mit ihren Jagdgeschützen am Bug das Feuer eröffnen würden, um festzustellen, ob sie schon im Feuerbereich waren ... Und wenn sie Glück hatten, dann holte eine Salve der Jagdgeschütze den Besanmast herunter oder rauschte über das Achterdeck und zerschmetterte das Ruderrad.

Jackson starrte wieder auf den Kompaß und wandte sich an die beiden Männer am Ruder. »Ihr sollt Strich steuern, verdammt!« knurrte er und wußte, daß er ihnen Unrecht tat, denn der Steuerstrich lag wie fixiert über der Südwest-zu-West-Markierung der Kompaßrose, aber Jackson dachte zum ersten Mal seit vielen Jahren daran, daß er noch länger leben wollte. Dieser Gedanke war ihm seit langer Zeit nicht so dringlich in den Sinn gekommen ... Immer hatte Mr. Ramage einen Plan gehabt, und es war leicht gewesen zu erkennen, wie der aussah. Mit anderen Worten: Es war bisher an Bord der *Calypso* immer klar gewesen, daß man zumindest so lange überleben würde, um einen weiteren Tag um sein Leben kämpfen zu können. Aber diesmal schien alles anders, denn es konnte im Augenblick keinen Streit darüber geben, daß 74er schneller als Fregatten segelten.

Er blickte wieder nach achtern. Dreihundert Meter und schon schor der verdammte Franzose nach Steuerbord weg, um querab zu kommen, anstatt seinen Klüverbaum durch die Heckfenster der *Calypso* zu strecken.

Ramage blickte zu Aitken hinüber. Der Schotte war blaß unter der Sonnenbräune, aber er hielt die Flüstertüte so lässig wie immer, so als würde er eine Routineanweisung geben: einen Schrick in die Schoten – vielleicht. Und Southwick? Der Segelmeister hielt seinen Quadranten gepackt, als ob er ein Amulett wäre, das ihn vor den feindlichen Kugeln schützen konnte.

Wieder schaute Ramage auf den Kompaß und dann zurück zum Fort Cortadura. Anderthalb oder zwei Meilen. Bildete man die Differenz, dann ergaben sich eindreiviertel Meilen. Und sie lagen auf Kurs. Jetzt drehte er sich um und sah nach achtern. Er hatte die Beine gegrätscht, um das Rollen auszubalancieren. Die Hände hatte er hinter dem Rücken gefaltet, und auf seinem Gesicht trug er einen so zuversichtlichen Ausdruck zur Schau, daß die Besatzung den Eindruck hatte, er würde dem 74er zuwinken, wenn er denn endlich längsseits kam. Wenn jeder Geschützführer über sein Stück visierte, die Reißleine gespannt in der rechten Hand hielt und das rechte Knie auf dem Deck abstützte, während das linke zur Seite ausgestellt war, um die Balance zu wahren … Zumindest konnte Ramage jetzt die mitreißende Melodie des *Ça ira* vernehmen, die aus den offenen Geschützpforten herüberklang!

Noch hundert Meter? Vielleicht weniger. Nein, er hatte es diesmal schlecht geplant. Es gab kein unruhiges Wasser, keine dunkle Verfärbung des Wassers voraus, nur dieser verdammte 74er war da. Er sah verdammt großartig aus, das mußte man einfach zugeben. Und auch tödlich und gefährlich. Niemand konnte das abstreiten.

»Wenn wir wenden würden …?« ließ sich Aitken hören, als ob er laut denken würde.

Ramage schüttelte den Kopf. Er hatte sie in diesen Tanz hineingebracht, und jetzt mußten sie alle Schritte ausführen. Wenn sie jetzt wendeten, bedeutete das, daß der 74er ebenfalls wenden würde. Und falls er das schnell genug bewerkstelligte, konnte er die *Calypso* mit einer verheerenden Breitseite bestreichen – und diese eine Breitseite konnte schon ausreichend sein.

Er sah, daß eine Rauchwolke aus den Jagdgeschützen des Feindes schnell vom Wind davongetragen wurde. Da es keine Erschütterung gab, hatten die Kugeln wohl nicht getroffen. Jetzt bekam der 74er eine Bö, die die *Calypso* nicht erreichte, und er machte mit geblähten Segeln förmlich einen Satz vorwärts.

Fünfzig Meter. Wieder so eine glückliche Bö, und er wird längsseits sein, und die Decks der *Calypso* werden durch einen eisernen Hagel aus Kugeln und Kartätschen freigefegt werden. Masten werden in Stücken über Bord gehen, das Ruder und das Kompaßhaus werden zerschmettert, an Deck wird es keinen lebenden Mann mehr geben, und alles nur, weil ich einen französischen 74er unterschätzt habe, dachte Ramage bitter. Er staunte, daß er keine Angst hatte. Er fühlte eine tödliche Kälte in sich aufsteigen, aber er hatte keine Angst. Sarah würde nie erfahren, was wirklich passiert war und wie es dazu gekommen war. Plötzlich hatte er den brennenden Wunsch, daß sie wissen sollte, daß er einen großen Fehler gemacht hatte. Nur einen einzigen Fehler, aber der würde Sarah als Witwe in etwa einer Minute zurücklassen. Und Aldington würde ohne einen Herrn sein. Aber Sarah würde dort leben, und sie würde ...

Ramage blinzelte. Der 74er kam plötzlich zum Stillstand, und wie in Zeitlupe, so als wäre er müde, fiel ein Mast nach dem anderen mit samt seinen Rahen und den Segeln nach vorne über das Vorschiff. Das große Linienschiff begann sich herumzudrehen, als das schwere Segeltuch ins Wasser rutschte und wie ein Seeanker wirkte. Zwei Geschütze feuerten, Rauch quoll aus den Geschützpforten, als die Geschützführer von dem Aufprall überrascht zu Boden gingen. Ein Anker löste sich und fiel klatschend ins Wasser, und das Schiff blieb auf dem Wasser liegen wie eine brütende Henne auf ihrem Nest.

»Was ist passiert?« keuchte Southwick.

Ramage mußte gegen die Versuchung ankämpfen, vor Erleichterung zu kichern. »Die Bajos de León«, erklärte er, »drei zerklüftete Untiefen. Zu diesem Zeitpunkt steht gerade genug Wasser darauf, daß eine Fregatte darüber hinweglaufen kann, aber es reicht nicht für einen 74er.«

Jackson, der einzige Mann, der den dunklen Schatten entdeckte, der die Untiefen anzeigte, stieß einen tiefen Seufzer der Erleichterung aus. Also war das »Strich steuern, verdammt!« doch letztlich sehr wichtig gewesen!

»Glückwunsch, Sir«, sagte Aitken lahm, sein schottischer Akzent war breiter denn je zuvor. »Also deshalb waren Sie so sehr an der Peilung zum Fort Cortadura interessiert. Südwest-zu-West und eindreiviertel Meilen Abstand! Segeln wir zurück und versuchen wir ein paar der Franzosen aufzufischen?«

Ramage blickte achteraus zu dem Wrack zurück. Es saß hoch und trocken auf dem Felsen. Da würde es auch für einige Zeit bleiben. Die Geschützpforten lagen über Wasser – aber das stolze Schiff war nur noch eine Hulk, deren Masten über der Back lagen. Sie waren aus den Mastschuhen gerissen worden, so wie es immer passierte, wenn ein schnell segelndes Schiff auf ein Unterwasserhindernis auflief. Die See war nicht zu bewegt, und die Küste war, nun ja, so etwa eindreiviertel Meilen entfernt.

»Nein, sie werden nicht alle ihre Boote verloren haben, außerdem können sie sich Flöße bauen. Zudem wird man vom Fort Cortadura einen Reiter in die Stadt schicken, der den Bewohnern die frohe Kunde bringen wird, also wird bald Hilfe zur Stelle sein. Ich wünschte, wir wüßten den Namen. Wenden Sie, Mr. Aitken, und segeln Sie am Heck vorbei. Es würde doch zu komisch aussehen, wenn ich Seiner Lordschaft melden würde, daß wir ein Linienschiff außer Gefecht gesetzt haben, obwohl ich ihm noch nicht einmal den Namen nennen kann!«

14

Der 74er hieß *Le Brave*, und Ramage blickte immer noch zu dem aufgelaufenen Schiff hinüber, das auf dem – wie er vermutete – östlichsten der drei Felsen festsaß. Aitken meldete, daß sich die *Euryalus* von Südwesten her näherte. Eine Minute später rief Orsini, daß sie das Anrufzeichen der *Calypso* gesetzt hatte.

Ramage wurde klar, daß Blackwood zu weit entfernt gewesen war, um mitzubekommen, was sich ereignet hatte. Selbst durch seinen Kieker würde er nur sehen, daß die *Calypso* Kreise um etwas segelte, das wie ein langer, flacher Felsen aussah und an der Stelle der Untiefen lag.

Blackwood benutzte Pophams Code und fragte: »Was hat sich ereignet?«

Jetzt war die Zeit für ein witziges Flaggensignal gekommen, aber Ramage fiel keines ein. Southwick hatte eine Karte über dem Kompaßkasten ausgebreitet, offensichtlich überprüfte er die Position der Bajos de León, dabei versuchte er seine Beschämung darüber zu verstecken, daß er erstens nicht an sie gedacht hatte und daß er zweitens nicht darauf gekommen war, daß es Ramages Plan gewesen war, den Franzosen auf die Felsen zu locken. Deshalb hatte er soviel Wert darauf gelegt, daß ihm der Franzose so dicht wie möglich bei der Verfolgung auf den Hacken blieb.

Bajos de León … das Löwenflach … irgend etwas Witziges wie »Habe den Feind in die Höhle des Löwen gelockt …« Ja, aber dafür gab es in Pophams Codebuch kein entsprechendes Signal. Ein witziges Signal mußte kurz sein. Er nahm die Schiefertafel und das alte Signalbuch zur Hand. Nachdem er mit dem Schreiben fertig war, übergab er Orsini die Tafel und befahl ihm, das entsprechende Signal der *Euryalus* zu übermitteln.

Der Ausguck im Vormasttopp rief das Deck an, und nachdem Aitken durch das Sprechrohr gelauscht hatte, deutete er nach Norden zum Kap, auf dem das Castillo von San Sebastián massig und drohend stand. Um das Vorland herum schob sich ein 74er mit Kurs auf die offene See, ihm folgten ein zweiter und dann ein dritter. Ramage setzte das Teleskop ans Auge. Schon folgte ein vierter … dann kam ein Dreidecker … jetzt eine Fregatte … wieder ein 74er …

Villeneuve brachte endlich die Vereinigte Flotte in See, statt sie weiter in der engen Bucht von Cádiz zu verstecken.

Orsini war mit der Übermittlung des Signals an die *Euryalus* fertig, in dem die Situation der *Le Brave* beschrieben wurde.

»Signalisiert Kapitän Blackwood mit der *Sirius*?« erkundigte sich Ramage.

»Einen Augenblick, Sir.« Orsini klemmte sich mit dem Fernglas an den Wanten fest. »Jawohl, Sir, das Rufzeichen der *Sirius* wird gerade vorgeheißt.«

Der junge Italiener las die Flaggen ab. Blackwood signalisierte mit Kapitän Prowse, der die Nachricht an die nächste in Sicht befindliche Fregatte weitergeben würde. In höchstens zwanzig Minuten würde Lord Nelson wissen, daß die Vereinigte Flotte tatsächlich aus Cádiz auslief.

»Kurs West!« wies Ramage Aitken an. »Wir müssen seewärts und nördlich der Vereinigten Flotte stehen, bevor der französische Admiral seine Flotte formiert hat.«

Sobald Ramage das ausgesprochen hatte, fragte er sich verwundert, was er da befohlen hatte. Er hatte Aitken gesagt, daß er die *Calypso* in den Norden der Vereinigten Flotte bringen sollte. Aber sollte der französische Admiral vorhaben, in den

Englischen Kanal zu segeln, dann würde ihm die *Calypso* genau im Weg liegen. Mehr als ein Dutzend französischer und spanischer 74er würden sie dann jagen – und es würden keine Bajos de León in der Nähe sein.

Ramage hatte, ohne darüber nachzudenken, vorausgesetzt, daß Admiral Villeneuve nach Süden in die Straße von Gibraltar und das Mittelmeer steuern würde, um sich General Craigs Konvoi zu schnappen. Was bedeutete, daß er an das Gerücht von Perez glaubte. Aber mal angenommen, daß Blackwood, der dieses kleine Küstengeschwader aus Fregatten, einem Schoner und einem Kutter kommandierte, befahl, im Süden zu bleiben?

Plötzlich wurde Ramage klar, daß Blackwood ja nichts von dem Gerücht wissen konnte. Er hatte keine Ahnung davon, daß Villeneuve möglicherweise auf die Meerenge zuhalten würde. Davon war in dem »Memorandum« Lord Nelsons, das von der *Pickle* überbracht worden war, keine Rede gewesen. Darin hatte nur gestanden, daß der Admiral beabsichtigte, die feindliche Linie an zwei Stellen zu durchbrechen.

Blackwood hatte das Küstengeschwader an der langen Leine geführt. Das Beste, was die *Calypso* tun konnte, um zu vermeiden, daß ein wild gewordener Schwarm 74er sie über den Haufen rannte, war, sich auch ohne Befehl nach Norden zu verziehen und zu hoffen, daß sich Villeneuve unverzüglich nach Süden wandte, sobald er frei vom Vorland von San Sebastián war, und darauf zu vertrauen, daß Blackwood, der keine Ahnung hatte, daß die Franzosen auf die Meerenge und das Mittelmeer zusteuerten, seine Fregatten zumindest im Norden postieren würde.

Die *Calypso* drehte schon nach Nordwesten ab, die Schoten waren aufgefiert und die Rahen so gebraßt, daß sie für den über die Backbordseite des Achterschiffs einfallenden Wind optimal eingestellt waren. *Le Brave* blieb weit an Steuerbord achteraus zurück. Bei einem Blick durch sein Fernglas konnte Ramage französische Matrosen beobachten, die aus der Entfernung wie ein Schwarm aufgeschreckter Ameisen aussahen, während sie die Takelage und die Segel loshackten, um an die Boote zu gelangen, die auf den Reservespieren standen. Nun gut, *Le Brave* saß hoch und trocken auf der Untiefe, aber eigentlich bestand kein Grund für eine überhastete Eile, denn das Schiff konnte nicht sinken.

Dringlich war nur, daß die *Calypso* vor der Vorhut der Vereinigten Flotte vorbeilief, die jetzt schließlich doch in See gegangen war. Ramage mußte sich auf eine sichere Entfernung nach Norden verziehen.

Orsini meldete: »Die *Euryalus* signalisiert der *Phoebe*, nach Westen zu segeln, um von dort die Signale der *Defence* zu wiederholen.« Ein paar Minuten später berichtete er von einem weiteren Signal Blackwoods, diesmal an Kapitän Peter Parker gerichtet, der den Kutter *Weazle* kommandierte. Er befahl ihm, sofort nach Süden zu segeln, um Vizeadmiral Louis zu warnen, daß die Vereinigte Flotte ausgelaufen sei.

Southwick schüttelte traurig seinen Kopf. »Der arme Admiral Louis. Er ist wirklich ein guter Mann. Er muß sauer gewesen sein, als ihn Admiral Nelson zusammen mit den paar anderen Schiffen nach Gibraltar zur Wasserübernahme geschickt hat und um in Tetuan Ochsen als Frischfleisch an Bord zu nehmen. Es besteht nicht die kleinste Chance, daß die *Weazle* ihn rechtzeitig erreicht, um ihm die bevorstehende Schlacht zu melden.«

»Wann findet die Schlacht statt?« wollte Aitken sarkastisch wissen. »Haben Sie das Programmheft gekauft? Falls das der Fall sein sollte, wäre es nett, wenn Sie mich einen Blick hineintun lassen würden!«

»Morgen oder übermorgen«, stellte Southwick gelassen fest. »Admiral Nelson wird ihnen Zeit genug geben, sich von Cádiz gut freizusegeln. Er wird es nicht riskieren, sie so zu verschrekken, daß sie sich gleich wieder zurückziehen oder sich verkriechen, nachdem die Schlacht begonnen hat. Also können Sie sich alles Weitere selbst ausrechnen.« Er nahm seinen Hut ab und kratzte sich den Kopf mit der allen bekannten Geste. »Sie stehen nicht besonders früh auf, diese Franzosen und Spanier, folglich werden sie den Rest des Tages mit Manövrieren verbringen. Bei einer gemischten Flotte, mit der er noch nie auf See gewesen ist, wird dieser Admiral Villeneuve, wenn er auch nur einen Funken Verstand hat, ein paar Stunden damit verbringen, mit ihnen das Verbleiben auf der zugewiesenen Station mittels Auffieren und Dichtholen der Segel zu exerzieren. Ich kann sie mir eigentlich nicht anders als eine verstörte Hammelherde in der Nacht vorstellen, es wird viel Licht von Handfackeln geben und sicherlich auch ein paar Kollisionen, vermute ich. Morgen wird er sich von hier freisegeln und hoffentlich den richtigen Kurs einschlagen, und dann wird Lord Nelson nicht weit entfernt sein.«

Aitken klopfte Southwick auf den Rücken. »Wollen Sie eine Guinee auf den einen oder den anderen Tag setzen, den 21. oder den 22.? Ich nehme auf jeden Fall den anderen.«

»Nein«, erwiderte Southwick dickköpfig, »warum sollte ich gegen mich selbst wetten? Ich habe Ihnen doch bereits gesagt, daß es morgen oder übermorgen passieren wird.«

»Das ist das Schlimme an dem Prisengeld«, sagte Aitken, der genau wie die meisten anderen Männer an Bord der *Calypso* wußte, daß Southwick unter Ramages Kommando ein reicher Mann geworden war, »es nimmt den Männern die Lust am Spiel.«

»Dann sollten wir auf die Anzahl der französischen und spanischen Linienschiffe wetten, die erobert oder zerstört werden. Wie wäre es damit?« grollte Southwick.

»Nun gut. Einundzwanzig Schiffe, und der 21., das ist morgen, wird der Tag der Schlacht sein.«

»Wir wetten um die Anzahl der Schiffe, nicht um das Datum«, wandte Southwick ein. »In Ordnung, meine Guinee sagt mir, daß es fünfundzwanzig sein werden. Jedenfalls aber mehr als einundzwanzig. Wie gefällt Ihnen das?«

Aitken nickte, fügte aber trocken hinzu: »Versuchen Sie bitte am Leben zu bleiben, damit Sie mich auch auszahlen können.«

Inzwischen segelte die *Calypso* schnell nach Nordwesten und lief drei Meilen vor den führenden feindlichen Schiffen vorbei. Noch wichtiger war, dachte Ramage, daß Blackwood nicht den Anrufwimpel der *Calypso* gesetzt und ihn aufgefordert hatte, im Süden zu bleiben. Die *Euryalus* selbst suchte sich zusammen mit der *Sirius*, dem Schoner *Pickle* und dem Kutter *Entreprenante* ihren Weg nach Westen.

Die britischen Fregatten und die beiden kleineren Fahrzeuge würden um die Vereinigte Flotte herumschwirren wie die Schmeißfliegen, zwar immer außerhalb der Reichweite der Fliegenklatsche, aber auch immer in Sichtweite – und Lord Nelson hinter dem Horizont die Lage signalisierend.

Es müßte eine interessante Herausforderung sein, vierunddreißig Linienschiffe zu kommandieren – nein, jetzt waren es nach dem Verlust von *Le Brave* nur noch dreiunddreißig –, aber Ramage beneidete Villeneuve nicht. Wenn man Señor Perez Glauben schenken konnte, dann wollten die meisten spanischen Kommandanten nichts mit der Vereinigten Flotte zu tun haben. Sie würden es vorziehen, vor Anker zu liegen und nicht die Schlachten eines anderen schlagen zu müssen, um dafür zu sorgen, daß die Pläne Bonapartes aufgingen. Trotzdem waren sie die Kommandanten, auf die Villeneuve vertrauen mußte. Jedoch war nach einem alten Sprichwort ein Freiwilliger mehr wert als vier gepreßte Männer.

Aber immer noch hatte Villeneuve, verglich man die Zahl der Schiffe, ihre Größe und in einigen Fällen auch die Anzahl der Kanonen, einen deutlichen Vorteil. Er verfügte über dreiunddreißig Schlachtschiffe, während Nelson nur über siebenundzwanzig verfügte. Die französischen und spanischen Schiffe waren gut konstruiert und immer sorgfältig gebaut – die besten Schiffe, die es in der Royal Navy gab, mußte Ramage beschämt zugeben, waren dem Feind abgenommen worden. Die *Calypso* selbst war das treffendste Beispiel dafür. Also lief alles auf die Qualität der Besatzungen hinaus, auf die Tapferkeit und das Können der einzelnen Kommandanten und ihrer Besatzungen. Die Begeisterung der Briten mußte die sechs Schiffe ausgleichen, die Lord Nelson an der Zahl der Vereinigten Flotte fehlten ...

Ramage stellte fest, daß *Le Brave* letztlich am Ende des guten Wetters und der südlichen Brise gestrandet war, denn der Wind drehte auf Südwest. Regenböen fegten jetzt über das Deck und verminderten die Sicht für jeweils rund eine halbe Stunde, und der Seegang wurde höher.

Ein südwestlicher Wind bedeutete, daß es Villeneuve immer noch schwerfallen würde, seinen Kurs Richtung Meerenge abzusetzen. Ramage beobachtete durch sein Fernglas, daß Villeneuve jede Menge Ärger hatte. Ihm unterstanden nach Ramages Rechnung dreiunddreißig Linienschiffe, fünf Fregatten und einige Briggen. Aus der Ferne erschienen die Schlachtschiffe wie große graue Scheunen, und ihre Masten und Rahen wirkten wie kahle Bäume, denn die nassen Segel verschwammen mit den tiefziehenden grauen Wolken über dem Horizont.

Viele der Schiffe, das konnte man sogar aus der Ferne sehen, wurden auf höchst unprofessionelle Weise geführt. Das Schiff, das am weitesten in Luv stand, steuerte nach Ramages Schätzung bestenfalls einen Kurs am Wind von maximal Westnordwest, und einige andere – sie sahen aus wie Spanier – sackten nach Lee weg, als ob sie in Seenot wären. Alle Schiffe hatten gleichzeitig mit dem Reffen begonnen, vermutlich auf einen Befehl von Admiral Villeneuve hin. Einige Schiffe hatten die Reffs eingebunden und die Rahen schon wieder gesetzt, während andere sich noch mit dem Manöver abrackerten. Ramage stellte sich die unausgebildeten, verängstigten, frisch gepreßten Matrosen auf den Rahen vor, wo sie mit dem steifen, schlagenden Segeltuch kämpften. Die Hände waren aufgescheuert und blutig, die Finger verklemmten sich in den Reffkauschen. Viele der Männer waren vermutlich seekrank und würden sich an den Rahen und Leinen festkrallen, steif vor Angst, Elend und Übelkeit.

Gegen Mittag wurde deutlich, daß Villeneuve versuchte, seine Flotte in drei Marschsäulen zu ordnen. Das war eine absurde Formation, überlegte sich Ramage, wenn man davon ausging, daß der französische Admiral wissen mußte, daß hinter dem Horizont Admiral Nelson lauerte, weil so nur einer der drei Verbände in Kiellinie auf den sich nähernden Feind feuern konnte.

»Sie gleichen verdammt einer Schar nasser Hühner mit zusammengebundenen Beinen«, kommentierte Southwick den Anblick, nachdem er sie lange durch sein Teleskop beobachtet hatte.

»Nein, sie sind mehr wie Schafe«, korrigierte ihn Aitken. »Wie verängstigte Schafe, die von mehreren Hütehunden gejagt werden. Warum sie nicht kollidieren, verstehe ich nicht. Ich nehme an, daß Villeneuve jeweils ein französisches Schiff an die Spitze jeder Reihe beordert hat, nach dem sich die folgenden ausrichten sollen, aber schaut doch bloß – mindestens ein halbes Dutzend sackt nach Lee ab, so als gingen sie die anderen nichts an!«

Aitken hatte recht. Dreiunddreißig große Schafe wuselten durcheinander, alle versuchten, nach Westen zu gelangen, als ob hechelnde Hunde nach ihren Beinen schnappen würden.

Nach einer Stunde war das Durcheinander eher noch größer geworden. Noch immer versuchten die Schiffe, ihre Positionen einzunehmen. Von Zeit zu Zeit verschwanden sie in den Regenböen, die inzwischen fast volle Sturmstärke erreicht hatten. Nach zwei Stunden begannen sich die Umrisse der drei Marschsäulen abzuzeichnen. Aitken deutete plötzlich auf den Verklicker und die killenden Luvlieken der gerefften Marssegel der *Calypso*, denn die Bramsegel waren schon lange geborgen worden.

Der Wind drehte weiter nach Westen herum. Falls Villeneuve auf diesem Kurs blieb, dann war er gezwungen, nach Norden zu segeln, und so wie es aussah, würden dann ein paar seiner Schiffe, falls sie Glück hatten, gerade mal so an Rota vorbeikommen. Aber es war wahrscheinlicher, daß sie in der Bajo de las Cabuzellas das Schicksal ihres unglücklichen Gefährten *Le Brave* teilen würden.

Ramage fühlte fast so etwas wie Mitleid mit Villeneuve, bis er sich daran erinnerte, daß durch jedes französische oder spanische Schiff, das durch eine Kollision manövrierunfähig oder durch den Sturm auf den Strand gesetzt wurde, die Chancen von Lord Nelsons Schiffen verbessert würden. Jeder Verlust in der Vereinigten Flotte begünstigte das Kräfteverhältnis für die Briten.

»Was haben die denn jetzt vor?« fragte Southwick ungläubig.

»Von einer Winddrehung erwischt zu werden, wenn man in einer so ungeordneten Formation segelt, das ist wirklich Pech«, meinte Aitken.

»Schlecht für sie, gut für uns«, stellte Southwick grimmig fest.

Fünfzehn Minuten später rief Orsini aufgeregt, der die Vereinigte Flotte genau mit seinem Teleskop beobachtete und außerdem ständig ein Auge auf die *Euryalus* warf, wenn sie zwischen den Regenböen zu sehen war: »Das französische Flaggschiff hat ein neues Signal gesetzt!«

»Ich wünschte, wir hätten ein französisches Signalbuch«, brummte Ramage. »Zwar können wir die Flaggen auf diese Entfernung sowieso nicht lesen, aber es dürfte auch nicht allzu schwer sein, sich vorzustellen, welche Bedeutung sie haben.«

»Glauben Sie, daß er die Flotte beidrehen läßt, Sir?« fragte Aitken.

»Nein, bei diesem westlichen Wind und Rota in Lee vermute ich, daß er in Panik geraten ist. Ich bin sicher, daß er nach Süden will, und jetzt stellt er fest, daß er nach Norden segelt. Also befiehlt er der Flotte zu wenden!«

»Wenden!« rief Aitken entsetzt aus. »Aber die Hälfte der Schiffe treibt nur so vor sich hin und gefährdet die anderen. Noch nicht mal ein halbes Dutzend der Schlachtschiffe befindet sich in den Linien, in die sie gehören.«

»Er ist ein Admiral ohne Glück«, bemerkte Ramage trocken, »aber es gibt nicht viele Signale, die er in dieser Situation setzen kann. Wenn er die Flotte nicht wenden und sie nicht nach Süden steuern läßt, dann muß er einigen von ihnen ein ›auf Wiedersehen‹ zuwinken. Sie werden früher oder später auf den Klippen von Rota stranden ...«

Innerhalb weniger Minuten sahen sie vier oder fünf Schiffe, die sich aus dem Durcheinander und den Regenböen lösten und in drei Marschreihen nach Süden steuerten.

»Sie hatten recht, Sir«, stellte Aitken fest. »Er hat das Signal zum Wenden gegeben, er ist ein mutigerer Mann als ich.«

»Wie viele mutige Männer hatte er gar keine andere Wahl«, antwortete Ramage.

»Sprechen Sie da aus Erfahrung?« erkundigte sich Southwick stichelnd.

»Aus sehr langer Erfahrung«, sagte Ramage, »und ich würde jetzt gerne einen Blick darauf werfen, wie die britische Flotte in diesem Moment aussieht.«

Southwick kicherte. »Mit Sicherheit ist sie nicht in einem so scheußlichen Zustand, darauf können Sie wetten. Sauber heruntergerefft und wahrscheinlich in Schlachtformation segelnd. Zwei Linien vermutlich. Seine Lordschaft führt die eine an und Admiral Collingwood die andere, genau wie es uns Seine Lordschaft in seinem Memorandum beschrieben hat.«

»Rufen Sie die Ausgucksleute in den Toppen an«, befahl Ramage Aitken, »sie sollen schauen, ob sie im Westen etwas von der Flotte sehen können!«

Aitken brauchte ein paar Minuten, bis er es mit voller Lungenkraft schreiend geschafft hatte, den Sturm zu übertönen und die Order weiterzugeben. »Die Männer haben sich die Klappen ihrer Südwester über die Ohren gezogen«, sagte er grollend zu Ramage, dem in seinem dicken Ölzeug zunehmend unbehaglich wurde.

Der Geruch des Teers, mit dem man den Mantel wasserdicht gemacht hatte, bereitete ihm Kopfschmerzen. Jede Bewegung ließ das Ölzeug knarren und knacken, wenn sich das steife Material verformen mußte. Es war einfacher, den ganzen Körper herumzudrehen, wenn man in eine andere Richtung blicken wollte, als nur den Hals zu wenden, denn dabei scheuerte das Ölzeug schmerzhaft an der Haut, und außerdem verrutschte dabei immer das Handtuch, das Ramage als Schutz gegen das Spritzwasser und den Regen um den Hals gewickelt hatte, was zur Folge hatte, daß sich das Wasser dann langsam seinen Weg bahnte und schließlich eiskalt den Rücken hinunterlief.

Gegen sechs Uhr abends befand sich der größte Teil der Vereinigten Flotte schließlich auf Südkurs, aber nur die führenden Linienschiffe bildeten die drei Marschkolonnen, die von Admiral Villeneuve vor Stunden befohlen worden waren. Von Zeit zu Zeit sichteten sie auf der *Calypso* die *Euryalus*, die *Pickle* und die *Entreprenante*, auch waren sie hinreichend sicher, daß die *Naiade* und die *Phoebe* um die feindliche Flotte herumschwirrten. Vermutlich war die *Sirius* weit draußen im Westen in Sicht mit einem der Linienschiffe, das die Verbindung zu Lord Nelson hielt.

Obwohl die *Calypso* nach wie vor in voller Gefechtsbereitschaft war, behielt Ramage das System bei, jede zweite Geschützbesatzung zum Essen und zum Schlafen unter Deck zu schicken. Alle Männer konnten in weniger als fünf Minuten wieder an Deck bereit zum Kampf auf ihren Gefechtsstationen sein – und es stand ihnen allen eine nasse und stürmische Nacht bevor.

Es war ein paar Minuten vor sieben Uhr, als nach einer heftig peitschenden Regenbö der Ausguck etwas rief. Nachdem die Offiziere auf dem Achterdeck ihre Südwester abgenommen hatten, konnten sie seine Meldung verstehen. Er hatte viele Masten im Westen gesichtet.

»Fragen Sie ihn wie viele«, sagte Ramage zu Aitken. »Wahrscheinlich handelt es sich um Lord Nelson, aber es könnten auch Schiffe aus Brest sein ...«

Bald meldete sich der Ausguck wieder. Achtzehn Schiffe in geordneter Formation und alle auf demselben Kurs wie die *Calypso*.

»Nun gut«, meinte Ramage, »wir steuern Südost, und Seine Lordschaft beabsichtigte, nach Südosten zu segeln, sobald er die Nachricht vom Auslaufen der Vereinigten Flotte erhalten hatte. Keine Schiffe aus Brest, die nach Cádiz bestimmt wären, würden so weit draußen bleiben und noch dazu in so wohl geordneter Formation!«

Ramage grub in seiner Tasche nach seiner Uhr. Es herrschte nur noch sehr wenig Tageslicht, und die einzige Möglichkeit, mit dem Feind während der Dunkelheit in Kontakt zu bleiben, war, viel näher heranzugehen. Es würde kein nennenswertes Risiko bedeuten. Ramage war überzeugt davon, daß er die *Calypso* bei der augenblicklichen Unordnung, die bei den französischen und spanischen Schiffen (bei denen sowieso) herrschte, jederzeit bei einem Dreidecker längsseits bringen und die Besatzung mit Beschimpfungen überschütten konnte, ohne dabei ein Risiko einzugehen.

»Sprechen Sie mit dem Stückmeister und stellen Sie sicher, daß er einen ausreichenden Vorrat an Raketen bereitgestellt hat, um bis zur Morgendämmerung alle zehn Minuten eine abzubrennen!«

Die *Euryalus* und die anderen Fregatten würden im Schutze der Dunkelheit den Kreis ebenfalls enger schließen, und falls eins dieser Schiffe eine Rakete abfeuerte, würde Blackwood sofort wissen, daß der Gegner den Kurs geändert hatte. Aber nur wenn Villeneuve ein Selbstmordkandidat war, würde er in der Dunkelheit eine weitere Kursänderung anordnen, soviel war Ramage klar. Vermutlich würde Villeneuve beten, daß seine Schiffe nicht miteinander kollidierten und daß sie, allerdings mehr aus Zufall denn aus Absicht, sich in die Marschkolonnen einordnen würden.

Es wurde immer schwerer, die Schiffe der Vereinigten Flotte auszumachen. Die Konturen der Gegenstände auf dem Deck der *Calypso*, zum Beispiel die Geschütze, das Kompaßhaus, das Spill, der Besanmast, verschwammen, als die Nacht auf dem

Achterdeck hereinbrach. Ramage gab Martin seine Befehle für die Nacht, als jener Aitken als Wachoffizier ablöste, aber es waren – mit der Ausnahme, daß man in Sichtkontakt zum Gegner bleiben sollte – reine Routinebefehle. Ramage wußte, daß er selbst den größten Teil der Nacht, wenn nicht gar die ganze, an Deck bleiben würde.

Silkin kam an Deck, um mitzuteilen, daß ein kaltes Abendessen bereitstand. Aus dem Ton, der in der Stimme des Mannes lag, war deutlich genug zu erkennen, daß er keineswegs der Meinung war, daß man das Kombüsenfeuer löschen mußte, nur weil der Feind in Sichtweite war. Ramage hatte mehrmals darüber nachgedacht, denn es lag ihm viel daran, daß die Männer an den Kanonen heiße Getränke und ein warmes Essen bekommen sollten, aber da waren die Vorschriften äußerst streng. Befand sich ein Schiff im Zustand »Klar Schiff zum Gefecht«, dann war das Kombüsenfeuer zu löschen. Es jetzt, in Sichtweite des Gegners anzuzünden, machte keinen Sinn.

Nein, nicht mit dem ganzen herumliegenden Pulver, denn aus dem Schornstein flogen bei diesem Wind mit Sicherheit Funken. Das war das Risiko nicht wert. Die Männer blieben im allgemeinen nur verhältnismäßig kurze Zeit auf den Gefechtsstationen, oder sie mußten lange Zeit ohne eine warme Mahlzeit auskommen. Und keiner von ihnen, der sich bewußt war, daß sie eine so große Flotte beschatteten, würde murren.

Und dann war es dunkel. Es geschah langsam und fast unmerklich. Die Kerze im Kompaßhäuschen war schon vor einer halben Stunde angezündet worden. Ramage beugte sich vor, um den Kompaß abzulesen, und schaute dann in die Richtung der letzten Peilung, die sie vom Gegner genommen hatten. Nichts. Keine rabenschwarze Dunkelheit, denn auf See wurde es eigentlich niemals völlig dunkel, aber ... aber, ja, dort war ein dunkler Schatten! Ramage gab dem Quartermaster einen Befehl (Jackson war nach unten gegangen, um sein Abendbrot einzunehmen), und die *Calypso* schob sich näher heran. Innerhalb von fünf

Minuten konnten beide, Ramage und auch Martin, eine Reihe von Schiffen nicht allzuweit an der Backbordseite gegen den schwarzen Streifen des östlichen Horizonts ausmachen.

Ramage nahm das Nachtglas aus dem Schubfach des Kompaßhauses und setzte es ans Auge. Das Nachtglas vergrößerte das Bild, und so sah er das Gros der Vereinigten Flotte, die offensichtlich in die andere Richtung segelte. Ramage machte einen Lichtschimmer an Bord eines der Schiffe aus. Dann kamen andere dazu. Nachdem er wußte, wonach er zu suchen hatte, konnte er das Licht von vielen Laternen erkennen, die man offensichtlich freigebig benutzte, um die Kollisionsgefahr herabzusetzen. Er reichte sein Nachtglas Martin weiter.

»Sie spendieren uns eine Festbeleuchtung«, stellte er fest, »es wird Ihnen keine Schwierigkeiten machen, ihnen zu folgen, aber nehmen Sie von Zeit zu Zeit eine Peilung, für den Fall, daß eine Regenbö über uns hinweggeht.«

So verging die Sonntagnacht. Alle fünfzehn Minuten erschien der Stückmeister mit einer Rakete und einer Gefechtslaterne an Deck. Er macht stets viel Aufhebens, bis er einen sicheren Stand hatte, dann sprühte die Rakete Funken und fuhr fauchend in den nächtlichen Himmel. Von Zeit zu Zeit konnte Ramage Raketen von allen Seiten um die feindliche Flotte aufsteigen sehen. Blackwoods kleines Küstengeschwader war auf der Hut. Und wenn man auf Lord Nelsons Flotte scharf Ausguck hielt, müßten inzwischen die am nächsten stehenden Schiffe – und natürlich auch die dazwischen stehenden Verbindungsschiffe –, in der Lage sein, die Raketen zu erkennen.

Zwei große Flotten, die sich auf ähnlichen Kursen rollend und stampfend durch die Dunkelheit bewegten ... Sie wirbelten große Gischtschleier auf, wurden von denselben Regenböen durchnäßt – und in wenigen Stunden würden ihre Männer vielleicht erbittert aufeinander einschlagen, Hunderte würden getötet werden, Kugeln würden in mehrere Zentimeter dicke Eichenbohlen schlagen. Kartätschen würden die Seeleute in einen eisernen Hagel einhüllen und sie zu Boden reißen und die Takelage wie mit einem scharfen Messer durchschneiden und gräßliches Unheil anrichten.

Darin lag eine derartig fürchterliche Unausweichlichkeit, daß Ramage erschauerte. Genau sechzig Linienschiffe, viele davon Dreidecker, bereiteten sich auf ein schreckliches Rendezvous in wenigen Stunden vor. Und vermutlich würde die Hälfte der Schiffe versenkt oder erobert oder so zerschlagen werden, daß man sie vor dem nächsten Sonnenuntergang selbst versenken mußte. Es geschah nicht oft, daß Ramage über den Tod nachdachte, aber vielleicht war es der Anblick der Unordnung gewesen, in dem sich die Vereinigte Flotte vor dem Einbruch der Nacht befunden hatte, der seine Gedanken in diese Richtung lenkte.

Kenton löste Martin als Wachoffizier ab, danach übernahm Hill die Wache, und fast in dem Augenblick, als ihm Kenton den Kurs, die Windrichtung und -stärke gemeldet und ihm gesagt hatte, daß es keine unausgeführten Befehle gab, wandte sich Hill an Ramage und sagte: »Es scheint, als habe der Wind etwas nachgelassen, Sir.«

Ramage, der übermüdet und benommen war und sich wünschte, daß er sein kaltes Abendbrot nicht so hinuntergeschlungen hätte, hatte es nicht bemerkt. Aber Hill hatte recht, das Schiff krängte nicht mehr so stark, und die Wogen hatten sich etwas abgeflacht.

»Das ist gut, denn wenn das Wetter noch lange so schlecht geblieben wäre, wäre die Vereinigte Flotte mit zerfetzten Segeln und aus den Mastschuhen gesprungenen Masten zurück nach Cádiz gelaufen, darauf möchte ich wetten. Und wenn die erst wieder im Hafen sind, dann sehen wir sie nie mehr wieder!«

»Die Hälfte der Dons ist bestimmt seekrank«, vermutete Hill. »Falls die Geschichte, die Ihnen der Mann in Cádiz erzählt hat, wahr ist, dann hat die Hälfte der spanischen Besatzungsmitglieder noch vor einem Monat Felder gepflügt oder ist friedlich durch die Straßen der Stadt gebummelt ...«

»Ich kann dem Gedanken, den ganzen Winter über Blockadedienst vor Cádiz zu schieben, überhaupt nichts abgewinnen«, stellte Hill fest, »hier gibt es keinerlei Schutz. Wir müßten jedesmal, wenn ein schwerer Weststurm aufkommt, hinunter zur Meerenge ablaufen ...«

»Der Wind flaut jetzt schnell ab«, bemerkte Ramage, »wahrscheinlich werden wir bei Einbruch der Morgendämmerung bekalmt sein.«

»Aye. Southwick erzählte, daß der Golf von Cádiz bekannt ist für seine starken Stürme und anhaltenden Flauten, so ähnlich wie Texel. Der Seegang nimmt auch schnell ab, Sir, aber es wird eine teuflische Dünung geben.«

Ramage beobachtete das unheimliche blaue Glühen von Signalen, als Blackwood der *Sirius* signalisierte, daß die Vereinigte Flotte immer noch nach Süden steuerte. Eine oder zwei Minuten später wiederholte die *Sirius* das Signal für das nächste Schiff, das die Verbindung zu Nelsons Flotte hielt.

Ramage fühlte sich sehr müde, er hatte das Gefühl, Sand in den Augen zu haben. Die Vereinigte Flotte trödelte noch immer nach Süden und war wahrscheinlich mehr damit beschäftigt, Kollisionen untereinander zu vermeiden, als mit den Briten zu kämpfen. Es war jetzt an der Zeit, eine Mütze voll Schlaf zu nehmen, denn er würde während des kommenden Tages hellwach sein müssen.

»Rufen Sie mich, wenn sich beim Feind irgend etwas verändern sollte!« wies er Hill an. »Und falls wir in einer Flaute liegen sollten.«

Drei Stunden später erwachte Ramage kurz vor dem Einbruch der Dämmerung und stellte fest, daß der Wind fast eingeschlafen war. Das Schiff rollte heftig in der westlichen Dünung, die der Sturm hinterlassen hatte. Die Masten und Rahen knarrten fürchterlich, weil es kaum Winddruck in den Segeln gab.

Im Licht der kleinen Laterne, die in seinem Schlafraum hing, wusch und rasierte sich Ramage hastig. Er war einer der wenigen Männer an Bord der *Calypso*, der stets rasiert war, denn Rasieren war für ihn fast eine fixe Idee. Er haßte das Kratzen der Bartstoppeln auf dem seidenen Halstuch. Unrasiert fühlte er sich immer schmutzig, und sein Hirn schien dann nicht gut zu funktionieren. Es war, als ob ihn die Arbeit mit dem Rasiermesser aufweckte und seinen Kopf klar machte.

Aitken war Wachoffizier, und Southwick war bei ihm. Es war immer noch dunkel, aber die Dämmerung mußte jeden Augenblick hereinbrechen. Der Wind heulte nicht länger über das Achterdeck. Die Kanonen rissen ungeduldig an ihren Taljen, als das Schiff so heftig rollte, daß sich die Lafetten einen knappen Zentimeter vor und zurück bewegen konnten.

»Das Wetter hat sich ein bißchen verändert, Sir«, begrüßte ihn Southwick fröhlich, als Ramage an die Reling des Achterdecks trat. »Ich wette, daß dieser Villeneuve heilfroh darüber ist.«

Ramage blickte nach Südosten. Ja, da war das lange dunkle Band, das die Schiffe der Vereinigten Flotte darstellte.

»Stehen wir näher dran?« erkundigte er sich bei Aitken.

»Nein, Sir, zumindest glaube ich das nicht. Sie steuern einen beständigen Kurs, und wir tun dasselbe.«

»Ich habe dasselbe Gefühl wie Sie, Sir, sie scheinen weiter auseinandergezogen zu sein ...«

»Das sind sie, und zwar erheblich«, stellte Ramage fest, »aber nicht, weil die Schiffe der Nachhut hinterherzockeln.«

»Was ist denn Ihrer Meinung nach passiert, Sir?« fragte Aitken. »Mir scheint, daß sich nicht viel verändert hat, seitdem ich auf Wache gekommen bin.«

»Ich glaube, daß Villeneuve heute nacht viel größere Schwierigkeiten gehabt hat, als wir glaubten. Als die Nacht hereinbrach, versuchte er immer noch, seine Schiffe in drei Reihen zu formieren, was eine völlig falsche Formation ist, falls er mit der Flotte Seiner Lordschaft zusammentrifft.

Ich glaube, daß er sich dessen bewußt wurde, und ohne daß wir es mitbekommen haben, hat er seiner Flotte signalisiert, daß sie die Gefechtsformation einnehmen soll. Das ist der Grund, warum sich die Linie so weit auseinandergezogen hat – sie arbeiten daran noch immer.«

Die armen Teufel, dachte Ramage bei sich, sie haben die ganze Nacht hindurch versucht, ein Schiff hinter das andere zu bekommen, ohne auf eine bestimmte Reihenfolge zu achten. Es mußte ein tölpelhaftes Spiel im Dunkeln in der Art »Nach Ihnen, bitte!« gewesen sein – mit brechenden Klüverbäumen, sich verhakenden Rahen und wegfliegenden Wanten als Preis für ein Mißverständnis oder schlichte Unfähigkeit.

Dreiunddreißig Schlachtschiffe, die im Dunkeln versuchen, eine Gefechtslinie zu bilden ... Während eines großen Teils der Nacht waren heftige Regenböen niedergegangen, sogar jetzt stand noch eine unangenehme Dünung, die den Wind aus den Segeln schüttelte und alle Unaufmerksamen im Wind abstellte und in das nächste Schiff treiben ließ.

»Wie betrunkene einbeinige Matrosen, die Blindekuh spielen«, bemerkte Southwick, dabei nahm er seine Uhr aus der Tasche und schaute im Licht der Kerze, die im Kompaßhäuschen stand, auf das Zifferblatt. »Hmm, die Morgendämmerung sollte nicht mehr lange auf sich warten lassen.«

Ramage konnte hier und da Sterne erkennen, die durch die dünnen Wolkenfetzen schienen und jetzt langsam verblaßten. Es mochte sogar ein schöner Tag werden. Aber wo war die britische Flotte?

Die Dämmerung zog schnell herauf, jedenfalls schien es Ramage so. Sobald genug Licht war, um die ominöse graue Gans auf eine Meile sehen zu können, enterten die Ausgucksleute auf. Ramage erkannte, daß die *Calypso* ungefähr zwei Meilen in Luv der Vereinigten Flotte stand, die immer noch nach Süden steuerte. Wie er vermutet hatte, stand das erste Dutzend der Schlachtschiffe in Gefechtslinie mit den vorgeschriebenen Abständen, aber dahinter ging es bei dem Rest der Flotte immer noch drunter und drüber. Die Schiffe der Vorhut sahen aus wie blattlose Bäume, die am Rand einer Straße standen, der Rest wirkte wie ein kleiner Wald, ihre Masten und Rahen sahen aus wie Stämme und Äste, die nach einem strengem Winterfrost ihre Blätter verloren hatten.

Und in der Ferne im Westen, weit in Luv, waren andere Masttopps zu erkennen: die britische Flotte.

»Seine Lordschaft hat doch tatsächlich die Luvposition«, murmelte Southwick bewundernd. »Schön in Luv aufgereiht, bereit loszuspringen, was auch immer Villeneuve unternimmt.«

»Wie weit sind wir von Cádiz entfernt?« wollte Ramage wissen.

»Es liegt fünfundzwanzig Meilen in Lee von uns«, antwortete der Segelmeister prompt. »Jetzt unternehmen sie ernsthafte Anstrengungen, die Gefechtslinie zu bilden«, fügte er hinzu und ließ das Fernglas sinken. »Fünfzehn sind vorne in Position, soweit ich das richtig gezählt habe. Noch eine Stunde, und sie werden fertig sein!«

»Sie bummeln noch immer so dahin«, sagte Aitken.

Der Erste Leutnant war erst kurz vor Ramage an Deck gekommen. Er hatte Hill als Wachoffizier abgelöst und hatte ihn zu seiner Division auf dem Geschützdeck geschickt. »Da wir unsere relative Position zu ihnen nicht verändern, kann man ihre Geschwindigkeit einfach genug schätzen.«

»Sie können vor Lord Nelson nicht mehr auskneifen, das ist sicher«, stellte Southwick fest. »Ich schätze, daß ungefähr ein Drittel der Kommandanten nicht weiß, wie man das Optimum aus einem Schiff herausholen kann, gleichgültig, ob es am Wind läuft oder vor dem Wind. Und Admiral Villeneuve wird sich nicht in der Lage sehen, sie zurückzulassen.«

Nachdem er die Besatzung hatte wegtreten lassen, um das Frühstück einzunehmen, marschierte Ramage zusammen mit Southwick über das Achterdeck. Beide Männer schwiegen, während sie ständig die Vereinigte Flotte an ihrer Backbordseite im

Auge behielten und immer wieder einen Blick auf die Mastspitzen von Lord Nelsons Flotte warfen, die sich von Steuerbord achteraus näherten.

Plötzlich rief Orsini aufgeregt: »Das französische Flaggschiff hat mehrere Signale gesetzt, Sir!« Er versuchte, sich gegen das Rollen des Schiffes einen festen Stand zu verschaffen, während er weiter die Vereinigte Flotte durch sein Teleskop beobachtete. »Und da, ja, alle Schiffe haben etwas gesetzt, das so etwas wie ein Antwortwimpel sein muß.«

»Ein Signal an die Flotte, hmm, ich frage mich, was das beinhalten könnte«, murmelte Southwick.

»Nun, es kann ihnen nicht befehlen, die Gefechtslinie einzunehmen«, sagte Ramage. »Also, vielleicht eine Kursänderung, allerdings befinden sie sich schon auf dem richtigen Bug und können nicht höher an den Wind gehen.«

Er ging zum Kompaßhaus hinüber und nahm sein Fernglas heraus. »Ich frage mich«, sinnierte er und korrigierte sich dann: »Eigentlich gibt es nur ein einziges weiteres mögliches Signal, das er sonst noch geben könnte ...«

Während er noch durch das Fernglas blickte, sah er wie sich die Masten des letzten Schiffes in der Linie langsam verschoben und dann langsam wieder in Linie kamen, als das Schiff halste und in seinem eigenen Kielwasser zurückzusegeln begann. Dann folgte das nächste und dann nacheinander alle anderen.

»Cádiz!« bellte Southwick aufgeregt. »Villeneuve läuft nach Cádiz zurück!«

Ramage befahl Orsini, das Signal zu setzen, das die *Euryalus* warnen sollte, allerdings war das nicht mehr als eine Formsache, da Blackwood selbst genau sah, was sich ereignete. Innerhalb weniger Minuten würde die *Sirius* das Signal an die *Naiade* weitergeben, die es wiederum an die *Phoebe* übermitteln würde. Von dort würde es über die *Defence* schließlich zu Lord Nelson gelangen und ihn davor warnen, daß seine Beute versuchte, sich aus dem Staub zu machen.

Inzwischen war die Sonne über den Horizont aufgestiegen, sie sah blaß und wäßrig aus, aber der Wind flaute weiter ab, und durch sein Teleskop konnte Ramage erkennen, daß mehrere Schiffe der Vereinigten Flotte beim Halsen Schwierigkeiten hatten, denn die Schiffe waren in der hohen Dünung und der leichten Brise schwer zu manövrieren.

Jetzt wurde die Vereinigte Flotte also von den Schiffen angeführt, die vorher die letzten gewesen waren. Ah, da war auch die mächtige *Santissima Trinidad*. Sie halste sehr gemächlich, danach würde sie das neunte oder zehnte Schiff in der Gefechtslinie sein. Anschließend mußte das französische Flaggschiff, die *Bucentaure*, folgen.

Ramage konnte mehrere Masten hinter der Linie erkennen. Acht oder mehr große Schiffe standen mit einem erheblichen Abstand in Lee, allerdings war er sich nicht sicher, ob sie sich schon nicht mehr auf ihrer zugewiesenen Position befunden hatten, als Villeneuve den Befehl zum Halsen gab, oder ob sie erst beim Versuch, den Befehl auszuführen, so weit abgesackt waren. Aus ihren Flaggen (die meisten Schiffe hatten nach dem Sonnenaufgang ihre Flaggen gesetzt) konnte Ramage erkennen, daß ungefähr die Hälfte der Schiffe, die sich nicht auf ihrer Position befanden, Franzosen waren. Es lag also nicht nur an der bekannt schlechten spanischen Seemannschaft.

»Sie machen ungefähr fünf Knoten, und bis nach Cádiz sind es fünfundzwanzig Meilen, nicht wahr?« sagte er zu Southwick. »Lord Nelson steht in Luv, nehmen Sie Wetten darauf an, wer diesen Wettlauf gewinnen wird?«

»Signal von der *Euryalus*, Sir«, meldete Orsini.

Blackwood teilte Ramage mit, daß er zur Berichterstattung an Bord der *Victory* befohlen worden sei und daß sich die *Calypso* zusammen mit den anderen Fregatten auf die Flotte zurückziehen solle.

»Ich hatte gehofft, daß man uns anweisen würde, das zu tun«, sagte Southwick, »für uns gibt es hier nichts Sinnvolles mehr zu erledigen, und eine Fregatte, die zwischen zwei Flotten eingeklemmt wird, gerät in die Gefahr, daß ihr jemand auf die Zehen tritt! Wie ich sehe, beziehen auch die französischen Fregatten eine Position in Lee ihrer Gefechtslinie.«

Ramage warf noch einen langen Blick auf die Vereinigte Flotte, bevor er Aitken den Befehl gab, nach Westen zu kreuzen. Er würde nie wieder so viele feindliche Schiffe in einer Gefechtslinie sehen – zumindest hoffte er das. Es war ein furchteinflößender Anblick, obwohl nur schwer vorzustellen war, daß so viele Schiffe von einem Oberkommandierenden derart schlecht befehligt wurden. Unentschlossenheit, Nervosität, mangelnde Erfahrung, Mangel an Vertrauen in die Fähigkeiten seiner Kommandanten ... Man konnte Mitleid mit Villeneuve bekommen. Nein, vielleicht doch nicht, aber man konnte sich in seine Situation hineinversetzen und ihn verstehen. Schließlich fiel es verdammt schwer, mit jemandem Mitleid zu haben, wenn man sich klarmachte, daß derjenige über 2 500 Kanonen verfügte ...

15

Die *Calypso* stand in unmittelbarer Nähe von Nelsons Gefechtslinie. Ramage saugte den Anblick in sich auf und versuchte, ihn fest in seiner Erinnerung zu verankern. Wäre er doch nur ein Künstler und hätte eine Staffelei, Leinwand und Farben, um damit dieses Bild für die Nachwelt festzuhalten! Ein fahler, heller Himmel auf dem hohe Wolkenfetzen hingetupft waren, eine bleiche wäßrige Sonne, die sich davor zu scheuen schien, diese schreckliche kriegerische Szene zu beleuchten ...

Vor der *Calypso* und den vier anderen Fregatten, dem Schoner *Pickle* und dem Kutter *Entreprenante* befand sich die Vereinigte Flotte der Franzosen und Spanier: dreiunddreißig Schlachtschiffe, dazu fünf Fregatten und etliche Briggs segelten in Gefechtslinie von rechts nach links. Die Linie der Schiffe erstreckte sich über den halben östlichen Horizont, während alle auf dem Weg zurück nach Cádiz waren.

Einige Lücken in der Linie zeigten an, wo Schiffe achteraus blieben, andere zeigten, wo Schiffe aus der Gefechtslinie nach Lee wegsackten oder wo sich eine zweite zerrissene Gefechtslinie bildete. Es handelte sich um die Schatten von etwa acht Schlachtschiffen, die sich mit den Umrissen der Fregatten vermischten. Die Schiffe hatten alle Segel gesetzt: Hauptsegel, Mars- und Bramsegel und auch die Royals. Sie segelten fast mit raumem Wind, waren aber zu hoch am Wind, um die Leesegel setzen zu können. Aber wenn jemand Leesegel gebraucht hätte, dachte

Ramage bei sich, um sich schnell davonzumachen, dann waren es diese Schiffe …

Und Nelsons Flotte: Die zwei Reihen an Steuerbord steuerten so, daß sie die Mitte der Schlachtlinie der Vereinigten Flotte treffen mußten, so wie zwei Säbel, die vorhatten, ein Stück aus dem Mittelstück einer langen Schlange herauszuhacken.

Trotzdem sah alles sehr elegant aus. Die französischen und spanischen Schiffe rollten schwer, da sie die lange hohe Dünung breitseits traf, aber sie waren groß, und alle verfügten über schöne geschwungene Linien, die Masten waren braun gemalt, die Mastbänder waren schwarz abgesetzt. Ihre Flaggen hingen schlaff herab. Das Rot und Gold der Spanier sah wie verknotete Vorhänge aus, die französische Trikolore hing so herab, daß ihr Rot den Rest verdeckte.

Die *Victory* führte die am nächsten stehende britische Reihe an. Nelsons Platz als Oberkommandierender wäre irgendwo in der Mitte der Luvkolonne gewesen, aber Ramage stellte fest, daß die *Victory* genau da war, wo man sie erwarten würde, nämlich an der Spitze. Sie lieferte sich ein Rennen mit der *Téméraire*, die ihre Leesegel aufgeriggt hatte. Während er hinüberblickte, bemerkte Ramage, daß jetzt auch an den Rahnocken der *Victory* Spieren herausgeschossen wurden, so als wollte Nelson es nicht zulassen, daß man ihn überholte.

Dann folgte die *Neptune*, und Ramage erinnerte sich daran, wie Nelson ihrem Kommandanten den Brief überreicht hatte, in dem ihm mitgeteilt wurde, daß seine Frau Betsy ihm gerade wieder eine Tochter geschenkt hatte.

Als nächstes kam die *Leviathan*, ihr folgte die *Conqueror*, die, seitdem sie von Kapitän Israel Pellew befehligt wurde, vermutlich ausschließlich mit Männern aus Cornwall besetzt war. Hinter ihr lief die *Britannia*, auf der sich der zweite Stellvertreter Nelsons, der Earl of Northesk, eingeschifft hatte.

Insgesamt befanden sich zwölf Linienschiffe in Nelsons Reihe, aber die letzten vier waren schlechte Segler und begannen langsam zurückzufallen. Ramage konnte sich den Ärger ihrer Kommandanten vorstellen, die jeden Trick, den sie kannten, anwendeten, um dranzubleiben.

Und dann sah er Admiral Collingwoods Gefechtslinie. Er führte sie mit der *Royal Sovereign* an, gefolgt von der *Belleisle*. Dann schloß sich Kapitän Duffs *Mars* an. Ohne jeden Zweifel war die Familie Duff genauso aufgeregt wie der Schotte an Bord der *Calypso*, Aitken, dem seine Erregung zwar anzusehen war, der aber kein Wort sagte.

»Was für ein Anblick! Was für ein Anblick!« rief Southwick wohl zum zehntenmal aus.

»Wollen wir hoffen, daß der Wind durchhält«, bemerkte Ramage, »er könnte jeden Augenblick einschlafen.«

»Ja, Seine Lordschaft wird diesen Wind verfluchen«, stimmte ihm Southwick zu und schüttelte den Kopf. »Seine Reihe bewegt sich wahrlich nicht viel schneller als ein Spaziergänger.«

»Immerhin laufen sie vor dem Wind und nutzen ihn nicht so jämmerlich schlecht wie der Feind«, machte Aitken klar, »unsere Schiffe stampfen bloß, aber Villeneuves Schiffe rollen wirklich heftig.«

Die Brise wurde immer kläglicher. Die Segel der *Calypso* fielen schlaff ein, um sich dann mit einem Donnerschlag wieder zu füllen, der das ganze Schiff erzittern ließ. Durch sein Glas sah Ramage, daß es den Schiffen in Nelsons beiden Reihen und in der feindlichen Flotte nicht anders erging.

Als die feindliche Schlachtlinie, die jetzt eher eine Art Halbmond am östlichen Horizont bildete, langsamer wurde, geschah dasselbe mit Nelsons Schiffen. Falls die Brise wirklich einschlafen sollte, dann brachte jeder Meter, den Nelson weitersegelte, ihn in größere Gefahr.

Wenn ein Schiff ein anderes von der Seite angriff, konnte das attackierte Schiff es mit seiner gesamten Breitseite beschießen, während der Angreifer das Feuer nicht erwidern konnte, weil er seine Geschütze nicht so weit nach vorne richten konnte. Nelsons Angriffsplan auf die Vereinigte Flotte war einzigartig, weil jedes seiner Schiffe den Feind aus dieser ungünstigen Stellung heraus angreifen mußte. Nelson sah darin die Lösung, die Linie des Feindes zu durchbrechen und die leewärtigen Schiffe von denen in Luv abzuschneiden. Aber der Bug und das Heck eines Schiffes waren natürlich seine Schwachstellen. Beharkte der Feind ein Schiff von vorne oder achtern, dann konnten die alles niedermähenden Kugeln über die ganze Länge vom Bug bis zum Heck durch das gesamte Geschützdeck fliegen.

Aber – und es war ein großes Aber, das jede Minute nur noch größer wurde – falls der Wind einschlief, während die führenden Schiffe von Nelsons Angriffsreihen gerade in den Feuerbereich der feindlichen Breitseiten einliefen, dann würden sie in Stücke geschossen werden, da sie bekalmt bewegungslos dalagen. Dutzende Kanonen würden den ungeschützten Bug mit Kugeln, Schrapnells und Kartätschen beharken. Und sie konnten nicht zurückschießen – mit Ausnahme der lächerlichen Jagdgeschütze auf der Back.

Einen Augenblick lang stellte sich Ramage die *Victory, Téméraire, Leviathan, Conqueror* und *Britannia* in der einen Reihe und die *Royal Sovereign, Belleisle, Mars* und *Tonnant* in der anderen vor, wie sie völlig bekalmt herumdümpelten, ihre Bugs dem vernichtenden Feuer von einem Dutzend oder mehr französischen oder spanischen Schiffen ausgesetzt. Man stelle sich vor, die *Victory* auf Gedeih und Verderb den Breitseiten der *Bucentaure* und der übermächtigen *Santissima Trinidad* ausgeliefert!

Derselbe Wind, der die *Calypso* mit der Geschwindigkeit eines Kindes vorantrieb, das gemächlich von der Schule nach Hause bummelt, trug Nelsons Flotte in eine Schlacht, die die größte Seeschlacht sein würde, die die Welt bis jetzt erlebt hatte – wenn der Wind durchhielt.

»Es wird knapp werden«, prophezeite Southwick düster, »falls der Wind einschläft, dann bekommt Seine Lordschaft echte Probleme.«

»Das ist ein Risiko, das er einkalkuliert hat«, sagte Ramage, griff nach der Kopie von Nelsons Memorandum in seiner Tasche und faltete es auseinander. »Hören Sie zu! Hier, etwa auf der Hälfte schreibt Seine Lordschaft: ›*Etwas muß man immer dem Zufall überlassen, in einer Seeschlacht ist nur eines sicher, nämlich, daß nichts sicher ist …*‹«

»Aha«, meinte Southwick mit einem Schnauben, »wir wissen das. Seine Lordschaft versucht es, und wir stimmen ihm dabei zu, aber was ist, wenn der Versuch fehlschlägt? Die Admiralität wird ihn so gründlich versenken, daß keine Spur mehr von ihm zu finden sein wird …«

»Vielleicht ist es das, was er im Sinn hatte, als er geschrieben hat: ›*Etwas muß man dem Zufall überlassen!*‹«, meinte Ramage grinsend. »Beten Sie dafür, daß der Wind noch eine Stunde durchhält … die *Victory* muß nur noch eine Meile zurücklegen … Die Franzosen und die Dons werden bald das Feuer eröffnen …«

Orsini meldete: »Signal von der *Victory*: Bereiten Sie sich darauf vor, am Abend zu ankern!«

»Wiederholen Sie das Signal«, befahl Ramage.

Also hatte Lord Nelson die unguten Wettervorzeichen am Himmel beobachtet. Bis zur Nacht würde ein neuer Sturm heraufziehen, wenn man dem Wolkenbild und der fahlen Sonne Glauben schenkte.

Aitken sagte: »Die *Victory* wird zehn oder fünfzehn Minuten unter Beschuß liegen, bevor sie die Linie durchbricht.«

»Falls der Wind weiter nachläßt, könnte es auch wesentlich länger dauern«, vermutete Ramage, »aber vergessen Sie nicht, daß die feindlichen Schiffe heftig rollen, darunter werden die Schießkünste leiden. Und denken Sie weiter daran. Sobald Nelson die feindlichen Schiffe erreicht hat, ist es um so besser, je stärker der Wind abflaut, denn sein Plan wird dann um so erfolgreicher sein. Die gegnerische Vorhut ist dann vom Gros ihrer Schiffe abgeschnitten. Es wird ihnen fast unmöglich sein, umzukehren und in die Schlacht einzugreifen.«

»Was für ein Glücksspiel!« rief Southwick aus. »Alles hängt von ein paar lausigen Böen ab. Dutzende von Schiffen, Hunderte von Menschenleben ...«

»Und die Sicherheit Großbritanniens«, ergänzte Ramage. »Deshalb bekommt ein Admiral eine Grafschaft, wenn er gewinnt, oder fällt ins Bodenlose, wenn er verliert. Aber ein Glücksspiel? Ich glaube, es ist mehr ein kalkuliertes Risiko.«

Orsini rief: »Signal an alle Schiffe von der *Victory*, Sir. Telegrafieflagge, dann 253, 269, 863, 261, 471, 958, 220, 370 – und dann ausbuchstabiert, 4, 20, 19, 24.«

Sobald er den Antwortwimpel gesetzt hatte, packte Orsini die Schiefertafel, auf die Aitken die Zahlen notiert hatte, nahm sich Home Pophams Signalbuch und begann die Worte über die Zahlen zu schreiben, dabei las er laut vor, was er schrieb.

»Das Signal lautet, Sir: England erwartet, daß jeder Mann seine Pflicht tut. Sie mußten das letzte Wort ausbuchstabieren, weil es nicht im Buch steht.«

»Sehr schön«, lobte Ramage, »bestätigen Sie.« Dann wandte er sich an Southwick: »Sie haben die lauteste Stimme, übermitteln Sie bitte der Besatzung, was Lord Nelson signalisiert hat – nicht, daß es nötig wäre, die Männer daran zu erinnern, aber es ist ein schönes Signal.«

Der Segelmeister nahm seine Flüstertüte und bellte über das Deck: »Alle mal zuhören!« Dann sagte er den Männern, daß der Oberbefehlshaber Lord Nelson ihnen gerade ein Flaggensignal übermittelt hätte und las es von Orsinis Schiefertafel ab, die dieser ihm hinhielt.

Ramage war zuerst überrascht, dann erfreut, als mehrere Wellen von Hurrarufen über die Fregatte hinwegfegten. Ganz offensichtlich hatte Lord Nelson genau den richtigen Moment und die richtigen Worte ausgewählt. Sowohl Aitken als auch Southwick grinsten. In diesem Augenblick, in einer Pause der Rufe, hörte Ramage ein paar Takte des *Heart of Oak*, das von der Kapelle an Bord eines der anderen Schiffe intoniert wurde.

»Ein weiteres Signal, Sir«, rief Orsini aus. »Die Nummern 1 und 6.« Er öffnete die erste Seite des Signalbuchs. »Näher ran an den Feind! Sir.«

»Sehr gut, Mr. Orsini, bitte bestätigen Sie«, sagte Ramage, »aber unglücklicherweise betrifft uns das nicht.«

»Nein, Sir«, sagte der Junge und wiederholte, was er früher schon mehrfach gehört hatte: »Fregatten gehören nicht in die Gefechtslinie!«

»Falls sie sich doch dort aufhalten, dann überleben sie nur eine einzige Breitseite eines 74ers. Haben Sie etwa schon *Le Brave* vergessen?«

»Nein, keineswegs«, erwiderte Paolo, »ich bin nur der Meinung, daß es wirklich schade ist, daß wir einen guten Kampf versäumen!«

Plötzlich zeigte Aitken nach vorne: »Seht! Die ersten Schüsse!«

Aufblitzenden roten Feuerzungen folgten graue Qualmwolken an der Bordwand eines der feindlichen Schiffe in der Linie, das in der Nähe der *Royal Sovereign* stand. Fast unmittelbar darauf folgte eine weitere Breitseite von dem Schiff dahinter.

Southwick ließ einen seiner verachtungsvollen Schnaufer hören. »Die Schiffe rollen so heftig, daß die Geschützführer in dem einen Augenblick den blauen Himmel und im nächsten die grüne See sehen. Da könnte man genausogut versuchen, einen Specht mit einer Pistole von dem Rücken eines galoppierenden Pferdes zu schießen!«

»Vergessen Sie nicht, wenn sie spät in der Aufwärtsbewegung schießen, dann können die Breitseiten Masten und Spieren von oben holen oder die Segel zerreißen«, gab Aitken zu bedenken.

»Besser als nach unten zu zielen und den Rumpf zu beschädigen«, grollte Southwick, »besser ein paar zerrissene Segel als zwanzig von herumfliegenden Splittern getötete Seeleute.«

Aitken zuckte mit den Schultern. »Bei diesem schwachen Wind kann sich niemand erlauben, sehr viel Segelfläche zu verlieren. Sehen Sie nur, auf der *Victory, Téméraire, Neptune, Leviathan* sind die Leesegel gesetzt ...«

Es war ein interessantes Problem vorherzubestimmen, wo die *Victory* und die *Royal Sovereign* die feindliche Linie durchbrechen würden, denn da sich die Vereinigte Flotte vorwärts bewegte, würde das etwa vier oder fünf Schiffe hinter den Schiffen sein, die sie jetzt recht voraus hatten. Augenblicklich schien die *Victory* auf den zweiten 74er vor der *Santissima Trinidad* zuzuhalten, dem das französische Flaggschiff, Villeneuves *Bucentaure*, folgte.

Wenn man Nelson kannte, war es nicht schwer, sich auszumalen, wo die *Victory* am Ende ankommen sollte. In Nelsons Memorandum war festgehalten, daß seine Säule versuchen würde, drei oder vier Schiffe vor der Mitte des Gros durchzubrechen, um so die Vorhut von den anderen abzutrennen, während Collingwoods Säule etwa beim zwölften Schiff durchbrechen sollte, um das Gros von der Nachhut zu separieren.

So wie es aussah, würde die *Royal Sovereign* tatsächlich, eine gleichbleibende Vorwärtsbewegung des Feindes vorausgesetzt, beim fünfzehnten Schiff der Nachhut ankommen, während Nelson beim zwölften der Vorhut anlangen und dort auf die *Bucentaure* treffen würde. Ein glücklicher Zufall, denn zweifellos sah es Nelson als sein Privileg an, das feindliche Flaggschiff zu erobern oder zu zerstören.

Aber Ramage fluchte in sich hinein, weil er sich die Schlacht vom Deck der Calypso aus ansehen mußte und keinen Schuß abfeuern durfte. Er hatte nichts anderes zu tun, als die Signale zu wiederholen, die auf der *Victory* gesetzt wurden, damit die anderen Schiffe sie sehen konnten. Aber wenn er ehrlich war, hatte ihm das Zusammentreffen mit *Le Brave* vor Augen geführt, daß ein Zusammentreffen einer Fregatte mit einem 74er nur dazu führen konnte, daß diese aus dem Wasser gepustet wurde.

Hier handelte es sich jetzt um einen Kampf unter Ebenbürtigen. Die *Africa* könnte Pech haben, denn sie war einer der alten

64er, die jetzt zumeist schon durch die 74er ersetzt worden waren. Sie wurde von den Kampfhandlungen von Anfang an auf dem falschen Fuß erwischt. Weil sie in der Nacht ein Signal nicht mitbekommen hatte, schloß sie erst jetzt wieder zur Flotte auf und näherte sich der Vereinigten Flotte von Nordwesten her.

Linienschiff gegen Linienschiff, Fregatte gegen Fregatte – mit dem Unterschied, daß Fregatten in eine solche Seeschlacht nicht mit hineingezogen wurden, sogar gegen feindliche Fregatten nicht ...

Aber warum nicht? Diese Frage stellte sich Ramage. Aus Tradition, vermutete er, aber die Tradition, daß Schlachtschiffe nur gegen Schlachtschiffe kämpften, ließ sich, wie das Beispiel der *Africa* zeigte, kaum aufrechterhalten. Ihren vierundsechzig Kanonen konnten die einhundertdreißig der *Santissima Trinidad* gegenüberstehen, die mindestens dreimal so groß sein mußte, wenn sie die doppelte Anzahl Kanonen tragen konnte. Tatsache war, daß der Unterschied zwischen der *Africa* und der *Santissima Trinidad* größer war als der zwischen der *Calypso* und *Le Brave* ...

Ramage blickte zur *Victory* hinüber. Sie schien die scharfe Spitze eines Keils von Schiffen zu bilden, der auf die Schlachtlinie des Feindes zielte. Doch zur Zeit fielen ihre Segel immer wieder in der unbeständigen Brise ein, so als wollten sie Lord Nelson zeigen, daß die Natur nicht auf seiner Seite war.

Ramage wußte, daß auf der *Calypso* alles für die Schlacht vorbereitet war, obwohl sie keinen Schuß abfeuern durften. Der Stückmeister war unten im Magazin, und die Sicherheitsvorhänge aus Fell waren heruntergelassen. Sie waren mit Wasser begossen worden und schützten das Magazin und die Durchreiche vor Funken. Die Decks waren gespült und mit Sand bestreut worden. Die Kanonen waren geladen, die Feuersteinschlösser fest verriegelt, und die Geschützführer standen bereit, um die Reißleinen zu packen, die, bis sie gebraucht wurden, sauber auf den Lafetten aufgeschossen waren. Die stellvertretenden Geschützführer warteten mit den Nadeln, die man dazu benutzte, um die Kartuschen anzustechen, damit man sicher sein konnte, daß das grobe Pulver auch von dem Zündfunken zur Explosion gebracht wurde. An die Männer waren die Entermesser, Beile, Piken oder Pistolen ausgegeben worden, je nachdem, was hinter ihrem Namen in der Gefechts-, Wach- und Manöverrolle vermerkt stand. In diesem Papier war der Name jedes einzelnen Mannes auf diesem Schiff notiert, zusammen mit seinen Aufgaben bei jedem denkbaren Ereignis, gleichgültig, ob es sich um das Ankern, Wenden, Halsen, Auftuchen der Segel, Reffen oder die Bekämpfung des Gegners handelte.

Jackson hatte Ramages Pistolen an Deck gebracht. Beide waren geladen und fertig zum Feuern, das war eine Aufgabe, die der Amerikaner vor Jahren von sich aus übernommen hatte. Ramage trug, da hatte Silkin drauf bestanden, den Ehrendegen von Lloyd's. Allerdings bevorzugte Ramage im Kampf ein Entermesser, wie es die einfachen Seeleute hatten. Doch heute konnte er sicher sein, so sicher wie selten, daß die *Calypso* nicht in einen Kampf verwickelt werden würde ...

Die *Victory* mußte noch eine halbe Meile weiter segeln. Und da! Der französische 74er vor der *Santissima Trinidad* feuerte eine Breitseite. Rote Feuerlanzen blitzen auf, um dann von Qualmballen verdrängt zu werden, die, weil der Wind zu schwach war, über dem Schiff hängenzubleiben schienen und seine Umrisse verwischten.

Mit seinem Teleskop blickte Ramage zur *Victory* hinüber. Die Breitseite des Gegners mußte zu kurz gelegen haben. Dann schien der spanische Dreidecker zu erzittern, als alle Geschütze auf seinen Decks feuerten. Qualmwolken schoben sich in die Höhe, waberten um die Bordwand wie Nebel, dann erreichten sie die Segel und paßten sich deren Form an. Wieder konnte Ramage keinen Einschlag auf der *Victory* oder der *Téméraire* feststellen, die anscheinend versuchte, die *Victory* zu überholen.

Die Entfernung war jetzt schon so kurz, daß das nur auf

schlechte Geschützbedienung zurückzuführen war. Während Ramage noch darüber spekulierte, ob er die Wasserfontänen der zu kurz gefallenen Kugeln sehen konnte, feuerte das französische Flaggschiff eine Breitseite ab. Gleichgültig, wohin die Kugeln gegangen waren, es hätte die *Victory* auch mit Schneebällen bewerfen können, nahm man den Effekt, den der Beschuß hatte, als Maßstab. Inzwischen segelten die drei feindlichen Schiffe entlang einer wirbelnden Rauchbank, da der Wind so schwach war, daß der Dunst mit den Schiffen mitzog.

Aber der Abstand wurde schnell kleiner, und Ramage sah, daß die *Victory* dicht hinter dem Heck der *Bucentaure* die Linie durchbrechen würde. Das sah nach einer schlechten Stelle aus, denn ein weiterer französischer 74er stand dicht hinter der *Bucentaure*, während ein dritter, der nach Lee weggesackt war, hinter der Lücke wartete, nur zu bereit, eine Breitseite abzufeuern.

Plötzlich feuerten alle drei feindlichen Schiffe auf die *Victory* und die *Téméraire*. Einen Augenblick später – so hatte es jedenfalls den Anschein – lief die *Victory* unter das Heck der *Bucentaure*, und nach dem Qualm zu schließen, der um das Heck und den Bug des französischen Flaggschiffs aufstieg, war sie von der großen 68er Karronade, die auf der Backbordseite der Back stand, der gesamten Schiffslänge nach bestrichen worden. Ramage konnte sich den Hagel der Kartätschen vorstellen, der der Länge nach über ein Deck der *Bucentaure* gefegt war und Männer wie die Grashalme niedergemäht hatte.

Innerhalb von fünf Minuten war die gesamte Sektion der feindlichen Gefechtslinie in einer Wolke aus rollendem wirbelndem Qualm verborgen, als die *Leviathan* und die *Neptune* durchbrachen. Ein gutes Stück dahinter wühlten sich die Schiffe von Admiral Collingwoods Geschwader, die *Royal Sovereign, Belleisle, Mars* und *Tonnant*, ihren Weg durch die Linien und drehten sofort nach dem gelungenen Durchbruch nach Backbord auf, um auf Parallelkurs zum Feind zu gelangen.

»Was für ein Anblick! Was für ein Anblick!« murmelte Southwick unentwegt. »Warum nur kann ich nicht Segelmeister auf der *Victory* sein!«

»Es hat geklappt, Sir!« rief Aitken begeistert aus. »Der Wind hat zu Gunsten Seiner Lordschaft durchgehalten.«

»Er sollte noch etwas länger wehen, damit die anderen Schiffe noch herankommen können«, stellte Ramage grimmig fest, »sonst stehen Lord Nelsons und Admiral Collingwoods Schiffen fünf feindliche gegenüber ...«

»Es kommt mir komisch vor, hier draußen unbeteiligt zuzusehen, während da drüben so heftig gekämpft wird, Sir«, meinte Aitken. »Haben Sie übrigens diese Fregatte in Lee der feindlichen Linie gesehen?«

»Ja«, antwortete Ramage, »sie ist ein Schwesterschiff der *Calypso*, wenn mich nicht alles täuscht.«

»Es ist schwer, ihre Linien auszumachen, da so viele Schlachtschiffe dazwischenliegen, aber ich hatte denselben Eindruck.«

»Oh, Sir, das stimmt ganz gewiß!« rief Orsini aus. »Ich habe sie ganz deutlich in einer Lücke zwischen zwei Linienschiffen gesehen!«

»Man erwartet von Ihnen, daß Sie nicht lauschen«, wies ihn Aitken streng zurecht. »Aber sind Sie ganz sicher?«

»Völlig, Sir!« bestand Orsini auf seinem Eindruck. »Es ist die Fregatte in Lee von der *Santissima Trinidad*. Sie gleicht uns wie ein Ei dem anderen – außer unserem gelben Streifen natürlich. Die anderen vier französischen Fregatten haben flachere Risse, und ihre Mastabstände sind anders.«

»Mr. Aitken«, sagte Ramage, und seine Stimme klang so lässig, wie er es nur einrichten konnte, »lassen Sie bitte Wurfanker an den Rahnocken anbringen, außerdem lassen Sie drei oder vier weitere an Deck bereitlegen.«

Southwick sah ihn fragend an. »Wenn man feuchtes Pulver entzündet, gibt das eine Menge Rauch!«

»Ja. Ich habe das nicht vergessen.« Er drehte sich um und deutete auf die vollen Wassereimer neben den hinteren Karronaden, über deren Rand die glimmenden Lunten hingen. »Lassen Sie die Pützen nach vorne an die Reling des Achterschiffs schaffen, dann schicken Sie drei Matrosen ins Magazin hinunter, um Kartuschen zu holen!«

16

»Orsini«, sagte Ramage streng, »Sie sind bei weitem zu beschäftigt, um irgendwelche Signale beachten zu können. Die *Victory* wird ohnehin keine an uns richten – von dort kann man uns in dem fürchterlichen Qualm noch nicht einmal sehen –, aber die *Euryalus* könnte ...«

»Ich verstehe, Sir«, sagte Orsini grinsend. »Ich helfe beim Umräumen der Pützen.«

»Leesegel, Sir?« murmelte Aitken fragend.

Ramage blickte nach oben, wo die Toppgasten jetzt an den Rahnocken beschäftigt waren. Sie hatten aufgeschossenes Tauwerk über ihre Schultern gehängt, um die Wurfdraggen zu befestigen. Man hätte die Spieren für die Leesegel ausrennen und die Segel selbst aus der Segellast an Deck mannen müssen. Dann schaute er kurz zur Gefechtslinie des Gegners hinüber.

Ramage schüttelte den Kopf. »Dafür haben wir keine Zeit. Wir würden sie nicht zum Ziehen bringen, bevor wir sie wieder abschneiden müßten.« Er blickte zu Southwick hinüber. »Ich möchte, daß alle Lederpützen voll mit Wasser entlang der Achterdeckreling aufgereiht werden. Außerdem lassen Sie das Deck nochmals gründlich wässern!«

Dann prüfte er ausgiebig die feindliche Schlachtlinie. Schon während der wenigen Minuten, die verstrichen waren, als er Befehle gab, hatte sich die Situation geändert. Ramage sah, daß die *Neptune* durchgebrochen war und fast querab von der *Santis-*

sima Trinidad aufgedreht hatte, die *Conqueror* folgte ihr und legte sich in Lee von der *Bucentaure*, die *Leviathan* stieß jetzt durch die Linie und legte sich neben den französischen 74er, der gut in Lee von den anderen gestanden hatte. Die *Victory* hatte sich neben das vierte französische Schiff gelegt – Ramage konnte seinen Namen im treibenden Qualm gerade noch ausmachen –, es handelte sich um die *Redoutable*, die jetzt zwischen ihr und der *Téméraire* eingeklemmt war.

Es gab keine große Lücke, aber wenn man schnell genug war, dann ... und falls der Wind durchstand.

»Etwas muß man dem Zufall überlassen«, hatte Nelson gesagt.

»Mr. Aitken, soweit ich das beurteilen kann, wird die *Britannia* im Kielwasser der *Leviathan* die Linie durchbrechen. Wir laufen im Kielwasser der *Leviathan* und passieren die feindlichen Schiffe hinter ihr.«

»Aye, aye, Sir«, bestätigte Aitken, fügte dann aber warnend hinzu: »Aber das würde bedeuten, daß wir die *Victory* ziemlich dicht an unserer Steuerbordseite passieren müssen.«

Ramage nickte. »Ich glaube nicht, daß von dort irgend jemand zu uns herüberblicken wird. Außerdem ist dort der Geschützqualm so dicht«, er machte eine Handbewegung in Richtung der dicken schwarzen Wolken, die an den Bordwänden der Schiffe entlangrollten, teilweise stiegen sie bis zu den Mastspitzen auf, »daß wir ganz gewiß keine Flaggensignale ausmachen können.«

Inzwischen rollten die Echos der schweren Breitseiten über die See wie das Donnergrollen eines sich nähernden Gewitters. Gelegentlich hörte man einen vereinzelten Abschuß, wenn ein Geschützführer den Abzug aus Versehen vorzeitig betätigte, aber die Breitseiten wurden fast pausenlos abgefeuert.

»Einen Strich nach Steuerbord«, wies Aitken Jackson an, der die Order an die vier Männer am Ruder weitergab.

Es waren jetzt vier, nicht weil viel Kraft auf dem Ruder gewesen wäre, denn dafür war der Wind viel zu schwach, sondern weil vielleicht der eine oder der andere Mann getroffen werden konnte.

»Bitten Sie Kenton, Hill und Martin auf das Achterdeck«, befahl Ramage.

Lord Nelsons Plan, die feindliche Linie an zwei Stellen zu durchbrechen und damit die Vorhut abzuschneiden, schien funktioniert zu haben. Es war das Überraschungsmoment gewesen, denn Seine Lordschaft hatte das Unerwartete getan. Jetzt wollte Kapitän Ramage dieselbe Taktik anwenden. Das Ziel war zwar im Maßstab wesentlich verkleinert, aber das Prinzip blieb dennoch dasselbe.

Als die drei Leutnants neben Aitken standen, sahen sie alle drei ziemlich verdutzt aus, weil man sie so plötzlich von ihren Gefechtsstationen an den Kanonen weggeholt hatte.

Dann erklärte ihnen Ramage: »Es bleibt nur wenig Zeit.« Schnell erläuterte er ihnen den Plan, den er mit der *Calypso* verfolgte, dann sagte er: »Also werden Sie«, er deutete auf die drei jungen Leutnants, »jetzt unter Deck gehen und Entermannschaften zusammenstellen.

Sie, Kenton, werden entern und die Back besetzen. Kappen Sie alle Schoten und Brassen, an die Sie mit den Äxten herankommen! Hill, Sie machen dasselbe mittschiffs auf dem Hauptdeck, aber Sie werden dafür fünfzig Männer brauchen, weil sie sich mit den französischen Geschützbedienungen befassen müssen. Stellen Sie fünf Männer mit Äxten extra ab, die müssen die Schoten und Brassen kappen!

Martin, Sie nehmen sich ebenfalls fünfzig Männer und besetzen das Achterdeck. Teilen Sie fünf Männer ein, die das Ruder sichern. Vergewissern Sie sich, daß sie über Pistolen und Entermesser verfügen. Und vergessen Sie die Schoten und Brassen nicht. Auf geht es!«

Als die drei Leutnants forteilten, fragten Aitken und Southwick wie aus einem Mund: »Und was ist mit mir, Sir?«

»Sie übernehmen das Kommando auf der *Calypso*«, beschied Ramage Southwick, der theatralisch aufstöhnte.

Ärgerlich knurrte Ramage: »Ich werde über dieses Thema nicht jedesmal wieder eine endlose Debatte führen, wenn wir mit der *Calypso* in ein Gefecht fahren. Sie werden nur knapp fünfzig Männer zur Verfügung haben, um einen eventuellen Gegenangriff der Franzosen zurückzuschlagen. Nein, grinsen Sie nicht bei dem Gedanken, denn das ist die beste Verteidigungsmöglichkeit, die die Franzosen haben. Die Frage ist doch ist nur, ob sie auf den Gedanken kommen.«

Aitken beobachtete die Rauchwolken, die an der feindlichen Linie entlangrollten, und behielt die *Britannia* im Auge, dann blickte er Ramage fragend an.

»Sie kommen mit mir auf das Achterdeck des Franzosen«, sagte Ramage, »behalten Sie Martins Männer im Auge und denken Sie daran: Wir sind vordringlich daran interessiert, das Ruder in unsere Gewalt zu bekommen.« Ramage bemerkte, daß ihn Jackson bittend ansah. »Na gut, wenn Sie es arrangieren können, daß Sie abgelöst werden, dann können Sie mit mir kommen!«

Jackson rief prompt einen vorbeieilenden Seemann an, der daraufhin die Achterdeckstreppe hinunterrannte.

Jetzt wandte sich Ramage an den Leutnant der Seesoldaten. »Mr. Rennick, es hat eine Änderung in den Plänen gegeben. Auf der anderen Seite des Rauchschleiers steht eine französische Fregatte, die uns interessiert. Sie werden die Hälfte der Marines unter das Kommando von Sergeant Ferris stellen und ihn anweisen, beim Sichern der Kuhl des Gegners zu helfen. Hill wird mit fünfzig Matrosen hinübergehen, aber dort werden sich die französischen Geschützbedienungen aufhalten. Sie selbst nehmen die andere Hälfte und stürmen das Achterdeck. Sie werden dort irgendwo mich und Mr. Aitken vorfinden, außerdem Mr. Martin und weitere fünfzig Seeleute. Ist alles klar?«

Rennick grinste wie ein hungriger Wolf und rückte seinen

Degen zurecht. »Vollkommen, Sir. Meine Männer sind vom Zuschauen schon gelangweilt!«

Ramage mußte an den eintönigen Exerzierdienst denken, der zweimal am Tag abgehalten werden mußte, wobei die Seesoldaten marschierten, schwenkten, kehrtmachten und mit stampfenden Stiefeln die Musketen klatschend präsentierten. Das Ganze war dann jedesmal in eine Wolke von weißem Staub aus Pfeifenton eingehüllt. Und jetzt waren sie von der größten Seeschlacht aller Zeiten gelangweilt – oder, besser gesagt, von den einleitenden Runden. Nein, das war nicht möglich. Dann wurde ihm klar, daß die Männer nicht von dem Anblick frustriert waren, sondern von der Tatsache, daß sie nicht eingreifen konnten. Jeder der Marineinfanteristen hatte das Herz eines Schlächters, das in den Körper eines Zuschauers eingekerkert war ...

Schließlich blickte Ramage wieder voraus. Ja, die *Calypso* blieb sauber im Kielwasser der *Britannia.* Das Heck der *Santissima Trinidad* wurde von der *Conqueror* beharkt, und die kleine *Africa* bestrich ihren Bug, während die *Neptune* sie von Lee aus mit ihren Breitseiten vollpumpte. Die *Bucentaure* feuerte ihre Breitseiten auf die sich nähernde *Ajax* ab, aber jeden Augenblick konnte die *Britannia* damit beginnen, ihr Heck zu beharken. In Lee der *Bucentaure* lief die französische *Neptune* mit Ostkurs im rechten Winkel von der Gefechtslinie ab, dabei tauschte sie Breitseiten mit der *Leviathan* aus, während die *Victory* als erstes Schiff der Reihe auch nach Osten lief. Dabei lag sie fast an der Bordwand der *Redoutable*, die wiederum längsseits an der *Téméraire* war, die ihre Breitseiten in die *Fougueux* feuerte ...

Aber auf der *Calypso* interessierte man sich nur dafür, daß die Lücke zwischen der *Bucentaure* und der *Victory* wirklich groß genug war und daß die *Leviathan* an der Backbordseite der französischen *Neptune* stand. Das Schwesterschiff der *Calypso* war eine Meile von der Backbordseite des Bugs der *Leviathan* entfernt.

Die *Calypso* fing eine plötzliche Bö ein, die die *Britannia* nicht erreichte, und sie schloß zu dem Dreidecker auf. Ramage überlegte einen Moment lang, ob sich der Konteradmiral Earl of Northesk fragen würde, warum ihm die Fregatte so dicht in seinem Kielwasser folgte, aber der Schotte würde vermutlich annehmen, daß sie auf Befehl des Oberkommandierenden handelte.

Das, dachte er, war der Vorteil, wenn man etwas Unvorhersehbares tat: Jedermann nahm an, daß man nur Befehle befolgte ... Und wenn Ramage es richtig abpaßte, dann würde er es schaffen, an der Backbordseite der *Britannia* zu bleiben, wenn sie die *Victory* an Steuerbord passierten, so daß niemand die kleine Fregatte im dichten Pulverdampf bemerken würde ...

Und der Pulverdampf war wahrlich äußerst dicht! Ramage hatte mit dem rollenden Donner der Geschütze gerechnet, aber nicht mit diesem Rauch. Während der Schlacht am Kap St. Vincente hatte es nicht annähernd so viel Rauch gegeben – und dank der dilettantischen Bemühungen des Earl St. Vicent, oder besser gesagt von Sir John Jervis, der er damals noch gewesen war, war auch nicht annähernd so viel losgewesen. Aber jetzt konnte er Lord Nelsons Voraussicht verstehen, der allen Schiffen befohlen hatte, eine weiße Kriegsflagge zu setzen, denn eine blaue oder rote wäre bei dem schwachen Wind nicht zu erkennen gewesen, weil sie mit einer zusammengefallenen Trikolore hätten verwechselt werden können. Einem anderen Schiff hatte er befohlen, die Mastbeschläge braun anzumalen anstatt schwarz, wie es die Franzosen und Spanier taten, denn sonst hätte man es für ein gegnerisches Schiff halten können, wenn der Rumpf und die Flagge nicht zu erkennen waren. Ramage wurde klar, daß Schlachten auch durch eine derartige Voraussicht gewonnen wurden.

Als die *Calypso* die Schlachtlinie erreichte, die bereits jetzt zerrissen war, denn viele französische und spanische Schiffe sackten vom Geschützfeuer schwer gezeichnet nach Lee weg, erschien es, als ob die Fregatte mitten in ein schweres Gewitter hineinsteuern würde. Die dichten Wolken aus Pulverdampf verdeckten die

Sonne, dazu kam das unaufhörliche dumpfe Grollen der Breitseiten, das sich wie das Gebrüll vorsintflutlicher Monster anhörte. Selbst dem ruhigsten Mann wurde dabei mulmig.

Jetzt befand sich die *Britannia*, die als langsamer Segler bekannt war, an der Steuerbordseite der *Calypso*, und hinter ihr befand sich eine Reihe von Schiffen, von denen das nächste die *Victory* war. An den Bordwänden aller Schiffe schossen auf der einen oder der anderen Seite Feuerzungen heraus. Alle waren in dichte Rauchwolken gehüllt, fast so wie Mönche in ihre Kutten.

»Das ist heiße Arbeit!« kommentierte Southwick den Anblick und hob seine Stimme, um den Lärm zu übertönen. »Die Geschütze der *Victory* feuern so schnell, wie sie es beim Übungsexerzieren gegen die Uhr gemacht haben!«

Ramage setzte sein Fernglas vom Auge ab, als sich Aitken vor ihm aufbaute. »Ich habe gerade die Entermannschaften inspiziert, Sir. Die Männer halten die Wurfdraggen bereit. Reichen achtern ein Dutzend?«

Ramage überlegte einen Moment lang, dann nickte er. »Southwick«, begann er, »Sie übernehmen den Befehl über die Männer mit dem Pulver. Nehmen Sie dafür Rossi, Stafford und die Franzosen. Stellen Sie sicher, daß die Männer genau wissen, was sie zu tun haben, damit sie uns nicht in die Luft jagen. Und«, fügte er mahnend hinzu, »achten Sie darauf, daß genügend Wasser bereit steht ...«

Dann deckte der Rumpf der *Britannia* vier Schiffe ab, die längsseits aneinander lagen. Kanonen feuerten, Masten und Rahen kamen von oben, die Segel waren von Kugeln durchlöchert, so als ob sie über und über mit dunklen Schlammspritzern bedeckt wären. Die *Victory*, die *Téméraire* und die *Fougueux* waren so ineinander verkeilt wie Wildkatzen, die man in einen Sack zusammengesperrt hatte.

Und dann mit dem Rest der feindlichen Linie und den britischen Angreifern an Backbord überholte die *Calypso* die *Britan-*

nia, und plötzlich waren nur noch zwei Schiffe vor ihr, die *Leviathan* und die französische *Neptune.* Die Fregatte stand gut frei von der Linie nordöstlich davon. Aber die *Leviathan* braßte ihre Rahen an, ganz offensichtlich wollte sie sich von der *Neptune* lösen und in die Schlacht hinter der Vorhut eingreifen. Was würden die Franzosen auf der *Neptune* als nächstes machen? Sie stand so weit in Lee der Flotte, daß sie sich schon fast zwischen den Fregatten befand.

Jedenfalls hatte die *Leviathan* sie lange genug aus dem Weg geräumt. Die *Calypso* mußte sich nur schnell vor dem Bug der *Leviathan* vorbeischummeln, dann lag nichts mehr zwischen ihr und ihrer Beute.

»Zwei Strich nach Backbord«, sagte Ramage zu Aitken, »gewähren Sie der *Leviathan* viel Raum, dann fallen Sie wieder ab.«

Sie sahen zu, wie sich das britische Schiff von der Bordwand der französischen *Neptune* löste, deren Masten immer noch standen. Offensichtlich hatte Kapitän Henry Bayntun, der die *Leviathan* kommandierte, ein scharfes Auge auf die lange Reihe von Schiffen, welche die Vorhut bildeten.

Enterkommandos ... Stafford und seine Kumpels hantierten mit dem Pulver ... Die Seesoldaten hatten ihre Befehle ... Männer mit Wurfdraggen standen bereit, um die beiden Schiffe miteinander zu verbinden ...

Ramage versuchte sich zu versichern, daß er nichts vergessen hatte ... Seine Pistolen steckten in seinem Hosenbund und drückten gegen seine Rippen, er hätte immer noch ein Entermesser dem Degen der Patriotischen Gesellschaft von Lloyd's vorgezogen. Sie liefen gut frei vor dem Bug der *Leviathan* vorbei, die die Schoten dicht anholte, um nach Norden zur feindlichen Linie zurückzusteuern.

Stafford, Rossi und die Franzosen eilten auf das Achterdeck. Sie trugen die großen, schweren, gußeisernen Feuerschalen, die bei kaltem Wetter benutzt wurden, um die Feuchtigkeit aus den Decks zu vertreiben, nachdem man die Planken geschrubbt oder wenn über einen längeren Zeitraum hinweg schlechtes Wetter geherrscht hatte.

Sie hatten ein paar Handvoll Zweige aus dem Vorrat des Smutjes dabei, die dieser für den Kombüsenofen benötigte, außerdem gesägte Holzscheite. Schnell stellten sie die Feuerschalen auf, wobei ihnen ein nervöser Southwick auf die Finger sah. Der Navigator blickte zu der französischen Fregatte hinüber, die jetzt gut vor dem Steuerbordbug lag, dann sah er Ramage fragend an, der sagte: »Zünden Sie das Anmachholz an, dann warten Sie ab!«

Stafford fand ein paar kleine Äste, an denen noch ein paar vertrocknete Blätter hingen, und formte aus ihnen ein kleines Nest in der Mitte der Feuerschale. Dann ging er hinüber zu einem der Pützen und nahm eine langsam abbrennende Lunte vom Rand ab. Er kehrte damit zu der Feuerschale zurück, drückte das glimmende Ende der Lunte in die Blätter und blies vorsichtig, bis erst eins, dann zwei oder drei anfingen zu brennen, worauf er das Feuer mit größeren Zweigen fütterte, auf die er schließlich das gesägte Holz legte, das offensichtlich von der Werft in Chatham stammte.

»Schade, daß es kein kalter Tag ist«, kommentierte er den Vorgang.

»Sei vorsichtig, Staff«, riet ihm Gilbert und blickte zu den Kartuschen aus Flanell hinüber, die an der Achterdeckreling aufgestapelt lagen.

Der Cockney, der wegen des Holzrauches husten mußte, lachte. »Du bist wohl nicht an den Anblick von Flammen gewöhnt, Gilbert? Nur nicht nervös werden – stell dir einfach vor, wie es da drüben sein muß!« Er machte eine Handbewegung in Richtung der *Santissima Trinidad* und ihrer Angreifer.

»Die ist nicht so nah«, stellte Gilbert lakonisch fest, nahm vorsichtig einen der brennenden Zweige, ging damit zu einem der anderen Kohlebecken und fütterte es mit Holz. Auguste und Rossi machten es ihm nach, bis schließlich das Feuer in allen fünf Becken auf dem Achterdeck lustig flackerte.

Southwick ging zu Ramage hinüber. »Ich mußte eben daran denken, Sir, was passieren wird, falls eine unglückliche Kugel die Kohlebecken umstürzen läßt …«

»Dann werden wir wahrscheinlich in die Luft fliegen«, stellte Ramage gelassen fest. »Das ist ein Risiko, das ich bereit bin einzugehen. Sie haben jede Menge Pützen voller Wasser in Bereitschaft, also halten Sie das Deck gut feucht.«

Southwick nickte. »Aber ich dachte, ich sollte es erwähnen, Sir.«

»Ach so, natürlich«, sagte Ramage, »schließlich macht es nicht viel Sinn, wenn Sie mich erst daran erinnern, wenn das Schiff explodiert. Vergessen Sie nicht, das Pulver feucht zu machen.«

Southwick lachte fröhlich. »Sie werden der erste sein, der es hören wird, falls ich es vergessen habe, Sir!«

Jackson kam über das Deck gelaufen, um sich zu seinen Kameraden zu gesellen. »Ein heißer Job«, bemerkte er.

»Ach was«, wiegelte Stafford ab, »aber es wird bald ein heißer Job werden! Ist das die Fregatte, hinter der wir her sind?« Er machte eine Handbewegung in Richtung des Steuerbordbugs.

Der Amerikaner nickte. »Die da drüben, die so wie wir aussieht. Allerdings ohne den gelben Streifen.«

»Die ist schon eher unsere Kragenweite«, grunzte Stafford. »Dieser 74er, der uns vor Cádiz gejagt hat, war gar nicht nach meinem Geschmack.«

»Hier draußen gibt es keine Untiefen. Also wird es diesmal eine Sache mit Kanonen, Piken, Entermessern und Streitäxten«, stellte Jackson fest, »falls du uns nicht vorher mit diesen Feuerschalen in die Luft jagst.«

»Wenn du einen lauten Knall hören solltest, dann weißt du, daß ich etwas verkehrt gemacht habe«, raunte Stafford.

»Darüber sollte man keine Witze machen«, sagte Auguste besorgt, »es bringt Unglück, wenn man über solche Dinge scherzt.«

»Ich mache keine Scherze, wenn Jacko einen lauten Knall hört …«

Ramage schätzte den Abstand ab und gab Aitken Ruderkommandos. Die französische Fregatte segelte auf einem Parallelkurs zur feindlichen Gefechtslinie und stand ungefähr eine Meile davon in Lee. Eine Meile oder mehr entfernt segelte eine weitere Fregatte, und achteraus weit verstreut waren noch zwei und zwei Briggen.

»Sie ahnt noch nichts von ihrem Glück«, bemerkte Aitken.

»Ihre Besatzung ist viel zu sehr damit beschäftigt zu beobachten, was mit der *Redoutable* und der *Santissima Trinidad* passiert«, vermutete Ramage. »Vergessen Sie nicht: ›Fregatten gehören nicht in die Gefechtslinie‹!«

»Ach ja, das hatte ich völlig vergessen, Sir«, entgegnete Aitken trocken.

Obwohl wenig Wind herrschte, segelte die *Calypso* mit ihrem sauberen Unterwasserschiff viel zu schnell für die französische Fregatte, die nur unter ihren gesetzten Marssegeln dahinbummelte. Ganz offensichtlich bemühte sie sich nicht darum, eine bestimmte Position zur Gefechtslinie einzuhalten.

»Lassen Sie die Hauptsegel aufgeien, Mr. Aitken«, befahl Ramage schneidig.

Der Schotte griff nach seinem Sprechrohr und gab den Befehl weiter. Sofort wurden die Taljen der Geien und die Gordings bedient. Schnell wurden die Schothörner der großen Untersegel diagonal zum Mast in die Höhe gezogen, dann folgte das Unterliek in der Mitte, bis die großen Segel wie unordentlich zusammengelegte Wäschestücke aussahen.

Ramage ging an die Seite des Decks und blickte aus einer Geschützpforte auf die Wasseroberfläche hinunter, dann schaute er wieder in die Höhe. »Wir nehmen auch noch die Bramsegel weg, Mr. Aitken«, befahl er.

Im selben Augenblick, da der Erste Leutnant die Order durch seine Flüstertüte rief, enterten die Toppgasten die Wanten hinauf und schwärmten auf den Rahen aus, wo sie die Segel bargen und auf den Rahen mittels Segelbändseln auftuchten. Sie machten das so sorgfältig, stellte Ramage für sich fest, als ob sie die Segel im »Hafenstil« sichern würden, wo sie dem kritischen Auge eines immer zur Kritik neigenden Hafenadmirals gerecht werden mußten.

Jetzt lief auch die *Calypso* nur noch unter ihren Marssegeln – also mit der Segelfläche, die man gewöhnlich als »Gefechtsbesegelung« bezeichnete. Allerdings hatte keines der Schiffe von Lord Nelson wegen des schwachen Windes und der knappen Zeit seine Segelfläche reduziert, übrigens auch Nelson nicht. Sie waren zufrieden, daß die Kugeln des Feindes ihnen die Arbeit des Auftuchens abnahmen.

Ramage sah sich die feindliche Fregatte genau an. Wenn ihr Kapitän wachsam war, dann sollte ihn das Kürzen der Segel auf der *Calypso* alarmiert haben. Fregatten nahmen mitten in einer Seeschlacht ohne triftigen Grund keine Segel weg. Um es noch präziser auszudrücken: Fregatten durchbrachen auch nicht plötzlich die Gefechtslinie.

Natürlich würde die Besatzung der französischen Fregatte auf den Gefechtsstationen sein, die Kanonen waren ausgerannt, wie sie es natürlich auch sein mußten, und wahrscheinlich waren sie mit Kugeln oder Kartätschen geladen. Aber man schien seltsam uninteressiert an der *Calypso* zu sein – einem Schwesterschiff, das, daran sollte sich doch irgend jemand an Bord erinnern, von den Briten erobert worden war ...

In diesem Moment hob eine besonders lange Dünungswelle den Spiegel der Fregatte in die Höhe, und so konnte Ramage erstmalig ihren Namen erkennen. *Le Hasard*. Grüne Buchstaben – daher hatte man den Schriftzug so schwer lesen können – mit Rot abgesetzt. Keine Vergoldung. Ganz offensichtlich hatte der Kommandant mit dem auskommen müssen, was ihm die Werft zur Verfügung gestellt hatte.

Ramage nannte Aitken den Namen, aber der Schotte stellte nur trocken fest: »In britischen Diensten wird sie einen neuen Namen bekommen!«

Noch eine halbe Meile und einen Strich an Steuerbord voraus!

Plötzlich deutete Aitken achteraus. Der Blick auf das Gesicht des Ersten Leutnants veranlaßte Ramage, sich rasch umzudrehen.

Das französische Linienschiff *Neptune* hatte einen nördlichen Kurs eingeschlagen und segelte jetzt im Kielwasser der *Calypso*, sie war vielleicht eine dreiviertel Meile achteraus. War das reiner Zufall oder war sie hinter der *Calypso* her?

Das machte natürlich keinen großen Unterschied, vergegenwärtigte sich Ramage schnell. Im selben Augenblick, da die *Calypso* das Feuer auf die Fregatte eröffnete, würde die *Neptune* auf der anderen Seite querab laufen und sie mit einem Regen von Kugeln eindecken – das war unvermeidlich. Etwas, so hatte es Nelson vorgegeben, mußte man dem Zufall überlassen, und Ramage hatte jetzt ein Linienschiff achteraus, das für ihn den Zufall spielte ...

Er konnte natürlich – theoretisch – den Angriff abbrechen und sich zurück durch die Gefechtslinie schleichen und versuchen, wieder die Position einzunehmen, die er nie hätte verlassen dürfen. Er könnte – aber nach all den Vorbereitungen, die er schon getroffen hatte, würde er das nicht machen.

Oder er konnte versuchen, schneller als die *Neptune* zu sein und längsseits von *Le Hasard* zu gehen, die er dann vielleicht schon in seiner Gewalt haben konnte, bevor die *Neptune* heran war. Aber sogar, wenn er *Le Hasard* erfolgreich geentert hätte, würde die *Neptune* wenig später querab stehen, und die Breitseiten eines Linienschiffes ...

Ramage hatte mit viel List und Glück die Breitseiten von *Le Brave* vermieden, aber es gab hier keine Möglichkeit, denen der *Neptune* zu entgehen. Ihm wurde klar, daß er den Bluff, den er gegenüber *Le Hasard* anwenden wollte, auch gegen die *Neptune* verwenden mußte. Doch es war nur ein Bluff, es war kein Zauber und kein Panzer, die ihn und das Schiff unverwundbar machten. Er zuckte mit den Schultern, denn es war der einzige Trick, den er versuchen konnte.

Fünfhundert Meter bis zur *Le Hasard*.

»*Stand by* an den Geschützen und klar bei Wurfdraggen!« befahl er Aitken.

Er mußte seine Stimme heben, um den Gefechtslärm zu übertönen. Es war ärgerlich, daß er den Schotten für die Übermittlung jedes Befehls einschalten mußte, aber Ramage hatte schon früher herausgefunden, daß seine Stimme nicht weit genug trug.

Die Kanonen der *Calypso* würden nur ein einziges Mal feuern, dann würden sich die meisten Männer ihre Waffen greifen und entern. Hätte er zwei Breitseiten anordnen sollen? Oder gar drei? Verdammt noch mal, sagte er zornig zu sich selbst, die Enterer sind es, die den Feind besiegen werden. Jede weitere Breitseite würde nur noch mehr Kugeln in die Planken einschlagen lassen und eine Menge Rauch und Lärm verursachen.

Vierhundert Meter. Und die *Neptune* kam schnell näher. Bekam ihr Kommandant mit, was sich hier ereignete, oder war es nur ein Zufall? Vielleicht ahnte er gar nichts Böses, bis die Kanonen der *Calypso* feuerten und sie krachend bei *Le Hasard* längsseits ging? Oder hatte der Mann alles durchschaut und nahm jetzt Maß, um im richtigen Augenblick an der *Calypso* längsseits zu scheren?

Dreihundert Meter. Ramage konnte sich die Geschützführer der *Calypso* bildlich vorstellen. Sie knieten auf dem rechten Knie, das linke Bein zur Seite ausgestreckt und visierten über Kimme und Korn, um den Männern mit den Handspaken letzte Korrekturen für die Höhenrichtung zu geben. Ihre Stellvertreter warteten ungeduldig darauf, daß sie die Feuersteinschlösser spannen durften und zur Seite springen konnten, um dem Rückstoß zu entgehen. Die Geschützführer würden schon die Reißleinen in der Hand halten, um den entscheidenden Ruck zu geben, der dem Feuerstein den zündenden Funken entlocken würde.

Zweihundert Meter – und jetzt konnte Ramage durch das Fernglas sehen, daß die Offiziere auf dem Achterdeck von *Le Hasard* aufgewacht waren. Einer rannte in Richtung des Achterdeckniedergangs, ein anderer griff nach einem Sprechrohr, und ein dritter fuchtelte wild mit den Armen in der Luft herum, ein vierter zog eine Pistole aus dem Gürtel.

Einhundert Meter. Er drehte sich zu Southwick herum und hob die Hand. Stafford und seine Kameraden begannen zwischen den Kohlebecken zu hantieren.

Ramage blickte zu seinem Bootssteuerer hinüber. Jetzt brauchte nur noch ein Ruderkommando zu folgen, dann würde die *Calypso* krachend längsseits von *Le Hasard* anlegen. Das Ruder würde hart übergelegt werden, und dieses Manöver würde das Schiff lange genug in Position halten, bis die Wurfdraggen geworfen waren. Wenn doch nur Sarah das sehen könnte. Und sein Vater. Fregatten hatten in der Gefechtslinie nichts zu suchen – nun gut. Wenn das sein Vater in seinem ausgezeichneten Französisch nur der *Neptune* klarmachen könnte ...

Fünfzig Meter – die Schiffslänge einer Fregatte –, jetzt eröffneten die ersten Kanonen der *Calypso* das Feuer, ein lauter Befehl in Richtung des Quartermasters, Aitken rief den Männern mit den Wurfdraggen zu, hoch und weit zu werfen, immer mehr Geschütze feuerten, der Offizier auf dem Achterdeck von *Le Hasard* schoß offensichtlich übernervös mit seiner Pistole, achteraus kam die *Neptune* immer näher, die Kurven ihrer wie ein Weinkelch geformten Bordwand und die Masten, die fast in Linie standen, zeigten deutlich, daß sie nahezu im Kielwasser der *Calypso* lief.

»Mr. Southwick!« rief Ramage, und fast sofort hörte er das leise Knistern. Dann stieg Rauch aus den Kohlebecken auf dem Achterdeck auf. Die leichte Brise trieb ihn nach Steuerbord hinüber.

»Es funktioniert!« bellte der aufgeregte Aitken. »Sehen Sie sich das doch nur an!«

Am Fuße des aufsteigenden Rauchs konnte Ramage Rossi und Stafford erkennen, die etwas, was wie feuchter Staub aussah, in die flackernden Flammen der Feuerstellen warfen.

Ramage eilte an die Backbordseite, um achteraus nach der *Neptune* zu schauen, die von dem sich ausbreitenden Rauch verdeckt wurde. Wie würden die Rauchwolken auf sie wirken?

Ein paar scharfe Abschüsse zeigten an, daß die Geschützbesatzungen von *Le Hasard* das Feuer erwiderten. Gott sei Dank – ihr Feuer würde es den Offizieren auf dem Deck der *Neptune* plausibel machen, daß das britische Schiff in Flammen stand ...

»Die meisten Wurfdraggen sind belegt, Sir!« brüllte Aitken. »Wir liegen längsseits!«

»Enterer vor!« schrie Ramage über die Schulter nach hinten.

Er versuchte noch immer, das Verhalten der *Neptune* zu ergründen. Sie hatte ihren Kurs nicht geändert; so wie es aussah, hatte sie ihren Kurs noch immer so eingerichtet, als ob sie bei der *Calypso* längsseits kommen wollte. In vielleicht vier Minuten würden sie alle in die Wolken gepustet werden.

Aber jedenfalls produzierte Southwicks Trick jede Menge Rauch. Die Brise trieb ihn geradewegs auf das Deck von *Le Hasard*. Ramage konnte sich vorstellen, wie die Franzosen husteten und nach Luft rangen. Glücklicherweise kam die Brise aus Westen, wehte also von der *Calypso* in Richtung der *Le Hasard*.

Es wurde Zeit, daß Ramage *Le Hasard* enterte, so wie er es geplant hatte, um den Angriff der Seeleute und Marineinfanteristen anzuführen. Aber sollte er mit dem feuchten Pulver weitermachen und den Rauchschleier aufrechterhalten? Welche Schlüsse würde man auf der *Neptune* ziehen, wenn der Rauch plötzlich aufhörte? Im Augenblick mußte man dort denken, daß das gesamte Achterschiff der *Calypso* in Flammen stand. Würde das ausreichen, um alle aus Angst davor, daß das Pulvermagazin der *Calypso* in die Luft gehen könnte, auf Abstand zu halten? Vermutlich wollten sie auch vermeiden, daß brennende Wrackteile auf sie hinabregneten.

»Machen Sie mit dem Rauch weiter, Mr. Southwick!« rief er.

Die Brise war wirklich ausgezeichnet, sie wehte in genau der richtigen Richtung, auch wenn man dadurch nicht das Deck von *Le Hasard* überblicken konnte. Wenn der Wind doch nur stärker wäre, so stark, daß er die *Neptune* in einem sicheren Abstand von der *Calypso* halten und dadurch ein Schutzschild aufrichten würde, ein Schild, das die Salve abhalten würde, die die französischen Kanoniere gerade jetzt vorbereiteten!

Hätte Ramage *Le Hasard* doch nur von der anderen Seite aus angegriffen, dann hätte diese wie ein Schutzschild zwischen ihm und den Breitseiten der *Neptune* gelegen ... Der französische Dreidecker hätte es sicher nie riskiert, *Le Hasard* zu treffen ...

»Aber der Wind wehte aus Westen!« schrie es in seinem Inneren. Er warf noch einen schnellen Blick nach achtern auf die *Neptune*, bevor er Aitken zurief: »Die Hauptsegel setzen! Quartermaster, Ruder hart über legen lassen! Southwick, mehr Rauch! Jackson, schauen Sie rasch nach und melden Sie mir dann sofort, wie unsere Enterer vorankommen!«

Würden die Wurfdraggen halten? Sie waren an verhältnismäßig dünnen Leinen angesteckt – sie mußten dünn sein, damit man sie gut werfen konnte, außerdem waren sie auch deshalb nicht besonders dick, weil man davon ausging, daß immer mehrere zusammen eingesetzt wurden – wie es ja auch hier der Fall war. Aber würden sie stark genug sein, um die Belastung auszuhalten? Stark genug, um *Le Hasard* längsseits an der *Calypso* zu halten, wenn diese mit Hilfe des Windes drehte?

Der Teufel sollte alles holen, es war ihre einzige Chance!

»Die Hauptsegel, Mr. Aitken, und lassen Sie die Bramsegel setzen! An die Schoten und Brassen!«

Man hörte jetzt wildes Geschrei und das Krachen von Musketenschüssen auf dem Deck von *Le Hasard*. Mehr als hundert Seeleute und Marineinfanteristen der *Calypso* schwärmten auf dem Deck des Franzosen aus und kämpften mit ihren Piken gegen Entermesser und mit Enterbeilen gegen Musketen. Ramage konnte sich den erbitterten Kampf bildhaft vorstellen, der, durch den Rauch dem Auge verborgen, dort drüben tobte.

Über seinem Kopf rauschte klatschend das Großsegel herunter, die Rahen wurden gebraßt und die Schoten angeholt, wodurch die Leinwand ihre vertrauten Kurven bekam. Dann fielen weiter oben über den Marssegeln die Bramsegel und standen sofort, als die Männer die Fallen dichtsetzten. Der Rauch schien dünner zu werden, als die Segel standen, aber Ramage stellte sofort fest, daß es nur an einer Bö lag, die zur rechten Zeit einfiel.

Ein paar Augenblicke lang gab es nichts für ihn zu tun, außer achteraus zur *Neptune* hinüberzublicken und auf ein Wunder zu hoffen. Würden die Segel der *Calypso* noch so rechtzeitig ziehen, damit sie, von den Wurfdraggen längsseits gehalten, die Schiffe herumdrehen und so *Le Hasard* als Schutzschild zwischen die *Calypso* und das Linienschiff bringen würden?

Würden die Wurfdraggen die Schiffe eng genug beieinander halten? Im Augenblick jedenfalls wurde der Rumpf der *Calypso* noch fest an *Le Hasard* gepreßt. Die offenen Geschützpforten der beiden Fregatten würden gegeneinanderschlagen, wenn die Schiffe in der langen hohen Dünung rollten. Die außen überstehenden Befestigungsbalken für die Püttings würden sich wahrscheinlich verkeilen, jedenfalls lange genug, so hoffte Ramage, um den Franzosen herumzudrücken.

Er blickte nach vorne über den Bug der *Calypso*. Ja, der Horizont begann sich zu bewegen. Die *Santissima Trinidad* und ihre britischen Angreifer, die sich querab befunden hatten, wanderten langsam, aber erkennbar achteraus. Die Segel der *Calypso* zogen jedenfalls genug, um die *Le Hasard* herumzudrehen.

Aber war es noch rechtzeitig?

Ramage schaute achteraus auf die *Neptune*. Sie rollte heftig in der Dünung, die den Wind immer wieder aus ihren Segeln schüttelte und sie dann wieder mit einem Knall füllte. Zweihundert Meter? Vielleicht weniger.

Aber einmal angenommen, der Trick funktionierte – würde die

Neptune beidrehen und versuchen, die französische Fregatte zu retten? Ramage blickte zur Gefechtslinie hinüber und sah durch eine Lücke immer mehr britische Linienschiffe eindringen und in die Schlacht eingreifen. Oder würde die *Neptune* versuchen, sich in Richtung Cádiz im Gefolge der Schiffe der Vorhut aus dem Staub zu machen? Diese hatten bisher jedenfalls noch keinen Versuch unternommen, zu wenden, um ihren bedrängten Gefährten des Gros und der Nachhut zu Hilfe zu kommen.

Gegenüber dreiunddreißig Linienschiffen sollte eine Fregatte mehr oder weniger keine Rolle spielen, es sei denn, die Kommandanten waren alte Freunde, die sich durch irgendein revolutionäres Ereignis in der Vergangenheit nahegekommen waren, oder sie waren Freunde aus der Zeit, als der Kapitän der *Neptune* noch selbst eine Fregatte kommandiert hatte.

Jetzt drehte die *Calypso Le Hasard* schnell herum. Hauptsegel, Mars- und Bramsegel zusammen waren stärker als die Marssegel des Franzosen, die beiden Schiffe drehten schnell auf der Stelle. Jetzt zeigten die Hecks der beiden Fregatten auf die Schlachtlinie – und die *Neptune* war nur eine Schiffslänge entfernt. Ramage konnte deutlich die Beplankung der Bordwand ausmachen, die von den kurzen schwarzen häßlichen Rohren der Kanonen unterbrochen wurde, die feuerbereit ausgerannt waren. Die Segel waren alt und trugen Flicken, sie waren durch allzu langen Gebrauch aus der Form gezogen worden. Fast konnte er die Kiepen im Tauwerk des Riggs erkennen. Die Rah des Vorbramsegels war so krumm, daß es fast den Anschein hatte, daß sie angebrochen war. Die Masten waren hellgelb gepönt, die Mastbeschläge schwarz abgesetzt.

Würden sie es riskieren, eine Breitseite in das Heck der *Calypso* zu jagen? Sollte nicht jede Kugel sehr sorgfältig gezielt sein, dann bestand ein großes Risiko, daß die Kugeln auch das Heck der *Le Hasard* beharken würden.

Ramage schüttelte den Kopf, um seine Gedanken zu ordnen. Er konnte gegen die *Neptune* nichts mehr unternehmen, die

Calypso tat ihr Bestes, um *Le Hasard* als Schutzschild herumzudrücken. Der Rauch strömte jetzt über das Vorschiff der *Calypso*, als sie vor den Wind ging.

»Stellen Sie das Nebeln ein, Mr. Southwick! Lassen Sie die Männer die Kohlebecken über Bord werfen! Sie haben jetzt das Kommando!«

Mit diesen Worten zog Ramage den Degen von Lloyd's mit seiner Rechten blank und griff mit der Linken nach einer seiner Pistolen. »Mir nach!« rief er Jackson zu und rannte, gefolgt von Aitken, zum Niedergang des Achterdecks.

Das Hauptdeck von *Le Hasard* war voller Männer. Die Leinen der Wurfdraggen, die sich vom Deck der *Calypso* herüberzogen, waren brechend steif gespannt und hielten die beiden Fregatten längsseits fest. Von den Rahen wurden weitere Draggen geworfen und verhakten sich im Rigg von *Le Hasard*.

An Deck der französischen Fregatte gab es noch immer Ecken voller Rauchschwaden. Ramage tauchte durch eine Geschützpforte und sprang über die Lücke zwischen den Schiffen in eine der offenen Pforten von *Le Hasard*. Dabei stellte er fest, daß sich die Klappen trotz der Wölbung des Rumpfes gerade berührten. Eine Sekunde später stürmte er in Richtung des Achterdecks von *Le Hasard* und brüllte: »Mir nach Jungs! Mir nach!«

Ein Franzose stach mit einer Pike nach ihm, Ramage schlug sie mit seinem Degen zur Seite. Aus dem Augenwinkel sah er undeutlich, daß sich die Mündung einer Muskete auf ihn richtete, aber hinter ihm ertönte ein scharfer Knall, denn Jackson hatte mit seiner Pistole gerade noch rechtzeitig auf ihn aufgepaßt.

Da waren einige der Seesoldaten der *Calypso*, Sergeant Ferris hielt eine Muskete am Lauf gepackt und wirbelte den Kolben wie einen Windmühlenflügel über den Kopf herum, so bahnte er sich den Weg durch eine Gruppe Franzosen. Dabei brüllte er Flüche und Verwünschungen.

Ramage bemerkte, daß ein schreiender Franzose mit einem Entermesser auf ihn zugerannt kam. Er schlug dem Mann mit der linken Hand die Pistole ins Gesicht, dann schlitzte er ihn von unten mit dem Degen auf. Als der Mann zusammenbrach, sprang er über den Leichnam und setzte seinen Weg zum Achterdeck fort.

Ramage war bewußt, daß Jackson neben ihm war und daß Aitken, der in breitem Schottisch fürchterliche Flüche ausstieß, hinter ihm herstürmte. Grinsende Gesichter verschwammen, als er vorbeirannte, aber es blieb ihm Zeit genug, um zu erkennen, daß sie zu den Männern der *Calypso* gehörten.

Plötzlich zog ihn jemand an der Schulter und rief etwas. Es war Aitken. »Da geht sie hin! Bei Gott, es hat geklappt! Da fährt sie vorbei!«

Ein aufgeregter Aitken deutete nach Backbord achteraus, und über das Achterdeck von *Le Hasard* konnte Ramage den riesigen Rumpf der *Neptune* erkennen, der langsam vorbeiglitt. Er stellte fest, daß es ein beeindruckender Anblick war – und daß ihre Kanonen schwiegen. Die *Calypso* wurde völlig von *Le Hasard* abgedeckt. Gemessen an dem Killen und Knattern der Segel, mußten Southwick und seine Männer die Segel hastig umgetrimmt haben.

Jetzt war Ramage fast am Fuß des Niedergangs zum Achterdeck. Er schlug nach den Beinen eines Franzosen und sprang rasch zur Seite, als der Mann herunterstürzte. Und dann lag das ganze Achterdeck vor ihm. Es war eine Replik des Decks der *Calypso*, aber jetzt voller Männer, die verzweifelt miteinander kämpften. Entermesser wurden geschwungen und Piken nach vorne gestoßen.

»Zum Ruder!« brüllte Ramage.

Zusammen mit Jackson und Aitken bahnten sie sich hauend und stechend ihren Weg in diese Richtung. Ein französischer Offizier, der eine schreckliche Kopfwunde hatte, hing tot über dem Ruderrad, sein Uniformrock hatte sich in einer der Handspeichen verfangen. Ramage kam bei dem Kompaßhäuschen genau in demselben Augenblick an, als der fluchende, mit seinem

Degen um sich schlagende Rennick es von der anderen Seite erreichte.

»Vorsicht!« bellte Ramage, als er die blanke Mordlust im Gesicht des Offiziers der Marines sah.

»Oh, Sie sind es!« rief Rennick aus, als ob ihn das inmitten dieses Wahnsinns überraschte. Mit diesen Worten drehte er sich um und eilte weiter nach achtern zu seinen Seesoldaten, die dort noch mit einer Gruppe französischer Matrosen kämpften.

Von vorne hörte man Pistolenschüsse und Musketen krachen, das Klappern, als die blanken Klingen der Entermesser gegeneinander schlugen. Das zeigte an, daß die Kuhl und auch die Back noch nicht fest in der Hand der Briten waren. Dann bemerkte Ramage plötzlich, daß die meisten Kämpfe auf dem Achterdeck aufgehört hatten und daß ein Franzose – Ramage erkannte, daß es sich um einen Offizier handelte – mit der vollen Kraft seiner Lungen brüllte, daß sich sein Schiff ergab. Genau in diesem Augenblick wurde Ramage schwarz vor Augen.

17

Als Ramage wieder zu sich kam, war das erste, was er feststellte, daß er auf einem harten Deck lag und daß sein Kopf dröhnte, als ob er im Inneren einer Glocke stecken würde. Irgend jemand goß eine Pütz Wasser über ihm aus – Seewasser, das ihm in den Augen brannte.

Nachdem der rote Schleier vor seinen Augen verschwunden war und er unter großen Anstrengungen wieder geradeaus gukken konnte, stellte er fest, daß er auf dem Achterdeck von *Le Hasard* lag. Jackson hatte ihn mit Wasser begossen, und Aitken kniete neben ihm, während Rennick mit schußbereiter Muskete an seinen Füßen stand.

Der Geruch vom verbrannten Pulver der *Calypso* hing noch in der Luft, und er konnte gerade noch eine Gruppe Seeleute – französische Seeleute – erkennen, die von einer Abteilung seiner Seesoldaten bewacht wurden.

»Geht es Ihnen gut, Sir?« erkundigte sich Aitken besorgt.

Knochen schienen keine gebrochen zu sein, nur der Kopf schmerzte ihn, als ob ihn ein verrückter Zimmermann mit einem Kalfathammer bearbeitet hätte.

»Was ist passiert?«

»Als der französische Offizier rief, daß er das Schiff übergeben wolle, hielten Sie ein, um ihm zuzuhören, währenddessen hat Ihnen ein französischer Seemann eins mit dem Kolben seiner Muskete über den Scheitel gezogen.«

»Ich habe das Gefühl, daß mir ein 18-Pfünder auf den Kopf gefallen ist«, murmelte Ramage. »Haben wir das Schiff unter Kontrolle?«

»Jawohl, Sir«, versicherte ihm Aitken. »Der französische Offizier wartet darauf, Ihnen seinen Degen zu übergeben – und sich zu entschuldigen.«

»Der Kommandant?«

»Nein, es ist der Zweite Leutnant. Er ist der einzige überlebende Offizier. Wie es scheint, hat Rennick mit seinen Seesoldaten die anderen ausgeschaltet.«

»Zu schade«, brummte Ramage und stand schwankend auf. »Gestatten Sie mir, mich auf Ihre Schulter zu stützen.« Dann plötzlich, so als ob der Lärm für eine Weile ausgefiltert gewesen wäre, hörte er wieder das Grollen des Geschützdonners in Luv. »Was ist mit der *Neptune* passiert?« wollte er wissen.

»Sie ist vorbeigelaufen. Ohne einen einzigen Schuß abzugeben. Der Kommandant befürchtete wohl, seinen Landsmann zu treffen.«

»Ich dachte, daß sie vielleicht halsen und an unsere Backbordseite laufen würde.«

»Wie es schien, war sie viel zu sehr in Eile, sich auf den Weg nach Cádiz zu machen«, meinte Aitken. »Und nach dem, was ich vom Schlachtverlauf sehe, kann ich ihr das nicht übelnehmen!«

Inzwischen war Ramage auf die Füße gekommen. Zwanzig oder dreißig Leichen lagen in grotesk verrenkten Stellungen auf dem Achterdeck herum.

»Wie sieht es auf der Back und in der Kuhl aus?«

»Hill, Kenton, Martin und Orsini sorgen dafür, daß die Gefangenen sicher verwahrt werden.«

Ramage kämpfte eine Welle von Übelkeit nieder. »Wie viele Verluste hatten wir?«

Bedauernd schüttelte Aitken den Kopf. »Wie es scheint, haben wir mindestens acht Tote zu beklagen, dazu kommen noch dreizehn Verwundete, davon leider einer schwer«, rapportierte er. »Wir schaffen die Verwundeten gerade auf die *Calypso* hinüber, auch die Franzosen, damit Bowen mit seiner Arbeit beginnen kann.«

Ramages Sehfähigkeit war immer noch eingeschränkt, aber er starrte in die Richtung, wo sich vorher die Gefechtslinie befunden hatte. Jetzt war es nur noch eine unregelmäßige Ansammlung von zusammengeballten Schiffen. Bei vielen waren die Masten über Bord gegangen, oder die Obermasten waren wie die Besenstiele abgeknickt. Alle waren in dichte Wolken gehüllt, bei einigen quoll der Rauch auf der Leeseite aus den Geschützpforten, weil der Wind in Luv in das Schiff hineindrückte. Bei anderen hatten die Segel, die zusammen mit den Rahen auf das Deck gefallen waren, Feuer gefangen, wahrscheinlich durch die Mündungsfeuer der Kanonen. Die großen Linienschiffe hatten ihre stolze Gefährlichkeit verloren so wie betrunkene Männer, die bewußtlos auf dem Boden einer Kaschemme lagen.

Ramage versuchte seine Gedanken zu sammeln. Gefangene, Verwundete und, er blickte nach oben zu den Federwolken am Himmel, diese zerrissenen Hakenwolken hoch droben waren die Vorboten eines aus Westen aufziehenden Unwetters – also galt es als erstes die Prise zu sichern!

Er konnte von den anderen Schiffen keine Hilfe erwarten, die würden im Ernstfall genug mit sich selbst zu tun haben. Also, zuerst zu den Gefangenen – wie viele waren es? Sicher über hundert. Nun gut, er würde einhundert auf *Le Hasard* lassen, die anderen würde er auf die *Calypso* schaffen. Sergeant Ferris und fünfzig Seesoldaten würden zusammen mit fünfzig Matrosen auf *Le Hasard* bleiben. Das sollte ausreichen, um die Gefangenen unter Kontrolle zu halten.

Die Verwundeten? Nun, inzwischen würde Bowen schon zusammen mit seinem Sanitätsgasten bei seiner schrecklichen Arbeit sein. Southwick würde ihm gewiß so viele Hilfskräfte, wie er benötigte, von Deck herunterschicken.

Die Flagge! Ramage blickte hastig nach achtern, aber sah, daß die französische Nationale bereits gestrichen worden war.

Aitken bemerkte den Blick und sagte: »Jackson ist zurück auf die *Calypso*, um eine britische Flagge zu holen, Sir – da kommt er ja schon wieder!«

Sie sahen zu, wie der Amerikaner zu dem Seemann hinübereilte, der die Flaggenleine hielt. Die französische Trikolore war abgeschlagen worden und lag an Deck. Jackson steckte die britische Kriegsflagge mit einem Kreuzknoten an, dann befestigte der andere Seemann (Ramage erkannte, daß es Orsini war) wieder die Trikolore. Sie schüttelten die Flaggen aus, um sich zu vergewissern, daß sie richtig herum gehißt werden konnten, dann zog Orsini an der Flaggenleine, und Jackson achtete darauf, daß die beiden Flaggen, die britische über der französischen, klar in die Höhe bis zum Block stiegen.

»Meinen Glückwunsch, Sir«, sagte Aitken, »Sie werden bald eine Sammlung dieses Fregattentyps haben!«

Ramage, dessen Kopf fast zu zerspringen drohte, grinste schwach. »Suchen Sie Rennick«, befahl er, »und benachrichtigen Sie Bowen über die Zahl der Verwundeten, die er zu erwarten hat.«

Der Leutnant der Marineinfanteristen meldete sich bald darauf glücklich grinsend bei Ramage.

»Die Gefangenen«, stöhnte Ramage, den es überraschte, welche Mühe es ihm bereitete, sich auf die Gedanken zu konzentrieren und die Worte zu formulieren, »wie sieht es mit denen aus?«

»Wir haben alles fest im Griff, Sir. Kentons Männer bewachen die auf der Back, Hill hat seine in der Kuhl zusammengetrieben, und Martin läßt seine hier auf dem Achterdeck bewachen.«

»Wie sieht es unter Deck aus?«

»Sergeant Ferris durchsucht mit einem Dutzend Männern das Schiff, Sir. Der Korporal hat mir gerade gemeldet, daß fast alle Franzosen an Deck gekommen sein müssen, als wir geentert haben. Vielleicht hatten sie Angst, eingeschlossen zu werden.«

»Man kann keine Enterer abwehren, wenn man unter Deck bleibt«, belehrte ihn Ramage, bereute aber sofort diesen langen Satz, da der Kalfathammer wieder auf seinen Kopf einschlug.

»Was ist mit dem französischen Leutnant?«

»Er wartet dort drüben, Sir«, sagte Aitken. »Sind Sie bereit?«

Ein Seesoldat brachte den französischen Offizier herüber. Der Mann mochte in seinen Zwanzigern sein. Er hatte ein kalkweißes Gesicht, war aber unverletzt.

»*Capitain* Ramage«, sagte er auf französisch, »dieser Herr erzählte mir«, er machte eine Handbewegung in Richtung Aitkens, »daß Sie es sind. Mein Kommandant ist tot, also muß ich das Schiff übergeben.«

Er offerierte Ramage seinen Degen, den er in der Scheide vor seinem Körper hielt; der Seesoldat beobachtete ihn mißtrauisch dabei.

Ramage schüttelte den Kopf. »Behalten Sie ihn«, sagte er großzügig, »alle haben tapfer gekämpft.«

»Ihr Kopf«, fuhr der Leutnant entschuldigend fort, »es tut mir leid, daß einer der Seeleute ...«

»Es ist nur eine Platzwunde«, meinte Ramage und machte dem Seesoldaten ein Zeichen, daß er den Leutnant wegbringen sollte. Durch tiefes Atmen schaffte es Ramage, eine weitere Welle der Schwäche durchzustehen.

Er blickte sich auf dem Deck von *Le Hasard* um. Die Franzosen standen in dichtgedrängten Gruppen zusammen, die von den Marieninfanteristen und Seeleuten der *Calypso* bewacht wurden. Verwundete Männer wurden immer noch zu Bowen hinübergetragen.

»Lassen Sie die Segel bergen«, sagte er zu Aitken gewandt und deutete auf die Marssegel von *Le Hasard*. »Geben Sie Southwick Bescheid, daß wir uns einfach nach Lee wegtreiben lassen werden.«

Nach Lee wegtreiben, das war etwas, was auch er jetzt machen wollte und das er so lange durchführen würde, bis sein Kopf wieder schmerzlos arbeitete.

»Es gibt hier nichts mehr für Sie zu tun, es wäre sicher besser, wenn Sie auf die *Calypso* zurückkehren würden, Sir«, schlug Aitken fürsorglich vor. »Vielleicht lassen Sie sich von Jackson den Kopf bandagieren. Sie bluten heftig.«

Blut? Ramage befühlte mit einer Hand seinen Kopf. Das Haar war naß und klebrig – aber immerhin hatte man ihn ja auch mit einem Eimer Wasser übergossen. Er tastete mit der Hand die Stelle ab, an der der Kalfathammer am schlimmsten pochte, und fühlte den klaffenden Spalt. Er war mehrere Zentimeter lang. Das Blut begann schon zu gerinnen und zu klumpen, es trocknete in dem wirren Haar fest.

»Dieser Franzose hat wie wild mit seiner Muskete um sich geschlagen, Sir«, erklärte Aitken, »Sie sollten die Wunde säubern und verbinden lassen, Sir. Die Männer sind sehr besorgt.«

»Die Männer machen sich Sorgen?« wiederholte ein verwunderter Ramage.

»Das Blut läuft dick an Ihrem Hals herunter und über Ihren Uniformrock, Sir. Einige der Männer denken, daß Sie schwer verwundet sind.«

»Mir ist nur ein wenig schwindlig«, murmelte Ramage undeutlich. »Aber ich übergebe Ihnen hiermit das Kommando. Sie sind der Prisenkommandant!«

»Danke, Sir«, sagte Aitken und richtete sich noch ein wenig straffer auf. »Was ist mit den französischen Gefallenen – werden wir sie hier bestatten?«

»Lassen Sie den französischen Leutnant das Trauergebet sprechen.«

»Unsere Toten werden auf die *Calypso* geschafft?«

Ramage nickte. Daraufhin wäre er beinahe wieder umgefallen, weil sich alles um ihn drehte. »Ich werde die Begräbnisfeier für die Opfer abhalten. Jetzt werde ich ...« er wäre beinahe ohnmächtig geworden, aber Jackson und Aitken stützten ihn. »Sagen Sie Southwick, daß er alle Segel bergen lassen und sich einfach vor Topp und Takel treiben lassen soll.«

»Jawohl, Sir, aber ich schicke Sie jetzt auf die *Calypso* zurück«, sagte Aitken fest. »Sie sind nicht in der Lage, sich an Deck aufzuhalten.«

Jackson trug Ramage halb auf die *Calypso* zurück, halb zog er ihn. Als sie ihn durch eine Geschützpforte manövrierten, trafen sie auf einen aufgeregten Southwick.

»Ist das der Kapitän?«

»Jawohl, Sir, das ist er ...«

»Warten Sie, ich hole Bowen!«

»Sir«, sagte Jackson bestimmt, »es ist nur eine Kopfwunde, ich glaube nicht, daß er zustimmen würde ...«

»Nicht zu Bowen«, murmelte Ramage, »in meine Kabine.«

Southwick beugte sich hinunter und untersuchte die Wunde. »Sieht schlimmer aus, als es ist. Aber er hat eine Menge Blut verloren. Hinten am Kopf, wo er es nicht sehen kann.«

»Ja«, stimmte Jackson ruhig zu, »können wir ihn jetzt weitertragen, Sir?«

Sie halfen Ramage den Niedergang hinunter, öffneten die Tür zur Kabine, vor der ausnahmsweise kein Posten der Seesoldaten auf Wache stand. Schließlich legten sie ihn auf die Heckbank.

»Ich hole eine Schüssel mit Wasser und ein Tuch, Sir«, kündigte Jackson an. »Das werden wir gleich wieder gesäubert haben.«

Ramage wurde zweimal bewußtlos, bevor Jackson und Stafford die Wunde ausgewaschen hatten. Stafford ging dann an Deck, um eine Binde aus einem der Kästen am Ankerspill zu holen.

Nachdem er sich mit Jackson darüber gestritten hatte, wie der Verband angelegt werden mußte, sah Ramage am Ende aus wie ein bleiches Milchmädchen, das sich ihren weißen Schal um den Kopf gewickelt hatte.

Stafford holte eine kleine Flasche aus seiner Tasche. »Ich habe Mr. Bowen wegen der Platzwunde um Rat gefragt, und er hat mich angewiesen, Ihnen davon ein paar Tropfen zu geben, Sir.«

»Was ist das?«

»Brandy, Sir.«

»Ich hasse Brandy«, sagte Ramage, und seine Stimme wurde um eine Spur fester. »Gebt mir einen Schluck Wasser, dann helft mir auf das Deck hinauf.«

»Ich glaube nicht...«, begann Jackson heftig.

»Um Himmels willen«, unterbrach ihn Ramage heftig, »es ist doch nur ein kleiner Kratzer!«

Auf dem Achterdeck wehte eine erfrischende Brise, und Ramage begann sich besser zu fühlen. Southwick hatte inzwischen die großen Hauptsegel und auch die Bram- und Marssegel bergen lassen. Ohne die stabilisierende Wirkung der Segel rollten die Fregatten heftig in der hohen Dünung, und ihre Bordwände scheuerten lautstark protestierend aneinander.

»Holen Sie Hill und Martin zurück an Bord und sagen Sie Aitken, daß wir uns von ihm lösen werden, sobald die Gefangenen und Verwundeten herübergebracht worden sind. Sie werden Wachen brauchen, denn wir werden etwa hundert Gefangene an Bord nehmen. Richten Sie Aitken aus, daß er fünfzig Seeleute zurückschicken soll.«

»Es dürfte das einfachste sein, wenn ich selbst hinübergehe, Sir«, sagte Southwick und eilte den Niedergang vom Achterdeck hinunter.

In weniger als zehn Minuten war der Master zurück. »Ich habe Orsini gesagt, daß er an Bord zurückkommen kann«, meldete er. »Als der arme Junge sah, wie Sie blutüberströmt fortgetragen wurden, dachte er, daß Sie im Sterben liegen würden oder sogar schon tot wären.«

»Ich werde ihm als Wiedergänger erscheinen und ihn das Fürchten lehren«, grollte Ramage. »Wie sieht es aus, ist Aitken soweit? Dann lassen Sie die Wurfdraggen lösen. Schneiden Sie die Dinger ab, wenn es sein muß. Wir werden heute wohl niemanden mehr entern müssen.«

Ramage setzte sich auf die Lafette einer Karronade. Southwick reichte ihm ein Teleskop. Damit suchte Ramage die frühere Schlachtlinie ab. Ganze Abschnitte waren immer noch in Nebelbänke aus Pulverdampf gehüllt, aber auf einigen 74ern wehten die britischen Farben über der Trikolore. Alle Schiffe von Lord Nelson, sogar die langsamsten Segler, waren auf dem Schlachtfeld angekommen, hatten sich einen Gegner herausgesucht und in die Schlacht eingegriffen. Bei Collingwood sah es genauso aus, in Luv der Gefechtslinie standen keine britischen Schiffe mehr.

Bei Gott, was für eine Schlacht! Ramage konnte das französische Flaggschiff erkennen. Die *Bucentaure* war entmastet und ihr Rumpf schwer beschädigt. Die Masten und Rahen lagen wüst über dem Deck, als wären sie von der Faust eines zornigen Riesen abgeknickt worden. Die gigantische *Santissima Trinidad* war ebenfalls entmastet worden, das galt auch für die *Redoutable*, die zusammen mit der *Bucentaure* die *Victory* angegriffen hatte. Auch Nelsons Flaggschiff war nicht ungeschoren geblieben und hatte den Kreuzmast verloren. Viele weitere Schiffe hatten auch Masten verloren, aber es war nicht möglich, sie zu identifizieren.

Ramage blickte nach Norden. Drei oder vier Schiffe aus der Vorhut hatten gewendet, als ob sie versuchen wollten, dem Gros und der Nachhut zu helfen. Aber Ramage hatte den Eindruck, daß sie nicht mit übermäßig großer Begeisterung bei der Sache waren. Sie arbeiteten sich auf die Luvseite der Gefechtslinie vor, währenddessen liefen aber ein Dutzend anderer Schiffe nach Lee ab, um sich nach Cádiz in Sicherheit zu bringen.

Zwanzig Schiffe? Ramage schätzte, wenn sich der Qualm verzogen hatte, und wenn der Sturm, von dem die Hakenzirren drohend kündeten, da war, würden zwanzig französische und spanische Schiffe erobert oder zerstört sein.

Inzwischen war *Le Hasard* abgetrieben, das nervenzermürbende Schaben der Bordwände war verstummt. Da sie noch immer nicht durch Segel stabilisiert wurde, rollte die *Calypso* so heftig, daß sich Ramage an der Karronade festhalten mußte.

Southwick kam herübergetaumelt, auch ihm fiel es schwer bei diesen kaum einschätzbaren Bewegungen, die Balance zu halten.

»Alle Gefangen befinden sich jetzt unter Bewachung in sicherem Gewahrsam. Vier Männer mit Musketen sind auf Wache. Bowen sagt, daß sich keiner unserer Leute in einem sehr schlechten Zustand befindet. Einer von den Franzosen, den Sie zusammen mit Lady Sarah aus Brest herausgebracht haben, hat ein paar schlimme Hiebe von einem Entermesser abbekommen. Sein Name ist Louis, aber Bowen hat ihn sauber wieder zusammengenäht. Er fängt jetzt mit der Versorgung der Franzosen an. Aber er sagt, daß er Zeit genug hat, um auch Ihnen ein paar Stiche zu verpassen, Sir.«

Ramage winkte ab.

»Sir«, fuhr Southwick ernst fort, »es ist eine üble Platzwunde, und die Narbe wird ausgesprochen häßlich werden, wenn sie nicht genäht wird. Lady Sarah wird sich zu Tode fürchten, wenn sie Sie so sehen wird ...«

Southwick wandte sich ab, nachdem er seine Trumpfkarte ausgespielt hatte.

Ein paar Minuten später kam Ramage auf wackligen Beinen zu ihm an die Reling des Achterdecks. »Sie haben gewonnen, behalten Sie alles gut im Auge, während ich unter Deck gehe und Bowen einen Besuch abstatte. Es wird nur ein paar Minuten dauern ...«

Warum waren seine Knie so weich? Sie ähnelten Lederscharnieren an einem Dreschflegel. Auch fiel es ihm nicht leicht, das Gleichgewicht zu halten. Er fluchte, als sich die Degenscheide zwischen seinen Beinen verfing. Sein Degen? Er erinnerte sich daran, daß er mit ihm nach einen Franzosen geschlagen hatte und daß er ihn in der Hand gehalten hatte, als ihn dieser Bursche mit dem Musketenkolben getroffen hatte. Aitken oder Jackson mußten ihn wieder in die Scheide gesteckt haben. Es erschien ihm seltsam verrückt, sich den Kopf nähen zu lassen, während er einen Degen an der Hüfte trug ...

Zwanzig Minuten später und nachdem er fünf schmerzhafte Stiche in die Kopfhaut überstanden hatte, wurden die Stiche und die Schnittwunde von einem sauberen, ordentlichen Verband verdeckt. Ramage saß in seinem Sessel an seinem Schreibtisch und verfluchte das Wetter. Schon jetzt fielen die ersten Böen ein, die Wolken verdichteten sich im Westen. Es kam genau das, was Lord Nelson vorhergesehen hatte, als er das Signal an die Flotte setzen ließ, die Anker am Ende des Tages klar zu halten.

Aber was war mit den vielen Prisen – konnte man sie vor Anker legen? Die spanische Küste lag weniger als dreißig Meilen in Lee. Sollte der Sturm länger als ein paar wenige Stunden wehen, dann würden die meisten Prisen als Wracks an den Stränden enden ...

Aitken hatte Gott sei Dank genügend Männer, um sich mit *Le Hasard* freizusegeln, obwohl sich keiner der Admirale viele Gedanken über eine solche Prise machen würde, nicht wenn das größte Schiff der Welt, die *Santissima Trinidad* entmastet herumtrieb ...

Ramage lauschte aufmerksam. Das Brüllen der Breitseiten schlief inzwischen langsam ein. Was vorher wie der ständige Donner eines heftigen Sommergewitters geklungen hatte, war jetzt dem Rollen einer gelegentlichen Breitseite gewichen, so wie das bei schlafenden Hunden ist, die im Traum unruhig knurren.

Ramage hatte nichts mehr zu tun, außer dafür zu sorgen, daß die *Calypso* und *Le Hasard* auf den Sturm vorbereitet waren, der bei Einbruch der Dunkelheit mit aller Gewalt über sie herfallen würde. Er stützte den Kopf in die Hände, bevor er nach dem Wachposten rief. »Lassen Sie Mr. Southwick zu mir bitten!«

Bevor der Segelmeister gerufen werden konnte, kündigte der Wachposten lautstark an: »Mr. Orsini, Sir! Er sagt, daß es wichtig wäre.«

Der junge Midshipman war aufgeregt. »Die Flagge des Oberkommandierenden, Sir! Sie wurde niedergeholt!«

Ramage befingerte rings um den Kopf seinen Verband. »Was meinen Sie damit?«

»Lord Nelsons Flagge, Sir. Sie wehte im Großmasttopp der *Victory*, aber sie wurde jetzt niedergeholt. Es wehen nur noch die Kriegsflagge und die Flagge der Union, die von allen Schiffen während der Schlacht auf Befehl Seiner Lordschaft zu führen war.«

Vielleicht war die *Victory* so schwer beschädigt, daß Lord Nelson sich genötigt gesehen hatte, seine Flagge auf einem anderen Schiff zu setzen. Er mochte für sich eine Fregatte längsseits beordert haben: Blackwoods *Euryalus* zum Beispiel.

»Haben Sie sich die anderen Schiffe genau angeschaut?«

Orsini nickte. »Jawohl, Sir, alle einschließlich der Fregatten. Vizeadmiral Collingwoods blaue Flagge weht immer noch im Topp des Vormasts der *Royal Sovereign*.«

Das konnte nur eins bedeuten, aber Ramage versuchte sich dieser Erkenntnis zu verweigern. Hatte Lord Nelson eine Vorahnung seines Todes gehabt? Oder konnte die Flaggenleine nicht einfach von einer Kugel durchschossen worden sein?

»Wie lange ist es her, daß Sie das Fehlen der Flagge zum erstenmal bemerkt haben?«

»Ungefähr fünf Minuten, Sir. Sobald ich es bemerkt habe, begann ich alle anderen Schiffe genau zu untersuchen, für den Fall, daß er seine Flagge auf einem anderen gesetzt haben sollte.«

Fünf Minuten. Zeit genug, um eine neue Flaggenleine zu scheren oder die Flagge woanders zu setzen. Wenn schon nicht am Topp, dann aber an einer Rah, so daß man sie von überall her sehen konnte. Doch das war nicht geschehen.

Die Flagge des Oberkommandierenden war absichtlich gestrichen worden. Wie es schien, hatte jemand, wahrscheinlich Kapitän Hardy, damit so lange gewartet, bis der Kampf beendet war, da er genau wußte, welchen Effekt das auf die Moral der gesamten britischen Flotte haben würde.

Lord Nelson war tot. Er mußte in der Schlacht gefallen sein. Nie wieder würde Ramage die hohe nasale Stimme mit dem ausgeprägten Norfolkakzent hören, nie wieder würde er dem Strom brillanter Ideen zuhören können, niemals wieder würde er sich darüber freuen können, sich in der Gesellschaft des faszinierendsten Mannes zu befinden, der jemals die Uniform einer Marine getragen hatte.

Trotzdem widerstrebte es einem Teil seines Verstandes, das zu akzeptieren. Dieser kleine Mann, der immer den Eindruck einer angespannten Feder vermittelte, der mit seiner kleinen Tochter in der Clarges Street gespielt hatte, der so ein guter Gastgeber gewesen war und der erst vor ein paar Tagen an Bord der *Victory* gegangen war, hatte mehr als dreißig Vollkapitäne und dazu zwei Admirale sprachlos gemacht, als er ihnen erklärt hatte, wie er angreifen und die Vereinigte Flotte zerstören wollte – nein, dieser Mann konnte nicht tot sein!

Er konnte nicht gestorben sein, ohne gesehen zu haben, daß sein Plan so ungemein erfolgreich gewesen war! Er konnte nicht tot sein, bevor ihm Britannien dafür danken konnte, daß er die Gefahr einer Invasion Napoleons von der Insel abgewendet hatte. Und Lady Hamilton und Horatia ... Die arme Lady Hamilton war nur die Geliebte des großen Mannes gewesen, aber Ramage hatte nicht die Spur eines Zweifels daran, daß Horatia die Tochter Lord Nelsons und Lady Hamiltons war, trotz aller sorgfältigen Hinweise des Admirals auf seine »Patentochter«.

Also hatten Lady Hamilton – er begann sich schon an den Gedanken zu gewöhnen – ihren Liebhaber verloren und Horatia ihren Vater, und Britannien seinen größten Admiral. Jeder Kapitän in der Flotte würde um einen Freund trauern, obwohl einige unter ihnen nur zufällig und flüchtig mit ihm zusammengetroffen waren. Und die Schiffsbesatzungen … sie würden um Nelson wie um einen Vater trauern.

Orsini beobachtete ihn scharf, er hatte Tränen in den Augen. »Bedeutet das …?«

Ramage nickte. »Ja, das ist zu befürchten«, antwortete er. »Ich kann mir keine andere Erklärung vorstellen. Aber achten Sie auf die *Royal Sovereign*: Admiral Collingwood könnte seine Flagge im Großmasttopp setzen lassen. Erst dann werden wir es sicher wissen.«

»Was soll ich Mr. Hill sagen? Er ist Wachoffizier, und ich habe ihm meine Beobachtung gemeldet. Er hat mich zu Ihnen geschickt, Sir.«

Gerüchte reisen in einem Schiff schnell … Nein, das wollte Ramage nicht. Es war besser, den Männern zu sagen, was er wußte. Je länger er darüber nachdachte, desto sicherer wurde er. Nelson hatte das Glück verlassen: Er war im Augenblick seines größten Triumphes gefallen. Hardy hatte die Flagge niederholen lassen. Und bei dem Sturm, der sich zusammenbraute, würde es für Admiral Collingwood keine Möglichkeit geben, es jedem Schiff mitzuteilen.

»Übermitteln Sie Mr. Hill meine Bitte, daß er die Besatzung achtern antreten lassen möge – alle mit Ausnahme der Männer, die die Franzosen bewachen, und der Verwundeten natürlich.«

Nachdem Orsini die Kabine verlassen hatte, seufzte Ramage tief auf. Er hatte unzählige Ansprachen an die Schiffsbesatzung gehalten, zum Beispiel jeden Sonntag bei der Generalmusterung und oft genug vor einem schwierigen Einsatz. Aber wie sollte er ihnen diese Nachricht nahebringen, die ihm selbst die Tränen in die Augen trieb? Lord Nelson schien ein Teil eines jeden Mannes zu sein, der mit ihm zusammengetroffen war oder der unter ihm gedient hatte. Und jetzt mußte Ramage den Männern sagen, die den gelben Streifen nach »Nelsonart« so stolz an die Bordwand der *Calypso* gepönt hatten, daß er tot war! Getötet, während sein Plan um ihn herum über alle Maßen erfolgreich ausgeführt wurde! Sein Angriff hatte die Vorhut vom Gros und der Nachhut abgeschnitten, genauso wie er sich vorgestellt hatte …

Ramage schnallte seinen Degen um und setzte vorsichtig seinen Hut auf, dabei vergewisserte er sich, daß die Bandage nicht verrutschte. Er würde ein paar Minuten früher an Deck gehen, noch bevor die Männer angetreten waren, um mit aller Fassung, deren er fähig war, Hill, Southwick und den anderen Offizieren seine Schlußfolgerungen aus den Beobachtungen mitzuteilen.

Würde Orsini bei dem zulegenden Wind erkennen können, ob andere Schiffe schon ihre Flaggen auf halbstocks gesetzt hatten? Nein, sie waren alle zu weit entfernt. Was sollte er mit der Flagge der *Calypso* machen? Nun, schließlich war es ja nur eine *Annahme*, daß Seine Lordschaft tot war. Das war alles, was er den Männern mitteilen konnte. Er würde die Flagge so stehen lassen, wie sie jetzt war, bis man Verbindung mit einem anderen Schiff aufnehmen konnte, das näher am Ort der Entscheidung gestanden hatte und daher mehr wissen würde.

Als er sich darauf vorbereitete, an Deck zu gehen, lauschte er. Der Wind begann zu heulen, und das Schiff stampfte und rollte. Die *Calypso* war schon bis auf die verkleinerten Marssegel heruntergerefft, die auch nur für eine kurze Zeit so würden stehen bleiben können. Bald mußte man die Sturmstagsegel setzen …

18

Der Sturm dauerte fünf Tage. Der Wind pfiff wie verrückt aus Westen und schob die entmasteten Prisen vor sich her in ihr Verderben auf die Strände und in die Klippen der spanischen Küste. Die anderen Schiffe kämpften sich unter kleinster Sturmbesegelung ihren Weg nach Luv in den freien Atlantik hinaus, wo sie die wilden, hohen Seen abritten.

Kurz bevor der Sturm zu wüten anfing, hatte Ramage gesehen, daß Admiral Collingwoods Flagge (es handelte sich um die blaue Kriegsflagge, weil er Vizeadmiral war) auf der *Royal Sovereign* niedergeholt und auf der *Euryalus* wieder gesetzt worden war. Der Großmasttopp der *Victory* blieb leer.

Das konnte nur eines bedeuten, und es wäre töricht gewesen, noch auf etwas anderes zu hoffen. Collingwoods Schritt konnte nur bedeuten, daß er jetzt der Oberkommandierende war.

Aber endlich, nach den ermüdenden Tagen, hatte sich der Sturm ausgeblasen. Die Flotte hatte nicht geankert, wie es Nelson signalisiert hatte, weil sie sich zu weit draußen in tiefem Wasser befunden hatte. Und wer immer das Kommando innehatte – Ramage vermutete, daß es Collingwood war –, hatte keinen Versuch unternommen, die Flotte weiter unter Land zu führen. Unter normalen Umständen wetterten Schiffe einen Sturm besser unter Segeln auf der hohen See ab, aber mit so vielen abgebrochenen Masten und zerrissenen Segeln und Riggteilen, von den zerschossenen Prisen gar nicht zu reden, sah das anders aus …

Ramage ging hoch an Deck und stellte fest, daß der Wind erheblich nachgelassen hatte. Die tiefen Wolken jagten noch immer über den Himmel, aber sie hatten ihre drohende Schwärze verloren. Es gab schon erste Anzeichen dafür, daß sich über dem Grau ein blauer Himmel befinden könnte.

Plötzlich öffnete Orsini ein Schubfach am Kompaßhäuschen und griff nach dem Teleskop.

»*Euryalus*, Sir. Unser Rufzeichen, dann … 213 … Das heißt: Der Kapitän soll zum Admiral kommen!«

Ramage blickte über die graue, windgepeitschte See zwischen den beiden Fregatten. »Lassen Sie den Kutter aussetzen«, befahl er Martin, der Wachoffizier war. »Besetzen Sie dic Riemen doppelt. Ich gehe unter Deck, um mein Ölzeug anzuziehen.«

Es waren außer der *Hasard* noch acht andere Schiffe in Sicht, alle stampften und rollten unter Sturmbesegelung und waren kaum mehr als dunkle, massige Klumpen, deren Mastspitzen Kreise am Himmel beschrieben. Von anderen französischen Fregatten war nichts mehr zu sehen. Die Schiffe in Sicht waren britisch, und alle hatten die Schlacht entweder ohne Schäden am Rigg überstanden oder hatten Notmasten aufgeriggt.

»Nicht gerade ein idealer Tag, um eine Bootstour zu machen«, lautete Southwicks Kommentar. »Ich frage mich, was er will.«

Ramage hatte da so eine komische Idee: Die *Calypso* hatte eine feindliche Fregatte ohne Befehl angegriffen. Er hatte zwar nicht direkt einen Befehl von Blackwood auf der *Euryalus* mißachtet, aber er hatte die Möglichkeit außer acht gelassen, daß von dort einer kommen könnte, und was noch wichtiger war, er hatte mit der Tradition gebrochen, daß Fregatten nicht in Seeschlachten eingriffen, die zwischen Linienschiffen ausgekämpft wurden. Natürlich konnte man argumentieren, daß er genau das getan hatte, was Nelson als junger Kommandant auch getan hätte, aber das war ein Argument, dem ein Vizeadmiral wie Collingwood vermutlich nicht begeistert zustimmen würde.

»Warum haben Sie das getan, Mr. Ramage?«

Ramage vermeinte schon Collingwoods eisige Stimme zu hören. »Nun, Sir, ich bin so begeistert von der Schiffbaukunst der Franzosen, die ich anhand der *Calypso* studieren konnte, daß ich der Meinung war, die Royal Navy könnte davon noch ein zweites Exemplar gebrauchen, daher habe ich ...«

Diese Antwort würde ihn geradewegs vor die Schranken eines Kriegsgerichts führen ...

Auf und nieder bewegte sich der Bug und warf Gischtwolken über das offene Boot, die in Ramages Ölzeug eindrangen. Der Kutter rollte und stampfte so heftig, daß es die Männer nicht vermeiden konnten, von Zeit zu Zeit mit den Blättern ihrer Riemen einen Krebs zu fangen, worauf diese in der nächsten großen Woge unterschnitten und ihnen die Riemen vor die Brust knallten.

Jeder Schlag schien den Kutter auf dem halben Weg zwischen der *Calypso* und der *Euryalus* festzuhalten. Und das, obwohl die *Calypso* in Luv beigedreht hatte, so daß der Kutter nach Lee pullen konnte. Ramage hielt seinen Hut fest, um das Spritzwasser von seinem Verband um den Kopf abzuhalten. Bowen hatte versprochen, daß er heute, später am Nachmittag, die Fäden ziehen würde. Als er die Wunde inspiziert und wie üblich daran geschnüffelt hatte, um festzustellen, ob sie brandig roch, hatte er erklärt, daß es kein Anzeichen für ein Problem gab. Die Wunde heilte sauber ab.

Endlich kam die *Euryalus* näher. In der Tat wartete schon eine kleine Gruppe von Offizieren an der Eingangspforte, die Decksjungs vom Begrüßungskommando standen bereit, um herabzuklettern und die Manntaue zu halten ...

Bei diesem ungünstigen Wetter bedeutete das alles einen Haufen Anstrengungen, und das nur, um einem Vollkapitän einen Verweis zu erteilen, der noch so weit unten auf der Liste stand, daß er erst hinter den ersten zwanzig oder dreißig bei den Vollkapitänen zu finden sein dürfte. Nelson hätte abgewartet, aber Collingwood war ein kühlerer Typ.

Ramage begann sich selbst zu verfluchen. Er hatte London

voller Enthusiasmus und Hoffnungen verlassen. Er hatte sich von Sarah und seinen Eltern mit dem Gedanken verabschiedet (und das gab er ehrlich zu), daß er mit etwas Glück mit einem vollen Triumph zurückkehren würde.

Aber jetzt würde er entehrt heimkehren. Sobald er in der Palace Street erschien, würde man ihn fragen, was passiert war. Anstelle der erwarteten fröhlichen Antwort würde er zugeben müssen, daß er sich vor einem Kriegsgericht zu verantworten hatte. Vielleicht, schoß ihm plötzlich der Gedanke durch den Kopf, würde ihn Admiral Collingwood auch gleich nach Gibraltar schicken, um ihn dort verurteilen zu lassen, denn dort würde es keine Schwierigkeiten bereiten, die fünf Kapitäne zur See aufzubringen, deren es bedurfte, um ein Kriegsgericht einzuberufen.

Jetzt drehte Jackson den Kutter auf. Der Bugmann hakte ein, und Ramage machte sich bereit, den Sprung nach den Manntauen zu wagen. Er sprang auf das Querholz, gerade als der Kutter auf einem Wellenberg war. Dort hielt er einen Moment lang inne. Viele Offiziere waren schon mit Wasser in den Stiefeln auf dem Achterdeck angekommen, weil sie im Wellental losgesprungen und dann von der nächsten Welle erwischt worden waren.

Hoch, hoch, hoch, stieg er die Sprossen hinauf und zog sich an den Manntauen in die Höhe. Plötzlich war er an der Eingangspforte, wo ihn ein grinsender Blackwood in Begleitung eines anderen Offiziers, wahrscheinlich seinem Ersten, erwartete.

»Mein lieber Ramage«, begrüßte ihn Blackwood, »seit wir uns das letzte Mal gesehen haben, hat sich eine Menge ereignet! Meine Gratulation zu der Versenkung des 74ers!«

Ramage quälte sich ein bescheidenes Lächeln ab und dachte bei sich: Warum erwähnt er *Le Brave* und sagt nichts von der Fregatte? War das ein Hinweis darauf, was ihn erwartete?

»Ja«, antwortete Ramage, »er folgte uns einfach im Kielwasser, ohne in seine Karte zu blicken. Dabei hat er wohl vergessen, daß er ein paar Fuß mehr Tiefgang hatte als wir.«

»Jedenfalls haben Sie es geschafft«, meinte Blackwood herzlich und wartete ab, während sein Erster Offizier Ramage beim Ausziehen des Ölzeugs half. »Oh, was ist mit Ihrem Kopf passiert?« erkundigte sich Blackwood, als er den Verband bemerkte.

»Ach, es ist nur eine Schramme, um ehrlich zu sein, ein Schlag auf den Kopf.«

Plötzlich düster fragte Blackwood: »Haben Sie schon die Neuigkeit gehört?«

»Nicht gehört, aber vermutet. Was ist geschehen?«

»Ein Scharfschütze hat Seine Lordschaft getroffen, während er mit Hardy auf dem Achterdeck spazierenging. Er starb ein paar Stunden später. Gott sei Dank hatte er keine großen Schmerzen zu erdulden.« Blackwood blickte nach unten auf das Deck. »Er wußte, daß er fallen würde. Seine letzten Worte an mich, bevor ich die *Victory* verließ, waren, daß wir uns nie wiedersehen würden. Er war nicht traurig. Es war nur eine Bemerkung, so, als ob er über das Wetter sprechen würde. Jedenfalls erwartet Sie jetzt Admiral Collingwood ...«

»Wie viele?« fragte ihn Ramage.

»Soweit wir das beurteilen können, sind siebzehn Schiffe erobert worden, das achtzehnte ist in die Luft geflogen. Also fehlen nur zwei an Nelsons gestecktem Ziel. Ihre Fregatte nicht eingerechnet, nur Linienschiffe.«

Ramage nickte und folgte Blackwood, der ihm den Weg zu der Kabine zeigte, in der Admiral Collingwood jetzt einquartiert war.

Der Admiral, dessen Gesicht grau vor Müdigkeit war, stand auf und reichte ihm die Hand. »Ah, Ramage, es tut mir leid, daß ich Sie bei diesem Wetter herüberbitten mußte, aber ich konnte damit nicht länger warten. Was ist mit Ihrem Kopf passiert?«

Ramage erklärte kurz, daß er eine kleine Verwundung hätte, aber er fühlte ein eiskaltes Gefühl seinen Rücken hinaufkriechen. Sah der Admiral die Sache mit *Le Hasard* als eine so ernsthafte

Affäre an? Dabei waren achtzehn feindliche Schiffe erobert oder zerstört worden. Was für ein Sieg – und, verdammt noch mal, geplant hatte ihn Lord Nelson! Aber Admiral Collingwood als Überlebender würde den Ruhm einheimsen.

»Übrigens«, meinte Collingwood ohne besondere Betonung, »wie war das mit der Fregatte, die Sie geentert haben? Auf wessen Befehl hin haben Sie gehandelt?«

»Nun ja ... äh, Sir, um ehrlich zu sein, ich hatte keinen Befehl, um ...«

»Die Gefechtslinie zu durchbrechen?« fragte Collingwood.

»Nein, Sir. Plötzlich war da diese Lücke, und dahinter lag die französische Fregatte, also folgte ich einfach der *Britannia*, und ...«

»Es kam einfach so, daß Sie bei der anderen Fregatte längsseits gingen und die Franzosen sich ergaben?«

»Jawohl, Sir«, bestätigte Ramage, der genau wußte, daß es sinnlos war, jetzt mit langen Erklärungen zu beginnen. Außerdem war er sich nach fünf Tagen selbst nicht mehr ganz im klaren, warum er sich darauf eingelassen hatte.

»Wie heißt sie?«

»Es ist *Le Hasard*, Sir.«

»Wie viele Männer haben Sie verloren?«

»Acht Tote und siebzehn Verwundete, Sir.«

»Und der Feind?«

»Neunzehn Tote und dreiunddreißig Verwundete, Sir.«

»Aha«, sagte Collingwood rätselhaft.

Er ging zu seinem Schreibtisch hinüber und setzte sich. Blackwood, der noch immer in der Kabine war, starrte auf die Planken des Decks, als ob er von der Maserung des Holzes fasziniert wäre.

Collingwood öffnete ein Schubfach, entnahm ihm ein paar Blätter und schob sie zusammen. Dann nahm er den Deckel des Tintenfasses ab, reinigte seinen Federkiel an einem Tuch, tauchte ihn in die Tinte und schrieb ein paar Worte nieder. Dann nahm er die Streusandbüchse und bestäubte die feuchte Zeilen. Sobald sie trocken waren, klopfte er das Papier aus, dann faltete er es zusammen und gab es Blackwood.

»Lassen Sie es von Ihrem Schreiber sorgfältig versiegeln.«

Collingwood sah wieder Ramage an. Er hatte keine Physiognomie, die auf eine freundliche Natur schließen ließ, seine Stimme mit dem Northumberlandakzent klang wie weit entfernt.

»Ramage, Sie haben Befehle nicht befolgt – vielleicht ist ›gering geschätzt‹ der bessere Ausdruck. Sie haben den Brauch mißachtet, daß Fregatten sich nicht in die Gefechtslinie einmischen. Sie sind sogar soweit gegangen, sie einfach zu durchbrechen. Und Kapitän Blackwood hat mir erzählt, daß Sie vor Cádiz einen französischen 74er auf eine Untiefe gelockt haben, wo er Schiffbruch erlitten hat.«

»Jawohl, Sir.«

»Haben Sie auch dort nicht auf Befehl von Kapitän Blackwood gehandelt?«

»Die *Euryalus* war zu weit von uns entfernt, um sehen zu können, was geschah, und Kapitän Blackwood hätte nichts von der Nähe der Untiefe gewußt, Sir.«

Inzwischen schwante Ramage, daß er sich vor dem Kriegsgericht wegen zweier Vergehen zu verantworten haben würde, sowohl wegen *Le Hasard* als auch wegen *Le Brave*. Wie es schien, konnte man in der Marine nichts machen, ohne einen Vorgesetzten in Sichtweite zu haben, der Befehle signalisieren konnte.

»Ihr Vorgesetzter befindet sich also immer gerade passenderweise für Sie außer Reichweite, Ramage«, stellte Collingwood fest.

Aber verdammt noch mal, dachte Ramage ärgerlich, Vorgesetzte in Sicht oder nicht, ich will einen Besen fressen, wenn *Le Hasard* und *Le Brave* nicht bei dir in der Erfolgsliste auftauchen sollten, die du an Ihre Lordschaften von der Admiralität schicken wirst.

Plötzlich lächelte Collingwood. »Meine Glückwünsche zu der

Sache mit *Le Brave*. Ich mache noch keine endgültige Aussage zu der Angelegenheit mit *Le Hasard*. In meinem Bericht von der Schlacht für die Admiralität habe ich Ihren Einsatz gegen den 74er erwähnt, und Sie haben mich eben selbst die Einzelheiten über *Le Hasard* niederschreiben sehen.«

Ein verwunderter Ramage starrte Collingwood an und murmelte dann: »Danke, Sir.«

Collingwood lud Ramage mit einer Handbewegung ein, Platz zu nehmen, und setzte sich wieder an seinen Schreibtisch. »Es ist Ihnen klar, daß es eine große Ehre ist, den Bericht über die Schlacht den Lords der Admiralität zu überbringen. Normalerweise hätte ich dafür Kapitän Blackwood und sein Schiff ausgewählt. Aber ich kann ihn nicht entbehren. Als ich mich nach einer anderen Fregatte umschaute, mußte ich entdecken, daß die *Calypso* von einem jungen Offizier kommandiert wird, der auf Befehle oder Traditionen pfeift. Ich habe also die Wahl, Sie entweder mit dem Bericht zurückzuschicken oder Sie vor ein Kriegsgericht zu stellen. Und da ich im Augenblick wirklich keine fünf Kapitäne für ein Kriegsgerichtsverfahren entbehren kann, sollten Sie das Beste aus Ihrer Reise zur Admiralität machen.«

Ramage seufzte. »Danke, Sir«, sagte er, und es schien nicht viel zu geben, was noch hinzugesetzt werden mußte.

»Da gibt es noch einen wichtigen Punkt«, betonte Collingwood. »Die Admiralität muß es als erste erfahren – sowohl den Ausgang der Schlacht als auch den Tod von Lord Nelson. Wo auch immer Sie in England Ihren Landfall machen werden, Sie werden dort ankern, sich von einer verläßlichen Bootsbesatzung an Land rudern lassen, die dann sofort auf das Schiff zurückkehren wird. Ihr Erster Offizier wird niemandem den Zugang zum Schiff erlauben und niemanden von Bord lassen, bis eine angemessene Frist verstrichen ist, deren Dauer davon abhängt, wo Sie an Land gehen werden. Es ist Ihnen doch klar, daß jeder, der diese Nachricht kennt, bevor sie von der Regierung verbreitet wird, ein paar Vermögen in der City von London machen kann?«

Ramage nickte. Ja, jemand konnte Aktien auf einem niedrigen Niveau aufkaufen und sie wieder teuer verkaufen, wenn die Börse aufgrund der guten Nachrichten boomte und die Kurse gestiegen waren ...

»Und Ramage«, sagte Collingwood abschließend mit einem Lächeln auf dem Gesicht, »Sie dürfen gerne beschreiben, wie Sie *Le Brave* stranden ließen, aber ich würde ein paar Ausschmükkungen bei der Geschichte mit *Le Hasard* hinzufügen. Es könnte gut sein, daß einige Admirale nicht ganz damit einverstanden seien könnten, wie ich die Angelegenheit gehandhabt habe.«

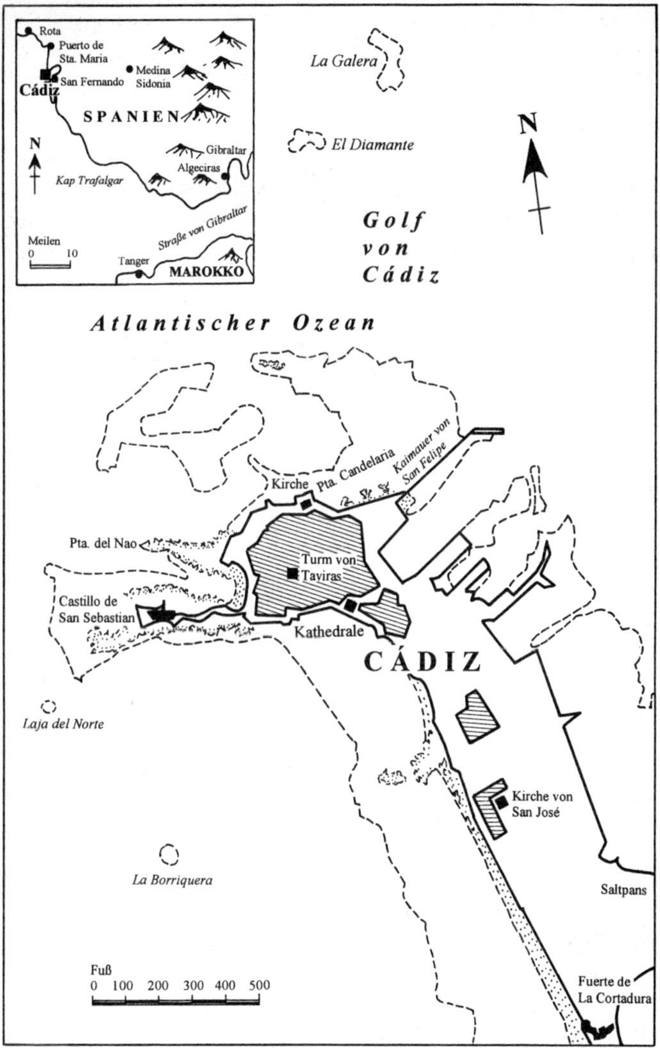

Rota
Puerto de Sta. Maria
Cádiz
San Fernando
Medina Sidonia
SPANIEN
N
Gibraltar
Algeciras
Kap Trafalgar
Straße von Gibraltar
Meilen
0 10
Tanger
MAROKKO
La Galera
El Diamante
N
Golf von Cádiz
Atlantischer Ozean
Kirche
Pta. Candelaria
Kaimauer von San Felipe
Pta. del Nao
Turm von Taviras
Castillo de San Sebastian
Kathedrale
CÁDIZ
Laja del Norte
Kirche von San José
La Borriquera
Saltpans
Fuß
0 100 200 300 400 500
Fuerte de La Cortadura

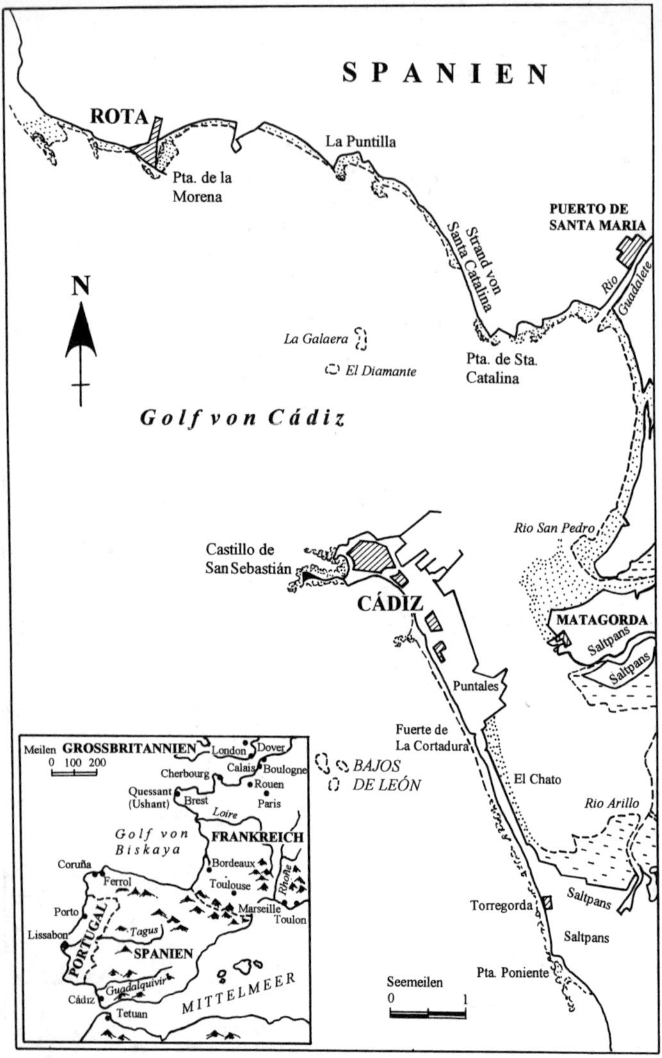

SPANIEN
ROTA
La Puntilla
Pta. de la Morena
PUERTO DE SANTA MARIA
Strand von Santa Catalina
Rio Guadalete
N
La Galaera
El Diamante
Pta. de Sta. Catalina
Golf von Cádiz
Rio San Pedro
Castillo de San Sebastián
CÁDIZ
MATAGORDA
Saltpans
Saltpans
Puntales
Fuerte de La Cortadura
BAJOS DE LEÓN
El Chato
Rio Arillo
Torregorda
Saltpans
Saltpans
Pta. Poniente
Seemeilen
0 1
Meilen 0 100 200
GROSSBRITANNIEN
London
Dover
Calais
Boulogne
Cherbourg
Rouen
Paris
Quessant (Ushant)
Brest
Loire
Golf von Biskaya
FRANKREICH
Coruña
Ferrol
Bordeaux
Toulouse
Rhône
Porto
PORTUGAL
Marseille
Toulon
Lissabon
Tagus
SPANIEN
Guadalquivir
Cádiz
Tetuan
MITTELMEER

Alexander Kent – Die Bolitho-Romane

Die Feuertaufe
Richard Bolitho - Fähnrich zur See
Roman, 208 Seiten
Ullstein TB 24614

Strandwölfe
Richard Bolithos gefahrvoller Heimaturlaub
Roman, 176 Seiten
Ullstein TB 23693

Kanonenfutter
Leutnant Bolithos Handstreich in Rio
Roman, 320 Seiten
Ullstein TB 24311

Zerfetzte Flaggen
Leutnant Richard Bolitho in der Karibik
Roman, 288 Seiten
Ullstein TB 23192

Klar Schiff zum Gefecht
Richard Bolitho - Kapitän des Königs
Roman, 256 Seiten
Ullstein TB 23932

Die Entscheidung
Kapitän Bolitho in der Falle
Roman, 160 Seiten
Ullstein TB 2477

Bruderkampf
Richard Bolitho - Kapitän in Ketten
Roman, 304 Seiten
Ullstein TB 23219

Der Piratenfürst
Fregattenkapitän Bolitho in der Java-See
Roman, 336 Seiten
Ullstein TB 23587

Fieber an Bord
Fregattenkapitän Bolitho in Polynesien
Roman, 432 Seiten
Ullstein TB 23930

Des Königs Konterbande
Kapitän Bolitho und die Schattenbrüder
Roman, 328 Seiten
Ullstein TB 23787

Nahkampf der Giganten
Flaggkapitän Bolitho bei der Blockade Frankreichs
Roman, 304 Seiten
Ullstein TB 23493

Feind in Sicht
Kommandant Bolithos Zweikampf im Atlantik
Roman, 336 Seiten
Ullstein TB 20006

Der Stolz der Flotte
Flaggkapitän Bolitho vor der Barbareskenküste
Roman, 352 Seiten
Ullstein TB 24485

Eine letzte Breitseite
Kommodore Bolitho im östlichen Mittelmeer
Roman, 320 Seiten
Ullstein TB 24606

Galeeren in der Ostsee
Konteradmiral Bolitho vor Kopenhagen
Roman, 272 Seiten
Ullstein TB 20072

Admiral Bolithos Erbe
Ein Handstreich in der Biskaya
Roman, 296 Seiten
Ullstein TB 23468

Der Brander
Admiral Bolitho im Kampf um die Karibik
Roman, 368 Seiten
Ullstein TB 23927

Alexander Kent – Die Bolitho-Romane

Donner unter der Kimm
Admiral Bolitho und das Tribunal von Malta
Roman, 312 Seiten
Ullstein TB 23648

Die Seemannsbraut
Sir Richard und die Ehre der Bolithos
Roman, 320 Seiten
Ullstein TB 22177

Mauern aus Holz, Männer aus Eisen
Admiral Bolitho am Kap der Entscheidung
Roman, 304 Seiten
Ullstein TB 24730

Das letzte Riff
Admiral Bolitho - verschollen vor Westafrika
Roman, 384 Seiten
Ullstein TB 23783

Dämmerung über der See
Admiral Bolitho im Indischen Ozean
Roman, 432 Seiten
Ullstein TB 23921

Dem Vaterland zuliebe
Admiral Bolitho vor der Küste Amerikas
Roman, 384 Seiten
Ullstein TB 24181

Unter dem Georgskreuz
Admiral Bolitho im Kampf um Kanada
Roman, 384 Seiten
Ullstein TB 24409

Die Feuertaufe/ Strandwölfe
Zwei Romane, 384 Seiten
Ullstein TB 23405

Der junge Bolitho
Die Feuertaufe/Strandwölfe/Kanonenfutter
Drei Romane, 514 Seiten
Ullstein TB 20913

Bolitho in den Tropen
Kanonenfutter/Zerfetzte Flaggen
Zwei Romane, 560 Seiten
Ullstein TB 23527

Bolitho wird Kapitän
Klar Schiff zum Gefecht!/ Die Entscheidung/ Zerfetzte Flaggen
Drei Romane, 626 Seiten
Ullstein TB 22016

Fregattenkapitän Bolitho
Bruderkampf/Der Piratenfürst
Zwei Romane, 640 Seiten
Ullstein TB 22097

ULLSTEIN